魅丽文化 花火工作室

初初意如何

初禾初／著

廣東旅游出版社
GUANGDONG TRAVEL & TOURISM PRESS
悦读书·悦旅行·悦享人生

中国·广州

图书在版编目（CIP）数据

初初意如何 / 初禾初著. — 广州 : 广东旅游出版社，2020.4

ISBN 978-7-5570-2148-1

Ⅰ. ①初… Ⅱ. ①初… Ⅲ. ①长篇小说—中国—当代 Ⅳ. ① I247.5

中国版本图书馆 CIP 数据核字（2020）第 028517 号

出　版　人：刘志松
总　策　划：邹立勋
责 任 编 辑：贾小娇

初初意如何
CHUCHU YI RUHE

广东旅游出版社出版发行
（广东省广州市环市东路 338 号银政大厦西楼 12 楼）
邮编：510060
邮购电话：020-87347732
湖南天闻新华印务有限公司
（湖南望城湖南出版科技园 电话：0731-88387578）
880 毫米 ×1230 毫米　32 开
10.5 印张　302 千字
2020 年 4 月第 1 版第 1 次印刷
定价：38.00 元

目录

CONTENTS

目录

CONTENTS

第一章
我的偶像是十八线

01

如果你在 3 月 11 日这天的北城机场极目远眺，可以看见大批举着条幅和礼物的少女。少女们穿着统一的服装，等在接机口的样子与军队里训练有素的士兵并无二致。条幅上大大小小写的都是同一个名字，等到这个名字的主人从接机口被保安带领着走出来，少女们就像被按下了尖叫按钮，瞬间开启疯狂模式。

站在少女们对面的初宁对于眼前的一切嗤之以鼻。

扭头看了看自己身后，初宁不禁为陆成诵觉出一丝凄凉的味道。同样是模特转型演员，同样是走高冷禁欲系路线，同样在起步初期没什么拿得出手的作品，怎么徐崇航就能在短短一年的时间里接了那么多部大火剧集，凭男二角色疯狂吸粉，而陆成诵还是不温不火呢？

作为陆成诵的粉丝，初宁每每想到这儿都觉得胸闷气短。平日里想想也就罢了，好歹自己还能安慰自己几句，可是眼下都是在机场，对方的粉丝从气势上将自己秒得渣都不剩。把弄着单反，初宁在心里翻白眼，只觉得冤家都路窄，饭圈混久了，还真是什么情况都能遇到。

低头看了看表，时间也差不多了，初宁深吸一口气。人群越发嘈杂，大概是徐崇航和陆成诵到了。这两人倒不是什么好友，只是今天碰巧买到了同一班飞机的机票。要从昔日模特界来论，徐崇航还要叫陆成诵一声前辈。只是娱乐圈向来风云变幻，同人不同命，看着陆成诵从不远处走过来，初宁只觉得自己的“亲妈心”碎了一地。

陆成诵长了一张跟普世价值略微相悖的脸，人们崇尚的美是柔和的，而他偏偏长得五官凌厉，辨识度极高。这样的凌厉却没能削弱他的美，尤其在近几年他转型做演员之后，比模特时期胖了些，虽然还是那副“生人勿近”的样子，但相比之前已经柔和很多了。所以当他从机场走出来的时候，初宁一眼就望见了他。隔着老远的距离，他的眼神在接触到一旁等着的女孩们时略微一愣，随后大概是看到了条幅上写的并不是自己的名字，眼里那层刚刚亮起的光芒暗下去。黑色口罩盖住了大半边脸，初宁看不到他的表情，看见那一瞬间暗淡下去的眼神，她就明白，陆成诵不是不在意自己人气的。

她举着单反飞快地按动快门。镜头里，陆成诵一步步靠近。初宁觉得应该让他看到自己——相比于被粉丝包围的徐崇航，他并不是一无所有。全神贯注的初宁往旁边站了站，手上动作不停，丝毫没注意到那群包围徐崇航的少女已经渐渐往她的位置侵略过来。

初宁追星三年，学习摄影也有一年了。她总觉得问爸妈要钱追星太不懂事，这单反是她当初省吃俭用加上打工赚的钱买的。血汗钱换来的东西总是令人倍感珍惜，用初宁室友的话来说，这单反不用的时候，在寝室里就像个菩萨一样被供起来。

耳边尖叫声升级，初宁偏头看了一眼，只瞥见人群中徐崇航勉强的笑。少女粉丝们包围在他身边，初宁撇撇嘴，觉得这阵势已经不能叫包围，这分明是包抄。

分神的几秒，陆成诵已经快步朝着出口走来。他走得越近，初宁越是不想错过每一个镜头。她无暇去顾及另一拨粉丝，举着单反朝便于拍照的地方挪动了几步，右脚脚尖还没落地，身体便被人重重一撞。单凭左脚是无法平衡身体的，初宁在摔倒的前一秒脑海里唯一想到的一件事就是保护相机。在这个想法的驱使下，她近乎悲壮地将相机举过了头顶。

也许是陆成诵发现了她是唯一一个来机场给自己接机的粉丝，也许他只是心性善良，眼看着初宁就要倒下去，身为一个男人总不能视若无睹。陆成诵在初宁趔趄前扑的瞬间大踏步向前，那一瞬间他忽然想起自己演过的某部偶像剧——如果能像里面的男主角一样英俊潇洒，该有多气派。眼看着女孩要摔倒，他尽全力朝她伸手，试图在她倒地之前将她扶住，尽量让她站稳。

下一秒，初宁表情壮烈，双手一举，单反相机巨石一般朝着陆成诵棱角分明的下巴上磕去。

“啊！”

“啊！”

英雄救美失败，单反落地。

这场面说来狼狈，但是因为旁边就是徐崇航，自然没人在意这边的小插曲。陆成诵捂着下巴，一边疼得眼冒金星，一边庆幸自己没整过容，不然明天他肯定可以凭借这件事，人生第一次挤上热搜。闭着眼，陆成诵听见刚刚那女孩惊慌失措的声音：“天哪！怎么办！我的天哪……”

男人在这种时候，是该表现出自己应有气度的一面，她毕竟不是故意撞他。陆成诵自认为潇洒地抬了抬手，试图展现自己不常外露的温柔一面：“没事……”

初宁声音依旧惊慌，甚至带了哭腔：“怎么办啊，撞得这么狠……”

陆成诵只觉得心里微暖，一时词穷，也不知怎么安慰她。他抬手打算把口罩摘下来跟她说话，手刚抬到耳边，便看到初宁低着头，痛心疾首地看着地上的单反相机。

在场面变得更加尴尬之前，经纪人邓杨适时地出现，把陆成诵从地上扶了起来。初宁抬起头，呆了两秒，才反应过来，自己刚刚撞的人是陆成诵。这世界上总是充斥着各种巧合，比如现在，她望着他墨黑色的眼珠，实在不明白那眼神中为何带了一丝幽怨。

而在这个平平无奇的春日下午，陆成诵第一次开始认真思考。

自己是不是有黑粉了？

夜晚，回到寝室的初宁把鼻梁上滑下来的眼镜向上推了推，指尖飞速敲打在键盘上。时间已经过了 9：00，她自下午 4：00 多回来，就一直端坐在电脑前，此刻才终于完成修图，关掉软件，打开微博界面。

上传图片，打开文件夹，添加话题，添加附言。

“陆成诵3月北城机场图，自拍自修，禁二改二传，转载注明出处。”

呼出一口气，初宁满意地把电脑从自己眼前拿开，伸了个懒腰，望向一边的寝室长：“小鱼，今天上课没点名吧？”

小鱼紧紧盯着自己的电脑屏幕，上面遍布着复杂而冗长的代码，听到这话，头也不回地答道：“不知道，我今天也逃课了。”

初宁一愣，转头：“哉哉，今天老师点名了吗？”

哉哉正低着头吃夜宵，耳机里播放着某基情四射的广播剧，初宁叫了两声，她才摘下耳机回头，满脸茫然：“不知道，我今天睡过头了。”

初宁只好默默地把目光落在最后的希望那里：“阿隋，今天老师点名了吗……”

“点了。”阿隋一边敷着面膜一边淡定地迎接着三人瞬间变得惊恐的眼神，“不过放心，我帮你们开了假条，不会算你们旷课的。”

初宁、小鱼、哉哉：“那就好……”

阿隋按着自己脸上的面膜，得意地接着说道：“感谢我吧，开假条的时候辅导员问什么原因，我灵机一动，说你们下楼梯的时候摔骨折了。”

初宁、小鱼、哉哉一脸震惊。

她们脸上的表情让阿隋有点茫然：“怎么了，干吗这么看着我？”

“请问你，我们骨折了，明天该怎么去上课？”初宁冷脸问道。

阿隋这才反应过来，随之而来的是寝室里几个人的哀号。

初宁拿着手机钻进被窝，惆怅地在群里发了一句：“室友给我请假说我骨折，为了圆谎，我明天是不是得打着石膏去上课？”

饭圈几个玩得好的小伙伴集体发来“哈哈哈哈哈哈哈”表示同情。

原本只是因为今天陆成诵回北城，所以逃了一天课去机场蹲点，没想到最后变成这个样子。想起下午在机场还摔坏了单反，初宁叹了口气，觉得自己最近大概时运不济。点开微博，刚刚的“饭拍图”才被转发一百多次，她一条条地看过去，又想起徐崇航话题里的图片动辄转发上千。好在陆成诵颜值略胜一筹，初宁一边看着自己精修的大图，一边欣慰地叹息：陆成诵最近真是越长越帅了。

作为一个坐拥几千粉丝的饭圈大大，初宁可谓是集接机、跟拍、修图、作图、剪辑、写文、掐架等技能于一身的“十项全能追星狗”。在陆成诵的饭圈，“小初是亲妈”这个 ID 几乎无人不知。陆成诵出道七年，她追了三年，算是半个老粉，加上技能多，肯努力，渐渐也有了自己的粉丝。在很多人还停留在“追星狗都是蠢蛋”的想法时，她俨然已经把追星变成了自己人生中的一个伟大事业；而在遍地喊着“哥哥我好喜欢你”的大环境下，她作为“亲妈粉”独树一帜，开口闭口的“儿砸”让她与外面的那些普通粉丝完全不同。

然而，在那个世界再能呼风唤雨又有什么用，她还是得面对自己明天如何去上课的残酷现实。看着手机屏保，图片里的男人穿着白色大衣，头发向后梳起，清冷的眉目下是被黑色口罩挡住的高挺鼻梁，全然禁欲的味道。小鱼和哉哉还在哀叹，初宁也随着她们长长地叹息了一声，心里想的却是——唉，我“儿砸”真是太帅了！

她并不知道的是，此时此刻，她的“儿砸”陆成诵收工以后坐在电脑前，第一件事就是在微博上搜索自己的名字。相关话题一股脑地蹦出来，热度最高的是今天的机场图，修图细腻，显得他一张棱角分明的脸格外有质感。陆成诵擦着自己的头发，虽然疑惑拍照的是不是那个单反女孩，但也没细想，用小号在那个微博上面暗戳戳地点了个赞，随后便悠悠地叹了口气。

唉，我长得真是太帅了！

02

面对“被骨折”事件，寝室里的几个人态度完全不同。

小鱼已经接受现实，并表示：“既然辅导员觉得我骨折了，那我就不应该出现在课堂上。这个月的课直接都逃了吧，我正好在寝室里研究那个软件的破解版。”

哉哉的态度十分随意：“我想去就去，不想去就不去了，反正我觉得去不去都可以。”

只有初宁很纠结：“这学期孟教授带的是统计学，我觉得还是挺难的，你们确定不去没问题吗？”

小鱼：“也就是正态分布、卡方分布、参数估计、假设检验之类的，很简单。”

哉哉、初宁、阿隋：“哪里简单了啊，你这个数据怪物！”

但是小鱼的态度很大程度上给其他人吃了一颗定心丸。初宁权衡了一下，觉得自己只要帮小鱼倒一个月的垃圾，期末考试应该就没问题，于是也觉得可以学习哉哉的随意。那么明天的课她就不打算去了。她欢快地拿起手机，在微信群里瞎聊。

由于徐崇航和陆成诵在机场狭路相逢，网络上不可避免地出现了两人对比的相关帖子。初宁从群聊消息一路刷下来，知道两家粉丝肯定是又开始掐架了。她不是什么完全的和平主义者，佛系追星跟她更是挨不上边，只是觉得在网上掐架就好像小学生打架，既幼稚又耽误时间，所以很少参与。可眼见着对方骂到了陆成诵头上，初宁看着评论里一句句的冷嘲热讽，只觉得火气上涌。她爱好和平但并不好欺负，披着大号马甲，初宁坐直了身子，开始在电脑前噼里啪啦地打字。

哉哉吃着夜宵，轻轻叹气：“追星有三忌，一忌真情实感，二忌倾家荡产，三忌啥事都管。我看你现在差不多都犯忌了。”

初宁：“我没有！”

小鱼淡淡地瞥了奓毛的初宁一眼，安慰道：“好的，初无忌，哪个黑子骂你‘儿砸’了？ ID 告诉我，帮你黑了她的号。”

阿隋低着头看自己的统计学教材：“理智追星，再说你做这么多，他也不知道，多没有意义啊。”

初宁还维持着刚刚的姿势坐在电脑前噼里啪啦打字，听到这话以后满不在乎地扬起了头：“追星嘛，图的就是一个开心。为我‘儿砸’披荆斩棘是我的使命，更是我的荣幸，你们这些不追星的人是不会懂的。正好明天不用上课，我把单反送我表弟学校去，让他帮我修一下。”说到这里，她似乎想起什么，接着道，“你看，我为了追星，还学会了摄影。谁说追星的都是傻子？我很励志的好不好！”

伴随着这话，初宁的键盘敲击声更大——显然现在微博上已经开始了两方对垒。阿隋扶了扶快要吓掉的面膜，感慨：“饭圈，真是个江湖。”

在这个江湖的边缘，导致战争的罪魁祸首——陆成诵，一边看着B站上的视频一边频频皱眉：“陆成诗，你给我过来，你让我看的这是什么东西？”

正在忙着帮自家哥哥掐架的陆成诗冲他摆了摆手：“没空，忙着呢。”

陆成诵只好闭嘴，继续点开刚刚的视频。

标题竟然是大大的《陆式鬼畜：这样的陆成诵你见过吗？》。视频里的他发出了各种匪夷所思的声音，戏里出现过的笑声和哭声都被刻意剪辑在一起，合着背景音乐的节奏，竟然意外地……和谐？更可怕的是，弹幕里还有一堆人在发着评论：“哈哈哈哈，大大厉害”“阿婆主，我真是给你跪了”“大大，收下我的膝盖”。陆成诵扶额，难道他只演了这么几部戏，就已经拥有自己的黑粉组织了吗？

想想还有点……小激动？

舔舔嘴唇，陆成诵接着往下翻，看到阿婆主的ID：小初是亲妈。还是用的他的照片做头像，那张照片是他某次拍戏休息时的花絮照，他看着镜头笑得幼稚灿烂。陆成诵心里越发疑惑，点开了她的主页，想看看她的全部视频都有什么。第一个映入眼帘的，视频封面上是他和姜岩接吻的照片。标题是：《姜岩×陆成诵：你是我的兄弟又怎样？》。

等一等，陆成诵从电脑前抬起头，觉得脑子瞬间有些短路。他为什么会和自己的好兄弟接吻？他们并没有拍过这样的照片。再低下头，陆成诵作为一个堂堂正正的男人，直觉自己受到了侮辱。他铁青着脸，把电脑前面的陆成诗拎过来，手指点在平板上，十分严肃地问她：“这是什么？”

陆成诗瞥了一眼视频，漫不经心地说道：“这是粉丝给你和姜岩哥剪的视频啊。”

“那为什么封面是这样的？”

“因为你们在这个视频里是CP，这个封面是自己修的啦。”陆成诗看他的眼神里带了一丝对智障的同情，鉴于她常常用这样的眼神看他，陆成诵基本已经习惯。他眉头锁得更紧，憋了半天，终于还是问出了自己心里最大的那个疑问：“那为什么，姜岩的名字在我名字前面？我明明比他火一点的。”

陆成诗翻了个白眼：“这你都不知道啊？他是‘攻’，这个小叉叉的意思就是他‘压’你，你在这个CP里是‘受’啊，‘岩诵夫夫’你都不知道？”

这句话的信息量太大，陆成诵并不知道“攻”“受”“压”，以及“夫夫”的具体含义。但是他的名字在姜岩后面，这已经足够让他觉得不爽，怎么看都似乎是他更弱一些。他气愤道：“不知道。为什么我们俩是男的还要被搞到一起去？”

这句话居然把陆成诗问住了。她眨着眼睛思考了一下，觉得比起给他解释女粉丝的世界观，解释众多女孩现在的生活方式，还是不解释比较方便，于是指了指阿婆主的ID：“又不是我剪的视频，你问这个人去。”

陆成诵看着屏幕上的“小初是亲妈”五个字，严肃认真地黑了脸。

不过被陆成诵这么一问，陆成诗倒也想起小初这个人了。虽然对自家哥哥百般嫌弃，但自从他出道以来，陆成诗还是一直默默支持的。飘在饭圈里很久了，对于小初自然不陌生，只是相比她这种没什么技能的小粉丝，小初的存在就显得太过高大。她哪里敢去高攀，更不要说找她套近乎。很多时候陆成诗也在想，要是有一天能跟小初大大认识，简直就人生圆满了。带着这点盲目崇拜，她将小初的微博顺便推荐给了陆成诵：“喏，这个是她的微博主页，你要是有什么问题，就直接问她好了。”

陆成诵眉头皱得更紧：“机场图也是她拍的？”

“对啊。不过机场粉丝那么多，你看不见她也正常。”陆成诗说着又将目光转向自己的电脑。陆成诵想起机场的场面，忽而觉得心酸。粉丝确实不少，但都是徐崇航的粉丝。他主动伸手去扶的那个，估计喜欢的也是徐崇航吧，不然也不会对他那么冷漠。

想到这儿，他不禁为自己十八线男演员的悲惨职业生涯哀叹一声。

这天晚上，刚刚结束掐架的初宁伸了个懒腰，正准备退出微博上床睡觉，就看到私信里蹦出来一条新消息。名叫“陆成诵天下第一帅”的人很谨慎、很小心地给她发了一个可爱的表情，紧接着就是一句：“新粉，希望大大能给我科普一下岩诵夫夫，嘤嘤嘤。”

微博性别，男。

初宁推了推鼻梁上的眼镜，在心里暗骂了一句“死娘炮”，随后便很兴奋地向全寝室宣布：“啊啊啊，我‘儿砸’有男粉了！”

另一边，陆成诵看着陆成诗教自己发出去的“嘤嘤嘤”三个字，只觉得心里一阵恶寒。

面对新粉，初宁一向是知无不言，言无不尽。她喝了口水，敲打着键盘开始细致地讲述这对CP的成长之路。

姜岩与陆成诵，算是娱乐圈里比较有代表性的兄弟。两个人出道背景相似，都是从平面模特转向演员，后来又一起合作过一些作品，感情深厚。不过从初宁的角度看来，两个人之所以这么多年都能玩得这么好，与他们俩怎么都火不起来也有很大关系。

“岩诵夫夫”的来源是某一次见面会上，粉丝问陆成诵喝醉了是什么样子，姜岩开玩笑说：“他喝醉了总是给我打电话，让我去接他。”

那之后，他们之间所有的互动在女粉丝眼中都变得粉红起来，很多粉丝开始给他们写文章，剪辑视频，作图，一起脑补他们的有爱日常……现在“岩诵党”已经有了自己的官博，初宁作为视频编辑，也是工作组的一员。不过，她本身的属性更偏向陆成诵一人，对姜岩充其量是爱屋及乌，所以重心是放在陆成诵粉丝站的。

为了让自己的话显得有可信度，初宁还列举了一堆能证明他们“相爱”的证据：出席活动要坐在一起，发微博的时候总是艾特对方，开对方玩笑，生日总是第一个互送祝福，综艺上连线朋友，连线的永远是对方……诸如此类。

说了一堆，对面都没有回应，消息倒都显示“已读”。初宁甩了甩手，总结道：“差不多就是这样啦，小新新，你还有什么想问的吗？”

陆成诵看着屏幕，很是无语地回了一句“没有”。

他依稀记得，当时姜岩说了喝醉的事，其实是在有意嘲笑他。试问，一个男人喝醉之后只能给另一个男人打电话，这除了能证明陆成诵是单身青年，也就只能证明他没有私生活了吧？他并不觉得这是一件多么光彩的事，被初宁这么提起，就更让他觉得羞耻。

初宁看着那简洁的“没有”两个字，多年网聊经验让她觉得对方似乎对自己刚刚的解说并不是很满意。为了留住这个为数不多的男粉，初宁决定放大招。

“我这里有几篇写得很好的文章哟，很有意思哟，发给你吧！”

虽然不太懂，但有意思的文章他倒是很想看看。于是，他抱着好奇的心理回了个“哦”，不一会儿，那边就发来了网盘链接。随后是对方的坏笑表情。

陆成诵茫然地眨眨眼，点开了那条链接。

两分钟后，初宁收到微博系统消息——您的账号被人举报，举报理由：淫秽色情。

初宁：“什么玩意？”

03

整个上午，初宁都呈现出一种半死不活的状态。账号虽然没什么问题，但是被举报了总归是不爽的，餐盘里的饭都快被她戳烂了。阿隋伸手在她面前晃了晃，招魂似的叫道：“小初小初？别想了，赶紧把饭吃完。”

初宁像是没听到，皱眉思索了半天，终于恍然大悟似的抬起头。

“我知道了，肯定是昨天晚上掐架，别人恶意打击报复。”初宁一边抖着腿一边看着室友们，“但要是因此举报我，为什么选的理由是淫秽色情呢？正常人都应该选人身攻击之类的啊。”

哉哉吸溜一口面条，很不走心地安慰道：“不要生气，可能是你昨天掐架的时候说话太难听，太招人烦了。”

初宁眉毛蹙起来：“我怎么觉得这并不是一句安慰？”

一直默不作声啃鸡翅的小鱼，这时候很淡定地开口道：“我觉得不一定是黑子。你想想你昨天说起那个男粉，是不是你跟他说话的时候方式不对？看你昨晚笑得很猥琐的样子，是不是在不该飙车的地方飙车了，让人看到了觉得不爽？”

“我……就只是给那个男粉发了几篇有意思的文章啊，难道他不好这口？”初宁撑着下巴沉思，随后一掌拍向桌子，吓得旁边桌的女生肩膀一抖，“啊，他不会自己看完了，爽够了，就把我举报了吧？”

“这种人很多的。”小鱼继续淡定地说，“来，吃块大蒜压压惊。”

初宁把大蒜从自己面前推走，一边抗拒地摇头一边拿出手机，看着昨晚那个“陆成诵天下第一帅”，点开了他的主页。账号开了快两年，但是一条动态都没有，很明显是僵尸号或者小号。关注人只有一个，就是陆成诵，粉丝也约等于没有。翻了半天，初宁也没看出什么蛛丝马迹，所谓女人的直觉在这时候完全派不上用场。她瞅瞅周围，暗戳戳地凑近小鱼：“你会查 IP 吗？”

小鱼是学院里有名的电脑高手，听到这种小儿科的问题自然悠闲地点头：“很简单，就是不太合法，那是侵犯隐私权的。”

初宁叹了口气，总不可能为了这么一个人让自己的室友违法，心里的火苗刚刚燃起，又被自己掐灭。她低头几口吃掉餐盘里的饭，安慰自己，没事的，粉丝为偶像受委屈是很正常的，像陆成诵这么优秀的人，一定能理解她们作为粉丝的爱。这么一想，一次小小的举报又算什么？

初宁安慰着自己，准备收拾东西去表弟的学校找他修单反。还没出发，她就听到手机“叮咚”一声，特别关注显示，姜岩微博更新了。照片里是一个男人的背影，灰色衬衫，利落短发，单是一个后脑勺，就可以看出是陆成诵。初宁眼睛一亮，飞速按下转发并附言：“呀，发糖了！”

转发成功，她这才低头去看姜岩发微博时附带的那句话。

粉丝们，真以为陆成诵这小子不上 B 站？

初宁一惊，旁边的阿隋见她表情不对，推了推她，问：“小初，又怎么了？”

初宁把手机递给她看，转而又问：“你们说，如果陆成诵上 B 站，看到我给他剪的那些鬼畜视频，会不会觉得我是黑子啊？而且我还给他剪了很多搞怪视频，他会不会觉得他的粉丝是奇怪的人？”

“放心，像你家陆成诵这种笔直笔直的男人，可能连什么是‘攻’‘受’都不懂。”哉哉终于吃完最后一口面条，一边抽了餐巾纸擦嘴一边看她，“而且上面那么多视频，怎么可能碰巧就看到你剪的那几个。”

经哉哉这么一说，初宁觉得很有道理，跟室友道别，起身往表弟的学校走去。

另一边，姜岩坐在椅子里，一边刷手机一边笑："你今天怎么回事，突然让我看这种视频？"

视频里他和陆成诵被剪辑在一起，好一出虐恋情深。陆成诵挠挠自己的后脑勺，对他的反应无法理解："你怎么这么淡定？"

"这种视频很多啊，粉丝不都喜欢这样吗？"姜岩说着拿出手机给他看自己刚刚发的那条微博，"你看，我刚才发了一张你的照片，大家就都很开心。咱们的粉丝大多是小女孩，逗小女孩开心不是我们男人的荣幸吗？"

陆成诵听了这话之后，像个老干部一样叹息着摇头："姜岩，你这人不行，现在这圈子真是世风日下……而且你根本没看到粉丝写的那些乱七八糟的文章，那个词怎么说的，简直不堪入目！"

姜岩笑了两声，觉得他迂腐，不经意间看到陆成诵下巴上的瘀青，他愣了一下："你下巴怎么弄的？"

陆成诵摸了摸自己下巴，又是一声叹息："别提了，出机场那天遇见个黑粉，拿单反砸我下巴。"

姜岩："你这个人气哪来的黑粉啊？我看是人家想拍徐崇航，你挡人家镜头了，所以才挨砸的吧？哈哈哈哈。"

陆成诵觉得自己差点背过气去。

站在封十里的学校门口，初宁低头看看自己的手机，离他下课还有差不多二十分钟。自己来得有点早了。打开饭圈群聊，几分钟不见，又是一堆新消息。工作组的群相比之下会安静一些，她怕错过站子里的重要通知，刚打开群，就看见好几条艾特自己的消息。

点点姐：小初小初？小初在吗？

苏州小馒头：呼叫小初！

这两个人都是比初宁资历还老的粉丝，现在基本掌管着陆成诵后援会的运营。因为他人气不高，公司对他又是放养政策，所以后援会纯粹是粉丝自发创建的。点点姐因为有朋友在圈内，消息比较灵通，而小馒头领导能力强，会管理，虽然站子小，但一直运作得井井有条。初宁毕竟年轻，对这些姐姐辈的人有一种天生的敬畏心理，这会儿看见她们集体呼叫自己，自然马上蹦出来回应："我在！"

点点姐：上午得到的消息，下周的慈善之夜，陆成诵也会出席，还是在北城。你看你时间方便吗？能不能去跑一下前线？

小初是亲妈：下周应该可以，我最近有一个月的假期。

点点姐：那太好了！等官宣了你记一下时间、地点。

苏州小馒头：虽然是晚会，但是最好一天都去等着，他肯定会提前到的。就算拍不到进场，也一定不能错过红毯。

小初是亲妈：收到！

点点姐：听说徐崇航也会去。

苏州小馒头：基本定了。他最近好像还接了新戏，成男主角了。

小初是亲妈：他火得好快，这么快就成男主角了。

点点姐：小初你去的话，避开点他们家粉丝，现场吵架可不好看。

小初是亲妈：嗯嗯嗯！

接收到组织任务，初宁拍拍自己的包，里面还放着上次摔坏了的单反。说坏了倒是有一些夸张，其实只是出了点小问题，以封十里的能力，两天修好不在话下。从手机上收回目光，初宁抬手揉了揉酸痛的脖子，远远看见封十里背着书包朝她跑过来。

还没到下课时间，他估计是提前溜出来的。

初宁把手里的包递给他，才发现他眼圈红红的。她一愣，歪头仔细去瞧他的脸："十里，你怎么了？"

"姐，我分手了。"

封十里的分手方式比较惨烈。由于他生活在男女比例高达七比一的工科院校，人生中最美好的初恋只能献给了网恋。而最近这位网恋的小女友不知是哪里不对劲，常常不回他消息，作为黏人的少男，封十里选择作死，试图用分手的方式威胁对方。谁知对方听后语气随意：“分手可以，你这辈子再也找不到我这样的女孩了。”

封十里瞬间觉得心痛难忍，嘴上还是不肯认输：“你也找不到我这样的男人了！”

网恋对象：“那可真是谢天谢地。”

短短对话，封十里完败。

初宁站在校门口，迎着3月还有点寒意的春风，听他抽抽搭搭地说完，刚要安慰他几句，就听到他呜咽着总结陈词：“姐，我算是明白了，这世界上好看的女人都是骗子！我再也不相信爱情了！”

初宁皱眉：“没有吧？也不要这么绝对……说不定你网恋的那位根本就是个抠脚大汉呢，你这么想会不会觉得心里好受一点？”

封十里：“不会，滚。”

鉴于状态不佳，封十里说自己要等心情好一点了再修单反。初宁算了算慈善晚会的时间，觉得一周的时间大概也差不多，于是抱着安慰封十里的想法，请他吃了顿饭。回去的路上，她习惯性打开微博，看到陆成诵破天荒地放了一张自拍。

“挂彩。”

照片里，他仰着头，下巴上有很明显的一块瘀青。

粉丝评论清一色的心疼，问他怎么弄的。初宁想起那天在机场的场景，原本按在转发键上的手慢慢收回，带着点心虚，给陆成诵悄悄点了个赞。

几乎是同时，微博私信一声提醒，有个挂着小女孩头像的粉丝给她发来一串文字，大意是表达自己对她的崇拜和喜爱。一开始有人在微博上缠着她喊“大大你好厉害，你剪的视频我好喜欢啊”的时候，初宁还会很羞涩地老脸一红，时间长了，再有人来跟她表白，她就只是笑一笑了。点开小粉丝的主页，看资料还是高中生，初宁在心里感叹现在高中生真是闲，都有时间追星，又看向她的昵称。

名字倒是很好听——一首唐诗。

04

面对这位名叫“一首唐诗”的小粉丝的疯狂表白，初宁很淡定地回复：“真的很谢谢你的喜欢。”

房间里，陆成诗“嗷”的一嗓子，吓得刚回家的陆成诵险些把手里的手机扔了。他怒道：“一天天的，鬼叫什么！你还是不是个女孩了！”

“大大回复我了！”陆成诗兴奋地跑过来，指着自己手机上的聊天界面，满眼都是小星星。陆成诵扫了一眼她的手机屏幕，冷哼一声：“你不是说全世界的明星死绝了，也不会来喜欢我吗？那你关注我的粉丝干什么？”

“谁喜欢你了？我喜欢的是你的粉丝，别给自己加戏。”陆成诗白了他一眼，哼道，“回头我就撺掇大大在视频里把你剪辑成渣男败类。”

“陆成诗，你跟我有仇吗？”某人处于奓毛边缘。

“没有啊，看你生气特别好玩。”陆成诗说着蹦蹦跳跳地回了房间，时不时还能听见她在屋子里发出一连串杠铃般的笑声。

陆成诵撇撇嘴，脱了大衣回自己的房间。

最近公司给他接了部新戏，用经纪人邓杨的话来说，这样的机会千载难逢，必须好好把握，所以提前一个月就开始控制他的饮食，帮助他塑型。一周后还有个慈善晚会要出席，他最近为了保持身材，除了健身，就是吃高蛋白食物，精神十分抑郁。跟姜岩在健身房里累了一天，回家和陆成诗拌几句嘴，反倒觉得整个人精神多了。他把衣服换掉，带着难得的好心情走进浴室。

洗了个澡出来，陆成诵悠闲地窝在沙发里，转头就看到镜子里的自己。发丝还湿着，完全素颜的脸上皮肤白净，眼眸幽深，唇红齿白。

陆成诵伸手拨了拨自己的头发，对着镜子皱起眉。这个动作让他原本还算温和的表情带了点戾气，透出一股不可亲近的味道来。他于是又把眉毛舒展开，凑近了镜子一些，挑起半边的嘴角邪魅一笑，原本清冷的眼里顿时灿若桃花。他咂咂嘴，拿出手机就着这个姿势，自拍了几张。

他新剧演的就是个霸道总裁。陆成诵人生第一次演男主角，难免有点小紧张，最近总是时不时对着镜子练习邪魅表情，弄得陆成诗怀疑他看了自己电脑里的腐剧，叽叽喳喳说了他几句又跑去玩自己的了。想到腐剧，陆成诵又想起昨晚那个粉丝给他发的同人文，再看镜子里发丝未干的自己，浴袍领子里的锁骨若隐若现，回忆文中的语句描写，陆成诵打了个哆嗦，随即在心里狠狠恶心了自己一把。

陆成诵参加慈善晚会的消息是在星期三官宣的，晚会时间定在星期五。初宁算了一下时间，觉得还是提前些把单反要回来比较保险，于是一边嗑瓜子一边给封十里打电话："十里，我一周前让你修的单反明天别忘了给我还回来，姐姐我后天要用。"

封十里在那边答应了一句，这边的阿隋从书本里好奇地抬头："小初，你后天要出去拍照吗？需要模特吗？你看我行吗？"

"要拍照，不要模特，你不行。"初宁淡定地回复了她的问题，又解释道，"后天慈善晚会，陆成诵肯定走红毯，我要代表后援会扛大炮跑前线。"

阿隋神色茫然，一时间不理解她都说了些什么："大炮？前线？你是去打仗吗？"

小鱼正在敲键盘，听到这话之后在一边头也不回地科普："这都是饭圈用语，'扛大炮'就是扛着相机去拍照的意思，'前线'一般指的是发布会现场之类能近距离接触偶像的地方。"她说着顿了一下，"需要我再给你科普一下什么叫后援会吗？"

阿隋连忙摆手："不用不用，这个我还是知道的。不过小初，你又要逃课吗？"

"我不是骨折了，有一个月的假吗？"初宁说着看了阿隋一眼，眼神幽怨。

阿隋张张嘴，还想说什么，转头就听到哉哉疑惑地"哎"了一声："小初，这是不是陆成诵啊？他要接新剧了？"

"嗯？"初宁凑近过去，虽然是小道消息，但是说得有鼻子有眼。她把那条新闻仔细读了读，确定没有任何官方说法，最后决定不信，"我觉得是假的。新剧倒是有可能，但是凭他的演技，现在演男主角也太牵强了吧？虽然我是他粉丝，但也得理智追星啊。而且你看这部剧的名字，

《霸道总裁爱上我》？听起来跟闹着玩似的。”

哉哉点点头：“有道理。不过要是他真接了这种剧，你追吗？”

初宁很没原则地点头：“必须追。”

星期五还没到，群里的点点姐就提醒初宁不要忘记红毯时间，所以星期四晚上，初宁就开始收拾第二天要用的东西。因为封十里的学校距离晚会现场很近，初宁跟他约好自己顺道去取单反，免得他再跑一趟。初宁把东西装进包里，捶捶自己的腰，就听到一旁的阿隋不放心地问道：“你明天真的不去上课吗？”

“不去啊，怎么了？”初宁看了她一眼。一旁的哉哉和小鱼也看了过来。阿隋眨眨眼，一副很不确定的样子：“你们不会都不打算去吧？你们是要放弃孟教授的小考，不要平时分了吗？”

寝室里有几秒死一般的寂静，随后三个人异口同声发出绝望的呼喊：“小考——”

“周一那天群里通知的啊……”阿隋晃了晃自己的手机，“你们都没看群吗？之前就想跟你们说，结果被什么话题岔过去了。”

寝室里又是一秒的寂静。小鱼和哉哉还没从要小考的消息里反应过来，初宁已经抓着自己的头发开始了惨绝人寰的哀号：“为什么我现在才知道要小考！啊啊啊，这个时候后援会的其他人就算开飞机过来也来不及了！啊啊啊啊，我怎么跟组织交代啊！”

小鱼已经平静地接受了现实，反正对她来说，考什么都很简单：“还要考试啊，真是浪费时间。”

哉哉则有一点点惆怅：“好烦啊，今晚不能追新番了，要去啃书……”

相比两个人的淡定，此时的初宁就像一只上蹿下跳的猴子。拿着手机在寝室里极其焦虑地转悠了一圈，她还是没勇气跟点点姐说自己要考试，去不了。“前线”这种事，答应了却临时变卦，让站子很难做的。后援会人本来就少，会拍照的人更是稀缺，多少去不了的人都把希望放在了她的身上，一想到那一双双殷切的眼睛，她就觉得内心愧疚难安。

心一横，初宁拿出手机又一次打电话给封十里。

“十里，考验我们亲情的时候到了。”

刚刚失恋的封十里明显没心情配合她：“我们的亲情经不起考验，你要是求我办事，我就跟你断绝姐弟关系。”

初宁：“请你吃饭。”

那头的封十里换了语气：“吃什么？”

“烤肉。”

“我觉得我们之间的姐弟感情这么多年，差不多也走到了尽头……”

“牛排。”初宁咬牙切齿，“前提是你得给我拍好看了，你都会修相机，拍照肯定也会吧？要是拍不好，我就把你做成牛排！”

星期五，当初宁在考场上抓耳挠腮的时候，封十里背着相机出现在了晚会现场。他耳边仿佛还响着表姐昨晚的谆谆教诲：“一定要找好看的角度拍；拍完了一定要第一时间登我的账号发出去，免得被别人抢了先；一定要带陆成诵的标签；一定不能辜负我的期望。知道了吗！”

封十里看在一顿牛排的分上，在电话这头很狗腿地有求必应：“知道了知道了，我一定会把你偶像拍得很好看的，你放心吧！”

虽然初宁对他是一百个不放心，但眼下也找不到更好的办法。卷子发下来，初宁忽然觉得自己右眼皮跳得厉害。她暗自在心里祈祷今天一切顺利，然后低头开始认真答题。

封十里这个人，平时一向不着调，但是小聪明不断。按照初宁给的地址，封十里几乎是在粉丝还没来几个人的情况下就占据了绝佳的拍摄地点。他拿着相机刚蹲下，耳边就传来一道甜美的声音：“你好，这个位置我占了。”

“这里又没写名字，怎么就你占了？”封十里不满地抬头，与面前的陆成诗对上了眼。他一愣，眼看着陆成诗露出委屈的神情，赶快从地上站起来，“哎呀，我是说反正没写名字，你要是喜欢，你就在这里好了嘛。都是追星的，何必互相为难呢，是吧？”

陆成诗眨了眨水灵灵的大眼睛，附和着点头：“是的呀，大哥哥你人真好。”

一句夸奖，让封十里心里美滋滋的。不过这么一来，倒找不到那么好的拍摄地点了。他左右跑了好几个地方，最后将就着在右边站好。选这个地方有他的私心，因为一转脸就能看见陆成诗。

这么一来，封十里的镜头是照不到门口的，自然错过了陆成诵进场。不过初宁也说进场拍不到没关系，红毯图好好拍就行，所以封十里倒也没慌张。等到灯光就位，陆成诗迅速举起自己的小相机对准红毯。小美人这副认真的样子最是迷人，封十里虽然也举着单反不断地按快门，心思却全被她牵走了。

等到他反应过来，陆成诵已经微笑着站在红毯上招手。封十里始终不能明白，自家姐姐怎么会喜欢一个长了张债主脸的男人。

随意地按了几下快门，封十里拿出设备登录初宁微博，发送图片交差。

这一夜，陆成诵的饭圈，第一次炸开了锅。

第二章
我真的不是黑粉

01

陆成诗第三次把目光放在一边的封十里身上，带着不满的语气忍不住开口："请问你能别看我了吗？"

封十里一惊，匆忙收回目光的同时小声道歉："不好意思……不过你真的挺好看的。"

"你是哪家的粉丝啊？来跑前线还是来搭讪女孩子的？"陆成诗斜睨他一眼。看陆成诵那张刀削笔刻的脸就该知道，陆家颜值基因差不到哪里去。陆成诗虽然还没满十八周岁，但五官已然十分精致。从小到大被男孩子捧在手心的她，哪里会把封十里的恭维放在心上？

最后拍了几张自家哥哥的背影，陆成诗收了相机准备打道回府："别看了。你要是来拍徐崇航的就站我这儿吧，这位置比较好。"

徐崇航的名字封十里不陌生，即便不追星，班里一半的女孩也天天挂在嘴边"老公老公"地喊。他对这种明星没什么兴趣，眼看着陆成诗要走，便狗腿地跟了上去："你要走吗？我也拍完了准备走呢。你去哪儿？看咱们俩是不是顺路。"

陆成诗脚步没停："你来拍谁的啊？"

"陆什么的那个。"

陆成诗站定，扭头看他："你连名字都没记住就来跑前线？"

"我帮别人忙。你还没说你去哪里呢。"

“我去南四环那边。”

“哎哟！”封十里一拍大腿，“正好顺路！我送你回去吧，天都黑了，一个女孩子多不安全。”

也不知道是他演得用力过猛，还是现在女孩子都鬼精，陆成诗双手抱臂歪着头看了他一会儿，忽然抓着他的衣服，指了指他胸前的校徽图案：“你是工大的吧？出门左拐五分钟就是你们学校北门，你跟我顺什么路？”

体育课一结束，封十里就直接跑过来了，系服也忘了换。他在心里狠狠唾弃了自己一把，再抬头，陆成诗已经自己出门口拦车去了。他没勇气追出去，心里忽然开始疑惑——那些巧舌如簧的渣男是怎么追到女孩的？怎么他用了差不多的手段就成了翻车现场呢？

封十里一边挠头，一边往学校走。还没进校门，口袋里的手机振动起来，他拿出来看着上面初宁的电话，不知怎么的觉得头皮发麻，不祥的预感从尾椎一直上升到天灵盖。

事实证明，病急乱投医的结果往往是让人病入膏肓。当初宁考完试出来登录自己微博账号的时候，蹦出来的照片差点让她在逸夫楼门口昏厥过去。不说光影，也不说构图，单说人像，这要不是得了癫痫，怎么能把人糊成这个样子？

初宁不觉得封十里会连基本的拍照工作都做不好，毕竟当初她玩单反的时候，他还可以指导她几句。第一条微博里的图片虽然糊，但勉强可以解释为陆成诵在走路，糊一些也可以理解。她不能理解的是，当陆成诵站在背景墙前微笑致意，需要拍摄特写镜头的时候，封十里是以怎样诡异的姿势将陆成诵拍成表情包的。

初宁向后退了一步，就像电视剧里误食了鹤顶红的英雄侠客，一腔老血险些喷出来——前面的图再怎么渣都不是最可气的，最可气的是，他打错了陆成诵的名字，写成了“陆成桶”。

关掉微博，初宁手指颤抖着点开了自己的微信。群里的消息已经刷了“99+”，熟悉她的人都在问她今天是不是忘记吃药了。

不是她忘记吃药了，是封十里忘记吃药了。她这个表弟大概是生来就跟她有仇，总是讹她请客吃饭就算了，现在居然把魔爪伸向了神圣不可侵犯的陆成诵。刚刚考过试的人大多是没理智的，初宁出了教室直接打了个出租车，直奔封十里学校。

由此，666寝室余下的三人深深为封十里的生命安全捏了把汗。

要是陆成诵足够火，发布会黑图事件足以把初宁送上热搜。好在她“儿砸”是个十八线男演员，没有多少知名度，你要是在陌生的群里发了他的表情包，其他不认识的人大概觉得这真的就只是一个表情包。

每每想到这里，初宁都忍不住老泪纵横。

她最终还是做不到大义灭亲，在封十里鬼哭狼嚎求原谅之后，初宁气呼呼地回到了寝室。阿隋正低着头看手机，见初宁回来，兴奋地朝她招手：“小初，你快来看，‘徐崇航红毯’这个话题上热搜了！”

初宁觉得胸口越发闷痛：“不看！”

“其实我觉得徐崇航跟陆成诵的演技差不多，风格也差不多，怎么他现在就能这么火呢？”阿隋皱眉，“陆成诵出道都七年了，也没演上一次男主角，看来娱乐圈这些事真的也得看运气啊。”

“大器晚成。”初宁说完这么一句，坐在电脑前开始思考怎么补救封十里拍的那些图。微博上的图她已经删得差不多了，好在饭圈里的人大多认识她，听她讲完事情原委后，也没有过多责备。她把单反里的图一张张拿出来精修，修完了已经是凌晨，正打算发微博，忽然看见私信窗口蹦出来新消息。

陆成诵虽然不火，但还是有自己的死忠粉的。死忠粉和脑残粉大概也就一句“你知道他有多努力吗”的距离，所以当微博上那个曾经拿了她资源又举报她的“陆成诵天下第一帅”再次给她发私信的时候，初宁觉得这个人八成就是黑粉。

因为他的私信内容十分中二，隔着屏幕，初宁都觉得他是小时候奥特曼看多了：“承认吧，你是陆成诵的黑粉！”

寝室已经熄灯，初宁坐在桌前打了个哈欠。她本来不想回复的，可今天心情不好，心情不好的时候还有人来吵架，哪有不应战的道理。

初宁撇撇嘴，挑衅意味十足地回复了一句：“是又怎么样？”

于是经典的回复出现了，对方气急败坏的语气通过文字都看得出来：“你知道他有多努力吗？”

初宁心说，我知道啊，我是他“亲妈粉”，我当然知道了，而你又算哪根葱？犹豫一下，初宁回复：“我根本不是黑粉好吧，你看看我主页，谁家黑粉这么尽职尽责？”

陆成诵天下第一帅：你看看你今晚发的那些图。

小初是亲妈：那些图我都解释过了，你不信就算了。

陆成诵天下第一帅：之前的机场图也是你拍的？

小初是亲妈：是啊。为了拍那些图，我单反都摔坏了。

抱着平板窝在椅子里的陆成诵一愣，坐直了身体看向私信内容。摔坏单反？这么一联想，那位在机场用单反砸他下巴的，显然就是这个人。一想到那天狼狈的场景，陆成诵气得差点把平板扔到地上去。

一直坐在他身边的经纪人邓杨，见到他这副表情，十分尽责地提醒了一句：“你最近新戏要开拍了，肯定有媒体探班，你别一脸的苦大仇深。”

陆成诵此时满脑子都是初宁的微博头像，只觉得心窝子都疼，他皱着眉毛病恹恹地开口道：“邓哥，我好像有个黑粉，还是伪装成真爱粉，藏得很深的那种。”

“正常，明星都是有黑粉的，说明你快要火了。”邓杨嗑着瓜子跟手机里新认识的小姑娘聊得正欢，随口敷衍了他一句。

陆成诵觉得自己火不起来，这个不着调的经纪人得负百分之八十八的责任。

他低头，再次点开初宁的主页，刷新，看到她重新修过的红毯图。这一次明显是丢弃了一些拍得不好的，留下了还可以修的。陆成诵一张张点开，越看眉毛越皱在一起——黑粉是肯定会露出马脚的，伪装得再深有什么用，他迟早要用自己的方法揭穿她的真面目。

想到这里，陆成诵深吸一口气，打算退出微博，还没按下返回键，私信栏蹦出新消息。他的小号上没有认识的人，点开，他只觉得气血上涌。

小初是亲妈：黑粉又怎么样！总比你这种粉丝强，我再怎么喜欢他，都不会说出他天下第一帅这种蠢话。

陆成诵抱着平板觉得自己幼小的心灵受到了伤害。难道他，不是天下第一帅的吗？

02

3 月中旬，《霸道总裁爱上我》在北城开机，这次的电视剧打破了传统剧先制作后播出的套路，决定边拍边播。因为这种特殊的制作形式，开机仪式结束后陆成诵才在经纪人的授意下配图发微博，算是给自己做官宣。因为这次难得跟姜岩合作，又是第一次担纲男主角，陆成诵心里很是忐忑，点开微博，连同新剧本的图片一起上传。

“敬请期待新剧《霸道总裁爱上我》，总裁驾到，请多关照！”

放下手机，陆成诵看着镜子里的自己皱起眉：“唉，霸道总裁这种人设，简直就是为我量身打造的。”

另一边，666 寝室里传出一声欢呼，阿隋的面膜成功被吓得掉下来：“小初，你再鬼叫，我就让你把这面膜吃了。”

初宁放下手机冲上去一把抱住阿隋，死命地晃了好几下：“啊啊啊，陆成诵要演霸道总裁了，啊啊啊，这种人设简直就是为他量身定做的啊！”

“新剧吗？叫什么名字？”哉哉摘下耳机，好奇地望过来。

初宁完全忘记前几天她在寝室里是怎么抨击这个剧名的，仰着脖子非常骄傲地宣布：“《霸道总裁爱上我》！”

室友们相比初宁永远更为理性，在这个心潮澎湃的时刻无法分享她的喜悦。点开群聊，初宁找到“陆成诵全球黑粉鉴定会”，这不是工作组的群，只是几个玩得好的饭圈大大自发建立的，大家显然也知道了新剧的消息，正在讨论陆成诵刚发的那条微博。

陆家小跟班：总裁驾到，请多关照！陆成诵是从哪个年代穿越过来的……

岩诵一生推：不配跟姜岩的合照，差评。

诵诵最爱的地瓜片：反正他一直就是这种直男风格，我习惯了。

小初是亲妈：哈哈哈哈，你们能不能对自己的偶像善良点。

灵魂画手阿标：不能，这个剧名令我绝望。

陆家小跟班：这个剧好像就是在北城拍吧？羡慕小初，可以去探班了。你们工作组有没有什么安排啊？

这么一问，初宁也觉得这次机会难得，可以让后援会集资做一次发布会应援。更方便的是，还可以联系姜岩家的粉丝联合应援，反正他们俩关系好，粉丝也都像一家人。初宁是今年刚刚被工作组挖过去的，对集资流程还不太熟悉，几个姐姐在群里商量，最后分给她一个制作集资海报的任务。

这个任务说大不大，说小也不小。她虽然是个大大，但基本是无组织无纪律的，这次好不容易混进了组织，必须好好完成任务。工作组的几个姐姐都是老粉，资历比她老多了，偶尔大家没事闲聊，生活中的苦恼和烦闷，不能跟现实朋友讲的，倒是可以放心地说给网友听。一来二去，不出几个月，初宁就跟她们混得很熟了。她一边做着海报，一边旁敲侧击地问点点姐："探班的话，是不是得有人负责一下前线啊？"

苏州小馒头：上次照片拍成那样，还能不能跑前线了？

点点姐：到时候我会过去，小初跟着我吧。记得提前跟学校请假。要是像上次那样有考试就直接跟我们说，学习重要，我们肯定都理解的，别再弄出那样的乌龙啦。

点点姐一向温柔，初宁觉得自己眼泪都要掉下来了："好的！这次保证不会出问题！"

因为新剧与其他剧的拍摄节奏和播出方式都不同，所以发布会定在了开机一周后。这一周的时间里，制片方为了造势，放出了部分片场花絮。

大概是了解现在女性粉丝的喜好，花絮里除了对男女主角的介绍，姜岩作为男二号戏份也不少。为了吸引粉丝，制片方将男主、男二的互动剪辑在一起，刻意炒作。

对于炒作行为，姜岩嗤之以鼻，但是导演要求了，他也不能不配合。相比之下，直男陆成诵倒是像个傻白甜。导演让他对着镜头用双手比个“心”，他努力良久还是拗了个馒头形状出来；导演让他给镜头前的观众做一个 wink，他酝酿半天，眼皮艰难抽搐几下，失败。几番折腾下来，导演对于陆成诵有些绝望，看得一旁的姜岩笑到前仰后合。

除了发布会，其余时间粉丝是没机会看到片场明星的，所以为了能顺利探班，初宁她们决定在发布会前一天会面，准备发布会需要的东西。集资新闻是不久之前发出去的，可陆成诵人气不高，到现在也没筹到多少经费。点点姐在群里叹息，说：“实在不行的话，就像之前每次那样，自己垫钱吧。”

初宁也认真摸了摸自己的小钱包，思索如果垫钱，自己能出多少。转而又觉得凄惨，喜欢了陆成诵这样不温不火的人，每到这种时候都会觉得心里难受。她坐在电脑前翻相册，一张张图片翻过去，看到某些照片里陆成诵笑得眼睛都眯起来，一脸灿烂的模样，又觉得一切值得。

名叫“一首唐诗”的小粉丝最近似乎很闲，对新剧有无限兴趣，总是时不时冒出来跟初宁搭几句话。初宁在饭圈不是高冷型的人，一般看到私信都会回复，只是今天看着对话框里那句“大大，咱们集资情况怎么样了呀”，她停在键盘上的手犹豫了好几次，都不知道怎么回，内心真是一片萧瑟。

唉！

陆成诗抱着手机在床上打了个滚，正好听见开门的声音。看看时间，陆成诵也差不多收工回来了，她扔下手机光着脚跑到客厅，难得乖巧地跟他打招呼：“哥哥你回来啦！”

听到“哥哥”俩字，陆成诵拿拖鞋的手顿了一下，神色不变：“零花钱又花完了？”

“嗯！”陆成诗狗腿似的接过他手里的拖鞋帮他放在地上，又伸手帮他脱掉脚上的皮鞋，“不过这次钱可不是花在我自己身上了，其实都给你花了。”

陆成诵挑眉：“这是什么新的要钱方式？”

“真的，不信我给你看。”陆成诗跑回屋里，拿上手机又跑出来，其间在陆成诵的警告声里乖乖穿上了拖鞋。她点开自己的交易记录给他看。界面上显示最近最大的一笔转出是五百元，收款方是“陆成诵全国粉丝后援会”。

“你的新剧不是快播出了吗，所以粉丝都要来探班啊！但是你的人气，你自己心里也有数吧？根本凑不到多少钱。我是想再为你捐一点的，但我真的没钱了。”陆成诗说完，眨眨眼看他，神色无辜。

陆成诵回看她：“所以你的意思是，让我自己花钱，给我自己应援？”

“说白了是这样，但心意是粉丝的。”

陆成诵整张脸都扭曲在一起：“花着我的钱，心意还是粉丝的？你转出去的那五百块不也是我给你的？你跟我扯什么心意？你是不是想拿钱买个粉丝大大的头衔，陆成诗？你怎么这么虚荣？”

世界上最了解陆成诗的人，除了父母，大概就是她这个亲哥哥，短短几句把她的心思揭得一览无余。陆成诗恼羞成怒，跺脚往屋里走：“算了，反正到时候片场没人给你探班、送礼物，丢脸的又不是我。”

陆成诵：“生气了？”

“没有。”

这么说的话，那就是生气了，陆成诵再怎么直男，也不会听不出来。

叹息一声，他脱下外套走过去敲了敲陆成诗的房门：“行了，你要多少钱？”

“不要了，反正我爱慕虚荣。”

“我就问最后一遍，你要多少钱？”

房门瞬间打开，陆成诗很没骨气地仰头看他：“把你手机给我。”

为了确保这些钱最后是真的用于集资，陆成诵坐在沙发上，决定自己亲手给后援会转账。犹豫着输入了数字，他偏头想问问陆成诗先转这些行不行，谁知道那丫头反应极其迅速，飞速在他原本的数字后面加了个零，然后按下了确认转账。

陆成诵开始后悔告诉她自己的支付密码这件事了。

群里，苏州小馒头一声“哇”。

点点姐：怎么了？

小初是亲妈发了一长串问号。

苏州小馒头：陆成诵的粉丝里有土豪了，应援了五千。

小初是亲妈：我的天哪！谁这么有钱？我怎么不知道我“儿砸”还有这么土豪的粉丝，是新粉吗？

点点姐：快看看 ID，一会儿跟她确认一下，别是转错了。要是转错了，得给人家退回去。

两秒后，苏州小馒头回复：没转错，真的是有钱人。

小初是亲妈：ID 是什么？

苏州小馒头：……陆成诵天下第一帅？

坐在电脑前的初宁手一抖，张张嘴，发出一句清晰的“哇”。小鱼刚好进门，一边把洗好的水果塞进她张着的嘴里，一边问道：“什么事啊？这么惊讶。”

初宁嚼着水果含混不清地回道：“上次举报我的那个粉丝，这次应援了五千。”

小鱼：“哇，真爱粉？”

初宁严肃地摇了摇头：“以前我还不敢确认，这下确认了，真的是脑残粉。”

另一边，正在洗澡的陆成诵在温暖的浴缸里狠狠打了个喷嚏。

03

有了土豪粉的资金援助，新剧应援活动开展得无比顺畅。工作组很快准备好了探班礼物，连同送给剧组工作人员的小点心都订制得别出心裁。点点姐在星期一下午到达北城，初宁星期二刚好没有课，在机场接到了点点姐，两个人连夜赶到酒店去准备第二天需要的东西。

别的明星工作组怎么说也有五个以上的人，但到了陆成诵这里，就显得分外冷清。点点姐工作三年，虽说年轻，但总比初宁社会经验丰富得多。两个人坐在酒店房间的地毯上准备条幅之类的东西，聊着聊着便聊起追星的初心。

“之前网上不是很流行一句话吗，”点点姐低头整理手中的条幅，酒店灯光照在她侧脸上，把她原本就温柔的轮廓衬托得更加柔和，“追星有三忌，一忌真情实感，二忌倾家荡产，三忌啥事都管。我最开始喜欢他的时候，他还是个不出名的小模特，染了一头黄头发，板着脸在台上走秀。那时候就觉得，哎呀，这个人跟其他人都不一样，我想了解他是什么样的人。”

初宁微笑着，静静听她说下去。

“原本就是想这么喜欢他而已，但是后来想为他做的事越来越多。那时候我上高中，微博还不流行，我跟小馒头是在贴吧里认识的，一点一点把他的吧做起来，立规矩，带新人，到现在，也不知道自己是喜欢他，还是喜欢这个努力的自己了。”

“那你有没有想过，自己会不会有走的那天呢？”

点点姐抬头仔细思索了一下，说：“会吧。谁都会有走的一天的。这些年在饭圈里看见太多这样的事了，来的时候热情洋溢，天天在群里聊天，等到毕业了，工作了，遇见更好的偶像了，自然就走了。”说到这儿，点点姐略带紧张地看了初宁一眼，“不过小初，你可别走，站子真的太需要你了。”

初宁也跟着表情严肃起来：“那当然了，我不会走的，我还要亲眼看着陆成诵火成国民老公呢。”

“他要是真有那么火的一天，可能咱们反而不会留下。”

“为什么？”

“到时候喜欢他的人多了，有钱的，有技术的，随便找，哪里还轮得到咱们呀。”

初宁皱了皱眉，觉得她的话有道理，却不全对：“虽然我也希望他是我们的宝藏，希望他能一直保持现在的样子，不被娱乐圈同化，但我也希望他能成功，因为我觉得那才是他真正想要的吧。至于到时候咱们在不在，其实也没那么重要了。追星这件事，就怕觉得自己大义凛然，还是得记住自己的初心。我最开始喜欢他，也就是喜欢他跟别人不一样而已。”

点点姐在一边笑着点头，话题越聊越深，两个人一边聊天一边忙手里的事，竟是到了凌晨才睡。第二天上午收拾好东西，初宁背着相机，跟点点姐一起大包小包地往发布会现场赶。

作为小成本网剧，发布会现场来人不多。姜岩那边的粉丝跟她们也算熟悉，两家之前商量好联合应援。到了现场看看时间还早，正好整理一下物资。用最大礼盒包装的，是送给陆成诵的礼物，关于谁去送这个礼物，点点姐和初宁产生了分歧。

点点姐：“你去。”

初宁：“你去。”

争执半天，姜岩家的粉丝打断她们：“这么好的机会，你俩推来推去的干吗？你们不去，我可去了！陆成诵今天穿了件格子西装，太帅了，我都想爬墙了。”

初宁：“点点姐，还是你去吧，我在这边负责拍照。”

点点姐：“其实我也都是远远看着他的，我真不敢去……要不咱们‘石头剪刀布’？”

达成共识，石头剪刀布，三局两胜，初宁三局皆输。

最后还是初宁抱着盒子，跟工作人员打了招呼，慢吞吞地往后台走。她倒不是害怕或者害羞，只是一想到上次在机场自己拿单反砸了陆成诵下巴，就隐隐觉得心虚。发布会后台设计得十分曲折，初宁只觉得自己跟着工作人员拐了无数个弯，才晕乎乎地站在一扇门前。对于粉丝探班行为，工作人员早就见怪不怪，反正陆成诵没什么人气，他也懒得招呼初宁，把她扔在这里，转身就走了。

初宁犹豫着抬手敲了敲门。

“应该是之前说要来探班的粉丝。”邓杨把手机放下，拍拍陆成诵的肩膀，“一会儿粉丝进来热情点，别摆着你那张死人脸。”

陆成诵："什么叫死人脸？这叫禁欲，禁欲高冷！"

邓杨："闭嘴。"

经纪人有时候真的是对他们的艺人凶巴巴。陆成诵撇撇嘴，在开门之前好好收拾了一下自己的发型。门被打开，初宁抱着礼盒往里探了探头，看到邓杨的同时礼貌地打招呼："你好，我是陆成诵后援会的粉丝，代表大家来给陆成诵送礼物的。"

"快进来。"邓杨是个微胖的大哥，看起来大概不到三十岁，笑的时候眼睛眯着，很是和善。初宁紧张的心情缓解了不少，走进屋里，把礼物小心翼翼地放在桌子上，说："这是我们的一点小小心意。那个，能不能拍个认证照？回去我好跟粉丝们交代。"

邓杨笑着说当然好，一回头，发现陆成诵已经积极地在礼盒前摆好了姿势。初宁笑了笑，拿出一直背在包里的单反相机。相机举起来的时候，陆成诵脑海里的记忆一瞬间清晰起来。

这台单反，这个女孩，这不就是他的黑粉吗！

意识到这一点的瞬间，陆成诵的笑容垮下来。初宁已经按下快门，看看拍好的照片，她面露难色："那个，您能笑一下吗？"

陆成诵配合地扯起嘴角："茄——子——"内心却早已经激光一般将初宁一顿扫描。这一定是他见过的最成功的黑粉了，不仅混进了后援会，还亲自来后台送礼物，自己一定不能给她抓住把柄，要展现最完美的笑容！

于是，托陆成诵的福，探班任务圆满完成。

当晚，在酒店里整理照片，初宁一眼就看见陆成诵笑容垮掉的那一张。因为拍摄角度原因，他这么看着镜头却不笑，眼神有几分呆滞。初宁盯着照片看了好几秒，忽然捂着嘴发出爆笑。

"什么事笑得这么开心？"点点姐凑过来，看一眼，也跟着"哈哈哈"笑起来，"简直就是表情包啊！快配点字发出去，让大家开心开心。"

"那不是很像黑粉吗？哈哈哈哈。"初宁嘴上这么说着，身体倒是十分诚实地打开了修图软件。做表情包这种事可比精修简单多了，分分钟就十几张。前一秒用后援会的账号发布了精修图，后一秒初宁就在自己微博上发了刚刚做好的表情包。并附言一句。

探班私货，需要自取。请叫我雷锋。

初宁在饭圈一向走的是越爱越黑的路线，熟悉她风格的人自然也知道她没有恶意，所以大家纷纷开心地转发，当表情包用。陆成诗坐在沙发上“咯咯咯”地笑了很久，看看时间，陆成诵也快回来了，于是在微信上问他：“什么时候到家？”

陆成诵回复：“快了，剧组会餐。”

陆成诗把今天刚从初宁那里收到的表情包发过去。图片上的他神色茫然，嘴角下耷，图片下方配有一行文字：呆、滞。

陆成诵：“这是哪来的图？”

陆成诗：“小初大大新做的。还有其他的，你要看吗？”

陆成诵还没来得及拒绝，就看见以自己为主角的表情包唰唰唰地涌进手机。他愤恨地闭了闭眼，只觉得自己真是百密一疏，怎么就忘了让黑粉删掉前面的那张呢？转念一想，黑粉果然是黑粉，趁着自己不备，还是阴了他一把。怪只怪自己作战经验欠缺，很容易陷进对方的阴谋。这么想着，陆成诵思绪飘远，忽然觉得自己下部戏若演谍战，或许能将角色诠释得非常好。

会餐结束的时候，陆成诵坐车回家，想起陆成诗发来的表情包，他用小号登录微博去搜初宁的主页。果然一堆黑图。陆成诵扶额，深吸一口气，看向窗外的夜空，想起自己出道七年，何时受过这样的委屈，只觉得内心泛起一阵属于少男的哀伤。

点点姐订的是晚上 9：00 的机票，初宁送她到机场，再自己赶车回去。寝室门禁时间是 10：30，她掐着时间回了寝室，刚一进门就看到室友们沉默地坐在各自座位上。

初宁直觉气氛不对：“怎么了？”

阿隋：“小考出成绩了。”

初宁的心一瞬间提起来：“我过了吗？”

“过倒是过了，但是因为你的分数太低，孟教授在群里通知你明天下午去他办公室补课。”阿隋说完同情地看了她一眼，“小初，下辈子千万别想不开来学经济管理。”

初宁痛心疾首地点头：“嗯！”

虽然疑惑孟教授作为教授，怎么可能有时间给她补课，但初宁还是不敢怠慢，硬是熬夜把统计学前面讲过的公式背了一遍。背完抬头已经凌晨3：00，她这几天连着熬夜，身体都觉得受不了，实在没力气看手机，脸都没洗，爬到床上就倒头睡了过去。

而微博私信里，那条来自“陆成诵天下第一帅”的消息始终没有显示已读。

这个夜晚，陆成诵几次睡到一半爬起来看手机，都没看到回复。几次折腾下来，他明白了，这位黑粉大概是懒得理他。陆成诵心里越发觉得不平衡，在这个3月的凌晨，第一次失眠了。

04

初宁去孟教授的办公室之前，忽然想起网上的一些新闻，高校男教授猥亵女学生，之后以保研为承诺，试图让女学生封口。她越想越觉得害怕，想想孟教授那张严肃的脸，再想想他上课偶尔会落向自己这边的目光，初宁只觉得自己往办公室每走一步，都是羊入虎口。

站在门口，她已经脑补到如果孟教授事后真的要给她保研，她是答应还是不答应呢？

等到初宁真的进了办公室，才知道她想多了——孟教授根本没来，给她补课的是研一的师兄，一起补课的还有其他系几个女生。师兄长得白白净净，她进门的时候，他正好仰着头在书架上拿书。听到响动，他转过头来，对她点点头，算是打招呼。

初宁在桌边坐下，然后就开始了漫长的放空。一会儿想想陆成诵，一会儿想想点点姐，一会儿又开始担忧陆成诵第一次演男主角，会不会被骂得很惨。想法绕啊绕，终于绕回面前的统计学，初宁仰着头叹了口气，愁眉苦脸地接着做题。

因为下午时间被补课占用，初宁几乎没怎么看手机。补课结束的时候，她在食堂跟小鱼她们会合吃晚饭，刚坐下打开微信，就看见群里有新人。新粉刚来的时候总是特别活跃，很努力地想要跟大家打成一片，她翻翻那人主页，又看看昵称——起承转合陆成诵。

有趣的名字，修图也不错。陆成诵的饭圈还是需要人才的，会修图已经是一个很棒的技能。初宁退出那人主页，忽然看见私信栏里有未关注人私信，她愣了愣，点开。

陆成诵天下第一帅：为什么要把你喜欢的偶像做成表情包？

初宁撇撇嘴，觉得自己跟这样的人无法交流，没有回复就退出了微博。她抬头看向室友们道："你们知道吗，陆成诵的那个粉丝真的太极品了，就像活在古代一样，还问我为什么把我'儿砸'做成表情包，你们觉得好笑不好笑？"

"可能不能理解你吧。"小鱼点点头，"就像那些不怎么混饭圈的，其实都不能理解什么叫'爱到深处自然黑'。你想象一下，要是有一天陆成诵闲着没事，看到了你给他剪的那些鬼畜视频，他能理解你吗？我要是他，我都恨不得把你拉黑。"

"不可能，我'儿砸'才不是那种人。"初宁仰起头，"以我对他的了解，他就是个钢铁直男，说不定连B站怎么用都不知道。"

与此同时，这位"钢铁直男"坐在片场，满脸严肃认真地点开了自己的同人文。这是他昨晚拜托陆成诗给他找的，目的是想要了解一下在大家眼里，他都是怎样的形象。文中不乏情感描写，他皱着眉，一行一行认真地看下来。

陆成诵出道多年，始终还是最初纤尘不染的样子，不食人间烟火的他是个天使。而在那一天，当他遇见姜岩的那一天，他堕落了！

陆成诵长呼一口气，鼻孔都跟着扩大一圈，他愤愤地关掉这篇："什么堕落了，你才堕落了！我这么积极向上，我怎么就堕落了？"

再点开一篇。

陆成诵已经深深地爱上了我，我却不能和他在一起。当初下凡的时候，母后再三警告，一旦我与人类相爱，就会失去所有的法力。可是我如何控制自己不去爱他呢？他为我已经退出了娱乐圈，难道我就不能为了他，退出仙界吗？

陆成诵一脸问号。

他明白了，陆成诗这分明是在耍他，故意找这些东西来给他看。本来想放松一下心情，这下倒好，一会儿开拍了，可能连角色都代入不进去。陆成诵皱皱眉，忽然想起自己昨晚发给小初的那条私信，点开微博，发现私信显示已读。

已读，但是没回。

他仔细看了看，自己的确是说了个问句，明显有等待她回复的意思。陆成诵一度觉得是自己的微博出了问题，先是退出软件，再点进去，没有回复；又把账号退出，重新登录，还是没有回复；关掉手机，重新启动，再满心希望地打开微博，还是没有回复。

小初在读了他私信的情况下，居然没有回复他。陆成诵气愤地放下手机。下一场是男主、男二吵架的戏码，站在摄像机前，姜岩一边说自己的台词，一边发现，陆成诵今天整个人都不一样了。

他的演技什么时候进步这么大了？

《霸道总裁爱上我》这部剧，除了名字在投资方的要求下被改得无语了点，其他地方还是很精良的。制作组利用有限的经费，在演员和细节上都尽量做到了最好，除却一些偶像剧里必须具备的狗血情节，在当下众多网络剧里，可以算是一股清流。

第一集开播是在星期一的晚上。周播剧传统一般是一周两集。为了看直播，初宁还充了某视频网站的会员。她坐在电脑前，等着直播的同时，顺手刷了一下微博，发现那个叫“陆成诵天下第一帅”的粉丝关注了她。

这倒是让她有一些惊讶——毕竟他每次找自己说话的时候，都是带着浓浓的挑衅意味。点开他的主页，还是什么都没有，只是前几天发布会的时候，他赞了后援会发布的微博。那条微博下面明确注明拍摄者是小初，初宁想了想，忍不住欣慰地点头：看来他一定是被我伟大的人性光辉折服了。

虽然极力邀请室友们与她一起观看，但室友们一致表示这个剧看着名字就不想看。初宁无奈耸肩，自己坐在电脑前刷直播，一边看直播一边截图上传微博，以便让一些买不起会员的小粉丝也能先看看图过把瘾。

新剧首播的第一天，对于粉丝们来说都是激动人心的，小群里也比平时热闹。

陆家小跟班：演技绝对进步了，看看这眼神，都跟以前不一样了。我的天哪，他又帅了。

诵诵最爱的地瓜片：陆成诵是在犯罪！真的是犯罪！

灵魂画手阿标：疯狂截图，你们想看哪个，我今晚熬夜画！

小初是亲妈：感觉这个剧虽然名字不怎么样，但男主角的设定还挺有感觉的。

陆家小跟班：而且女主角也讨喜，两人还有点般配。

岩诵一生推：等姜岩出来你们就知道什么是般配了，哼。

诵诵最爱的地瓜片：西皮粉滚开啦。

初宁刷着手机嘿嘿傻乐，一扭头发现阿隋不知道什么时候坐在了自己身边，正聚精会神地跟着她一起看剧。

初宁挑眉："你不是说你不看国产剧吗？"

"我决定给你个面子陪你看。"

两分钟后，初宁听到哉哉挪动椅子的声音，她慢慢回头看她："你也决定给我个面子陪我看？"

哉哉一脸严肃地点头。

五分钟后，小鱼站起身："我真不想看，我只是好奇，你们刚刚在笑什么。我就陪你们看这一集，看完之后讨论也不要带上我。"

初宁皱眉点头："好好好，你们都是为了陪我，我懂。"

四十分钟后，四个人整整齐齐坐在电脑前。

小鱼："广告怎么这么长！第二集预告也太短了。"

哉哉："你买了会员怎么还有广告？快快，跳过去，跳过去。"

阿隋："男主角好帅呀，想跟他谈恋爱……"

初宁："那你得先叫我一声婆婆。"

阿隋："婆婆！"

初宁直想仰天长啸，这几个人真是完美诠释了网络上最近流行的用语"口嫌体正直"。

陆成诵此时就坐在剧组里。

一个小时前，一大帮人守着一台电脑等首播。姜岩饰演的是男二号，第一集的戏份并不重，这会儿就拿着手机到处找人自拍。跑到陆成诵身边的时候，见他慌慌张张地把手机收起来，姜岩觉得有猫腻："哎呀，你小子有情况啊。"

被调侃的某人立马奓毛："没有！"

"没有就没有，你喊什么。"姜岩眯着眼睛打量他几眼，见他满脸戒备，就不再逗他，"行了行了，看首播，马上来了。"

他并不知道，就在他出现的前一秒，陆成诵还在用小号偷窥初宁的微博，一边想从她主页上找出一些关于黑粉的蛛丝马迹，一边又期待着她能回复自己上一条私信。

这颗少男心正无处安放呢，谁知道姜岩突然跳出来，他手一滑，等姜岩走了再拿起手机的时候，发现自己已经关注了初宁。作为一个饭圈大大，初宁设置了粉丝服务的自动回复，看着上面的"谢谢关注，真高兴你也喜欢陆成诵"，他有点纠结。

取关的话，一定显得很刻意，并不符合他一贯光明磊落的行事作风。

索性就不取关了，这样才能知己知彼，百战百胜。

于是，新剧播出的那天，"小初是亲妈"成了陆成诵小号上，除了他自己的大号之外的唯一一个关注。

当然，"亲妈"并没有回关他。

第三章
你可以叫我亲妈

01

《霸道总裁爱上我》这部剧低开高走，播出两周后点击量飙升，陆成诵那张禁欲高冷且辨识度极高的脸一次次被送上热搜。而与此同时，一起被送上热搜的还有“岩诵夫夫”。

女主角心想：我是多没有存在感……

随着陆成诵的知名度提高，初宁的粉丝也跟着疯长，一时间粉丝群里的几个大大每天都像是网红一样，算着自己的涨粉趋势。初宁很是感慨，吾家有儿初长成啊，我“儿砸”终于也有熬出头的一天了。

熬出头意味着什么？意味着陆成诵能有更多好资源，更多新粉丝，她们以后跟徐崇航家粉丝再掐架，都能硬气很多。虽然网上还是有质疑陆成诵演技的人存在，但相比之前的剧本，他已经有了很大进步。圈里一致认为，只跟自己比，不跟别人比，演技靠天赋，他的努力，大家也是有目共睹。

她家“儿砸”熬出头，不代表她也跟着熬出了头。统计课堂上初宁双手撑着下巴，看见孟教授鬼画符似的写下了一串串符号。一边的哉哉和阿隋低头奋笔疾书，小鱼跟她一样双手撑着下巴，看着黑板发呆。

既然有人陪自己不听课，那初宁就放心了。她用胳膊撞了撞小鱼，小声问道：“你怎么不听课啊？”

“复习课，没必要听，早知道不来了。”小鱼说着打了个哈欠，低头趴在桌子上补觉。初宁只觉得头顶有道惊雷，呆呆地将视线转回黑板，眨巴眨巴眼睛——复习课？那为什么黑板上的符号，她一个都不认识呢？

孟教授心血来潮搞的补课运动，因为师兄要出去调研，而只开展了一次就不了了之。初宁时常觉得，这辈子学习了经济管理，是她做的最后悔的一件事。更后悔的是，还不是金融院校里的经济管理，而是师范院校里的经济管理，想想未来，又觉得前路迷茫。

比前路更迷茫的是，本学期的统计学考试到底会不会过。

为了不至于在考试时候挂科，初宁也开始低头吭哧吭哧地记笔记。孟教授讲了半节课，伸手拿过杯子喝了口水，再开口的时候就是闲聊的话题了。他的课讲的大多是枯燥的数据，学生听得累，他讲得更累，所以偶尔中间会扯些别的，让大家劳逸结合一下。

不得不说，每次闲扯时间，同学们听得都最认真。

“要说到咱们最近这个娱乐产业啊，真的，有时候我也挺担心的。你说那么多的电视剧，一年到头你能记住几部？好编剧越来越少，于是人们开始去改编小说，可是拍出来之后，除了名字，也没什么地方还是原来那本小说的内容了。那既然这样，你还不如自己去写，对不对？”孟教授说着又喝了口水，还叹了口气。

他从去年就开始言辞犀利地感叹一部他喜欢的小说改编的网剧怎么拍成了那样，那时候初宁和哉哉作为那部小说的死忠粉，差点在台下为他鼓掌欢呼。看来教授心里的这口气还没出去呢，绕来绕去又开始批判电视剧了。初宁这么想着，就听到孟教授接着说：“我女儿最近迷上了那个什么，《霸道总裁爱上我》。我也跟着看了一眼，开始还想，那是什么东西？后来再一看，还行。拍摄得挺走心，那个画面像电影一样很有质感，传递的三观也蛮正的，比之前那些个什么小三上位啊，渣男洗白啊，要强多了！”

说到这儿，台下的学生居然自发鼓掌，孟教授笑着挥挥手示意大家安静，接着说道：“但是这部剧只能在网上作为网剧来播出，这就很可惜了。像我，如果没有我女儿的话，我肯定就不知道有这么一部剧。电视剧行业想要全面振兴，还得很长一段时间，在这之前，你们还是得学好统计学。”

台下的同学发出一致的“哎”的起哄声。孟教授成功把话题扯了回来，接着讲课，于是后排的大部分同学又趴下去接着睡了。其实初宁也很想睡，可是不行啊，热爱学习的阿隋同学每一次都帮她们占到闪亮亮的第一排，在老师眼皮子底下打瞌睡，还是太考验心理承受能力了。

不过现在她基本也不困了，低下头掏出手机，在“陆成诵全球黑粉鉴定会”的群里吼了一嗓子：“我们教授夸了我‘儿砸’的剧，说这部剧还行哎！你们不知道这个教授很挑剔的，我感觉他这次真的遇到好本子了，呜呜呜。”

陆家小跟班：你居然还有心思上课？

岩诵一生推：拜托，你就在北城，关心一下你周边的情况好不好？

诵诵最爱的地瓜片：小初！你还不知道吗？

小初是亲妈：……你们在说什么？

灵魂画手阿标：你“儿砸”最近有个真人秀，粉丝福利的那种，就在北城。哎呀，我当初考大学就应该去一线城市啊，福利好多啊！

岩诵一生推：还是虚拟恋爱节目，嘤嘤嘤。

初宁拿着手机的手一抖，立马登上微博。果然官方在十多分钟前就放出了消息，因为最近的电视剧人气飙升，为了回馈粉丝，陆成诵加盟真人秀《与男神的两天一夜》。这个综艺初宁看过，大致是先呼吁粉丝报名，然后公开抽出幸运粉丝，跟偶像一起以虚拟情侣的身份参加真人秀活动。这次举办的地点就在北城，也就是她所在的城市。

而只要是报名的粉丝，就可以拥有陆成诵亲手签名一份。

初宁捂住自己的小心脏，激动得手指发颤地在课堂上填了报名表。她倒不是真的期待能跟陆成诵做什么虚拟情侣，毕竟万里挑一希望太渺茫了。但是喜欢他这么久，还没搞到他的亲笔签名呢。每次代表后援会跑前线，都不好意思为了自己去要签名，这次有了机会，冲着这个，也得报名。

想了想，一个人报名，就只能拥有一份签名，如果报名人多，签名自然也多。初宁真是佩服自己的机智，拍拍旁边快睡着的小鱼：“小鱼小鱼，帮我个忙！”

一节课的时间里，666寝室全体填了报名表。初宁想了想，又开始撺掇自己其他的朋友，连表弟封十里都没放过。

自上次红毯黑图事件之后，封十里已经很久没听到陆成诵的名字了。初宁发来消息的时候，他正站在公交站等车，看了一眼消息，选择漠视。

他才不会像个娘炮一样填什么追星报名表。封十里虽然窝囊，但这点骨气还是有的。正低头看着手机，肩膀忽然被什么东西撞了一下，他回头，刚刚撞他的女孩弯腰跟他说了声“对不起”。

女孩背了把吉他，刚刚转身时吉他不小心撞到他肩膀。封十里没在意，点了点头，刚要接着看手机，忽然觉得女孩极其眼熟。他扭头仔细朝她看了看，这不就是之前在慈善晚会上遇见的女孩吗？都说缘分奇妙，他这会儿也相信了。封十里紧张地搓搓手，再次跟她搭讪：“你好——”

陆成诗正低头填粉丝活动的报名表，听到他的声音后茫然抬头：“有什么事吗？”

封十里的目光在她手机上扫过，想起那天在晚会的相遇，他瞬间明朗：“你喜欢陆成诵？”

“有什么事吗？”陆成诗礼貌重复自己刚刚的问题，明显没认出他来。封十里内心有些受伤。为了让自己的搭讪显得自然一些，他拿出手机，指着初宁发给他的那张空白报名表，笑容谄媚：“碰巧看到你在填这个，我就想问问你，这一栏怎么填啊？”

他其实也没细看表格，眼睛都黏在陆成诗脸上，手下便随手一指。

陆成诗看着他指着的“性别”那一栏，欲言又止地看看他，眼神带了一丝同情：“这个，看你自己吧，你要是不知道，可以填‘不详’。”

说完，陆成诗背着吉他溜到了公交车上。想想她就觉得后怕，这个世界上原来真的有看起来正常的傻子啊。

另一边，办公室里，陆成诵皱着眉，对着面前的文件眨了眨眼：“邓哥，我觉得这一定会是一个非常无聊的节目。”

“怎么能呢？现在的女孩可喜欢看这种节目了。你到时候就跟着剧本走，展现你那个什么，男友力，知道吗？给你看看，现在消息刚放出去，报名的粉丝就已经有一千多个了。”邓杨说着打开电脑。节目组的报名名单还没出来，只能通过官博转发来看都有谁报名。鼠标在页面上滑了一下，陆成诵眼神一顿，按住邓杨的手：“等一下。”

在转发列表里，他看见了一个很是熟悉的 ID。

“邓哥，帮我黑幕她。”陆成诵食指一伸，颇有霸道总裁的风范。

邓杨顺着他的手看过去，只看见屏幕上硕大的昵称——小初是亲妈。

02

邓杨眨眨眼，有点迟疑地看着面前那张精致的脸：“你说什么？”

“这个人是我的黑粉，这次真人秀我要跟她一起参加，我倒看看她能装到什么时候。哥，帮我黑幕她。”陆成诵眸色漆黑，声音沉稳，眼中似乎有璀璨星辰。

下一秒，邓杨伸手在他后脑勺擂了一拳：“你以为主办方是你爹啊，你说黑幕谁就黑幕谁？”

陆成诵被这一拳头擂得泪花都出来了，本来装出的冷艳高贵气场瞬间破功：“有你这么当经纪人的吗？放着一个黑粉不去管，还在这边对自己的艺人使用暴力！”

“什么黑粉，你去人家主页看看哪有黑你的地方？你别给我没事找事。”邓杨白了他一眼，“这次的抽奖是全公开的，所有报名者的名字都写在一张小卡片上，放在一个小箱子里，你自己伸手进去抓，抓到谁就是谁，不可能黑幕的。”

陆成诵眯起眼睛：“你把抽奖箱里全换成写着她名字的小卡片不就行了？”

邓杨伸手又是一拳头：“你以为我是你爹啊，你说换成谁就换成谁？”

陆成诵觉得他要是哪天合约到期，一定要先把邓杨炒掉。太暴力了，真的是太暴力了。

就在陆成诵为了黑幕初宁而不断遭遇拳头的同时，初宁正坐在寝室里写作业。为了保证抽奖的公平公正公开，三天后会有一个抽奖仪式，陆成诵自然也会去。她早就跟后援会那边保证，自己这次一定会按时到场，拍出最好看的前线图。所以现在得先把下周要交的作业写完。

卡方检验、参数估计、F检验、T检验……初宁觉得一个头两个大，一道题看了半个小时才解了一半，还是把小鱼的答案拆开再组合，以保证自己抄得不会太明显。手机微微振了两下，她低头，看到一条私信。

一首唐诗：大大，如果粉丝回馈活动抽到了你，你有没有什么想要跟男神一起做的事啊？

初宁愣了一下，放下笔回复道：不可能抽到我的，我从小就是抽奖绝缘体。

一首唐诗：假设一下嘛，要是抽到你了，你有没有什么特别想做的事？

初宁仔细思考了一下，发现自己的确是清心寡欲，对陆成诵的肉体没有丝毫兴趣：没有，我就想要他的签名。

陆成诗对着手机叹了口气，转头看向身边正举着哑铃健身的自家哥哥："你说你怎么混的，连你的粉丝都对你没兴趣。"

"早就跟你说过了她是黑粉，你不信。"陆成诵撇嘴，表情十分不屑。

"那你还要黑幕她？"

"我要亲手揭穿她的真面目。"

"你还真的是很闲。"陆成诗白了他一眼，低头就看到初宁刚刚发过来的私信。

小初是亲妈：要是非得说有什么想做的，我其实……想看他被姜岩亲亲抱抱举高高（害羞脸）。

陆成诗抱着手机发出一阵大笑，搞得陆成诵也凑过来看："你在笑什么？"

下一秒，他的脸一黑，不禁爆了一句粗口。

陆成诗以为他是因为自己被莫名其妙配了CP而生气，难得好心地安慰道："哎呀，现在这些很正常的，大家也没有恶意，就是觉得你们很有爱……"

“我明明比姜岩那小子高两厘米好吗？你问问他能抱得动我吗？应该是我把他亲亲抱抱举高高好不好？”陆成诵瞪圆了眼睛，很是愤怒。

陆成诗：“原来你的重点在这……”

陆成诵皱眉：“不然呢？”

陆成诗摇摇头说“没事没事”，心里却开始担忧，她这个看似笔直笔直的哥哥，不会是弯的吧？她还想把初宁拐进家门给自己当嫂子呢，要是让她改口管姜岩叫嫂子，那个画面……她抖了抖肩膀，实在不敢想下去了。

公开抽奖的时间定在了星期六上午，正好不需要逃课。初宁作为前线，早早就跑到场地去等着。来之前，那个叫“一首唐诗”的小粉丝说自己也在北城，一定要见她一面，她觉得粉丝之间见个面也没什么，就答应了。

陆成诗来的时候，初宁正拿着单反站在大太阳底下等陆成诵的保姆车。人红了就是不一样，之前她跑发布会，哪里见过这么多的粉丝啊。转头看见一个小姑娘盯着自己手里的相机双眼发亮，初宁想了想，朝她递过去询问的目光。

“是小初大大吗？”陆成诗试探着走过来，看到初宁缓慢地点了点头。

“一首唐诗？”初宁念出她的昵称，然后露出一个友好的微笑。

“对呀对呀，是我是我。”陆成诗也笑，眼睛眯起来，很是可爱。初宁打量她几眼，应该也就十六七岁，倒是长得很有灵气，尤其是小鹿一样的眼睛，跟陆成诵还有几分相似。她身上穿的衣服看起来更是价格不菲，初宁抿唇，估计这是个家境殷实的孩子。

女孩总是可以因为各种原因，在很短的时间内建立友谊，比如有共同的爱好，或者共同的讨厌的人。初宁和陆成诗显然是前者，两人站在一起亲亲热热地聊了一会儿，正午的太阳渐渐热起来了，陆成诗拉了拉初宁的胳膊，示意她找个阴凉的地方：“这儿太晒了，一会儿别中暑了。”

“在这里能拍得最近，你要是觉得晒的话，可以在那边等我，我拍完了过去找你。”初宁说着从自己身上摸出一根棒棒糖，哄小孩似的塞到陆成诗手里，“乖，他应该马上就来了。”

从小到大，陆成诗只有被自家哥哥一次次抢走糖果的记忆，哪里有人如此温柔地哄过她？她心里暖暖的，往前走了一步，靠在初宁身边，语气坚定："我也不怕晒，我陪你一起等！"

初宁想笑她孩子气，忽然听到耳边传来少女们的尖叫。她连忙转过头，不远处黑色的保姆车停下，陆成诵在保镖的保护中下了车。他今天刘海没有梳上去，很乖顺地盖住了小片额头，身上穿的是圣罗兰新款衬衫，那个牌子是他的毕生挚爱。

迎着粉丝们的尖叫，陆成诵清冷的面孔微微回暖，礼貌地对身边的粉丝挥了挥手，抬腿朝台子这边走过来。初宁早已经举起了单反，镜头中陆成诵正一步步接近，她一边按下快门，一边觉得他好像瘦了。

一种亲妈对儿子的疼惜之情油然而生。最近拍戏一定很辛苦吧，还要空出时间来搞这种粉丝福利。经纪公司果然为了圈钱，都不在意艺人身体的啊。

随着陆成诵的走近，身边的陆成诗为了引起他的注意，故意大喊了一声他的名字。其实一直有人在喊他，只是这个声音太熟悉，陆成诵下意识地就把目光转了过来。第一眼看到的自然是自家妹子，扎着个马尾辫，脸晒得通红，像个傻子一样举着手喊他。他心里觉得鄙视，明明在家里那么欺负他，到了这儿，又装三好粉丝。

目光微微偏移，陆成诗身边的女孩让他眼神一顿。相比其他人，她真的是很安静，不喊不叫。单反相机挡住了她的大半张脸，只能看见她及肩的长发和紧抿的唇。

初宁原本拍得好好的，忽然发现陆成诵的目光毫不避讳地朝着她看了过来，落进镜头里，有种说不清的温柔。她一紧张，双唇抿在一起，只顾着连按快门。好在那个溺死人的眼神只是出现了一秒，然后陆成诵便转了头，跟另一边的粉丝打招呼致意。

"小初，刚刚他是不是在看你啊。"陆成诗一脸激动。

初宁嘴上说着怎么可能，自己却又看了看刚刚拍的照片。瞬间的抓拍里，陆成诵眼神温柔，刚好望向镜头，嘴角隐约带着笑意，让人如沐春风。

她觉得自己对自己的"儿砸"有了不伦的遐想，这是不好的。

因为陆成诵的行程很赶，所以今天这个场地只预留了两个小时，专门为了抽取幸运粉丝，并没有其他的福利活动。陆成诗虽然个子长得小，但是像个小钻头，没一会儿就拉着初宁挤到了前面，让她成功近距离拍了几张台上的陆成诵。

“很感谢大家能过来参加这个活动，希望我接下来抽到的这位幸运粉丝，可以代表你们来跟我度过愉快的时光。没抽到的也不需要泄气，以后这样的活动还是很多的。”陆成诵微笑着说完，转身把手伸进了抽奖的箱子。邓杨站在台下有点心虚地偏过了头，实在不忍心看那些热情高涨的粉丝。

他最终还是妥协了，现在整箱子的卡片上，都写着同一个 ID。但愿这位粉丝不会被陆成诵搞得太惨……

拿出卡片，陆成诵低头看了一眼，眼角笑意加深：“这位粉丝有点眼熟呢。不知道她今天到现场了没有——小初是亲妈？”

初宁惊得手里的单反差点摔下去。

居然被抽到了？报名的人数有好几万，居然单单就抽到了她？她该不会把这一年的运气都用在这上面了吧？不是啊，她还要留一点参加期末的统计学考试好不好！

这边初宁还没从巨大的惊愕里缓过神来，身边的陆成诗已经托着她的胳膊激动地喊了起来：“她来了！她来了！”

陆成诵脸上的笑意更加温柔灿烂，亲自走到台边来对初宁伸出手：“真高兴你今天来到了现场，来，跟我上来。”

也不知道是身边的尖叫扰乱了她的理智，还是陆成诵的微笑杀伤力太大，初宁就这么傻乎乎地挂着单反上了台。眼前的大屏幕上喜气洋洋地打出了她的 ID，她看着上面巨大的“小初是亲妈”五个字，只觉得头昏脑涨。

“你好，希望我们接下来一段时间可以相处愉快。怎么称呼？”陆成诵笑得眼睛都眯了起来。

台下的邓杨觉得更心虚了，有种自己亲手把人家女孩子推进狼窝的感觉。

初宁脑子嗡嗡乱响，盯着自己的ID，本来想说的是“你好，我是你的粉丝，你可以叫我小初”，说出口的时候只觉得那五个字摇摇晃晃地换了位置，她看向陆成诵，挤出一个尽量美好的笑容：“你好，我是你的粉丝，你可以叫我亲妈。”

陆成诵微笑的嘴角抽搐了一下。

陆成诗以及台下的粉丝们一脸无语。

当晚，初宁生平第一次上了热搜，热搜标题：你可以叫我亲妈。

03

热搜这个地方，基本每天会换一批内容，对于明星来说是个展现自己的好地方，但对于普通人来说，上一次差不多就能心有余悸半辈子。从现场回来的路上，初宁并不知道自己即将面对冲上热搜的命运。准确地说，她现在整个人是迷茫状态，一会儿想到“我要和陆成诵一起上节目了”，一会儿又问自己“被抽到的人真的是我吗”……

因为抽奖仪式全程直播，现在群里早就炸开了锅。在别人一次次的重复中，初宁终于接受了自己即将上电视的事实。出租车刚停下，她就看见了站在校门口接她的阿隋。

阿隋穿了条牛仔背带裤，手里拎着一杯奶茶，脸上的笑容是从未有过的甜美可人。初宁从出租车上下来，顶着满脑袋问号看向她：“今天是什么日子，你居然来接我？”

“我如果不来接你，你会记得今天下午是《西方管理思想史》的课堂考试吗？”阿隋笑眯眯地把奶茶递给她，“小鱼她们已经去占最后一排的座位了。我估计我不告诉你，你就直接回寝室消化你要上节目这个事了。”

初宁这才记起来下午还有堂考试。那堂考试倒是不担心，不仅是开卷，而且题目一般是自由发挥。迷迷糊糊地跟在阿隋身后往逸夫楼走，走到一半，初宁兜里的手机开始疯狂振动。

电话那头的封十里表示自己非常激动，他们家到目前为止，还没有人上过热搜，按照这个趋势，初宁万一在节目里展现了自己非一般的综艺天赋，出道也不是不可能。初宁一边走在路上，一边听他念叨了一堆有的没的，眼看着就要到楼门口了，她没等封十里说完，干脆利落地将电话挂掉。

整场考试初宁表现得都很专注，专注到其余几个室友觉得她不正常。下课了出来吃饭，坐在食堂里，初宁还是那副浑浑噩噩的样子，直到哉哉拿着手机一声惊呼，她才回过了神："怎么了？"

"小初，你火了哎，好多人在转这个微博。"哉哉把手机递过来，阿隋和小鱼连忙也凑过来一起看。娱乐板块的博主一向是文案天才，比如这么一个乌龙事件已经被编辑出了好几个版本，最火的一条微博，短短半天时间已经转发破万。要知道以陆成诵的影响力，这是从来没有过的情况。初宁觉得自己有点气短，拿出手机，果然，自己的微博也在飞速涨粉。

连同私信也是爆炸的。

天哪，好羡慕你能和他一起上节目，呜呜呜，你一定要珍惜这个机会。

你可以叫我亲妈，哈哈哈哈，大大太可爱了。

你直说给了节目组多少钱？黑幕挺不容易的吧？

初宁默默退出微博，转头忽然发现隔壁桌的女孩在看自己。她一惊，转过身的同时，恨不得把脸埋进面前的碗里："没关系，现在的新闻都是这样，有时效性的，过几天就没人再讨论了。"

"估计你会火很久。"小鱼一边挑着碗里的辣椒，一边漫不经心地说道，"你们不是还要一起上一个真人秀吗，等那个节目录制的时候，路透的人会看到你。等那个节目播出的时候，大家都会看到你。保守估计，你可以火半年。"

初宁猛地从碗里抬起头来："怎么可能是我呢？我这辈子从来没有中过奖哎！说不定那个节目根本就没人看，播到一半就被砍掉！"

"我真是不懂你，"阿隋皱眉，"跟偶像上节目这种事多好啊，好多人羡慕不来的呢！你怎么搞得像是要上刑一样。不想去的话，最开始还填什么报名表呢？”

初宁心里觉得苦：“我报名是为了要签名啊！而且以他的人气，报名的人那么少，数据肯定不好看啊！谁会想到万里挑一还能抽到我啊？让我跟我‘儿砸’去虚拟恋爱，简直是乱套了！”

哉哉撇嘴：“这样的小说你看得还少了？也不知道谁的文件夹里有个‘兄妹合集 160 本’哦。”

初宁咆哮道：“我从来没有看过这种情节的！而且那些文大多数是伪兄妹！”

“安啦！”小鱼伸手拍拍初宁的肩膀，“既然已经成了事实，那我们就去接受它。明天咱们去逛街，给你买几件漂亮衣服上节目穿。我们小初都是要上电视的人了，一定得打扮得漂漂亮亮的。”

说到这一点，初宁双手托腮，看起来更苦恼了：“你们说，上节目之后，我是不是会被骂呢？比如说我不好看之类的？”

虽说初宁怎么也不至于被归到丑的那一类，但比较中肯地评价，也就是个普通女孩。很普通的发型，很普通的身材，很普通的一张脸。似乎为了配合这样的外形，她也过着很普通的生活，顺风顺水地上学。追星这件事，应该算是她人生里唯一一件不怎么普通的事了。这样的环境通常让人变得安逸，变得不怎么习惯变动，让她抛头露面参加节目，那真的是挑战了她一直以来的蜗牛原则。

“说就说呗，不去看就好了。”哉哉态度随意，她面对大多事情都是这样随意的态度，“你就当是公费旅游了，还能弄到签名照片什么的，多好。”

几个室友一边吃饭，一边你一句我一句地安慰她，初宁的心态也就渐渐平和下来。相比之下，另一边的陆成诵很不平和。在片场里，他已经抱着手机问了经纪人二十多次：“热搜怎么还没撤下来？”

“哎呀，公司那边觉得这个热搜性质并不恶劣，还能给你那个新节目造势，没必要撤下来。”邓杨挠挠头，把剧本往他怀里塞，“你有看热搜的时间，还不如看看今天的本子。台词背完了吗？”

“就是啊，用不用我帮你顺顺词啊。”姜岩笑嘻嘻地在陆成诵身边坐下，明显是想到了什么好笑的事，哈哈了半天才问，“所以呢，你叫她亲妈了吗？”

“闭嘴，不许笑。”陆成诵皱着眉把姜岩的手机抢过来，顺手这么一刷，只过去了几分钟，微博上转发数量又创新高，所有转发的人基本是一串的“哈哈哈哈”，还有的人已经开始喊初宁“婆婆”。

陆成诵嘀咕，这趋势不对啊，一般这种情况，粉丝不是都应该群起而攻之吗？他的饭圈怎么这么和谐，居然对黑粉置之不理？

他认真往下翻了翻，也只看到几个泼冷水的，还被闻讯而来的粉丝骂得狗血淋头。陆成诵深深地疑惑了。其实他不知道，他的饭圈建立之初，初宁就已经在了，不管新粉还是老粉，对她都很熟悉，当然不会蠢到因为一个口误去骂人。粉丝少的好处就是，智商是负数的粉丝数量也少。加上今天初宁上传了活动照片，更没人会觉得她对陆成诵怀揣恶意——全世界觉得她是黑粉的，大概只有陆成诵这个白痴自己。

“还说人家是黑粉呢，你这张照片看镜头眼神这么温柔，跟看自己媳妇儿似的。”姜岩点开一张图，正是陆成诵进场时对初宁的惊鸿一瞥。照片被修过了，他脸上的笑意和温柔都恰到好处，翻开评论，所有人都说这是世界上最完美的男友视角。

“那是因为我天生丽质。”陆成诵一边说，一边拿出自己的手机，把那张图暗戳戳地点了保存。

“拉倒吧，天生丽质，慈善晚会的时候被人拍成表情包。”姜岩说完又想起那时候的图，笑得上气不接下气。陆成诵翻了个白眼，觉得自己哪天说不定就能被他气死。

“不过，你没上过这种恋爱节目吧？”姜岩很早之前上过一档明星虚拟恋爱节目，当时还和搭档传出绯闻，眼看着陆成诵也要去了，他觉得自己身为过来人，有资格说两句，“这种节目说白了就是骗小女生收视率的，你可别傻乎乎地走了心。你眼看着事业要起来了，现在不是谈恋爱的时候，也别耽误人家小姑娘。”

“说什么呢！那就是个黑粉，我怎么可能！”

“我看你对人家黑粉倒是挺走心的，一天翻八百遍人家的微博。”

“那是为了监控黑粉日常好不好？”

“喜欢都始于过度关注。”姜岩挑眉，“别人不知道你，我还不知道你？你要是谈恋爱，就是一头扎进去的性格，所以一定要慎重。”

“你怎么突然这么成熟地跟我说话？”陆成诵觉得有点不适应，他们之间一般只有在喝酒的时候，才会开启这种男人谈心模式。

姜岩摸了摸自己的下巴，长叹一口气：“还不是看你傻啊……”

陆成诵猛然又想起那时候看到的那句“我想看他被姜岩亲亲抱抱举高高。”

他真是越想越气，转头诡异地看向姜岩。姜岩被他瞪得后背发毛，从座位上站起来：“你干吗那么看着我……”

“抱我。”陆成诵面无表情。

姜岩：“你脑子抽了吧？”

“抱我。”他继续面无表情。

姜岩：“陆成诵你变态啊！”

“算了，我就知道你抱不动。也不知道她们怎么想的，说你是‘攻’。”

陆成诵说完拍拍屁股站起身，去找女主角对台词，留下姜岩一个人风中凌乱：“他是不是看了什么不该看的东西……这个白痴刚刚是非常熟练地说出了‘攻’这个字吗……”

04

托封十里的福，在初宁上节目的前几天，初宁爸妈成功知道了这个消息。她一只手拿着笔抄小鱼的笔记，一只手举着手机听初妈妈的碎碎念。

“十里说那是谈恋爱的节目啊，闺女啊，你也不是嫁不出去啊，急什么呢！我听说那种谈恋爱的节目都是骗人的，你去了也没什么用的！”

“妈妈，那不是你理解的那种，那是跟明星假装谈恋爱的节目。”

“还是明星啊？是你喜欢的长得尖嘴猴腮的那个吗？不行！那更不行了！人家可看不上你！”

初宁闭了闭眼，果然陆成诵这张脸根本得不到妈妈们的喜爱——太过凌厉的五官总给人一种疏离感。不过即便再怎么看不上眼，她妈还是很有自知之明地觉得人家看不上自己闺女。她也不知道该怎么解释，好在初爸爸对这件事的态度很积极，老两口在那边你一句我一句地说得起劲，初宁以自己要去学习为由赶紧挂了电话。

心里有些莫名的惆怅。打开群聊，初宁的手落在键盘上。

小初是亲妈：话说，你们父母支持你们追星吗？

灵魂画手阿标：不支持，我学画画他们都不支持。他们觉得我就应该在老家考个公务员，安安分分地嫁人、生子。

诵诵最爱的地瓜片：我上大学在外面，他们不知道我追星。

岩诵一生推：追星可以，追男男不行，我爸觉得那是变态。

陆家小跟班：我爸妈不管我的，他们早就离婚了。

诵诵最爱的地瓜片：唉，其实我爸妈说过追星没什么用的。

岩诵一生推：我爸总是拿很多年前的杨 ×× 事件提醒我，说我要是敢那么疯狂，他是不会为我跳海的，他会跟我断绝关系。

小初是亲妈：……现在应该没有那么极端的追星行为了吧？

灵魂画手阿标：怎么没有，现在私生饭那么多。

陆家小跟班：陆成诵以后要是火了，也会有私生饭的，我昨晚看他粉丝数破三百万了。

诵诵最爱的地瓜片：有点不希望他火，那样他就不是我们的了。

灵魂画手阿标：要记住，他本来也不是我们的。再说三百万对于一个明星来说，真的是很少的粉丝数好吧……

岩诵一生推：但是他在接下来的一段时间要暂时属于小初了，这种节目肯定疯狂吸粉。手动微笑。

小初是亲妈：……只是上个节目啦。

陆家小跟班：记得跟我们汇报进度！

小初是亲妈：好的！

放下手机，初宁看了看面前抄了一半的笔记，忽然有种恍若隔世的感觉。她一直以来似乎都生活在两个世界，一边是现实生活里这个为统计学挣扎的平平无奇的自己，一边是网络世界里人人追随的粉丝大大。而再过几天，两个世界将会奇妙相交，陆成诵将会活生生站在她面前。想到这里，她深吸一口气，胸围跟着扩大了一圈：“你们说我参加节目的时候会不会出丑？”

“又开始担心没用的了。”小鱼没转身，手指还在键盘上飞速敲打着，“你要是怕自己出丑，你就给自己定一个人设。那些明星都有人设的，比如你家陆成诵的人设不就是高冷禁欲吗？”

“那我适合什么样的人设？”初宁把自己的刘海撩起来，露出整张脸，“你们说，呆萌学霸怎么样？”

“谁给你的自信让你给自己树立学霸人设的？”哉哉撇嘴，“我觉得你反正上了节目也肯定不敢多说话，不如也立高冷人设吧，正好你不笑的时候看着也挺高冷的。”

初宁觉得这个建议很有道理，以至于忽略了她刚刚对自己学霸人设的打击：“好主意！”

为了让自己的高冷人设更加生动鲜活，初宁决定看看影视作品学习一下。电影还没打开，手机振了振，她低头，发来消息的人显示“一首唐诗”。

这个小粉丝倒是有几天没动静了，初宁对她印象挺好的，点开消息，看到她发来的问候：“大大，上节目之前你紧张吗？”

初宁漫不经心地回复：“还好吧。”

对，高冷人设要从这时候就树立起来。

陆成诗在沙发上翻了个身，拿脚踹了踹一旁正在看剧本的陆成诵：“喂，上节目之前你紧张吗？”

“还好吧。”陆成诵没抬眼，“我也不是第一次上综艺节目了，有什么可紧张的？该紧张的是你那位粉丝大大，估计提前好几天就得紧张得睡不着觉。”

陆成诗撇嘴，手机振了振，她低头看到初宁发过来的几个字：“明天还要上课，我早睡了，你也早睡，晚安哈。”

“我觉得你这位粉丝好像不是很紧张。”陆成诗把手机举起来给他看。

同样是微博界面，同样是私信，小初回复陆成诗倒是很快。陆成诵暗戳戳拿过手机看了看，自己发给她的那条私信还孤零零地躺在对话框里，“已读不回”。

不仅是黑粉，还差别对待，人品真的不行。陆成诵重新拿起剧本，心里没来由地惆怅起来。人说伤春悲秋，大概这个春天，他的少男心被勾出来了，时不时就要发呆好一会儿。陆成诗虽然平日里习惯了损他，但最近陆成诵的不对劲，她也是看在眼里的。她伸手在他脸前晃了晃，声音带着几分疑惑：“哥，你怎么了？”

“其实我倒是第一次上恋爱节目，虽然邓哥跟我说了有剧本，但我还是有点担心。”

陆成诗将脚搭在沙发靠背上，问：“担心什么？”

“说不清楚。”

“担心跟小初大大沟通不好？担心自己不会谈恋爱，暴露了直男本性？担心表现得太好，粉丝会说你是情场老油条？担心最近涨粉趋势太快，你自己心理转换不过来？”

有时候陆成诵得承认，陆成诗目前真的是这个世界上最了解他的女人——毕竟流着一样的血。他静默了一会儿，然后缓慢地点点头：“嗯。”

“有什么好担心的！”陆成诗摸摸他放在沙发上的手，“你只要记住你是在工作就行了，好好工作，其他的会发生什么，你也控制不了。我那天上吉他课回来的时候，还遇见你的男粉丝了，你要相信自己的魅力。”

“我还有男粉丝了？”

“嗯，虽然看起来脑子不太正常。”陆成诗又想起封十里那张笑得极其无耻的脸。

陆成诵若有所思地点点头，不再说话，低头看手里的剧本。剧本上每一页都被他标注了自己的理解，远远看去，密密麻麻都是字。陆成诗一向不怎么过问他工作上的事，探头看了那么一眼，有点小小的心酸。

其实她哥哥真的是很努力的人，可惜总是时运不济。眼看着都快三十岁的男人了，大概真的是大器晚成吧。陆成诗有点难过地看着手机，即便没有关注，还是能刷出徐崇航的消息。算上现在官宣的这部，徐崇航今年大概有三部男主戏要上。这些戏没有一个是能搬上台面的，除了烂俗的三角恋，便是被改得面目全非的影视化小说。可就是这样，他还是坐拥两千多万的粉丝。

偶尔她觉得这个圈子里的很多事很不公平，但是她又毫无办法。有时候觉得陆成诵这个年纪了，怎么还是这么傻，看不到前途的路，何必还要走下去呢？

带着这些小情绪，陆成诗发了条微博。

“莫欺少年穷。”

两分钟后，初宁趴在被窝里给她点了一个赞。手机的光亮起来，在原本已经熄灯的寝室显得格外突兀。阿隋就睡在初宁对头的床位，她抬起头，看向初宁：“你不是说今天要早睡吗？”

“还有两天就要录节目了，我好紧张，睡不着。”初宁压低声音回答。

“要不我们陪你一起去片场？”阿隋翻身坐起来，声音有点兴奋，“我还没见过那些人是怎么录节目的呢，正好去见见世面。”

“经纪人说不让我带别人去。”初宁惆怅地托着腮，转头发现小鱼的床上电脑还亮着。似乎是察觉到她的目光，小鱼拉开帘子加入她们的对话：“小初，我真是不懂你，你有空紧张自己周六上节目，怎么就不紧张一下周五的课堂小考呢？”

“怎么又有课堂小考？”

初宁和阿隋异口同声地叫起来，惹得正打游戏的哉哉都摘掉了耳机：“大晚上的，鬼叫什么？我们不用考，就小初，她上次考试分数太低了。”

阿隋瞬间松了一口气，同时略带同情地看向小初：“你加油。”

“我不想去参加节目了，我就想在学校学习。”初宁委屈地抱住自己的被子，“你们说，我会不会是被黑幕的啊？会不会是谁要报复我，故意压榨我的学习时间啊？”

小鱼、哉哉、阿隋：“想得真多。”

第四章
我本来就很可爱

01

看得出孟教授这次是网开一面，题目出得比之前任何一次考试都简单，简单到初宁几乎在小鱼的笔记上看见过原题。从教室出来的时候，初宁感觉神清气爽，朝等在走廊里的室友们豪迈地挥手："走，请你们吃饭！"

"吃完饭陪你去买套衣服，明天上节目穿吧。"小鱼提议。

虽然不知道节目具体是什么流程，但一开始总该把装备置办齐全。"人靠衣装"这句话不是乱讲，穿着五百元往上的外套，初宁第一次觉得自己似乎比其他女孩好看了那么一些，连同自信心都噌噌上涨。

初宁不是那种不拘小节的女孩，有时间的时候也会花一个小时化妆、搭衣服，再出门。限制她美丽的一大因素是这学期将她折磨得心力交瘁的统计学，另一因素是，在北城这个地方，她的生活水平真的可以称得上贫穷。

抱着袋子从商店出来，初宁想到第二天录节目的事，刚刚被购物冲淡的忐忑和紧张便重回脑海。哉哉拍着她的肩膀安慰她，树立好自己的人设就可以。于是回来的一路上，初宁都像念经一样，重复着"人设""人设""高冷""高冷"。

虽然说是真人秀节目，但其实一共只有五期，在真人秀节目里还是偏短，主要考虑到陆成诵可能没有那么多档期。他的公司对他一向是放养，这次的粉丝回馈活动还是剧组那边提议的。不论陆成诵自己，还是公司，都带着几分赶鸭子上架的味道，看不出丝毫捧自家艺人的野心。

按照邓杨的说法，一次录制是两天一夜，为了照顾初宁是学生，特别把时间安排在了周末。也就是说，她只需要每期在这两天一夜里，做一个称职的演员就好，等到节目录完了，她还是那个兢兢业业的“亲妈粉”，他还是她“儿砸”。

倒是小鱼觉得节目组的安排十分不科学：“本来还以为你能有理由逃课了呢，结果白替你高兴了，周六周日弄得像上班一样。”

“那怎么能一样呢！要是上班能看见自己的男神，天天上班我也愿意。”说这些的时候，她们已经回了寝室。

阿隋把面膜拍在初宁脸上：“快敷好，明天录节目直接把陆成诵迷得神魂颠倒。”

“她不被陆成诵迷得神魂颠倒就不错了。”哉哉在旁边纠正。

初宁捂着脸上的面膜哼唧了一阵，阿隋很贴心地翻译：“我知道，你说陆成诵是你‘儿砸’，你不会干出那种禽兽不如的事的。”

初宁哼哼唧唧地点头。

“那明天你们的行程是什么？你收到通知了吗？”小鱼终于合上电脑，转过头。其余两个人也把目光落在初宁脸上。

初宁敷着面膜，瓮声瓮气地回答道：“经纪人说，节目组的意思是先让他做游戏找到我，然后再带我出去逛街，好像主打的概念是直男的审美。”

“节目组胆子很大啊，‘直男’和‘审美’两个词都敢往一起放。陆成诵平时出街的造型我看都不错，估计是为了给他树立跟平时不同的暖男人设。”小鱼眯眼分析，“现在不是很流行这种直男男友吗，你发给他一个美妆蛋的图片，他能给你猜出各种稀奇古怪的答案。”

“那你可以用美妆蛋这个试试陆成诵，我是说如果以后有机会的话。”阿隋目光飘远，忽然有种初宁即将跟陆成诵真的在一起的错觉，“小初，你说你俩会不会因为这个节目假戏真做？”

这个问题早在前一天，就有人问过，不过问的人是群里的饭圈好友。

闲聊时聊到以后真的跟偶像在一起是什么感觉，初宁的手在键盘上停顿片刻，道：“‘乱伦’的感觉。”

相比于其他网友每天说些没营养的话，工作组那边对于她上节目倒是寄予厚望。

点点姐：小初，苟富贵……

小初是亲妈：一起睡！

苏州小馒头：陆成诵怎么样不重要，千万记得跟经纪人搞好关系，这样以后很多事都会很方便的，说不定还能给咱们后援会弄个官方认证。

点点姐：不要让小初有压力，她也是第一次上电视。

小初是亲妈：压力好大。

苏州小馒头：你有点出息好不好，你可是我们后援会三位领导中的一个。

小初是亲妈：后援会现在干活的一共不就咱们三个吗，哭泣。

苏州小馒头：安啦，总会壮大的。

点点姐：话说，最近粉丝在增加，咱们是不是也该考虑招人了？

苏州小馒头：小初忙着上节目，招人的事咱俩弄吧，回头小初有时间做张海报就行。

小初是亲妈：收到！

寝室里，小鱼忽然想起什么，看向初宁：“对了，周五留的作业你要不带着去片场吧，没事就做一点，周二就得交，你别都拖到周一晚上。”

初宁敷着面膜，一边收拾东西，一边点头。

“不是两天一夜吗？晚上怎么办？”哉哉邪恶地眯起了眼睛。

初宁斜她一眼：“好像是要录到挺晚的，然后各自睡觉，第二天上午吃顿饭就结束了。”

“这么无聊的行程，节目组一点创意都没有。”这句话是陆成诗说的，此刻她正盘腿坐在邓杨的办公室里。因为今天陆成诵拍夜戏，家里没人，她就跑到剧组来等他下班。等待的过程里，她跟邓杨问了明天真人秀的安排，听完之后不住地叹气：“还直男的审美呢，直男哪来的审美？我哥那些衣服，要是没有造型师拦着，他能把一米八四的个头穿得看起来像一米五。”

姜岩坐在旁边的椅子上打游戏，听到这话很赞同地点头：“嗯，我觉得你有必要偷偷把你哥衣柜里那些乱七八糟的衣服都扔掉。”

“我哥不许我动他衣柜的。”陆成诗想到这里还有点委屈。陆成诵虽然长了一张生人勿近的脸，但性格极其随和，对外人尚且礼貌和善，对自家妹妹就更是近乎娇纵。不过他这人有个别人不能碰触的禁区——他的房间很少让陆成诗进去，如果是不得已的情况，被外人碰了床单，也总要拆下来洗一洗再铺回去。

这也许是洁癖的一种，但只要出了房间，他任何怪癖都没有。

关于这一点，姜岩也是知道的，所以他去陆成诵家那么多次，至今没坐过他那张床。衣柜就在房间里，自然也是别人碰不得的。

“话说，你哥以前有过女朋友没？”姜岩跟陆成诵认识的时间也不短了，身边的女朋友都换了好几茬，也没见陆成诵那边有什么动静。

“你问这个干吗？”陆成诗斜眼看他，“你别看我哥平时看起来是个傻白甜，但其实他做什么事心里都有数着呢。女朋友这种事，他要是存心瞒着我，我肯定不知道。”

“也就是说，你哥以前肯定有过女朋友，但是没告诉你们？”

陆成诗皱眉：“我家的家教你知道的，爸妈虽然在国外，但是真的管得很严。我哥就算不说，我也是可以理解的。”

“你说你爸妈，一对大学教授，看着你哥进了娱乐圈，肯定不高兴。”

“他们要是知道我现在读的是艺术专业，估计也会从美国飞回来砍我。”陆成诗说着，拆了袋薯片，“邓杨哥，明天节目千万不要在美妆区那一类的地方录制，要不你就等着我哥那个没有审美的直男出丑吧。”

邓杨觉得她说得很对，正想开口附和，就听到头顶一道凉凉的声音：“你说谁没有审美？谁会出丑？”

陆成诗“咔嚓咔嚓”嚼着薯片，满不在乎地看他：“你啊。”

陆成诵觉得有点头疼。他身边的女人，近到亲妹妹，远到亲粉丝，没一个让他省心的。他觉得他现在代表的不仅仅是他自己了，他要给广大直男沉冤昭雪，于是伸手在邓杨肩膀上一拍，很有气势的样子：“哥，明天下午逛街，把地点定在化妆品区和女装区。我给观众们看看什么叫直男的审美。”

邓杨：“你确定吗……”

陆成诵俊秀的眉毛狠狠一挑：“非常确定。”

陆成诗继续“咔嚓咔嚓”嚼薯片：“你明天要是不出丑，我就把脑袋给你。”

“我明天要是出丑了，我就把脑袋给你！”陆成诵用了加重语气，可见这件事从很大程度上刺激了他作为直男微薄的自尊心。

“哎呀，行了行了，你要是收工了，就快带我回家，困死了。”陆成诗看那边的工作都差不多了，伸手拉着陆成诵的胳膊站起来。虽然每天都在互怼，她手一伸过来，陆成诵还是很自然地扶住了她的胳膊：“陆成诗，你的面膜还有没有？”

“干吗？”

“明天要录节目，当然得保养一下啊。”

办公室灯光下，陆成诵皮肤是很均匀的肤色，虽然离不开上镜前的化妆，但他本身皮肤底子就好，一度让陆成诗非常嫉妒。

“你天天拍戏怎么不见你保养？而且你不是说小初大大是黑粉，你见黑粉还盛装打扮啊？”陆成诗嘲讽道。

陆成诵闭了闭眼，努力把心里的那口恶气憋回去，但最终还是自控失败：“我那是给敌人足够的尊重！你给我闭嘴！面膜交出来！”

“好了好了，在我抽屉里，回家就给你拿，你真是烦死人了。”

当天晚上，过了12：00，陆成诵终于优雅地将面膜如愿贴在了自己脸上。他就仰躺在沙发上，用十足高贵冷艳的姿态朝着陆成诗摊手：“看到没有，我们直男也是注重保养的。”

注重保养到熬夜敷面膜吗？陆成诗翻了个白眼，准备回房睡觉：“你开心就好。”

02

为了证明直男也是有审美的，陆成诵硬是逼着邓杨跟节目组协商，把录制地点定在了商场的化妆品区和女装区。节目组导演并不了解其内里，听到邓杨的话以后甚是欣慰："没想到陆成诵是个这么敬业的艺人。我们之前也考虑过这些地点会比较有噱头，但是担心他觉得太女性化，就没写进策划里。"

邓杨脸上挂着尴尬而不失礼貌的微笑，艰难点头："导演，我们家艺人真的是非常敬业的，但是我希望你要有心理准备。后期剪辑师在哪儿？我想和他沟通一下，估计接下来要麻烦人家了。"

导演笑眯眯的，却是一头雾水。

毕竟是长这么大第一次上电视，初宁昨晚基本没怎么睡。早上天还没亮她就从床上爬了起来，换好昨天买的衣服，又给自己化了个淡妆，然后就这么双手撑着下巴坐在桌前发呆。

距离约好的时间还有三个小时，她提前一小时出发都是早的。百无聊赖，初宁抱着手机一次次刷新首页。这个时间大家想必都在睡觉，首页刷不出什么新消息。她叹口气，刚要把手机放下，私信栏忽然蹦出提示音。

正是无聊的时候，提示音如同救命稻草。初宁没怎么仔细看就点了进去，等看到消息内容，才无语地去看发消息的人——陆成诵天下第一帅。

看看时间，凌晨4：30。死忠粉的时区都跟正常人不一样，这个时间也不知是还没睡，还是已经醒了。再看看私信内容，初宁皱眉，这个人怎么就对自己抱有这么大的敌意呢？

"黑粉上节目也会紧张吗？"

反正闲着也是闲着，初宁动动手指打字："不紧张啊，你都说我是黑粉了，我紧张什么？"

屋子里窗帘还拉着，灯没开，陆成诵窝在被窝里抱着手机，屏幕冷光照在他脸上，把他衬得像鬼一样。眯了眯眼，他回复："承认自己是黑粉了？"

初宁：“是你说的，我可没承认。”

陆成诵：“不用担心，陆成诵那么善良的人，肯定会在节目里好好照顾你的。”

初宁：“不了，作为亲妈，我还是好好照顾他吧。”

陆成诵：“现在的小女孩追星都想当人家的妈妈吗？”

这句语气显得异常成熟，初宁一愣，没多想便问道：“你多大了，还现在的小女孩？”

陆成诵心虚回复：“我跟你差不多大啊。”

初宁：“我又没说我多大。”

陆成诵：“就是还在上大学的年纪呗。”

话题至此，初宁忽然没了跟他继续聊下去的欲望，随便找了个理由结束聊天。她把手机放下，看看时间还早，索性趴在桌子上再睡一小会儿。

另外一边，陆成诵看着她发来的“哦，我睡觉了哦”，再看看墙上的时钟，不禁在心底叹气。现在的年轻女孩真的太不知道爱惜自己了，熬夜熬到天亮，又不是明星要赶通告，什么事值得这么熬？转念一想，自己似乎也是到这个点还没睡，因为要跟黑粉上节目，实在是太紧张了。

约定时间到了的时候，初宁已经提前一个小时坐在化妆室里了。工作人员还没来，大概场面见得多的人都知道，这种节目来得早也没用，毕竟很多明星也是踩点。初宁一个人孤零零地坐在椅子上，刚想拍几张照片留个纪念，化妆室的门忽然被打开，紧接着陆成诵就一脸没睡醒的样子走了进来。

四目相对，初宁脑海里忽然刷过一大片的弹幕：我的天哪，“儿砸”今天太帅了，还是素颜；我居然真的来录节目了，这不是做梦；我的人品一定都用在这里了，期末的统计学考试怎么办；他一直在看我，啊啊啊，我要怎么打招呼啊；要不要为上次让他叫我亲妈的事情道歉；不要再看了，“儿砸”，娘要撑不住了……

而相比之下，陆成诵脑子里只有很清晰的一句话，一遍一遍单曲循环似的：你可以叫我亲妈，你可以叫我亲妈，你可以叫我亲妈……

带着各自的意识活动，两个人相对无言。

这不是她第一次这么近地面对陆成诵，但绝对是第一次看到陆成诵素颜的样子。男明星素颜倒不如女明星差距那么大，但是黑眼圈太明显。初宁从座位上站起来，因为紧张，只能挤出一个官方假笑，转而又想到自己的人设是高冷，又立马将嘴角垮下来："你好。"

陆成诵把她的表情变化看在眼里，然后慢慢点头，决定从一开始就打击她作为黑粉的嚣张气焰："嗯，我挺好的。"

初宁没想到他会这么回答，支吾了半天："啊，那……那就好……"顺便默默将那句"'儿砸'永远都幸福就是老母亲最大的欢乐"吞了回去。

因为化妆间里只有两个人，气氛在沉默中慢慢滑向尴尬。初宁觉得自己应该找话题跟他聊聊天，显然陆成诵也在思考这个问题，没等她开口，救场的人便进来了。

邓杨是拎着早餐进来的，因为不知道初宁也来得这么早，早餐只买了两人份。陆成诵拍戏期间是严格控制饮食的，现在只要一看到邓杨拿着的白煮蛋，他就想吐。

"哎呀，小初也来得这么早啊？早知道我多买一份早餐了。"邓杨带着歉意把早餐往桌上放，"这样，小初你吃我那份，我再去买一份。帮我看着点小陆啊，那个包子不是给他的，别让他吃。"

初宁受宠若惊，刚想开口说自己吃过早餐了，就被陆成诵抢了先："能不能不要再让我吃白煮蛋了，我真的要吐了……"

"你不吃啊？"邓杨走到门口又折回来，"那正好，他不吃了。小初，咱俩吃。"

虽然早就听闻陆成诵的经纪人不太靠谱，初宁倒也没想到会这么不靠谱。还没开吃，门口导演助理来喊，邓杨抓了个包子就出去了，化妆间里再一次只剩下初宁和陆成诵。

包子香气诱人，闻着大概是鸡汁味的，陆成诵也不记得自己多久没吃过这样的东西了，眼睛在上面扫过又迅速避开。他修仙似的把眼睛闭上，朝初宁挥手："你快吃，吃完了，我看不见就好了。"

"那你把这个蛋吃了吧？"

陆成诵痛苦摇头："我真不想吃，我现在一听鸡蛋俩字都觉得能闻到鸡屎味。”

艺人在控制体重期间的确是很辛苦，男演员不仅要减脂还要增肌，更是难挨。初宁看看门口，估计邓杨一时半会儿也回不来，就低头把装包子的小碗空出来，剥了一个鸡蛋放进去，又倒了几滴配包子的酱油。担心邓杨回来，也不知道这样是不是合乎陆成诵的减脂规定，酱油更是没敢多放。初宁手下快速将鸡蛋用筷子捣碎，拌着酱油搅和了几下：“这样你尝尝？”

熟悉的鸡蛋气味，陆成诵本来想拒绝，回头看到她已经帮自己拌好了，颜色还有点不一样，就将信将疑地把碗接过来。他低头嗅嗅，也就知道是什么了。鸡蛋拌酱油这个吃法，他小时候给陆成诗做过。那时候父母工作忙，他还小，也不会做饭，就拿这个糊弄妹妹。

“你怎么知道这种吃法？”陆成诵脸上的冰霜有所缓和。

“临时想的，手边也没有别的东西。其实鸡蛋配辣椒酱更好吃。”初宁舔舔唇，往门口瞟一眼，催促他，“快吃，一会儿你经纪人该回来了。”

陆成诵有点想笑，虽然他也不知道为什么。转念一想，这个黑粉大概是想破坏自己的减肥计划吧？把碗里的鸡蛋吃完了，化妆师也差不多到了，初宁从椅子上站起来，随口问了句：“好吃吗？”

“还可以。”其实很好吃，因为他太久没吃什么有滋味的东西了。

初宁笑了笑，走到自己的位置去，齐肩的长发，随着她转身的动作晃了晃，忽然让陆成诵想起抽奖那天，他隔着人群看到的站在陆成诗身边的她。

很普通的女孩，他却偏偏在人群里一眼就看到她。

等到两个人都化好了妆，距离节目开拍也没剩多少时间了。按照服装师安排，陆成诵今天穿了件浅蓝色条纹衬衫，头发也特意染成了亚麻色，刘海细碎，看起来温和无害，大概是为了契合虚拟男友的主题。初宁则被安排穿上了一条浅蓝色裙子，两个人衣服上的 logo 是一样的，很低调的情侣装。

4 月的北城还没有暖和到可以直接穿裙子，所以初宁和陆成诵都套了件大衣。按照节目组安排，开场并不是让两个人直接见面，虽然通过游戏找寻对方的梗已经被综艺玩烂了，但观众依旧乐此不疲，节目组也乐意一遍遍演给大家看。

身上裹着大衣，初宁决定趁这个机会跟邓杨套个近乎：“邓哥，咱们节目开始这个游戏，是什么游戏啊？”

“就是让小陆在一群女孩里把你找到。”

初宁一愣，转头就看到好多跟自己身高、发型差不多的女孩乌泱泱地朝着不远处的草地走过去。她呆了呆，接着问：“那，怎么找到我呢？”

邓杨看看她，不以为意道：“摸手。”

03

初宁以为自己参加这个节目需要面对的只是抛头露面的尴尬，没想到还得面对智商上的残酷考验。比如此时此刻，她在绞尽脑汁地思考，如何让陆成诵在那么多跟自己差不多的女孩里第一次就选对自己，不至于耽误时间。

要知道，结束得越早，她就越有时间写作业。

再看看不远处双手叉腰、一脸凝重的陆成诵，初宁觉得这一刻，他们担忧的是相同的问题。初宁悄悄挪了几步挪到他身边，用胳膊肘撞了撞他：“哎……”

陆成诵低头，看到是她之后，很小心地往边上挪开一点，躲避她的触碰：“怎么了？”

他这一躲，让初宁心里有点小小的受伤，转念一想，男女之间保持点距离也没错，便大大方方地看他：“我想到一个办法，让你一会儿第一个就能找到我。”

陆成诵有点疑惑地挑眉：“什么办法？你可别说捏我一下之类的。我敢保证那些女的里面，好几个都得捏我。”毕竟他这么帅，很容易让人把持不住的。

“她们都会捏你，但肯定不敢掐你，一会儿你感觉到谁掐你了，那个就是我。”初宁觉得自己简直机智。这边刚说完，就听到助理姐姐在那边叫她。她一边冲陆成诵信心满满地点头，一边蹦蹦跳跳地跑开，陆成诵嘴边的那句“那你轻点掐”还没说出口，她人已经消失。

方法听起来是不错，但是放到实践的时候就总是有那么点难度，尤其是当那些女孩一个个在板子后面站好之后，陆成诵是真的觉得眼花缭乱。他作为直男活了这么多年，除了在秀场，很少见到这种女人扎堆的场景。

当这些女孩白白嫩嫩的手从板子后面伸过来的时候，他就更蒙了——除了指甲颜色有差异，怎么看都是差不多的。镜头转过来，他马上调整表情，笑眯眯地走向第一个女生。

这一刻，他在心里感慨初宁是个聪明姑娘——要是没点暗号，估计怎么也找不到她。

谁知这第一个姑娘就毫不留情地在他虎口狠狠掐了一把，如果不是碍着镜头，陆成诵大概直接跳起来了。他火速把自己的手抽回来，笃定地指着第一个：“我找到了！就是这个，就是这个！”

主持人笑眯眯地问：“你确定吗？”

陆成诵猛点头：“确定！”

反正这种智障桥段，播出去也不会有多少人愿意看，主持人也就不再发问。板子落下，陆成诵自信满满地扭头，半秒后，当他与板子后面的女孩大眼瞪小眼时，彻底蒙了。

陆成诵脸上维持着僵硬的微笑，用眼神恶狠狠地质问对方：你怎么在这儿？陆成诗掩面笑得娇羞，用口型回答：来看你出丑。

这丫头怕是又用什么好处买通了邓杨。陆成诵闭了闭眼，听到旁边主持人遗憾的声音：“哦，猜错了！看来我们两位主角的默契度还有待培养，第二次机会！”

板子重新立起来，后面的女孩交换位置，陆成诗几步窜到初宁身边，压低声音兴奋地喊她：“小初大大！”

“你怎么在这儿呀？”初宁觉得很是惊奇。

“我报名来的呀。”陆成诗撒谎从来不脸红，“我也是粉丝嘛，既然不能上节目，来当个 NPC 也是好的呀。”

“他第一场就认错了，下一场还不知道能不能认对。”初宁翻了个白眼，带着几分嫌弃，“我都说了，我到时候会掐他一把，他居然还认错。”

“你狠狠掐。”陆成诗一脸正经，“他到时候肯定会挑掐得最狠的那一个。”

初宁犹豫着点点头，还想再说几句，导演却喊了准备。她赶紧在自己的位置上站好，把手伸出去。

也不知道是不是刚刚两人的谈话被其他女孩听到了，陆成诵连着摸了两个人的手，都被掐了一把。他心里越发疑惑，但想到陆成诗在板子后面，也就不奇怪是她捣鬼了。

虽说是娱乐节目，但总不能抓住人家的手就捏来捏去，陆成诵被掐怕了，稍稍碰一下便立马放开。这么一排摸下来，直摸到最后一个，女孩手很软，他心里没来由地一动，下意识地舔了舔自己的嘴唇，竟忘了松手。

手感真好，细腻柔软。

陆成诵有短短一秒的愣怔，心里那层朦胧的悸动还没来得及退去，手的主人忽然发力，狠狠掐住了他的虎口。这不同于最开始陆成诗的力道，这简直是魔鬼的力量。陆成诵疼得倒吸了一口冷气，脑子里忽然记起了初宁的嘱咐，一边挣脱了那只手，一边转过头朝着镜头大喊：“我找到了！我找到了！”

主持人一愣：“又找到了？你确定吗？要不要再摸一下才确认？”

陆成诵玩命地摇头：“不用不用，我非常确定！”

笑话，再摸一下，他估计会被她掐断一根手指。他心里仿佛有一个火红的大印章，对着初宁的脸狠狠盖下去，印章上写着巨大的“黑粉”二字。

板子挪开，初宁站在板子后面，笑吟吟地看着他。风把她浅蓝色的裙摆吹得飘飘摇摇，看在陆成诵眼里如同女鬼的招魂幡，异常恐怖。

他目光飘向一边，果然看到陆成诗笑得牙都快飞出来。

第一期主打的概念是直男的审美，又因为是一档虚拟恋爱节目，所以初宁和陆成诵被节目组带到了商场，以情侣逛街的模式进行节目拍摄。而陆成诵在之前作死，提议要去化妆品区和女装区，所以初宁这边还没看清楚周围的情况，就被工作人员拖去了一楼专柜区。镜头切换，她和陆成诵一起出现在画面中，这回没有主持人了，全凭他们的自由发挥。

看着琳琅满目的化妆品，陆成诵觉得自己第一次走进了人生的盲区。

再怎么直男，毕竟也是个男人，男人总该主动一点找到话题拉近距离。维持着脸上温柔的笑意，陆成诵歪头看她：“喜欢逛街吗？”

初宁很乖巧地点头：“嗯，如果学习不忙的话，会跟室友一起过来逛逛。女孩子嘛，都挺喜欢这些的。”开玩笑，她学习什么时候忙过。

再想想那三个室友，初宁闭了闭眼，为自己刚刚脱口而出的谎言感到愧疚。

“我以前觉得逛街很无聊，现在跟你这么走在一起，反倒觉得挺有意思的。”开玩笑，他现在觉得逛街更无聊了，只有陆成诗那种白痴才会喜欢。

“嗯。”初宁笑着附和，没词了。

来之前，邓杨告诉她，不用紧张怎么表现，真人秀都是有台本的。可是她没想到，所谓的台本就是导演说，接下来你们要去哪里，而具体该聊些什么，根本没人告诉。她默默跟在陆成诵身边，扭头就看见他的侧脸，觉得这一刻他应该也在辛苦地想话题。

初宁是见不得陆成诵为难的，帮“儿砸”解围是她作为“亲妈粉”的职责。于是初宁装作惊喜地“哎呀”一声，往旁边的货架上指了指：“真漂亮，我之前就想买呢。”

其实她也就是随手一指，连上面放的是什么都没仔细看。有了新话题，陆成诵也顺着她的手指看过去，脸上的笑意比刚刚真诚了不少：“你喜欢吗？过去看看。”

他说着拉起初宁走向柜台，入目的是琳琅满目的化妆品。初宁刚刚伸手指的是一个小玻璃瓶，他在一堆颜色里犹豫了一下，想起陆成诗挖苦自己没有审美，眯了眯眼，拿起一瓶偏红色系的。

人都说红色经典，应该不会被挑出毛病来。

陆成诵将小玻璃瓶拿在手里，低头发现上面写的都是法文，他并不认识。不过那不要紧，他好歹也是在时尚界混过的人，不至于连这么常见的化妆品都会搞错。陆成诵就这么自信满满地拿着这个小瓶子，回身面向镜头："每一个女孩，小时候一定都有一个关于爱美的梦。于是她们偷偷穿妈妈的高跟鞋，用番茄酱来假装指甲油。但是随着成长，很多女孩都会忘记这个梦，而男人，就是帮助她们圆梦的那个角色。"

他一边说着一边深情地看向初宁："我相信小初你也是，期待能有一款适合自己的指甲油。今天我想买下这个颜色的指甲油送你，你喜欢吗？"

初宁迟疑了一下："我……"

他深情地打断她："告诉我，你喜不喜欢这个颜色？"要是小初亲口说了喜欢，他就不信回家之后陆成诗还会挖苦他。

初宁欲言又止地看着他，艰难地点了点头："这个颜色真的很好看，我也真的很喜欢……但我还是得告诉你，这个……"她指着那个小玻璃瓶，在陆成诵温柔的带着询问的目光里同情地开口，"它是一个唇釉，不是指甲油。"

陆成诵保持着嘴角的笑意，转头去看身边的工作人员，想从他们那里得到不同的回答。可惜的是，除了几个男摄像露出了恍然大悟的表情，女性工作人员都用一种同情智障的眼光怜悯地看着他。

邓杨坐在外围一拍大腿，觉得这次陆成诵的热搜稳了。

恍然间耳边又是陆成诗的声音。

还直男的审美呢，直男哪来的审美？

托陆成诵的福，这大概是直男被黑得最惨的一次。

04

"小鱼，把你的统计学作业借我看一下。"周末的上午，寝室里的人通常能睡到10：00多才起，小鱼昨晚熬夜做数据，自然醒得更晚。她在床上翻了个身，朝床下站着的哉哉挥挥手："作业不在我这儿，我借给小初了。"

"啊，那是不是被她拿到片场去了啊？"哉哉嘟囔一句，回到自己的座位上。一旁的阿隋愣了愣，转头看向小鱼的床位："没有啊，你的作业不是在我这儿吗？而且我刚刚发现小初的作业跟你的夹在一起，都在这儿呢。”她说着指了指自己桌上的两个作业本。

“嗯？”小鱼从床上坐起来，满脸疑惑，“那小初拿走的是什么？”

节目录制现场，中午午休，初宁本打算吃完午饭写一会儿作业，权当修身养性，没想到陆成诵也在休息间里。谅他也看不懂，初宁伸手从包里把书本拿出来，还没打开，就听到一旁的陆成诵问：“那是什么？”

“我的作业。”初宁老老实实回答。

“你是学霸吗？出来录节目还带作业？”陆成诵来了兴趣，几步跨过来在她身边坐下，“我看看什么题，说不定我也会。”

初宁心里很是怀疑，毕竟他为了出道，大学读一半就辍学了。不过既然他问了，她也不好藏着掖着。伸手把书递过去，两个人肩并着肩坐在一起，将印有《统计学入门》的书打开。

扉页上，硕大的几个字映入眼帘——金瓶梅。

作为新时代大学生，上课难免有走神看小说的时候。但是勤奋如阿隋，总喜欢帮她们占第一排座位，坐在老师眼皮子底下挑衅总归不太好，初宁更是没那个胆子。后来寝室里的人想出了一个办法，把课本书皮撕掉，贴在小说的封面上，这样就能堂而皇之地看小说了。

昨晚收拾东西的时候总是神游，就这么拿错了。两个人之间尴尬地沉默了几秒，陆成诵清清嗓子颇为认真地开口：“这是你们古典文学的课本吗？你是中文系的？”

初宁觉得内心更加绝望：“我是经济管理系的……”

“那你爱好还挺广泛的……”陆成诵默默将书合上，递还给初宁。如果这时候初宁稍稍侧头，就可以看到他泛红的耳朵尖。初宁觉得自己作为一个少女，还是有义务解释一下的，还没来得及开口，门就被邓杨推开：“你俩干吗呢？马上开拍了，下午还得逛女装区呢。”

这一次换陆成诵内心绝望：“哥，能不能把地点换一下……”

“你自己提议的，不是想为广大直男代言吗？”邓杨不耐烦地伸手把陆成诵从座位上拉起来，“行了，快点，都等着呢。”转头发现小初还坐在那儿，手里捧着本书，邓杨一愣，随即笑开，“你看看小初这么好学，出来录节目还带书。你先放哥这儿，回来再给你啊。”

大概经纪人都带着点不容置疑的气场，初宁还没来得及拒绝，书就被他拿走放进了自己包里。初宁跟在陆成诵身后走出去，陆成诗坐在工作人员那一堆，直觉出两个人不太对劲，脸上居然都带着可疑的潮红。

为了不再让陆成诵闹出上午那样的笑话，初宁很贴心地跟节目组建议，不如把女装区换成男装区。男人在自己的领域总不至于出丑，再说他模特出道这么多年，对服装肯定有一定研究。节目组觉得初宁的建议有几分道理，于是组织转移，只有陆成诗一个人在人群中连连叹息，叹自己哥哥下午恐怕要闹更大的笑话了。

男装区比女装区整体风格简单很多，陆成诵刚刚踏进去就觉得这里简直是自己的天堂。没有分不清色号的唇釉和指甲油，没有长相、颜色都差不多的眼影和眉粉，就连女人都少了一多半。他深深吸了一口气，满脸惬意地问身边的初宁：“你感觉，这里是什么味道？”

初宁面无表情地看着满满一排的polo衫，声音平静到有些死寂：“直男的味道。”

陆成诵满意点头：“那就对了。”

下一秒，比看到Polo衫更让初宁害怕的事情发生了——陆成诵直直朝着那一排货架走过去，脸上甚至带着丰收的喜悦：“小初，你觉得哪件好看？”

其实初宁对于polo衫这种东西并不带歧视，只是每次看到都会想起乡镇居委会干部。但陆成诵不一样，陆成诵是天生的模特，那就一定可以驾驭任何衣服。虽然心里带着对他的迷之自信，初宁还是谨慎地在那一排衣服里挑了挑，拿出一件相对素雅一些的递给他：“我觉得这件不错，你去试试。”

陆成诵很好说话地拿着衣服进了更衣间。

之所以进来就被这一排衣服吸引，是因为从前他从没穿过这样的衣服。服装师把这一类的衣服都抛在了他目光所及的范围之外。陆成诵是喜欢尝试新事物的，他把衣服套上，看了看镜子里的自己，觉得略显呆板，想来想去，抬起手来弄了弄衣领。

于是，初宁和节目组一众工作人员就看到了立着领子走出来的陆成诵。

人群里的陆成诗："哈哈哈哈……"

傻白甜如陆成诵并没有意识到自己现在再度成为大家的笑料，站在初宁面前用小学生求表扬的姿态骄傲地挺起了自己的胸膛："怎么样？"

"还可以。"初宁抬手默默帮他把领子放下来。

"我的领子呢？"陆成诵把领子再度立起。

初宁很是不解："为什么这个领子要立起来穿呢？"

"这样才像硬汉啊，我看我偶像就这么穿。"

初宁："你说的是十年前的你偶像吧？"

陆成诵摇摇头："硬汉不分年代，他始终是我的偶像。"

邓杨站在人群里觉得陆成诵差不多能占两个热搜了。这次就算公司不出钱搞营销，他也决定自己花钱买水军，把热搜顶上去。毕竟不是所有明星都能像陆成诵，傻得这么清新脱俗。他一边计划着，一边伸手把陆成诗的嘴捂上，免得她笑声太大，被那边的麦克风收进去。

第一期节目播出的那天，刚好是他们录制结束一个星期。节目只有五期，每周录制一次，延后一周播出，算得上是边录制边播出了。不出邓杨所料，"陆成诵立领"和"陆成诵直男色"打败当天的各种新闻，直接冲到了热搜第一位。

一夜之间，陆成诵微博涨粉五十万。

初宁悠闲地躺在寝室的床上，脸上贴满了黄瓜片，嘴里还啃着剩下的半截，听哉哉实时汇报热搜情况。

"小初，现在直男色这条已经打败立领那条，登上热搜第一位了，看来女人们还是对美妆比较感兴趣。"

阿隋晚上要跟同学出去唱歌，这会儿刚好在化妆，她看看自己的口红，又看看哉哉："我知道斩男色，直男色是什么东西？"

"估计很快就会有口红找陆成诵代言了。"小鱼停下敲键盘的手，"小初，你有没有去看你自己的微博，不只是陆成诵涨粉，你也在涨粉。"

"我看了一眼，私信都爆了，就不敢再看了。"初宁有点惆怅地嚼着嘴里的黄瓜，“还有那些评论啊，好多人说我长得普通，放在镜头里跟路人甲没区别。还有人直接说我丑……他们根本就没发现我的高冷人设吧？”

“你怎么样都会有人说的。”阿隋终于涂好了口红，“你长得普通，网友就说你是路人甲；长得好看，就说你是潜规则；长得瘦，就说你嗑药；长得胖，还说你配不上他。反正网友有一百种方式骂你，并不是因为你怎么样，而是站在陆成诵身边的那个人不是她。你在乎那些干什么？咱们又不是被黑幕的，咱们堂堂正正。”

小鱼频频点头附和。

哉哉顺手点开初宁的微博，发现这时候她的粉丝也已经破万了。综艺的力量果然强大，再翻翻评论，好坏言论不一，但只要在搜索框里输入小初的名字，紧跟着出现的词条里一定会包括“初宁 陆成诵”，“初宁扒皮”以及“初宁与男神的两天一夜”。

“想不到我们身边就这么出现了一个红人。”哉哉托腮，“你们下次录节目什么时候啊？要不要龙套之类的？我觉得我们可以去帮帮忙。”

说到这个，初宁忽然记起在节目现场看到的小粉丝。按说年纪那么小的女孩子，能到抽奖现场不奇怪，但是连节目录制现场都能去，那就真的很不寻常了。她怀疑这女孩背后有什么势力，拿出手机，点开“一首唐诗”的主页。

刚要翻，忽然看到私信栏有新消息。

陆成诵天下第一帅：想不到节目里的你看起来还挺可爱的。

初宁回复了一个“白眼”表情：我本来就很可爱好吧。

陆成诵天下第一帅：微笑。

初宁回复：微笑。

“你在跟谁聊天？”陆成诗的脑袋刚凑过来，陆成诵就飞速将手机藏到了身后。陆成诗撇嘴：“谈恋爱了？你现在还在上恋爱节目呢，我劝你不要这样脚踏两条船。”

陆成诵懒得理她，把自己的包扯过来打算看剧本。包里装的东西多，他这么一扯，里面的书就跟着掉了出来。陆成诗眼睛尖，一眼看到陌生的东西，伸手要拿："这是谁的书啊？"

眼看着她的手就要碰到，陆成诵一声怒吼："不许动！"

要知道，那是邓杨临走时让他给小初的，是那本造孽的《统计学入门》。陆成诗不屑地把手收回来，猛然想起两人之前的赌注，笑着说："哥，你欠我一个脑袋。"

陆成诵："滚！"

第五章
直男审美真可怕

01

这个世界对直男真的很不友好。当你弄不懂千奇百怪的口红色号时，你会被扣上直男的帽子；当你分不清唇釉、指甲油时，你也会被扣上直男的帽子。甚至这些女人还偶尔故意地，拿着长相诡异到猥琐的化妆工具来问你这是什么。你答不上来，还是要被扣上直男的帽子。当然，如果以上的一切你都可以区分清楚，对答如流，总有女人会对你指指点点——懂得这么多，肯定是个玩弄过很多小女生的渣男！

这番话是姜岩说的。坐在剧组的休息室，陆成诵一边闭着眼睛养神，一边狠狠点头深表赞同："为什么现在这个社会男人活得这么累？"

"因为网络发达了，女人都越来越聪明了。"姜岩叹息。

陆成诵最近养成了一个新习惯，每当有类似于女人的话题，他的脑海里都会自动带入初宁那张平平无奇的脸。要说女孩子，其实各有各的好看法，只是初宁的脸一闪现，就帮他自动把其他人的样子都过滤掉了。

想到初宁，陆成诵扶额，她那本书还在他这里，昨晚背台词实在太累，他还拿起来看了几页。要说那是黄书，好像也有点牵强，毕竟他看的那几页里没有什么露骨描述。其实这书原本是放在邓杨那里的，邓杨也没打算给他，是他怕邓杨翻开来看，对初宁有不好的印象，才抢到自己这里来的。

现在想想，多管这个闲事干吗呢。

“其实也挺好，在真人秀里假装谈场恋爱也不错啊，好过没恋爱可以谈。”姜岩的声音打断了陆成诵的思路。陆成诵睁开眼，有点疲惫地揉揉自己的眉心：“什么谈恋爱！我看就是个整蛊我的节目。”

“你这个事叫作塞翁失马，你拿着的那个唇釉现在据说卖断货了，公司那边肯定在帮你商量代言的事呢。”

“卖断货了？”陆成诵皱眉，“那我穿的那件衣服呢？”

寝室里，阿隋一边把薯片塞进嘴里，一边对着电脑连连摇头：“陆成诵这也算是造孽了，据说他穿的那款衣服被那家店下架了。”

初宁拿着笔的手顿了一下，从作业里抬头：“我觉得那件衣服还挺好看的，是我帮他拿的呢。”

“所以你也跟着一起造孽了。”阿隋伸手把薯片递给她，“但是那个唇釉的效果很好，都卖断货了。”

“这说明大多数追求明星效应的还是女人。”小鱼手下不停地敲打着键盘，“你看追星的人群里也大多是女生，男生就相对少一点。”

“那倒是，我们这次站子招新，来的也都是女孩。”初宁说到这里，又想起工作组那边让她带一下新人，有时间就讲讲话题维护和怎么做数据之类的。新人进来都是点点姐负责，她这会儿才想起来看看都进来了哪些人。点开名片，倒是看到一个略显熟悉的昵称——起承转合陆成诵。

她对这个人有印象，因为刚刚进群的时候这个人很活跃，而且修图很有自己的风格。每个人的修图偏好不同，出来的效果也不同，站子里就是需要这样的人。初宁心情不错，在群里跟大家打了招呼，转头忽然发现微博新推送。

徐崇航新剧上星，今晚网络同步直播。

初宁轻轻叹了一口气，这边陆成诵好不容易有了点水花，估计又要被徐崇航的新剧打压下去了。公司博弈的结果从来都是艺人背锅，看看网站上电视剧的点击量，就知道徐崇航拥有着多么雄厚的粉丝基础。

“你们说，徐崇航这么火的人，粉丝里面男粉会比较多吗？”初宁突发奇想。话音才落，就迎来哉哉的白眼：“那不是废话吗！粉丝基数大，男粉肯定也多啊。你这个不能这么问，你得看比例。陆成诵七个粉丝里一个男粉，和徐崇航七十个粉丝里十个男粉，其实是一样的。”

“好像不太一样，陆成诵粉丝里有一个男粉，基本能顶十个。”初宁眯起眼。

其他三个人同时扭过头看她：“什么意思？”

初宁拿起手机，指着自己点开的界面给她们看：“就是这个人，‘陆成诵天下第一帅’，平时说话看着不太聪明，但是应援的时候一下子捐了五千。”

小鱼一脸震惊：“这么傻的富二代，生活中怎么没被我遇到？”

哉哉叹息着点头：“人傻钱多，喜欢陆成诵，那还有可能是个弯的。”

阿隋：“你们这么说不太好吧。可能人家就是真心喜欢呢。他居然只关注了两个人，都是谁啊？”

说到这里，初宁有点羞愧：“他关注的是我和陆成诵……我也不知道他怎么想的……”

“那他这人是不是还有点偏执啊？”小鱼转了身，和初宁面对面坐着，“你们粉丝站的大大那么多，他怎么单单就关注你呢？我觉得他这人心理可能还有点问题，你没得罪他吧？”

初宁被她说得有点心悸，想想自己之前跟他说话好像总是不太友善：“我一直觉得他像个傻子，所以说话的时候不太礼貌……”

“我觉得你还是不要冒犯他比较好，你看他主页连一条微博都没有，注册日期是三年前啊，那也不像是小号，这个人绝对不太正常。”

这么一分析，也不是没有道理。三年时间，就算是小号也被用成大号了，一条微博不发，还只关注两个人，怎么说都说不通。初宁咬着指甲看向自己的手机，忽然觉得这个人成了个定时炸弹。要知道饭圈里什么人都有，不一定哪天就真的给你弄出个大乱子来。

正纠结着，手机忽然一振，初宁吓得差点把手机扔出去。低头，正是这个人发来的私信。初宁手一抖，直接点进去，对面估计就显示已读了。想想小鱼之前的话，初宁也不好不理睬，看着那句“我最近觉得你可能不是黑粉”陷入了新的纠结。

犹豫良久，初宁小心翼翼地回复：对呀，我是真爱粉。

陆成诵天下第一帅：那你觉得跟他一起录节目有趣吗？

小初是亲妈：有趣，不过就是比较紧张，我是第一次上电视。

陆成诵天下第一帅：你男朋友看到了不会不高兴吗？

初宁一愣，脑子飞速转了转之后彻底死机，虽然不明白他为什么突然问这么暧昧的问题，但还是老老实实地回答：我没有男朋友。

陆成诵抬起头，忽然想起今晚徐崇航的剧首播。他之前也收到过那个剧本，跟现在的剧本人设差不多，反正当下这种冷冷的男主角人设总是更吸粉。但是当时给他的角色是男二号，给徐崇航做配。陆成诵想起以前一起走秀的时候，徐崇航连一次主秀也没走过，不是他自命清高，只是这种落差他暂时还不太接受得了。邓杨推掉剧本的时候还骂他死脑筋，上星的剧，总比现在他拍的网剧要强。

从片场收工回来，陆成诵觉得自己内心满是感慨，如果这时候能看到活蹦乱跳的陆成诗，那不失为一种安慰。走进家门的时候天已经黑了，陆成诵一进屋，就看到坐在客厅沙发上哈哈傻笑的陆成诗。

他也笑，显得五官都不那么冷峻了：“笑什么呢，小傻子？”

“电视剧啊。”陆成诗不看他。

他在她面前连着晃了两圈，才终于得到陆成诗一个新鲜的白眼：“别晃了，你挡我看电视了。”

陆成诵觉得自己今天好不容易修好的玻璃心再次碎了一地。他拖着疲惫的脚步回了房间，包里还装着没背完的剧本。躺在床上，他拿出手机，在初宁的主页上徘徊了好几次，还是忍不住发了私信过去。

你觉得徐崇航的新剧好看吗？

同一时间，初宁做完了作业，正跟室友们挤在一起看剧，看的就是徐崇航这部新剧。虽说他之前也演过不少不明所以的烂片，但这次的剧好歹是个翻拍，拿着别人的剧本，就算拍得再烂，也烂不到哪里去。导演大概是为了保险，基本沿用原剧的套路模式。初宁一边看剧一边低头看了眼振动的手机，看到私信之后眉头一皱——这个人怎么每天这么多话。

她低着头快速打字回复：好看，正在看。

自己家的亲粉丝都觉得别人的剧好看。陆成诵撇撇嘴，甚是委屈：徐崇航是不是样样都比陆成诵强？

小初是亲妈：当然不是。

陆成诵天下第一帅：真的吗？那你觉得他哪里不如陆成诵？

小初是亲妈：他绝对没有陆成诵那么直男，哈哈哈哈。

陆成诵手一抖，手机直接砸在脸上。

他决心收回之前对她的认定，初宁的黑粉身份是没跑了。

02

虽然第一期节目拍摄的时候困难重重，曾一度让导演觉得自己要换个嘉宾，但好在后期和剪辑师都是人才，硬是在初宁和陆成诵之间发现了些不易察觉的萌点。节目顺应了现在女孩子们想跟偶像亲密接触的愿望，播出之后得到的反响还不错。加上陆成诵的新戏《霸道总裁爱上我》正在网上播得如火如荼，一时之间他的人气居高不下，终于不再是万年男二和总也火不起来的十八线。

群里的大家纷纷表示十分欣慰，即便徐崇航的剧还是压在陆成诵头顶，但是没有可比性，毕竟陆成诵接的只是个小成本网剧，能到这个水平，他们已经很满意了。

灵魂画手阿标：终于不会再有别人问我偶像是谁我答不出来的尴尬了，我可以很骄傲地说我偶像是发明了直男色的人！

岩诵一生推：……怨念，你们下期要录什么节目啊？

在群里潜水很久的小初见问题砸到了自己头上，这才心虚地上线：下期……要去他拍戏的片场，像个女朋友那样，探班……

说到探班，初宁心里很激动，那意味着她可以看见陆成诵和姜岩同框。虽然她不是 CP 粉，但是没有一个粉丝会拒绝这种类似于商场买一送一的活动。她原本的想象是，自己会在工作人员的帮助下化一个优雅的妆，然后优雅地出现在片场，礼貌地跟所有工作人员打招呼，再以女朋友的姿态，悠闲地坐在太阳伞下看着陆成诵拍戏，顺便偷偷看几眼姜岩，没准还能要个签名。要知道她跟姜岩粉丝站的人也认识，拿到签名的话那些人肯定很开心。

去片场之前，初宁带着这样美好的希冀，特意做了个头发，然而一切美梦都破碎在邓杨把工作牌挂在她脖子上的那一刻。

“我不是去探班吗？为什么挂这个？”初宁拎起写着“私人助理”四个大字的牌子，表情充满了怀疑。

邓杨局促地搓了搓手，充满歉意地看着初宁：“是这样的，这期的主题虽然是你去片场探班，但是节目组为了让节目更有趣，希望你能给陆成诵做一天的临时助理。”

其实这是陆成诵自己跟节目组建议的，这点邓杨不敢说。他更加不能理解，陆成诵这种在片场连句台词都不愿意给自己加的人，怎么到了真人秀，就成了个戏精。

初宁沉默了两秒，觉得节目组这么想也有道理。一日助理这种事，别的综艺里也出现过，并不新鲜，所以她只是稍稍迟疑了一下，便干脆地点了点头：“好吧，那具体需要我做什么？”

“这个没有台本，到时候你听小陆的话就行了。”邓杨有点心虚，实在是很担心陆成诵折腾人家这么好的一个小粉丝。初宁并不知道危险将要来临，听到这话之后还是干脆地应了下来：“好，那节目开始之后，我去找他就可以了，对吗？”

邓杨点头，还不忍心地补充了一句：“小初，你要是觉得有些要求你做不到，就不用勉强。”

初宁灿烂一笑：“知道啦，谢谢你。”

不远处，陆成诵躺在吊床上看着跟邓杨说话的初宁，微微眯起眼睛，表情看起来像是近视八百度的山大王："猎物马上就要进入我的包围圈了。"

姜岩仰头喝了一口水，奇怪地看着他："你说什么？"

"给你表演一下什么叫作手撕黑粉，你就等着看好戏吧。"陆成诵一脸骄傲地看向姜岩。为了把自己的骄傲表现得更明显，他觉得自己有必要做一个有气势一点的动作。谁知道吊床稳定性太差，他起身的时候没保持好平衡，直接从上面栽了下去。

姜岩看着陆成诵狼狈挣扎的样子，一边慢条斯理地把水咽下，一边微笑着鼓掌："这个好戏的开头非常棒，我很期待。"

初宁作为助理接到的第一个任务，是带着陆成诵转换片场。上午的戏是在市区拍摄的，下午场景要换到郊区。为了配合陆成诵的真人秀，剧组允许他单独过来。初宁还没听清那边的人说了什么，就已经被陆成诵拉着到了车前面。摄影师被撤走了，车上装着监控，也就是说，接下来的一路上只有他们两个。

"开车吧，我昨晚熬夜拍戏很累，希望你能开得平稳一点。"陆成诵很大爷地说完，自己打开车后座坐了进去，顺手把墨镜戴在了脸上。初宁看着驾驶座一脸迷茫：邓杨没说还要开车啊，她连方向盘都没摸过，驾照更是没有。

半分钟后，车子纹丝不动，陆成诵摘下墨镜看向初宁："你怎么还不上车？"

"我不会开车。"初宁声音很平静，看着他的时候就更平静。陆成诵被她的表情噎了一下，眨眨眼，有点难以置信："你的意思，不会是让我来开吧？"

初宁看看周围，四月末的春风里，陆成诵的表情渐渐尴尬起来。剧组和节目组的人已经带着设备赶赴下一个拍摄点了。两个人大眼瞪小眼地对视了半天，初宁默默走到副驾驶的位置，打开车门坐进去。

陆成诵手托着墨镜面色凝重。

两分钟后，陆成诵的墨镜挂在初宁脸上，而墨镜主人正黑着脸握着方向盘："为什么我觉得现在我特别像你的助理？"

初宁把墨镜往上推了推，说："只是碰巧遇到了一个我不会的。除了开车，其他的事我都可以做的。你开车的时候不要跟我说话，看着前面，别分心，危险。"

她说得有理有据，陆成诵无言以对，挺直了脊背坐好。像是被老师训诫的小学生，陆成诵还真的闭了嘴安静地开车。

车子在道路上平稳行驶着，昨晚初宁熬夜做了一宿的数据，现在暖风一吹，加上车身本来的颠簸，就这么歪着脑袋睡了过去。脸枕着安全带，墨镜就歪歪地挂在脸上。陆成诵偏头看了一眼，撇嘴说了句："哼，黑粉。"

嘴上这么说着，等到红灯的时候把车停下，他还是忍不住伸手帮她把墨镜戴好。

意识到自己这个动作的时候，陆成诵在心里狠狠鄙视了自己一把。偏头看看她睡得很香，眼眶下面是粉底都没能遮住的黑眼圈，他这才想起来她貌似还是个学生，这么跑节目，应该会耽误课程，也不轻松。

眼看着还有五分钟就要到达目的地，陆成诵把车速放缓，好让她能多睡一会儿。

"我可不是心疼你，我这是让你养足了精神才能再好好折腾你。"陆成诵在心里这么解释自己的行为。因为这个原因，所有人都到了以后，他们迟到了五分钟。

初宁这一觉睡得很安稳，醒来之后下午就显得精神百倍。陆成诵让她去跑腿给剧组的人买饮料，她也二话没说照做。

姜岩没有戏份的时候在初宁身边坐下，他一直没什么架子，很容易地就跟她搭上了话："你是陆成诵的粉丝？"

初宁笑眯眯地点头："嗯。"

"喜欢他多久了？"

"挺多年了，我喜欢他的时候，他还没转型成演员呢。"

姜岩眯起眼睛，笑得好看："那你喜欢我吗？"

初宁刚想点头，胳膊忽然被人扯了一把，陆成诵像个讨债鬼一样低头看着她："过来过来，陪我对剧本。"

初宁："我跟姜岩还没有说完话呢……"

陆成诵脸更黑了："你是我助理还是他助理？我雇你来，难道是让你跟别人聊天的吗？"

初宁撇撇嘴，这会儿陆成诵倒是知道自己的演员素养了，入戏还挺深。反正他怎么说都对，谁让自己今天是他的私人助理！换上哄小朋友的表情，初宁瞪圆了眼睛认真地点点头："好的，老板。那我们现在去哪里对剧本呢，老板？"

陆成诵引导她往剧组的休息室走，一边走一边苦口婆心地说："你是我的粉丝，见到别的明星就应该保持距离。不然别人看到了，会在背后说你闲话的。"

初宁倒是第一次听说这年头追个星还得三从四德，转而想了想，陆成诵大概是害怕自己的粉丝喜欢了别人。毕竟没怎么火过，对这种事有危机感也是正常的。初宁瞬间觉得陆成诵真是莫名可爱，小跑几步跟上他。他狐疑地问："笑那么灿烂干吗？"

"保持微笑也是私人助理的任务之一！"

陆成诵耳朵尖红了红，快走几步："别说没用的，跟我进来。"

初宁一边喜滋滋地想着怎么跟群里的人说这件事，一边跟着陆成诵进了休息室。看看四面装好了的摄像头，她有点茫然："你真要跟我对剧本啊？"

"当然了，这是助理的义务。"陆成诵说着把手里的剧本甩给她，"来，现在你是女主角，来跟我对一下词试试。"

虽然没有任何演艺经验，初宁还是连忙乖乖地点头，伸手把剧本翻到有标记的地方。翻开之后映入眼帘的是女主角的台词，她没看到第一句，只看到最醒目的一句。

所以呢，你想试试接吻吗？

更醒目的是下一句，属于陆成诵的台词。

你再这样招我，这荒山野岭的，我可管不了那么多了。

原来这部戏到后面尺度这么大？初宁捧着剧本，只觉得内心一片惊涛骇浪。

03

4月末的北城已经有点热度了，下午2：00，初宁坐在桌边，陆成诵坐在她对面，但是因为桌子不大，所以两个人伸手就可以碰到彼此。面前摊开的是他的剧本，一分钟前他把她带到这里来，说是要她跟他对剧本。

本来初宁觉得，这么羞耻的台词，两个人说了也就算了。可是没想到，紧接着就跟进来了两个摄影师。陆成诵大概也没想到这一点，所以现在两个人面对面坐着，假装沉默着熟悉台词，实际上谁也开不了口说第一句。

陆成诵这部戏的主线其实很简单，大意就是男主角作为一个霸道总裁却对女主角爱而不得，还被女主角频频玩弄于股掌之中，最后女主角坦白自己苦衷，两个人皆大欢喜。播出部分还少，甚至连男主角对女主角暗生情愫都没演到，这会儿剧本到了初宁手里，眼看着就要接吻，着实让她的小心脏承受不住。

作为一个常年在寝室里与大家分享《金瓶梅》的老司机，初宁自然应该摆出镇定神态。第一句台词就是她的，把椅子往前挪了挪，跟陆成诵离得更近一些，这样可以适当将自己的音量放低："要不，我开始了？"

陆成诵刚刚只顾着把她从姜岩身边拉过来，没注意到拿的是二十集往后的剧本，而实际上他今天拍的戏是第十集，男女主连牵手都还没开始。陆成诵犹豫着想换剧本，刚站起来就被节目组的工作人员勒令坐下。因为导演已经看到了剧本内容，觉得这几句话非常有综艺效果。

初宁内心吐槽：这到底是个什么三俗的节目……

她甚至可以想象到，节目组后期会在他们身上加什么样的特效，她又会被少部分粉丝诋毁成什么样子。初宁手撑着下巴，叹息着摇头："算了，快点对完台词就快点结束，我先说了。"

她说完，眼睛一闭，认真地开口道："停车。"

这是这一幕开场的第一句话。她这句话说得很平稳，也没去揣测女主角的思想感情，更不知道前后是个什么大环境。陆成诵接得也顺，慢悠悠的，好像真的是缓缓停车的同时开的口："怎么了？"

"我们这么多年没见，你就这么送我回去了？"

这句台词她说得不好，原剧里大概是要体现出多年未见的沧桑感，她讲出来却像个恋人约会迟到时撒娇的小女孩。不过她本来就是小女孩，陆成诵不禁笑了笑，声音温和："不然呢，你想干吗？"

邓杨眯了眯眼，觉得他很少看到陆成诵演技这么好的一面。

到了最羞耻的台词了，初宁清了清嗓子，还没开口，就脸红到了耳根。再往后扫扫陆成诵的台词，她只觉得没眼看——这羞耻又中二的霸道总裁人设哟！

摄像机对着，那么多双眼睛落在她身上，初宁觉得自己刚进大学自我介绍的时候都没这么紧张过，张张嘴，明明是认识的字，就是怎么也说不出口："所以呢，你……"

扶额，初宁觉得自己真的丢脸，简直上不得台面。她努力着还要开口，忽然看到对面的陆成诵"噌"地从座位上站起来。她一惊，呆呆地顺着他的动作仰头，看向他精致的下巴："你干吗？"

陆成诵表面上不动声色，除了通红的耳根，谁也看不出他现在的羞窘："凳子不舒服，我换个地方坐。"

他说着，磨磨蹭蹭地走到初宁身边坐下，看不到彼此的脸，再念台词似乎轻松不少。初宁倒是没体会到他的良苦用心，手指着剧本上的字，刚准备再念，忽然被陆成诵伸手拦了一下。他说："算了，我们跳过这一段，直接看下面吧。"

这一次，初宁认真偏头看他，很是感激地冲他点了点头："嗯！"

按照陆成诵的说法，初宁决定把男女主角这一段的羞耻对话都一并跳过，于是顺着台词本往下滑，手指一顿，只见剧本上端正地写着：男主角在车里扑倒女主角。

初宁一时间忘记了内心的羞耻，难掩激动："哇，网剧的尺度果然不小，还有激情戏啊。"

旁边的陆成诵也歪着脑袋靠过来，看了一眼之后清了清嗓子，表情有点傲娇："如果你很想跟我对一下这部分的戏的话……"

"处男演激情戏会不会很尴尬啊？"初宁低着头自言自语了一句，却忘了自己因为录节目，领子上挂着微型麦克风。这句话说出来之后，声音自然被放大了好几倍，屋里的两个摄像师默契地抿起唇，企图压住自己控制不住扬起的嘴角。

正在监视器前喝水的邓杨一口水直接喷在导演肩膀上。

意识到这句话被扩音的同时，初宁匆忙转头去看陆成诵："不是，我的意思是……我其实吧……真的，我跟你说……"说什么？她根本没有什么好解释的啊！陆成诵去年参加过一个大尺度访谈，被问及这个问题的时候瞬间奓毛。根据他的反应，用脚指头也能猜出来答案是什么。初宁原本真的只是想自己在心里念叨一句的，但是平时在寝室也是散漫惯了，脑子没反应过来，话已经脱口而出。

陆成诵的脸一阵红一阵白，睫毛抖动了几下，一副快要断气的样子："你把话给我说清楚，我怎么就……"

眼下情况，说是也不对，说不是也不对。他这辈子走南闯北，跑秀场，上电视，多少也算是见过了大场面，没想到今天会栽在一个小丫头手里。陆成诵翻了个白眼，庆幸自己没有心脏病，不然这会儿大概已经躺在地上了。而再想到他一旦倒下去，最有可能给他做人工呼吸的人还是初宁，他硬是撑着一口气挺了过来。

眼看着陆成诵就要背过气去，初宁认命地低头，捂住自己的麦克风真诚道歉："我错了，我会跟后期的哥哥说不要把这段播出去的，你千万别生气，我有口无心。"

陆成诵深呼吸，让自己在镜头前保持冷静。他手里抓着剧本，看向初宁，终于问出了心中压抑许久的那个问题："你真的是我的粉丝吗？"

从机场第一次见面，到粉丝回馈活动，再到今天节目里让他开车，还有网上他漫天的黑图，他很难把面前的女孩跟传统粉丝形象联系在一起，甚至开始怀疑她是徐崇航那边派过来的黑粉，还是受过专业训练，潜伏多年的那种，专门为了搞垮他。

初宁当然不知道他心里的弯弯绕绕，听了这句问话之后猛烈点头："我是啊我是啊！我真的很了解你的！我从很早之前就喜欢你了，你可千万别以为我是黑粉啊！"

狐狸尾巴终于露出来了。陆成诵平复了一下心情，他都没提到黑粉，初宁却主动说出口，说明她心里是真的有鬼。印证了自己的想法后，他还有几分失望，勉强扯出一个难看的笑容。他靠着桌子以免自己坐不稳："我其实很好奇，你们粉丝对我的了解是什么样子的。"

初宁的脑海里瞬间弹幕一般涌现出群里的各式聊天记录，从陆成诵的演技讨论到陆成诵的黑历史，顺便一起做个表情包小范围使用一下。陆成诵忽然这么问，她是真的难以形容，不知怎么就记起了那个粉丝，灵光一闪，坚定地看向他。

"我们都觉得你世界第一帅！"她一边说一边回应给陆成诵一个大大的笑脸，并没有告诉他，其实陆成诵的饭圈流传着一句口号——偶像智障多年，粉丝不离不弃。

看着陆成诵好不容易缓过来的脸色，初宁觉得她还是不说比较好。

邓杨好不容易帮导演擦干净了衣服上的水，转头忽然看见陆成诗站在自己身后，他一惊，拉着她走到一边去："小祖宗，你是怎么进来的？"

"我下课了就过来了。门口的那个大叔认识我，不仅放我进来，还给我拿了一瓶水。而且我还带来了一个人。"陆成诗说着，指了指自己身后。邓杨望过去，还以为以陆成诗的性格，哪怕是带个外星生物进来也不稀奇，谁知她带来的只是一个普通男孩。

等一下，男孩。

邓杨再度望过去。

封十里像个首次进城的小孩子，眨着好奇的眼睛环顾四周。邓杨拉着陆成诗转过来，声音压低了，语气有些担忧："诗诗啊，你现在还在念高中呢，虽然哥哥们思想都很开明，但是你也不能这么招摇啊。"

"你想什么呢？"陆成诗眉头一皱，满不在乎地往后瞥了一眼，"那人说自己是小初姐的弟弟，要接她，在门口等半天了。我看他也不像坏人，就带进来了。"

“小初的弟弟？”

邓杨一愣，刚要再问，就见陆成诗故作深沉地叹了口气，仿佛一个年过半百的中老年人：“唉，其实，也是我前男友。”

虽然是网恋。

邓杨觉得自己是看不懂现在的年轻人了。

不管怎么说，片场毕竟不是可以拖家带口看热闹的地方，邓杨抬脚想把陆成诗和封十里都送出去，还没走出几步，忽然听见背后传来初宁的声音。

“十里？”

紧接着是陆成诵。

“陆成诗，你是不是又逃课了？”

邓杨扶额，这下好了，祖宗们又撞到一起了。

04

因为女主角拍戏期间要跑另一份通告，所以陆成诵的戏为了配合她的时间，都调到了晚上。正好陆成诗和封十里来了，所以这会儿四个人坐在片场外面的小饭店包厢里大眼瞪小眼。

陆成诵双手抱臂，斜睨着对面的陆成诗，语气严肃：“陆成诗，这是你这学期第几次逃课了？”

“都跟你说了不是逃课。你拍戏拍傻了吧？今天是星期六。”

陆成诵表情不变：“你们学校什么时候星期六休息过？不都是在补课吗？别唬我，你上次期中考试还跟我说办公室着火了，卷子烧没了，你当我没上过学吗？”

初宁和封十里默默向陆成诗递去钦佩的目光。

“随便你信不信。”陆成诗撇嘴，刚要伸手去拿端上来的饮料，就被陆成诵伸手打在手背上。

陆成诵的眼神往封十里那边一飘，又转回陆成诗脸上：“这个人是怎么回事？你说说吧。”

“这个人还是我说吧。”初宁还没有从“‘一首唐诗’居然是陆成诵亲妹妹”的惊愕里缓过神来，转头就陷入了新的震惊——封十里居然跟陆成诗网恋过，还被人家狠狠甩了。为了避免陆成诗再说出什么不该说的，她决定模糊主要矛盾，避重就轻，“他是我表弟，听说我录节目，所以好奇来看看。”

陆成诵智商忽然上线：“他怎么知道片场在这儿？”

桌边一时间陷入沉默。毕竟在来之前，连初宁自己都不知道片场位置。到底是陆成诗先不耐烦，抢过饮料的同时满不在乎地答道：“他跟着我过来的。”

这下，陆成诵能杀人的目光便落在了封十里身上。

事情还要从两个小时前说起。

两个小时前，在工大的食堂里，陆成诗和封十里也是这么面对面坐在一起大眼瞪小眼。

原因很简单，在经历了一段时间的挣扎和情绪反复后，封十里觉得曾经那位网恋对象便是自己的一生挚爱，于是死缠烂打硬是把她约了出来。见面了才发现这人很是眼熟，正是当初在红毯现场和公交车站遇见的女孩。这么一想，封十里就觉得他们之间缘分颇深。毕竟北城这么大，不是随便两个人都能在一个月内偶遇两次的。这个认知更加确定了他心里对她的情感，却不想随后就被陆成诗迎头泼了一盆冷水。

“我来见你是因为你曾经给我游戏里充了不少钱，我把钱还给你，咱们就两清了。”

封十里觉得自己的少男心破碎一地。无奈人家女孩子看起来还有急事，把钱拍在桌子上扭头就走。封十里自然是不甘心，想看看女孩是不是有了新欢，于是一路尾随，从公交到地铁，就这么一直跟到了片场来。看到剧名横幅，他才反应过来，初宁参加的节目大概就是在这里拍摄。眼看着女孩要往里走，他就跟上来了。

陆成诵仰着头疲惫地呼出一口气。姐姐是黑粉，弟弟是跟踪狂，还真是不是一家人不进一家门。与此同时，初宁也在心里叹气，妹妹小小年纪已经恋爱过，哥哥却还是个处男，他们家的恋爱基因是不是都攒着给了陆成诗，一丁点也没给陆成诵？

“不说其他的，单说你自己，你来找我干吗？”陆成诵揉揉自己的太阳穴，虽然电视剧时间推迟，但是真人秀的摄制组还在等着，他和初宁都没有多少时间在这里哄孩子。陆成诗听到这话似乎终于想起了自己的目的，兴致勃勃去拉初宁的手：“小初姐，我是来找你的！”

陆成诵深吸一口气，胸围大了一圈——扯了这么半天，结果人家根本不是来找自己的。

“找我？”初宁尴尬地笑了笑，“什么事不能网上说，非得见面啊？”

她其实还没从陆成诗的真实身份里缓过来，要知道现在桌边的四个人关系有多混乱。陆成诗吸溜一口奶茶，从包里翻出几张皱巴巴的门票，说：“我来给你送这个呀！我不知道你的地址，只能来片场找你了。”

“这是什么？”初宁好奇地接过来。陆成诵也探过了头，只有封十里想看还不敢，只能眯着眼睛偷瞄。陆成诗手指点在门票上，颇为自豪的样子：“我们吉他班毕业了，有个小型的汇报演出，下周三，就在工大的小礼堂，你可以带朋友来看看。”

封十里耳朵几乎竖起来。工大？那不就是他的学校吗？他还想再凑近点看，忽然感受到一股阴冷之气，抬头果然和陆成诵的目光撞上。

不得不说，陆成诵这张天生带着高冷的脸，从一定程度上对外人极有震慑作用。封十里安静而乖巧地退回到自己座位上坐好，略显紧张地像个小学生一样挺直了背。

“那我的票呢？”吓唬完封十里，陆成诵伸出手。

陆成诗咬着吸管看他，表情无辜：“没给你准备啊！你又没时间过来，肯定要拍戏啊。”

“你怎么就知道我那天晚上要拍戏？”

“你哪天晚上不拍戏？”

陆成诵被她噎得一句话也说不出来。

初宁连忙收好票，感激地点头：“我一定去看，你放心吧。不过我们现在得回去录节目了，十里，你把人家送回去，不许再纠缠人家了，听见没有？”

陆成诵一个眼刀飞过来，封十里忙不迭地点头：“听到了，听到了……”

从小饭馆出来，初宁和陆成诵并肩站在一起，看陆成诗和封十里一前一后地走远了。初宁叹了口气，摇头：“我总觉得他们俩的事不会就这么结束……”

“陆成诗还没有十八周岁，要是敢早恋，我就把她送到爸妈那边去。”陆成诵哼了一声。

初宁看看他，随口问道：“你爸妈不跟你们住在一起吗？”

陆成诵出道多年，但是家里的相关信息滴水不漏，所以即便是初宁，也不知道。陆成诵低头看看她，轻描淡写道：“不住一起。”

知道他不想说，初宁也识趣地不再问，跟着他回片场去。

因为女演员回来的时间不早，导致晚上的拍戏进度比较赶，所以连夜加场。初宁参加的节目也刚好是两天一夜的，这会儿走不了，就在片场陪着。陆成诵是男主角，戏份自然不少。相比之下，姜岩下午把自己的戏都拍完了，这会儿很闲。他一只手拿着剧本，转头跟另一边坐在椅子上打盹的初宁说话：“小粉丝，你还没告诉我呢，你喜欢我吗？”

初宁揉了揉眼睛，看了他一眼，知道他这是在逗自己，就敷衍地点点头：“嗯，还行。”

“什么叫还行啊？”姜岩皱皱眉，想了想，又笑眯眯地看向她，“我其实挺好奇，你们追星都是怎么追的？那个后援会什么的，是你们在打理吗？”

听到这话，初宁睁开了眼睛，顺带着在心里叹了一口气。果然姜岩和陆成诵都是十八线啊，要是足够火，明星后援会都是雇的职业粉丝来打理。而这两位不管是知名度，还是公司影响力，都很弱，后援会也像是野草一样无组织、无纪律地顽强生存了下来。前几天，苏州小馒头还在问初宁节目的事，催她一定跟经纪人搞好关系，她正思考着节目结束之后跟邓杨说一说，帮忙给站子弄个微博认证什么的。

初宁转过头，笑了笑：“陆成诵的后援会算上我其实才三个人，最近招新也没来几个新人。你后援会的那个站长我认识，是一个挺好看的姐姐。”

姜岩瞪圆了眼睛，很开心的样子：“那你不就是传说中的站姐？”

看来他对于后援会人手不够的问题并不在意，初宁犹豫着点点头，觉得自己差不多算半个站姐吧，只不过没有网上说的那么美丽妖艳又有钱。

为了满足姜岩的好奇心，两个人接下来的对话围绕着饭圈聊得不亦乐乎，连那边陆成诵换了场景都没发现。为了追上进度，今晚加了一场淋雨的戏，男女主角先要在雨中狂奔过一条街，然后再湿漉漉地滚床单。4月末的天其实已经很暖和，但是陆成诵本来有点感冒，淋了冷水之后更是有点吃不消。等到初宁的目光终于回到他这边，他已经裹着大衣坐在椅子里瑟瑟发抖了。

初宁这才想起自己的私人助理身份，赶紧拿了条干毛巾走过去。陆成诵窝在椅子里看她，小鹿一样的眼睛亮晶晶的。初宁觉得自己瞬间充满了母性的光辉，把干毛巾扔到他头上，亲手帮他擦头发。

“不能全擦干，一会儿再接着拍，还得浑身湿着。”陆成诵说着打了个喷嚏。

“你这样感冒加重了会发烧的。”初宁皱了皱眉。不远处的邓杨正跟跑龙套的小姑娘聊得开心，把这边完全丢给了她这个临时助理。陆成诵笑笑，冷冽的五官稍微恢复了点暖意：“没事啦，人家女演员不也跟我一样？那还是个姑娘呢。我以前发着高烧走秀，也没从秀台上摔下去过。”言语间还带着点小骄傲。

初宁叹了口气，有点心疼。

不过好在陆成诵的身体真的不错，后面的拍摄也都完成得很敬业。初宁看了半天，觉得没什么大事，悬着的亲妈心才渐渐放了下来。回到休息区，姜岩翘着二郎腿笑嘻嘻地问：“怎么才聊一半你就走了啊？我还有好多问题想问你呢。”

“你们拍戏强度这么高，生病了怎么办？”初宁没理会他的问题，在椅子上坐下，眼睛还黏在不远处的陆成诵身上。姜岩笑了笑，安慰地拍拍她的背：“放心吧，陆成诵壮得像头牛。一会儿有床戏，走，我带你去内场参观参观。”

初宁一愣，瞬间把自己的担忧抛到脑后，满脸兴奋：“可以拍照吗？”

“不可以，陆成诵知道了，会把你灭口的。”姜岩说完站了起来，初宁连忙跟上。内场的拍摄场景比较小，挤了一堆工作人员，初宁好不容易寻了个空隙，侧着半个身子站着。

这个床戏的尺度其实很小，无非就是男主角把女主角扑倒在床，啃两下脖子。初宁站在人群前面，暗自庆幸没有清场，脑袋微微一偏，正好跟陆成诵的眼神对上。

他明显愣了一下，似乎是没想到她会进来。初宁眨眨眼，对他做了一个“加油”的手势，同时还做了个口型：“加油！”

陆成诵的脸可疑地红了起来。

接下来的半个小时，陆成诵陷入了床戏NG魔咒。最后连导演都受不了了，摔着剧本问他为什么眼神总是躲躲闪闪的。姜岩在一边看好戏似的，一会儿看看陆成诵，一会儿看看初宁，想起陆成诵之前说的让他期待好戏，憋笑憋得险些内伤。

而作为当事人，两个人的内心活动却完全不同。陆成诵一边懊恼一边觉得不可思议：明明自己拍戏的时候很顺畅啊，小初来了之后他为什么会这么紧张？

初宁的想法倒是简单多了：“艺术果然源于生活。唉，处男没经验，就是不行啊。”

当然，这句话她是没有说出口的。

第六章
低调乃追星之本

01

第二期节目播出之前，初宁想尽办法贿赂剪辑师，让他把处男那段剪掉了，不然她真的担心，按照陆成诵现在的涨粉趋势，自己会被新粉扒皮。这周孟教授去国外开会，所以统计学课程暂停一周，初宁只觉得这一周呼吸都比之前顺畅许多，走路走到一半都想跳舞。

这大概是她过得最清闲的一周了，陆成诵的新剧开播平稳，站子里来的新人干活积极，基本不用她怎么操心。课程那边没了作业，不用熬夜搞数据分析，初宁觉得自己这几天头发都长回来不少。她在椅子上伸了个懒腰，手机就是在这时候响的。

现在初宁对手机来电这种事带了些莫名的恐惧，因为打电话的不是节目组，就是封十里。节目组还好，封十里最是难缠，最近几天死缠烂打，硬让她给他一张陆成诗表演的门票。

初宁接起电话敷衍了几句，索性把手机开了免提扔到桌子上。一时间，整个寝室都响彻封十里真情实感的哀号：“我跟她在一起多久你知道吗姐？那是整整三个月啊！”

坐在电脑前抠脚的小鱼听到这话抬起头来，望向初宁：“听他这语气，不知道的还以为在一起三十年了。”

“你们俩分手都快三个月了，能不能别搞得这辈子没见过女人似的？”初宁真是恨铁不成钢，“人家明显就不喜欢你，你越往上贴，只会让人家越讨厌你，懂不懂？你根本就不懂女人，而且那还是小姑娘里面的小妖精，能被你追上才是奇怪了。”

“谁啊？”阿隋听了半天，八卦之魂燃烧起来，放下书看向初宁。

初宁伸手挂了电话，把封十里的哀号切断，然后深吸一口气，才慢慢道：“你们绝对想象不到我经历了什么。”

这句话效果显著，本来没什么兴趣的哉哉也挪着椅子蹭了过来。

“我在陆成诵的片场，看见了我们的一个粉丝，然后我才知道，这个粉丝是陆成诵的亲妹妹。”初宁说完，其余三个人口型一致地“哇”了一声。

初宁摇摇头：“这还不算完，陆成诵的这个妹妹，就是之前甩了我表弟的那个网恋对象。”

其余三人这次眼睛瞪大了：“哇——”

“是不是很巧？更巧的是，我录节目那天，我们四个人在那个小小的片场相遇了。”初宁说着，把陆成诗给自己的票从包里掏出来，“她还给了我几张票，说她所在的吉他班有毕业表演，在工大那边。周三晚上的演出，你们去不去？”

要说到音乐，寝室人的兴趣大概停留在愿意去 KTV 唱个通宵的程度，出去看表演对于她们来说，略显隆重，所以初宁估计她们应该不会想去。没想到三个人异常一致地把票从初宁手里抢了过来，人手一张。

初宁很诧异：“你们什么时候对这种表演也有兴趣了？工大很远的，你们确定要去吗？”

“我很好奇陆成诵的妹妹是什么样子。我还没见过明星真人呢，四舍五入的话，算是见过陆成诵了吧？”这是小鱼。

“我很好奇让你表弟迷恋到那个程度的女孩是什么样子，我也想变成那样的女孩，然后让全世界的男人都爱我爱到不可自拔！”这是阿隋。

初宁慢慢将目光放到哉哉身上：“你不会也对这些有兴趣吧？”

哉哉义正词严地摇头：“没兴趣。但是你们都出去了，我自己留在寝室会很无聊，所以我决定跟你们一起去。”

于是星期三那天，四个人下课之后早早吃完了晚饭便一起往工大赶。路上初宁接到封十里电话，他在电话里严肃地表示如果初宁再不把票给他，他就横尸工大门口。

初宁坐在地铁里对着电话柔声道：“哦。那你记得死漂亮点，回头警察好收拾。”

“你好歹也是人家表姐，票那么多张，也不差他一个，就给他呗！都求你这么多天了。”阿隋就坐在初宁身边，听筒里封十里的声音她听得一清二楚。

初宁皱着眉摆手：“不行！人家小姑娘对他一点意思也没有，他还跟踪人家，这样纠缠着最讨厌了。”

“我看你是担心陆成诵因为这件事对你有意见吧？”阿隋眯起眼睛，一针见血。

虽然这个心思也不是没有，但与初宁的本心并不矛盾。她本来也不打算成全封十里这种荒唐的迷恋，点点头，坦荡说道：“是啊。”

“你跟他录了两次节目了，就没对他产生一点母爱之外的感情？”

八卦永远是女人的灵魂，阿隋这句话刚落下，小鱼和哉哉就自动将脖子扭了过来。

初宁抿了抿唇，然后摇头：“没有。”

“犹豫了，犹豫了。”哉哉摇头，“你看你哪天要是跟陆成诵传出绯闻，你就等着打脸吧。”

现在正值晚高峰时间，地铁上人不少，哉哉的话音才落，就有人把目光投到这边来。好在初宁出门之前做了万全准备——不仅戴了帽子，还戴了副大墨镜，俨然明星出街的派头。

她现在好歹也算是半个公众人物，万一在公共场合被人围住，场面可不好控制。虽然其余三人一致觉得她想多了，但初宁还是坚定地戴着墨镜坐在开着灯的地铁车厢里。

下地铁时，小鱼下意识地伸出胳膊递给初宁：“你扶着我吧。”

初宁有点诧异，把墨镜从鼻梁上拉下一点去看她：“今天怎么对我这么好？”

小鱼：“因为我觉得你现在的样子，特别像个盲人。”

哉哉、阿隋：“哈哈哈哈……”

如封十里所言，他真的在工大门口等着初宁。她们几个刚刚走过来，封十里就像诈尸一样从椅子上弹起来："姐！姐！姐姐！"

看得出来，他这学期很闲。眼看着演出时间快到了，初宁也没什么心思跟他周旋，从包里掏出一张票递给他，而后顺手捏住他的耳朵，拉着他往小礼堂方向走："给你票可以，今晚你就跟着我，要是结束了敢去骚扰人家，我就把你耳朵揪下来。"

"哎哎……"封十里扭着身子摆脱她的手，在原地站定，"你怎么非得棒打鸳鸯呢？"

"你俩那不叫鸳鸯。你再跟我顶嘴……"初宁还想说，手里的手机突然振了振，她低头，发现正好是陆成诗发来的消息。自上次见面之后陆成诗就加了她微信，主动找她说话倒还是第一次。初宁懒得搭理封十里，低头点开消息框。

"小初姐，你到了吗？"

初宁想回复"马上，在路上了"，还没打完字，下一条消息又跟进来："我在后台，你到了来找我吧！"

初宁把封十里往其他三个人那边一推："我先去找个朋友，你们带着他进去找位子坐，一会儿我就来找你们。"

小鱼："你是要戴着这副墨镜去找你朋友吗？"

初宁："我乐意！"

来之前初宁还在怀疑，一个吉他班的表演能隆重到什么程度，到了后台，看到形形色色的人穿着花枝招展的衣服，她才知道今晚不只有吉他表演。陆成诗就坐在门口，估计是在等她，怀里还抱着吉他。见初宁进来，她开心地朝她挥手："小初姐！"

初宁也笑："准备得怎么样啦？"

"还可以，到时候你就看我表现吧。"陆成诗一边说话一边把吉他放到一边，显然并不是为了跟初宁聊表演的事。初宁在她对面的椅子上坐下，她蹭过来，坐在初宁身边，压低声音道，"我有个小道消息要告诉你。"

"嗯？"

"我听邓杨哥说，我哥这个剧拍完了之后，可能会加盟徐崇航的新剧。”

初宁一愣：“嗯？”

徐崇航正在播出的电视剧是事前制作，因为他现在风头正盛，公司也没打算让他休息，所以直接给他接了下一部。官宣刚出，男主角是娱乐圈老前辈，以他的咖位，能拿到男二的角色也很不错。这样来看，陆成诵的位置就比较尴尬了——如果他加入，最好的结果也就是男三。

初宁暂时还不相信陆成诵会甘心被徐崇航压一头，疑惑道：“那你哥答应了？”

“轮得到他答应不答应吗？这个剧竞争的人超级多的。”陆成诗摆摆手，“我就是告诉你一声，我知道的小道消息比较多嘛。”

从消息渠道来看，陆成诗的确比较靠谱。初宁心里一动，歪头看她：“那你有没有兴趣，加入我们站子啊？”

“可我什么都不会啊，去了能干吗呢？这些小道消息官宣之前我也不敢乱讲的。”

想想也有道理，初宁拿出手机，说：“不进站子也行，我们有个小群，我把你拉进去吧，以后大家一起玩。”

“一首唐诗”就这样加入了“陆成诵全球黑粉鉴定会”。

从后台回来，观众席的灯光略暗，初宁戴着墨镜，手扶着椅子一点点往阿隋她们那边挪。封十里被她们安排着坐在了最里侧，不方便出去扶她，只能坐在原地抱怨：“她怎么看着跟个瞎子似的？”

阿隋斜他一眼：“你姐也是半个名人了，这不是怕自己太显眼嘛。”

封十里嘿嘿地笑：“你看看满场谁像她这么打扮？我看现在就她最显眼了。”

这话说完的时候，初宁正好上来了，封十里不负众望再次得到初宁一个手刀。好不容易都坐好，演出开始，初宁坐在最外侧，旁边剩了个位子没人来，她正好把包放在那儿。

没过多久，初宁感觉到坐在自己身边的小鱼用胳膊蹭她，她偏头，茫然问道：“干吗？”

“还真不止你一个人傻，这又来个戴墨镜的。”小鱼冲门口抬抬下巴。

初宁顺着她的目光看过去，果然看到一个高大的男人戴着墨镜走进来。可能因为光线太暗，他像个盲人一样四处摸索。初宁瞬间对自己心生嫌弃，自己刚才不会也是这样进来的吧？

嫌弃的心情还没过去，男人已经走到了她身边，看来是看准了她身边的空座。

“把包拿走，我要坐下。”

这一排的五个人齐刷刷将目光聚焦过来。

这个声音，这个身材，不是陆成诵，又能是谁？

02

大概是太震惊，初宁张着嘴坐在原地，一时间忘了动，脸上的墨镜配合她现在的表情显得整个人滑稽无比。陆成诵见她不动，往她旁边的人脸上看了看。小鱼最先反应过来，冷静地将头扭到另一边，看向哉哉：“我好像看见活的陆成诵了，我是不是最近熬夜，所以出现了幻觉？”

“我跟你一起熬夜，所以幻觉都是一样的？”哉哉的目光还留在陆成诵脸上，阿隋已经开始疯狂翻着自己带来的小包，企图找到一支笔和一张纸来要签名。

陆成诵将目光收回来，伸手把初宁的包拿起来放进她怀里，顺手把她的下巴往上一抬：“再这么张着嘴，下巴要脱臼了。”

这一下害得初宁差点咬到舌头。她捂住嘴，把墨镜摘下来一点看向对方，确定真的是陆成诵。她惊讶道：“你怎么来了？”

“今晚的戏拍完了我就来了，诗诗第一次上台表演，我不能不来啊。”

他语气自然，把自己如何从陆成诗那边要到票，又如何在进来之前看好初宁的位子等一系列过程，彻彻底底地省略掉。坐在初宁身边的陆成诵看起来高贵又冷艳：“你们什么时候来的？”

“提前几分钟吧。”

“一会儿怎么回去啊？”

虽然疑惑他问这个干吗，初宁还是老老实实回答：“坐地铁。”

“我开车来的，送你回去得了。”陆成诵说得漫不经心。初宁愣了愣，往旁边一指："我们一共四个人，你车里能坐下吗？"

陆成诵顺着她的手看过去，就见到三个正襟危坐的女孩齐刷刷冲他点头致意。他只是想送初宁回去，顺便套套话，看看她是不是黑粉，其他人在肯定不方便。想了想，陆成诵从包里掏出几张人民币："你把这个钱给她们，让她们坐出租回去，你跟我走。"

初宁不解："为什么啊？"

"我得跟你商量商量下期节目的事，外人在不方便说。"

多么蹩脚的理由。初宁刚想说"我的室友们不会答应的"，转头就看见小鱼快速接过了钱，笑眯眯地对陆成诵说谢谢。

初宁一脸问号。

这些人叛变得未免太快了一些，就算相信陆成诵作为公众人物不会乱来，也不能这么明目张胆地卖室友吧？初宁还想说点什么垂死挣扎一下，碰巧这时候陆成诗上场了。她唱的是摇滚，一时间场内沸腾，她的小心思就这么被淹没在人群的尖叫声里。

一起被淹没在人群尖叫声里的还有封十里的疯狂表白。他从座位上站起来，借着场内的沸腾劲儿张牙舞爪地喊了两声"陆成诗我爱你"，喊完隐约觉得背后发凉，转头就看到陆成诵用他惯有的凉凉眼神凝视着他。

封十里向来对陆成诵心存畏惧，立马老老实实地坐了下去。初宁当然把这些看在眼里，对封十里使了个眼色，口型——死心吧。

真爱之路都是充满坎坷的，封十里知道，自然不会轻言放弃。表演结束的时候，陆成诗蹦蹦跳跳地跑过来跟初宁和陆成诵打了个招呼。她晚上会跟吉他班的人一起走，有人送她回家，陆成诵是不担心的。诗诗的部分结束了，他也没心思再看下面的表演，低头靠近初宁："我先送你回去吧？"

陆成诵的建议简直是拯救了昏昏欲睡的初宁，她向来对音乐没什么鉴赏能力，听到他的话，立马抓着包站起来，顺便回头跟室友们挥手再见："寝室见。"

室友们笑得一脸慈祥："慢走，慢走。"

不知为什么，初宁总有一种自己被室友们卖了的感觉。戴上墨镜，她跟陆成诵就像两个盲人一样摸索着往门口走，脚下难免磕绊，初宁一脚踩空，直接撞在了陆成诵的后背上。他拍戏期间坚持健身，这么磕上去，初宁只觉得自己像是撞到了一块铁板。她捂着鼻子，觉得自己眼泪就要掉下来："唔……"

下一秒，陆成诵伸手抓住她的手腕将她带下了台阶，一直走到外面才把手放开。

他的车就停在礼堂门口，上了车，两个人几乎是同时迫不及待地摘下了墨镜。初宁把墨镜放进包里，在车里环视了一圈，干干净净的环境，里面连个小挂饰都没有，不愧是直男的车。

"你说要跟我商量节目的事，是什么啊？"初宁系好了安全带，见陆成诵没说话，便主动提起话头，"邓杨哥还没告诉我下期主题。"

"先送你回去，边走边说吧。"陆成诵说着发动车子，"下期的主题好像还没定下来，说是要模仿什么野外探险节目，但是没选好场地。"

初宁眼神一滞："野外探险？不会是荒郊野岭那种生存游戏吧？"

"好像是。"陆成诵车子拐了弯，准备驶出校门，快到门口的时候，他忽然弯腰把自己放在车里的钱包扔给初宁，"拿点零钱出来，一会儿要交停车费。"

"我……我拿吗？"

"我不是把钱包给你了吗？"

初宁一愣，低头看着手里的纯黑色钱包："拿多少？"

陆成诵目视前方，在校门口的横杆前将车速放缓："我也不太清楚，他要多少你就拿多少。"

以前初宁还从没有经历过这样的场面，没人开车带她从学校离开，更没人这么放心地把自己的钱包扔给她。一时间初宁有点紧张，打开钱包仔细看了看票面，想着一会儿可千万别拿错了。大概是看出她紧张，陆成诵转头说话的时候不自觉放轻了声音："十块。"

初宁赶紧找到十元钱递过去。

接下来的一路上，这个小插曲让初宁都有点神情恍惚，有种自己俨然已经是他女朋友的错觉。那个黑色钱包离开她的手之后，又回到了陆成诵的包里。陆成诵开车的时候话不多，他们之间其实没什么好聊的，他本身也不是姜岩那样的性格，快到初宁学校门口，他才转头看她："你住哪个寝室？"

"不用进校门，我住得特别近，我下车走回去就行了。"初宁边说，边准备解安全带。

陆成诵一脚油门进了学校，说："也不差那几步路，住哪儿啊？"

今晚的陆成诵真的很奇怪，周身散发着迷人的男性气场，简直跟画报上他给人的感觉一样，冷冽又甘甜。想到这样的修辞时，初宁狠狠打了个寒战，也就不再跟他客气："进去右拐然后再左转，那栋红色的高层就是我们宿舍楼。"

"邓哥前几天跟我说，节目组那边觉得咱们俩的互动有点少，有点生硬，希望以后能自然一点，他让我跟你说呢。"陆成诵把车停在初宁的宿舍楼下，这才说到今天的主题，"我也不知道他们说的是哪里，咱俩要不翻出第一期节目看看，研究研究？"

初宁皱眉，一不小心就把心里的想法说出来了："陆成诵，你今晚这么闲啊？"

被嫌弃的陆成诵面不改色："嗯。"

两分钟后，初宁举着手机点开了他们的第一期节目——直男的审美。

不管是剪辑、特效，还是后期配字，都生生把他们拗成了一对刚刚谈恋爱的别扭男女。尤其是当粉红色背景出现，音乐响起的时候，初宁觉得整个车厢里都渲染着恋爱的酸臭味。问题是，一边的陆成诵在嫌弃几回之后居然看得津津有味，还时不时发表自己的见解。

"所以你看，这个地方你就不应该躲我。"

"你看，路人当时肯定都是在看我，我那天那件衣服真的很适合我，特别帅。"

"为什么这里你离我这么远？咱们上的是虚拟恋爱节目，又不是虚拟复仇节目。"

"对，就是这……这个衣服挺好看的啊，怎么就下架了呢……"

半个小时后，初宁抬眼看他："你能不能闭嘴？有那么多话，为什么不留到节目里再跟我说？这样不就能显得咱们俩亲密一点了吗？”

陆成诵老实下来，耷拉着脑袋点点头：“哦。”

这个感觉才对，才能最大限度地激发初宁心里对他的母爱之情。不过这种感情随着接触逐渐加深，居然慢慢变得稀薄起来。初宁觉得他们并不是一个世界的人，还是及时将自己这不伦的萌芽扼杀在摇篮里比较好。

“不过，你微博上除了追星，怎么一点你自己的东西都没有？”陆成诵忽然这么问了一句。

初宁很自然地看向他：“什么叫我自己的东西？我发的图都是我自己修的啊。”

“我是说，你的生活啊。我看好多女孩子在上面发自拍啊美食啊之类的。”

“噢，那些不发在那个微博号上，我比较低调。”

陆成诵挑眉：“你还有别的微博？”

初宁自然不会告诉他，自己是同时有四个微博号的奇女子。一期节目看得差不多了，时间也不早了，她解了安全带，把墨镜戴在脸上，开门的同时跟他挥手：“低调乃追星之本，希望你作为偶像，不要来打扰粉丝的私生活，关注我给你剪的视频、修的图就行了。”

陆成诵从鼻腔里哼出一口气：“关注你给我剪的男男视频？”

初宁一个趔趄差点从车上摔出去。

现在的男人，该看的不该看的，真是都看了。初宁扶了扶脸上的墨镜，站在车窗外跟他挥手：“随你怎么想，反正我不是黑粉，我还会把你的站子越做越大，越做越好。”

陆成诵微笑：“在那之前，先陪我把节目录好吧。下次见面跟我亲近点行不行？”

初宁猛一点头：“好说！”

03

初宁回到寝室的时候，小鱼她们已经洗漱完毕各回各床了，见她回来，快要熄灯的寝室瞬间喧闹起来。

“你跟陆成诵走那么早，怎么这个点才回来？”

“我的天哪，你要不是被他带走的，我们都快报警了！”

“你俩不会是去外面约会了吧？”

“说好的‘亲妈粉’，终于要对自家‘儿砸’下手了？”

初宁摘下墨镜，坦荡迎接三个人的目光，然后淡定地摇摇头：“我俩在楼下看了一期节目而已，然后他就走了。”

“我的天哪！”小鱼恍然大悟，“今晚寝室下面停着的那辆玛莎拉蒂是陆成诵的车吗？”

“那个就是玛莎拉蒂吗？”初宁对车不熟，十万的车和一百万的车她也坐不出区别来。陆成诵一向在公众面前甚少暴露自己的私生活，她自然不知道他开的是什么牌子的车。她挠挠头，双臂在胸前严谨地比画了一个叉，“你们不许多想啊，我们之间非常纯洁。”

这话其实没什么用，因为阿隋已经沉浸在自己的幻想里了：“好浪漫啊……粉丝和明星在一起……那你肯定会……”

“她肯定会被其他的粉丝骂死。”哉哉接过了阿隋的话头。小鱼和初宁十分赞同地点头。

不要说真的在一起，现在她和陆成诵只是上节目假扮情侣，就有不少人在评论里对初宁进行着惨无人道的评头论足。初宁本来也不是什么内心极其强大的人，久而久之也只能自己寻找平衡。

比如不去看评论。

比如现在，有空去想陆成诵对自己是什么意思，还不如做两道统计学的题。

坐在桌边，刚把笔记翻开，就听到阿隋的叹息：“徐崇航又上热搜了，这次是跟电视剧的女主角传绯闻。明星真不容易，什么事都会被放大。”

“对啊，所以我这学期一定要好好学统计，不然挂科了肯定会很难看，全网都会说我只知道追星，不好好学习。”初宁委屈巴巴地咬住自己的笔。

哉哉学着阿隋的样子接着叹息：“那到时可真是四海之内皆你妈了。”

初宁点点头，右手还拿着笔，左手已经熟练地点进了热搜，笑着说：“就是的。所以你们谁要是想要我的签名，最好现在趁早，我还可以一百元一张卖给你们，等我火了，可就不是这个价了。”

其余三个人懒得理她，转过身各做各的事。

初宁撇撇嘴，正打算放下手机接着学习，就看见未关注人列表蹦出来一个很熟悉的 ID——陆成诵天下第一帅。

自从参加了节目，她的微博几乎每天都处于消息爆掉的状态，夸她的，骂她的，问她内幕的，让她不胜其烦，最后只好把更多时间放在玩小号上。这边的私信基本没什么回复价值，她心里虽然这么想，手指还是习惯性地按了下去。

顺手打开私信，便看到那位说的是“干吗呢”。

非常典型的聊骚式开场白。初宁心想，这个男粉总不可能因为自己最近上节目时太有魅力，被掰直了吧？想想自己都觉得好笑，退出页面，把手机扔到桌角，低头接着做题。没一会儿手机又振了两下，她拿过来，看到对方问：“为什么已读不回？”

无聊却坦诚成这样的人，还真是不多见。初宁心里这么想着，又记起室友说这个人最好不要得罪，于是敷衍地回复道：“我要洗澡去了，晚安。”

回复完这么一句，初宁把手机的网络关掉，继续做题。

另一边，陆成诵看着那句短短的私信，有点疑惑：“她原来睡得这么早的吗……”

陆成诗一边看着电视剧，一边偏头瞥了他一眼：“谁啊？”

“没谁，看你的电视吧。”陆成诵说着，从沙发上站起来，犹豫着要不要再发一条私信过去。他其实就是想跟她说几句话，根本没什么要紧的事，况且用的还是自己的小号。但是想来想去，也真的没什么话题，只好放下手机，把自己扔到床上。

他有点莫名懊恼。

在这样的懊恼中，陆成诵开始期待第三期节目的拍摄。在折腾了好几天，跟几方人员详细协调过之后，节目组终于顺利将录制地点选在了一座荒岛，要两个人体会到荒岛求生的刺激。虽然初宁实在不能理解节目组是怎么找到这个地方的，但这样想来她还是内心充满抗拒，毕竟她就是录个节目，实在不想体会野外生存，这听起来已经不像是粉丝福利了。

办公室里，邓杨生怕一向娇贵的陆成诵不答应，准备了一堆的词正要来劝他，却没想到今天小祖宗非常体恤他的辛苦，痛快地答应了下来。

荒岛意味着什么？意味着过夜的时候可以睡帐篷，还可以一起找吃的，一起看日出。光是想想要跟初宁一起做这些，陆成诵就觉得自己激动得睡不着觉。

第二天，当陆成诗看到他像打了鸡血一样准备出门参加节目录制时，有点狐疑地皱了皱眉：“哥，你最近好亢奋啊，是不是病了？”

陆成诵白了她一眼，转身出门：“你就不能盼我点好？”

后面的陆成诗挠挠头，有点无语：“自从那天我的表演结束之后，你就怪怪的。这架势，不知道的还以为你是陷入了爱情呢。”

陆成诵脸一红：“什么爱情，不许瞎说！”

因为亢奋，陆成诵在路上催促邓杨把车开得飞快，到达出发地点时初宁还没到。因为荒岛容量有限，所以节目组工作人员也被最大限度地缩减，摄像师更是只留下了三个，其余地方都用固定设备进行拍摄。初宁长这么大还没去过荒岛，战战兢兢地到了集合地，战战兢兢地坐在陆成诵身边上了路。

大巴车里，虽然陆成诵面无表情地坐着，心里却早就雀跃得快要开出一朵花。他偏头看看身边的人，难得好心地开口问道：“紧张？”

“没有啊。”初宁摇摇头，满脑子都是看过的恐怖片，从《林中小屋》到《孤岛惊魂》放了个遍，再抬头的时候，很坦诚地叹了口气，“好吧，有点。”

陆成诵微不可察地笑了一下，摊开掌心放在两个人之间的扶手上，有一下没一下地颠着：“摄像机在那儿呢，要不要我安慰地握一下你的手？”

他竭力表现得很镇定，初宁看看前方的摄像机，知道这一幕被后期剪出来，估计又要配上梦幻的粉红泡泡了。虽然被粉丝骂很烦，但是大多数观众还是对这样的互动充满期待的。她脑海里忽然想起上次陆成诵送她回去时对她笑着说出的话——下次见面跟我亲近点行不行？

无所谓的。初宁伸手搭上他的掌心。下一秒，陆成诵五指收紧，他们的手紧紧地牵在了一起。犹豫了一下，陆成诵还是不敢造次，没有跟她十指紧扣。

初宁这时候倒是变得迟钝起来：“你很热吗？手心好多汗啊……”

陆成诵耳朵通红，表情还是很傲娇：“我本来就是爱出汗的体质。”

初宁点点头，“哦”了一声。车子继续往前行驶，两只手就这么牵着没有放开。她觉得自己的掌心也要跟着冒汗了，忽然想起来前段时间网上的一个段子，说，你要珍惜跟你偶像握手的机会，因为握手是和你的偶像亲密接触的好机会。

初宁吞了口口水，光是这样脑补，都觉得自己真是罪过啊罪过。

两只手这么牵在一起，倒是真的缓解了不少紧张感。陆成诵手心温热，车子越走越远，两个贴合的掌心之间的热汗也是越来越多。初宁偏头看他，发现陆成诵很专心地看着窗外，她想说这时候可以放开手了，又怕陆成诵多想，于是只好硬着头皮继续跟他牵着手。

“你是不是热了？”陆成诵忽然转过头，这么一来，两个人的眼神刚好对上。初宁一愣，瞬间的对视着实考验她没什么准备的心脏，她下意识地伸了伸脖子：“嗯？”

她其实听清了他的话，用疑问语气是因为没弄懂他这么问的意思。陆成诵把手放开，一时间外面的空气熨帖在潮湿的掌心，让初宁觉得格外清凉。就在她心里暗暗庆幸终于放开了的时候，陆成诵面无表情地抽出一张面巾纸递给她：“擦擦汗。”

初宁乖乖照做。

擦完了，陆成诵把纸接过来扔进垃圾袋，刚缩回来的手又很自然地重新牵住她。

这一次初宁真的觉得没这个必要了，犹豫了一下，另一只手压住麦克风，悄声凑近他：“还牵着啊？”

“嗯。”陆成诵表情十分正经，好像跟她牵手是他目前在进行的一个慈善项目，表情堪称大义凛然。初宁默默闭了嘴，坐好之后偷瞄了他好几眼。

“别偷看我。”陆成诵并不转头，声音酷酷的。

初宁抿唇，把目光收回来的同时撇了撇嘴。

全车大概只有摄影师觉得哪里不对：这两个人今天，怎么莫名感觉这么甜呢？

04

要是提起荒岛求生类的综艺，初宁只跟着室友粗略地看过几眼，因为她实在不能理解，为什么有人会愿意去受这种罪。明星大概都希望能打破自己给观众的固有印象，要是新形象是坚韧的，强悍的，那就更加反差萌。这些初宁都能想到，也都能理解，但是以她对陆成诵这些年的了解，这个金贵的少爷向来不喜欢这样挑战人体极限的活动。以前上综艺，让他做任务都叫苦连天，丝毫不顾及自身形象，今天倒是兴奋得让人觉得诡异。

下了大巴车要坐船，船小人多，分好几批到达。初宁自然是要跟陆成诵一趟船的，节目组给他们配了一个摄像师，小船就悠悠地启程了。说来惭愧，初宁长这么大一直生活在干燥的北方内陆城市，坐船这种事，她只在书里和电视里看见过，从没亲自体验过。节目组里也没人问她是不是怕水，会不会晕船，反正人上去了，接下来的事就是自求多福。

为了保障嘉宾安全，陆成诵和初宁穿了厚厚的安全服，这么肩并肩坐在一起，活脱脱两个刚刚打完怪回来的铠甲勇士。摄像师坐在他们对面，陆成诵坐得笔直，还不忘伸出手示意初宁：“牵手。”

初宁：“还牵啊？”

“坐船危险。”

初宁怀疑陆成诵来之前偷偷看了什么言情小说，并被里面的无脑霸道总裁迷住了。她认命地伸手，跟他的手握在一起。如果这是电视剧，估计这时候船身就会狠狠颠簸一下，把女主角颠进男主角怀里。

可惜他们不是什么男女主角，等到小船晃晃悠悠地到了指定地点，半天的时间已经过去了。初宁跟在陆成诵身后，他刚开始每隔一会儿就回头看看她有没有跟着自己，后来可能觉得太麻烦，伸手拉住她的手腕，不理会初宁有点不情愿的表情，拉着她往前走。

荒岛生存的首要法则自然是得有住的地方。来之前，节目组准备好了帐篷，按照人数一人一顶。陆成诵虽然没什么生活经验，但头脑还算灵活，拼搭类的项目对他来说没有难度，自己的帐篷几下就搭好，转过头，发现初宁还一脸呆滞地站在原地。

“怎么了？”他一边扬声问了一句，一边往她身边走，“是不是不会搭？来，我帮你。”

初宁抬头看他，表情有点哀怨：“我的帐篷好像有点问题……”

“什么？”说话间，陆成诵正好走到她面前，这才看到节目组给她准备的帐篷是坏的，上面有道很长的口子，根本没办法住人。他皱了皱眉，转头刚想喊工作人员换一顶就被初宁一把抓住：“别问了，我刚才问过了，他们说没有多余的帐篷。”

她刚刚问的时候，导演一脸暧昧地说，住一顶帐篷也是一样的，这样的话，收视率肯定噌噌地往上涨。

初宁在心里冷笑，噌噌往上涨的岂止是收视率，说不定还有她的黑粉。大概是看透了她的心思，陆成诵拍了拍她的头，安慰似的往她肩上虚虚一揽：“没事，那就一起睡吧。我那顶帐篷正好大。”

有些节目为了收视率，的确是没什么节操，陆成诵这几年在演艺圈也看得多了，只不过从来不说。初宁将来又不会进这个圈子，没必要让她看见那么多的黑暗。知道陆成诵这是在安慰她，初宁无可奈何地点点头。事已至此，再纠结就显得矫情了，反正是在做节目，一起睡也不会发生什么。她对陆成诵有十二分信任，只不过想想场面略显尴尬，又安慰自己车到山前必有路，先把东西放进帐篷里面吧。

遂了导演的心意，摄像机在帐篷角安置好，也就是说，在接下来的时间里，他们的所有行动都是暴露在镜头之下的。初宁来的时候穿的是一条紧身牛仔裤，活动起来不方便，想换衣服的时候，发现四周全是摄像头，她拿着运动服站在帐篷外面欲哭无泪。

当名人的感觉真的是太让人无语了。

“你要换衣服啊？”陆成诵今天就像个幽灵，每次她站在哪儿，几分钟后他准会黏上来。初宁点了点头，硬着头皮钻进了帐篷，寻思钻进睡袋里换，也许就不会被拍到了。谁知道一回头，发现陆成诵一脸严肃地跟着钻了进来。

初宁："你进来干吗？"

陆成诵："你不是要换衣服吗？"

初宁觉得自己有点胸闷："所以我才问你进来干吗？"

陆成诵的表情更严肃了，找了个没有摄像头的角落把她推过去，然后一把扯起毯子给她挡住，认真道："我来帮你啊，不然你想换衣服给全国观众看吗？"

"这又不是现场直播……"初宁一边说着一边看向他。毯子举得很高，高过了陆成诵的脸，虽然知道他不会突然回头，她还是觉得心里别扭极了，说："我本来想的是，可以钻进睡袋里面换……"

"小初，这个节目的定位是虚拟情侣，你就不能配合我一点？"陆成诵说的时候声音不小，估计帐篷外面的工作人员都能听见。初宁脸一红，难得有点少女的娇羞："好吧好吧，那你不许看。"

"我哪有那么无聊。"

监控画面上，只能看见陆成诵背对着帐篷里的摄像头，高举着毯子。导演有点想哭，合着节目都录了一半了，男女嘉宾才认识到自己的定位是虚拟情侣？那之前的两期都在干吗？

不过节目播出的时候，陆成诵的男友力得到了一致好评，只有小鱼坐在寝室里非常不解地看着初宁："你为什么，不直接找个东西把摄像头盖住呢？"

初宁："就你话多！"

当然，这个是后话。

而眼下，荒岛求生无非就是那么两件事——吃和睡。作为一个并不专业的野外生存节目，导演组能想到的也就是，让他们自己找找吃的而已。因为小岛就在海边，抓条鱼上来烤还是很有可能的。陆成诵一边挽起裤脚准备下水，一边转头看初宁："你就别下去了，你留在岸上生火吧，一会儿我抓鱼回来，咱们烤鱼吃。"

时间已经到了傍晚，陆成诵挽着裤脚站在水里捞鱼，初宁坐在岸边生火。阳光照在陆成诵的背上，把他的黑发染成好看的亚麻色。这样的画面总是在截图里出现，这时候忽然成了真，还让初宁觉得有些恍惚。初宁双手抱着膝盖，忽然有种他们已经在海边生活多年，老夫老妻过日子的错觉。

不到两分钟，陆成诵就拎着鱼回来了。她当然不相信凭他的能力真能这么快抓到鱼，再笨也想得到，是节目组提前放好了鱼饵，只等他下手，好给他树立好形象。初宁本身不喜欢吃鱼，这顿饭吃得也是不饥不饱，等到吃完，天也早就黑了。

小岛到了晚上气温降得厉害，初宁觉得冷，又不喜欢被工作人员像是看猴一样一直盯着，就转身进了帐篷。没多久陆成诵也跟着进来了，她这才意识到自己刚刚开始一直逃避的事——她今晚要跟他睡在一起。

帐篷里挂了一个昏黄的小灯泡，这么照着也就看不出来两个人脸红了。陆成诵钻进了自己的睡袋，初宁磨磨蹭蹭地卸了妆走回来，也钻进了自己的睡袋。睡袋挨在一起，脑袋离得也不是太远，大概是灯光太暖，也可能是今天的陆成诵太暖，让初宁的心防渐渐放下。她侧过身躺着，看着陆成诵的侧脸，小声道："今天过得很有情侣的感觉。"

"因为牵手吗？"陆成诵闭着眼，把手从睡袋里伸出来，掌心朝上递给她。初宁握住他的手，忽然想起小时候奶奶说过的话："你知道吗，他们说牵手睡觉的人会做相同的梦。"

陆成诵轻笑："那正好可以试试。"

初宁的手就放在他掌心里，他牵好了便不再动，半晌，又开口："我今天就想说，你手好小，整个人看起来都小小的，这么躺进睡袋里就像没装人一样。"

"还好吧，可能睡袋型号有点大了。"初宁依旧侧身躺着，没有动。

帐篷里慢慢陷入寂静，只有灯丝发出轻微的声音。也不知过了多久，初宁就快睡着了，忽然听到陆成诵轻声问："你睡着了吗？"

初宁本来想说没有的，但是迷迷糊糊中杂糅了自己的梦境，半梦半醒的，她动了动，手还被他牵着，就这么嘟囔了一句："我睡觉磨牙。"

说完这句话，她的眼睛睁开，茫然看向陆成诵："我刚才好像做梦了。"

“嗯，好像是说梦话了。”

初宁打了个哈欠，看着陆成诵的侧脸，软声问：“你是不是睡不着呀？”

“嗯，有点认床。”

认床这一点初宁能理解，偶尔她也会这样。她刚想安慰他几句，忽然看到陆成诵翻了个身，两个人就这么面对面侧躺着，他的眼睛在昏黄的灯光里似乎闪着星光：“小初，咱们来讲鬼故事吧？”

通过吓唬女生来提升自己的男人魅力，大概是所有中二男人的通病。

陆成诵尤其病入膏肓。

第七章
气氛有点暧昧

01

帐篷顶的灯光暗沉沉的，初宁的声音也慢悠悠的：“结果你猜怎么样？”她一边说一边摸过一个手电筒，从自己下巴照上去，刚要把鬼故事的结尾讲出来，就被陆成诵打断。

“行了行了！别讲了！我困了，快睡觉！”

初宁一愣：“你不是睡不着吗？”

陆成诵拼命摇头：“突然特别困！”

初宁：“不认床了？”

“跟睡袋熟悉得差不多了。”

初宁忍着笑低头看他，还是把心里话说了出来：“你害怕了？”

“谁害怕了？我是怕你一会儿害怕。”陆成诵一边说着，一边往睡袋里缩了缩，又觉得这样子实在有损自己的男子形象，于是看向初宁，“你要是觉得害怕，那个灯就别关了，我不介意。”

初宁快笑出声了：“我不害怕啊。你等着啊，我去关灯，关灯了，睡眠质量比较好。”

陆成诵本来想阻止她，又觉得镜头录着呢，碍于面子硬把那句话压了下去。初宁关掉灯，转身钻回睡袋，在他身边躺好：“你放心，我不害怕，快睡吧。”

陆成诵内心泪流成河：我害怕……

没有了任何声音，周围的一切反倒显得格外清晰。陆成诵在黑暗中瞪着眼睛看着帐篷顶，怎么看都觉得跟初宁刚刚讲的故事里的场景一模一样。他本身倒不是什么胆子很小的人，只是今晚偏偏在这么一座荒岛，又听了那样的故事……缩着脖子，陆成诵小心翼翼地翻了个身，背对着初宁躺着，目光凝视着帐篷的拉链。

人在害怕的时候，看什么都像妖魔鬼怪。

为了让自己不再胡思乱想，陆成诵重新翻回来，平躺着怎么都觉得不舒服，又翻到跟初宁面对面的方向。凑近了就能听到她均匀的呼吸，想必是已经睡着了，陆成诵叹了口气，觉得自己今晚怕是别想睡了。

这么背对着门口，怎么都觉得没有安全感。陆成诵没办法，再度翻了回去。就这么来来回回折腾了一会儿，躺在一边的初宁终于忍无可忍地开口："你到底睡不睡觉了？"

这句话带着点迷糊的清醒，大概是睡了一半被吵醒实在不爽，也就没控制情绪，语气里有几分不满。陆成诵不敢再动，就这么面对着她躺着，内心有些哀怨。

明明是那样可怕的故事，他一个男人都吓得不行，她身为一个小姑娘，居然还能睡得这么沉。陆成诵当然不知道，初宁她们寝室几个人基本已经一起看完了全部经典恐怖片，她给他讲的也只不过是很普通的开胃小故事。翻了个身，初宁揉了揉眼睛，意识到自己刚刚语气不好，她侧头看他："你怎么还不睡呀？"

这声温软细腻，陆成诵很是受用："睡不着呀。"

话说出来的瞬间，他就有点后悔。这样的语气放在初宁身上刚好，放在自己身上就有点违和了。他清清嗓子，在黑暗里沉声道："偶尔会失眠，不碍事的。"

"那你失眠的时候都干吗？"初宁闭着眼睛问，两人距离太近，有一种她就靠在他怀里的错觉。陆成诵觉得耳朵尖有点发热，脑子也没怎么思考，几乎是本能回答："玩手机。"

初宁把眼睛睁开，懒洋洋地看他，黑暗里只能看到他的轮廓，看不清五官神态，建议道：“其实你可以去做数学题，我每次做统计题，不出半个小时肯定能睡着。”

“数学题很有趣啊，为什么会犯困？”

初宁一时间不知该如何回答：“你说数学题简单吗？”

以她对陆成诵的了解，她只知道他是大学念了一半就辍学去走秀的人，想必读书的时候成绩也是不怎么样。至于到底是上的哪所大学，他自己把信息保护得死死的，加上本身也不是太火，自然没人扒。这下初宁来了兴趣，手撑着脑袋，问：“你上的是哪所大学？”

“不是国内的大学。”陆成诵的声音很平淡，就像自己上了国外的大学是多么普通的一件事。不过想想他的吃穿用度，想必也是个家境殷实的人，上了国外的大学也不稀奇。初宁躺回去，叹了口气：“我的数学成绩就很不好，没想到大学学了这么一个专业。”

“数学不好为什么还来学这个专业？”

“第一个报的专业没去成，被调剂了。”

陆成诵学着她的样子叹了口气，伸手在她头顶摸了摸：“没关系的。你现在大二了，是吗？那你还有两年就毕业了。”

“还不知道毕业后会去哪儿。”初宁又是一声叹。现在的世道想想就觉得艰难，她一个毫无经验的小小毕业生，当真像是一叶浮萍。陆成诵的手还留在她头上，他笑了笑，像是在安慰她：“该发生的就让它发生，你又不能左右命运，你尽力就好了。”

“嗯，不过我觉得我运气还是挺好的，你看那么多粉丝报名，结果抽奖就抽中了我。”初宁说到这里，心里有点美滋滋的。虽然黑暗中看不到，但陆成诵都知道她在笑，她笑的时候像一只偷到了粮食的小松鼠。不过说到那个抽奖，陆成诵心虚地把手收回来，强行将话题切断：“好了，睡觉了，明天还有半天呢。”

他不想继续聊，初宁自然也不勉强：“哦。”

陆成诵忽然把手伸到空中晃了晃。

初宁：“干吗？”

“牵手睡觉啊。你不是说会做一样的梦吗？看看是不是真的。”

他说得刚正不阿，一时间让初宁对于这个愚蠢的测试，竟生出了几分使命感。她把手放进他的掌心，陆成诵握紧了，手放下来的同时，他忽然叹了一声："唉，你说这样牵着，万一睡着了，翻身放开了，不就不灵了吗？"

初宁觉得他说的有几分道理，却不明白他想表达什么意思，问道："那怎么办？"

陆成诵还是那样刚正不阿的态度，还是用那样质朴无华的声音，说："那就这样牵着吧。"说这句话的同时，他的五指动了动，从初宁的五指间穿过去——十指紧扣。

初宁这才明白他刚刚打的是什么主意。不过陆成诵手指修长，罕见地柔软，这么握着倒是很舒服。闭上眼，初宁这次是真的困了，说："别再乱动了，这次真的睡觉了。"

"嗯。"陆成诵偏过头，发现她已经闭了眼睛，怕再吵到她，他张张嘴，做了个口型，"晚安。"说完这句，他才心满意足地闭上眼睛。

这一夜睡得太晚，到了该起床的点初宁明显没睡饱，迷迷糊糊地在睡袋里蹭来蹭去，直到头抵在了温暖的地方，她才哼唧着不再动。导演组的人来叫的时候，看到的就是初宁整个人抵在陆成诵怀里，而他们的手还紧扣在一起，仿佛两具昨夜被人杀掉时拧在一起的诡异尸体。

起了床，好不容易把这天的节目份额录制完，初宁和陆成诵才得以跟着大部队上了回去的车。大巴车上，他们照例坐在一起，初宁被车晃得昏昏欲睡，迷糊中听到身边的陆成诵压低声音说了句什么，她皱皱眉，抬起头来看他："你说什么？"

"我问你昨晚做了什么梦。"

"昨晚啊？"初宁揉揉酸痛的颈肩，突然这么一问，她还有点记不起，"好像做梦了，但是忘了梦见什么了。你梦见什么了？"

陆成诵明显一愣，脸可疑地红了红："我昨晚可能太累了，一晚上都没做梦。"

节目播出的这天，陆成诗坐在家里的沙发上，眼神凉凉地看向身边的陆成诵——刚刚电视里正好演到这一段。

“所以……”她看着他，双手抱臂，“你到底梦见什么了？”

“不告诉你。”

“那就是梦见小初姐了。你在梦里把她怎么了？”陆成诗眯起眼睛，“你这个禽兽……”

陆成诵白她一眼：“你小小年纪脑子里都在想什么？”

“都在为你操心啊。这么多年了，你终于跟别的女人在一起睡了，居然只是牵着手，连个春梦都没做？哥，我有时候真担心你的性取向。”

与此同时，坐在寝室里的几个人惊讶得一同看向初宁：“所以你那时候是装的，因为不好意思告诉他你做了春梦？”

“那是在节目里啊，我怎么说得出口。”初宁咬了一口手里的苹果，表情极其悲壮，“这真的是个意外！我跟你们说，我以前从来没做过这种梦的，我本来是那种特别纯洁的人……”

三个人齐刷刷地伸手拒绝了她的辩解。

初宁一个人嚼着苹果，只觉得自己罪恶滔天——那可是她的“儿砸”，她作为“亲妈粉”，怎么可以产生除母爱之外的感情呢？一定是最近言情小说看多了，收心，毕竟接下来很快就要期中考试了。

而期中考试的前几天，是她跟陆成诵录第四期节目的日子。

02

同床共枕的这期节目播出之后，初宁和陆成诵奇迹般地开始拥有了CP粉。要知道在之前的两期节目里，粉丝们讨论最多的除了直男色，就是想去剧组探班，初宁作为节目里的重要嘉宾，就这么成了一个摆设。从这期节目开始，大家似乎终于意识到初宁作为节目嘉宾，是来跟陆成诵假装谈恋爱的，也终于有人在他们牵手的画面里疯狂刷弹幕：甜！

这基本可以列入初宁的“有生之年”系列。

“很神奇，你现在走在学校里都有人看你，我建议你以后出门还是化个妆吧。”午休时间，坐在食堂里的小鱼仔细观察了一下周边人群，随后对初宁提出了这么个建议。

此时的初宁正低着头看手机，阅读封十里给她发来的今天的单恋心事，听到这句之后抬起了头，茫然地“啊”了一声。

坐在她身边的阿隋用胳膊肘撞了她一下，示意她往旁边看。初宁的目光扫过去，那些悄悄看她的女孩子便低了头，避开了目光。初宁摸摸自己的脸，忽然有点担忧：“你们说我妆前妆后差别大吗？”

小鱼沉默了一下，说：“妆后肯定是要好看很多的。”

“你现在不只是一个普通的追星族了，你是每周都要跟着陆成诵在电视里出现一次的人，你要是在生活中邋邋遢遢，不修边幅，大家肯定会在背后讨论你的。”哉哉虽然从来不化妆，但是说起别人永远头头是道。初宁想想觉得有道理，决定以后也当一个精致的女孩子。

精致女孩的第一步就是备齐装备，整个下午的公共课，初宁都坐在后排专心致志地看手机。这门公共课当初小鱼和阿隋选了别的老师，此时只有哉哉坐在她身边跟她一起看，看了半天，也没看出口红色号有什么不一样，也辨不出棕色眼线笔和黑色眼线笔的差别究竟在哪里。在直男审美这一点上，哉哉完全不输陆成诵，初宁决定放弃咨询她的想法，拿出手机发微博。

求大家推荐好用的护肤品、化妆品，从今天开始，你初要做精致的猪猪女孩啦！

这条微博是发在她的小号上的，大号除了追星已经不涉及日常生活。小号粉丝少，玩得好的朋友多，两秒后，群里就有新消息。

一首唐诗：小初大大是什么肤质呀，我来给你推荐！

陆家小跟班：你怎么突然想化妆，不会是真的恋爱了吧？

灵魂画手阿标：我也怀疑，女人心突然觉醒，诡异。

小初是亲妈：我就是觉得自己应该好好打理一下我年轻的脸庞！

一首唐诗：保养要趁早没错的，我马上要十八岁了，胶原蛋白要开始流失了，真是惊恐哎。

陆家小跟班：闭嘴。

灵魂画手阿标：人身攻击我，举报了。

一首唐诗：嘤嘤嘤。

按理说，今天是星期三，陆成诗应该在学校里上课才对。陆成诗坐在教室里，退出群聊界面，看着列表里排在第一个的封十里。

碍于初宁的面子，她没好意思删了他，也从没主动找他聊过天。这个男孩现在每天雷打不动地给她发当天的天气预报，比气象台都准时。这种现象持续了快一周，导致每天早上陆成诵临走的时候，都会习惯性地来一句："你把那个，封十里的天气预报给我念一下。"

这样下去，不说陆成诗，可能陆成诵都要习惯封十里这种温水煮青蛙的温柔了。

为了表明立场，陆成诗硬是一条都没回复过，但这好像并未打击封十里的热情，天气预报每天都如期到来。陆成诗无聊地把手机里的软件都翻一遍，扔下手机，坐直了看老师在黑板上写字。

今年的春天好像来得比往年都要晚一些，明明是快要到5月了，大衣还没脱下去。第四期节目录制之前，邓杨打电话跟初宁协调了一下时间，这次节目录制地点选在初宁的学校。节目组想要营造出校园情侣的感觉，希望陆成诵能够陪初宁上几节课。跟初宁说完了，又去跟学校打招呼，等到一系列的沟通都做好了，初宁才后知后觉地发现，录节目那天她刚好要上统计学。

统计学是小班课，整个班级的人加在一起可能都不到六十人，这就意味着，节目录制时涉及的人很少。对于初宁低调的性格来说，算是好事。但是统计学向来是她的短板，就这么把短板暴露在全国观众面前，想想也是很丢脸。

按照孟教授的性格，不一定愿意参与节目录制。也不知道节目组是怎么沟通的，等到上课那天，摄像机就在后面摆着，孟教授面不改色，一看就是见过大风大浪的人。

节目录制之前，初宁和陆成诵在节目组驻扎的地点见面。其实也就一周左右没见，这会儿看着，竟然觉得有点陌生。陆成诵从车上下来，摘掉墨镜把它挂在初宁脸上："怎么愁眉苦脸的？"

看来她的忧愁都体现在脸上，很明显了。

初宁摘掉墨镜，撇撇嘴：“我有点担心。”

“嗯？”陆成诵挑眉，“怎么，担心自己在课上遇见不会的问题出丑吗？又不是高中生了，大学老师还能专挑你不会的问你吗？”

“我不是担心那个。”初宁把墨镜递给他，“我是担心上课的时候教授讲的东西你完全听不懂，坐在下面一脸呆滞会掉粉。”

她这话说得真诚，陆成诵一口气又被她堵在喉咙里：“你怎么知道我听不懂？都是中国话，有什么听不懂的？”

初宁在心里默默叹息，有些学科的存在，似乎就是为了向你证明，同样是汉语，不管是说出来还是写下来，你就是一个字都听不懂的。

比如统计学。

初宁的担忧一直持续到他们进了教室，在摄像机最方便拍摄的地方坐下来。她的室友们为了避免上镜，很默契地选择了摄像头死角，并且默契地抛下了她。初宁回头瞪了她们一眼，回过身，忽然听到陆成诵问：“你说听不懂的就是这门课吗？”

伴随着初宁无可奈何点头的动作，孟教授进门。陆成诵眼神似乎动了动，不过没表现出来，初宁自然也没在意。半节课的时间里，他就这么轻松悠闲地靠着椅背坐着，后半节课，孟教授示意学生自己在下面做题，其实是为了配合节目组，给初宁和陆成诵一点交流的时间。

初宁明显没有体会到孟教授和节目组的良苦用心，低着头看着书本上的题。她咬住圆珠笔的尾端，刚要开始读题，就听陆成诵小声训斥：“别咬，那个脏。”

“你不懂，只有这么咬了才能有灵感，题目才能做出来。”初宁皱着眉，但还是乖乖把笔从嘴里拿出来。陆成诵大半个身子倾斜了过来，跟她头挨着头看向书上的习题。前面几道是基础判断题，他笑了笑，看向初宁的时候眼神充满怀疑：“这种题还需要咬笔才能做出来？”

这个表情实在过于自大，初宁不服气，低头读题：“两个变量之间的相关系数 r 是 -0.985 的时候说明它们相关程度很低？”

陆成诵：“错的。”

初宁：“零相关就是不相关？”

陆成诵："错的。"

初宁一惊："你是乱说的吗？"

"当然不是。"陆成诵说着从她手里拿过笔，在那几个判断题后面写好了答案。初宁自然是不信的，他刚一写完，她就伸手把书夺回来往后翻答案。

一道题都没错，都做出来了。

判断题其实并不难，但完全没接触过统计学的人根本摸不到头绪。初宁眯起眼睛，看向他的时候带了点猜忌："你以前学过？"

"算是吧。"

"在你大学的时候？"

陆成诵抿唇，明显不怎么想继续这个话题："也不都是。"

这话说得模棱两可，初宁不再问，把书翻到大题递给他，陆成诵也欣然接受，但是懒得动笔算，看了几遍题目以后，就把思路给她说得清清楚楚了。

"我别的学得不一定好，但是统计这一块，我真的学得挺好的。不信你再拿题给我看，我都能做出来。"陆成诵这话不是在吹牛，他上大学的时候其实跟初宁学的是同一个专业，只不过后来为了出道没有上了，也就没有说的必要。初宁从来不知道他还有这么一面，自以为对他十分了解的她瞬间怀疑起来："你不会是为了给自己树立学霸人设，提前背了题吧？"

坐在监视器前面的邓杨深深叹了一口气，他好像也有点理解陆成诵为什么把初宁误认为是黑粉了。

下一秒，他听到了他的小祖宗陆成诵说出的话。

陆成诵似乎是想到什么，笑得很开心："这年头，学霸人设还用做统计学？会解一元二次方程不就行了吗？"

邓杨觉得这句话也不能播，播了他恐怕就得多一堆祖宗了。

03

原本初宁对于此次节目的担忧，是担心陆成诵在观众面前暴露自己的无知，没想到非但没有出现那样的尴尬局面，还刷了一波好感。现在她更需要担心的，似乎是自己的无知。再想想陆成诵最近的涨粉趋势，初宁觉得自己作为粉丝站的打理人员，以后可能会越来越累。

节目休息间隙，初宁忙里偷闲，打开手机看了看陆成诵的粉丝数，距离前几天，又多了差不多十万，看来粉丝数破五百万指日可待。她刚放下手机，就看到面前不知什么时候冒出来的陆成诵，他低着头看她，眼神淡淡的："你看我微博干吗？"

"我是你粉丝，不能看你微博吗？"初宁仰头看他，理直气壮。陆成诵一时语塞，眼神飘忽着往旁边转了转，忽然想起什么似的："结束之后你跟着邓杨走，让他带你来找我，我有东西给你。"

"嗯？"初宁一愣，"给我？"

她想不到陆成诵有什么东西需要给她，正疑惑着，手机忽然振动，消息来自陆成诗："小初姐，化妆品收到了吗？还满意吗？"

初宁一惊，这小丫头高中还没毕业，哪来的钱？她自然不能要她的东西，刚要回复，忽然听到副导演急吼吼地叫她："喊你两声了，干吗呢？快过来，开拍了。"

初宁连忙放下手机，瞬间有种自己也是赶场明星的错觉。相比她的慌乱，陆成诵倒是镇定很多，站在田径场边上朝她招手，脸上表情还是一如既往的高冷。看到这张脸，初宁忽然想起他说结束了有东西给她。

难道，陆成诗说的化妆品，其实是陆成诵送的？

陆成诗作为一个头号迷妹，私底下确实很不矜持地问过初宁，对她哥哥有没有偶像以外的感觉。这个年纪的小女生喜欢磕CP也可以理解，但是陆成诗由于自己独特的身份优势，几乎成为初宁和陆成诵为数不多的CP粉中的巨头。想到这一层，初宁基本可以在心里确定，陆成诵今天晚上会送自己一套化妆品。

初宁的心情忽然变得激动起来。她一向难以应付突发场面，也不知道该怎么得体地表达喜悦之情。她一边朝陆成诵走过去，一边在心里酝酿自己的感觉，等到走近了，忽然被陆成诵伸手按在额头上。

"你笑那么傻干什么？"

初宁连忙收起自己脸上的笑容，在心里告诉自己控制一下不断上扬的嘴角。她在室友们的监督和指导下，一直在节目里践行高冷人设，到目前为止，观众还没发现她其实是个大傻子。高冷的人是不能这样笑的，初宁学着陆成诵的样子，在田径场边站好，等着看节目组这次又出什么幺蛾子。

“你们好——”

初宁和陆成诵应声回头，打着招呼出现的是一位完全陌生的大哥。看看他的装备，初宁瞬间心生羡慕——这台相机可比她的单反好多了，要是用这个去拍图，肯定很不错。可惜这个型号的相机实在是贵，她就算省吃俭用应该也买不起一个镜头。初宁舔舔嘴唇，忍不住多看了几眼。

按照节目组的安排，这个下午将以校园情侣为主题，会给他们拍摄一组写真。校园情侣，背景肯定离不开田径场、教室、图书馆、食堂。初宁长这么大还没拍过写真，站在陆成诵旁边忽然觉得惶恐，她一会儿恐怕得拖他的后腿。

好在校园写真的定位都是以小清新为主，所以没有太过大胆的服装和妆容，跟初宁现在的身份很相配。操场边上，陆成诵一边低头把自己的鞋带系好一边问：“你拍过写真没有？”

他们这么一个站着一个蹲着，说话很不方便，于是初宁也蹲下来：“没有。你肯定都习惯了吧？”

“那当然了。”陆成诵心里的那点小傲娇再次燃起，“其实不难，要怎么做摄影师都会告诉你，你跟着做动作就行了。”

“我肢体不太协调。”

“放心，没有什么高难度的动作。”

两个人蹲在一起窃窃私语，摄影师已经在旁边“咔嚓咔嚓”按快门。初宁听到声音一愣，刚要回头，就被陆成诵按住脑袋：“调整好表情再回头，那边在录着呢。表情不好，上镜容易显得丑。”

他这话说得很自然、很亲切，但是手下的动作就不那么友好了，仿佛是在捉小鸡。碍于镜头，初宁自然是没有挣扎，她轻轻把陆成诵的手拿下来，这才神态自若地站起身朝着摄影师看过去：“这就开始了？”

“对，有时候不经意的瞬间抓拍出来的效果会非常好。”

初宁点点头表示赞同，回头看看陆成诵，忽然想起他每次抓拍出来的效果都是表情包。

想到这里，她又有点难以抑制笑场的冲动。

“两个人之间可以做一些亲密的动作，比如拉手或者轻轻拥抱一下，都可以。咱们这个主题毕竟是情侣写真，你们距离太远的话，会把画面拉长，显得很空。”摄影师说着看向陆成诵，眼神里的意思自然是让男孩子主动一点。陆成诵心领神会，表情严肃地挨在初宁身边，伸出胳膊揽住她的肩膀。

摄影师：“你们这个特别像刚吵完架的小夫妻……”

现场工作人员立时笑了起来，连初宁也没忍住，扭了肩膀躲开他的手。陆成诵现在对拥抱这种事还略显生疏，但拉手他擅长。初宁的手刚一搭上他的手背，他就顺势将她牵紧了。

初宁老脸一红，那种熟悉的，仿佛做了春梦一般的悸动又出现了。

“别紧张，放轻松一点就行，现在就很好。不用看我，两个人可以互相对视一眼。”

接下来的四个小时里，他们几乎走遍了学校的每一个角落，甚至连行政楼前面满墙的爬山虎，在摄影师眼里都是不可多得的素材背景。初宁从来不知道拍个写真会这么累，好在陆成诵经验丰富，摄影师说的比较难懂的话，他一般会翻译一下传达给她。

比如——

摄影师：“这个地方的光线非常好，这里两个人的表情可以明亮一些，但是不要大笑，我们女孩可以适当地娇羞甜蜜一些……”

初宁：“娇羞甜蜜？”

陆成诵：“闭眼睛靠我肩膀上，然后微笑。”

摄影师：“对！这个感觉对了！非常好！”

再比如——

摄影师：“距离太远了！我说过这个画面不好看，尤其教室里面能取景的地方有限，咱们千万不要因为害羞或者什么别的担忧浪费时间，也不用看我，跟着你们的感觉走就可以……”

初宁：“喵喵喵？”

陆成诵：“我坐桌子上，你站在窗边搂着我脖子。”

摄影师：“好好好，非常好！真不愧是国际名模，拍照就是有经验。”

反正不管摄影师说什么，经陆成诵的嘴翻译出来，就像是赋予了灵魂。初宁也不知道拍出来具体会是什么效果，但是早拍完总是好的，她已经很累，其间还一直记挂着陆成诵要送她的那套化妆品，时不时走神。

好不容易熬到节目结束，陆成诵先行回到车上，初宁换好衣服去找邓杨：“哥，那个，他说有东西要给我？”

邓杨手里拿着大包小包的东西，看到初宁的瞬间愣了一下，随后立马想起来：“哦哦，你跟我走，他说这个东西要亲手给你。”

初宁心里的小鹿都快撞出来了：“是什么呀？”

“不知道呢，他说要给你，还不告诉我是什么。”

听到这句，初宁基本已经确定，陆成诗这是在给她哥哥助攻，送的是化妆品没错了。只是自己该不该收呢？收了会不会代表什么？不收似乎也不好。转而又想到以陆成诵的眼光，能买到什么样的化妆品呢？初宁娇羞地捂住了脸，这种直男真是让人操心，哎呀呀。就这么忐忑地来到保姆车旁边，陆成诵正在低头看手机，见她过来，他眼睛一亮：“你来了？拿回去吧！”

他手里拎着一个纸袋，里面装着一个盒子，包装得还算精美，这么递过来的时候，连五官都比平日里英俊了几分。初宁伸手接过来，陆成诵脸一红，催促她快走：“回去再拆开吧，我这边晚上还要拍戏，就先走了。”

初宁难得娇羞温柔一次：“那，再见。”

陆成诵傻乐：“再见再见！”

从校门口往寝室走的路上，初宁觉得自己嘴角的笑几乎就要抑制不住了。算算这也是她有生之年第一次收到男人送的礼物，以陆成诵的生活水平，这化妆品必定价格不菲。她倒不是在乎这东西到底值多少钱，单是这份心意就足够让人开心好久。初宁就这么雀跃地回了寝室，坐在桌前，充满仪式感地把盒子从袋子里拿出来。

“你拿回来的是什么？礼物吗？”哉哉回头看她。

初宁脸更红了：“陆成诵可能是听他妹妹说的，送了我一套化妆品。”

其他三个人来了兴趣，扔下笔围到桌边。初宁也是一脸期待，缓慢地把盒子打开，映入眼帘的东西让桌边的四个人笑容同时凝滞。

盒子里装着的是一本统计学教材。

初宁自然不相信陆成诵会送自己这种东西，伸手把书拿出来，翻开第一页，就看到上面硕大的“金瓶梅”三个字。

两秒后，666寝室里的笑声险些把天花板掀起来，场面一度失控。

而此时，陆成诵坐在去往片场的保姆车里，觉得自己今天这件事处理得情商极高，就这么不动声色又体面地把初宁那本《金瓶梅》还回去了呢，一件心事总算是了结了，她一定会在心里又多喜欢自己一点的！

如果他能够听见，他就会知道，此时此刻，初宁面对着室友的无情嘲笑和面前的书，咬牙切齿地骂了一句：“陆成诵，你等着瞧！”

04

陆成诗所说的那套化妆品，最终以快递形式寄到了初宁的学校，跟陆成诵半毛钱关系都没有。初宁坐在电脑前很是惆怅，即便那么小心，到底还是会错意了，可真丢人啊。

不过真说起来，也不算半毛钱关系也没有，毕竟陆成诗花的钱都是她哥哥赚回来的，这也算是陆成诵变相给她送了个礼物吧？人不能这么给自己挽回尊严，初宁决定从这一刻起决不再做类似的傻事。

好在她再怎么傻，也就只是给室友们知道，不像封十里，追陆成诗追得毫无技术可言。初宁曾经甚是认真地问过封十里喜欢陆成诗什么，封十里目光深邃地告诉她，不知道。

或许真爱本来就是没有原因的，有原因的爱都被赋予了条件吧。这样说来，她贪恋的也不过是陆成诵的美色和性格。晚上跑完步，初宁戴着耳机从田径场往寝室走，回头看看跑道的白线，忽然就想起那天他们一起拍写真的时候。

很荒谬的一瞬间里，她真希望时间就定格在那个下午。

这个想法于初宁来说太过荒唐，她晃晃脑袋，低着头拐去超市买了盒酸奶。前几天邓杨给她打电话，说他们的节目反响不错，公司和节目组一致决定在原本的安排上加录几期，询问她有没有时间参加。初宁原本是想拒绝的，可是紧接着邓杨便开始晓之以理动之以情，讲述这个综艺对陆成诵来说是多么重要。

想来也是，新剧和综艺的双重效果给陆成诵带来了不少新粉丝，每天看着站子的新增会员，看着他们顶着陆成诵的头像，初宁都觉得心满意足。这么想着也就答应下来，前面几期都录了，也不差后面那么几次录制。再说她自己总有私心，多录制一次，就能和陆成诵多见一面。

虽然她也不知道，这位铝合金直男在接下来的节目里，会给她和观众们带来怎样的惊喜。

抱着酸奶回了寝室，初宁还没走到门口，就能听到里面传来的笑声。一个女人等于二百五十只鸭子，她们寝室的人不一样，她觉得这几个女人凑在一起的时候，每个人都等于五百只尖叫鸡。

“笑什么呢，这么大声？”初宁边问边关上门。放下酸奶的同时，她听到小鱼兴奋的声音：“你男人在剧里和女主角开车了！”

“什么我男人，都跟你说了，我是‘亲妈粉’。”初宁一边说着一边走过去，这会儿演的正好就是她之前陪陆成诵对台词那段。女主角眼神当真是魅惑撩人，她恐怕一生都学不会人家的一星半点。初宁不知怎么的就没了看的兴趣，回到自己的位置上，拿起酸奶，打开社交软件。

今晚也许注定是个热闹的夜晚，刚点开群聊，就看到一连串的“恭喜”。

当然，并不是在恭喜她。初宁握着鼠标往前滑，一直滑到最上面，这才看到点点姐一个小时之前发的话。

“亲爱的大家，我要结婚啦。”

初宁一愣，还以为是自己看错了，咽下嘴里的酸奶，她重新看了看发消息的人，确定是点点姐没错。这个消息发在了最大的粉丝群里，按照点点姐的性格，她是不愿这样高调的。初宁往下滑，果然距离结婚消息的不远处，点点姐说了自己暂时不再打理粉丝站官博的决定。

点开工作群，又是一堆消息。除了恭喜，很多人对点点姐表示了不舍。粉丝站官博的运营最开始就是点点姐和苏州小馒头负责，不过小馒头主要做的是数据类的工作，点点姐负责官博的发布和维护。初宁不知怎么的有点心酸，粉丝站这种地方，说暂时离开的人，最后都没有回来。人们有自己的工作要忙，有自己的事情要做，有自己的恋爱要谈，年纪越大，投入在这种事情里的精力就会越少。

点开小窗，初宁给点点姐发去了一个可爱的陆成诵表情包。

小初是亲妈：你要结婚啦？好突然呢。

点点姐：几个月前相亲认识的，我的年龄也差不多了，他人很好，我想定下来。

小初是亲妈：嗯，你想定下来就好，一定要幸福哦。

点点姐：会的。不过站子的运营可能要辛苦你了，馒头她没办法长时间上网，我把站子的账号和密码给你吧，以后你就是站长了。

小初是亲妈：你不是说了暂时请个假去结婚吗？我只是代班哦，等你回来了还是你来做，我才不想这么麻烦。

点点姐：好啊，等我结完婚，哈哈。

小初是亲妈：说话算话。

点点姐：嗯！

那天晚上的初宁多多少少也意识到，点点姐不会再回来。其实她一点也不觉得运营微博麻烦，也不觉得管理站子操心，她只是很希望最开始陪在陆成诵身边的人能一直留下来。他就要好起来了，他的粉丝越来越多，他的作品越来越棒，他会走到他梦想的那个位置的。

“要是能和你们一起看他火起来，该多好哇。”初宁低下头，吸了一大口酸奶，鼻尖也跟着酸溜溜的。女孩子到底是女孩子，心情有点起伏了，总想发出去倾诉一下。输入框里的字写了又删，来来回回好几次，才发出这么一条微博。

微博没有配字，只是一张陆成诵的背影，她之前跑前线的时候拍的，觉得构图有问题就一直没发。

几分钟后，私信里蹦出一个熟悉的人。

陆成诵天下第一帅：照片啥意思啊？

在一众问她要原图的私信里，他略显清新脱俗，初宁便好脾气地回复道：心情不是很好。

陆成诵天下第一帅：为什么？怎么了？

小初是亲妈：一个玩得很好的饭圈的小伙伴走了。

陆成诵天下第一帅：啊？咋走的啊？因为生病还是因为事故啊？

初宁坐在电脑前闭了闭眼，心里那点惆怅差点被他搞得荡然无存。

小初是亲妈：不是你想的那样，就是不追星了，回去结婚了。

陆成诵天下第一帅：可以理解。毕竟陆成诵也不会娶她，你们追星女孩是应该早早考虑一下自己的终身大事，别想着照追星的标准找，省得耽误了自己。

初宁觉得这个人大抵是又犯病了，不过神奇的是，他这么三两句，心情居然被治愈了。她放下手机，回头看看那边还聚在一起看剧的三个人："演完了吗？"

"演完了。"阿隋头也不回。

初宁疑惑地歪头，想看看她们在干吗："那你们现在看什么呢？"

"徐崇航的剧。"小鱼回过头来，"最近的国产剧真好啊，一晚上就看了两个优质男星的好剧，这种感觉真是太美妙啦！"

初宁："不要那么形容我的陆成诵，谢谢。"

哉哉听了这话轻笑道："这么快就成了你的陆成诵了？"

初宁面不改色，正义凛然地点头。毕竟从这个晚上开始，她就正式成为陆成诵粉丝站的站长了。她不知道自己是不是最年轻的站姐，但目前能确定的是，她大概是最穷的站姐。节目的播出给陆成诵带来了新的代言，但是对她来说，还没看到什么实质好处。不过想想新的代言总是有发布会的，能去拍几张新图大概也值得了。

这次的发布会定在了这周末，所以他们的节目录制暂停一周。思来想去，初宁还是给陆成诗发了消息，先问问她去不去，毕竟以她的能力，混进会场拍到超清大图不是问题。

“嗯？哥，你有新代言了吗？我怎么不知道？”陆成诗看到消息之后扬声问陆成诵。

厨房里，陆成诵围着围裙懒洋洋地回答道：“有啊。”

“什么代言？奢侈品吗？”陆成诗跑到厨房来。

陆成诵手里还握着菜刀，勉勉强强地点头：“其实不算，但也算吧……”

“到底是什么啊？”

放下菜刀，陆成诵生无可恋地看着她：“直男色的那个口红。”

陆成诗愣了半秒，随后在厨房里爆发出惨无人道的笑声。

知道会这样，陆成诵也就见怪不怪了：“你怎么知道我代言了？你不是说最近不上网了，专心准备考试吗？是不是偷偷玩手机了？”

“这个真没有，我把微博都卸载了，小初姐刚刚问我，我才知道的。”

陆成诵动作一顿：“她问你什么？”

“她问我去不去，想离你近一点，拍得更清晰。”

果然还是他的真爱粉，好不容易有个休息的周末，还愿意为了他跑前线。陆成诵心情好，隔天初宁便收到了陆成诗发来的电子邀请函。随着电子邀请函一起发过来的，还有一个红包。从文字里都能看出来，陆成诗的语气甜滋滋的。

“小初姐，我哥说你跑前线很辛苦，让你拿着这些钱买点好吃的，车费他也给你报销啦。”

初宁老脸一红，推托着不肯收。陆成诗坚持要她收下，说她如果不收，就直接转进她的支付宝里。初宁没办法，最后还是把红包点开。背后的阿隋幽灵般叹了口气。

初宁：“吓我一跳，你干吗？”

阿隋：“总觉得你最近浑身散发着即将恋爱的酸臭味。”

如果人要经历的事情可以在某一时刻做一个快进，去看看未来会发生什么，这一刻的初宁一定会在阿隋开口前捂住她的乌鸦嘴，免得她一语成谶。可惜生命令人着迷的地方从来在于未知，这个时候的她也不知道，自己即将迎接人生中的第一场惊涛骇浪。

第八章
我和偶像传绯闻了

01

站在会场门口，初宁第二次看向手表，陆成诗说好会来，可能是路上有什么事耽误了。距离进场还有一段时间，她也不着急，靠着大门看着门口进进出出的车，在心里感叹，陆成诵就算是个再怎么糊的明星，能出入这种场合也不一般了。

低头再一次确认自己的相机各种参数都已经调好，初宁把相机带挂到脖子上，扭头就看到陆成诗小跑着过来："对不起小初姐，路上堵车了，耽误了点时间，来得及吧？"

"来得及，还有一个多小时，你哥还没到呢。"初宁说着，又看了看门口进进出出的车，陆成诵的保姆车她是认识的，不过到现在还没看到影子。毕竟是上过节目的人，初宁今天还是保守地戴上了墨镜和帽子，这么拿着相机往这儿一站，活脱脱一个狗仔。

"小初姐，我觉得你还是别这么打扮了，你这样更引人注目。"陆成诗凑过来说这句话的时候，初宁正好看见陆成诵的保姆车过来。戴着墨镜拍照不方便，她把墨镜摘下来，刚举起相机，就看到下车的陆成诵一个眼神朝她这里扫过来。

几乎是出于本能，初宁手指一动，飞快按下快门。陆成诵的眼神在她身上停留了一秒就迅速挪开，跟着邓杨往会场里面走。

他今天看起来似乎心情不好，往初宁这边看过来的时候，眼里带着深深疲惫。初宁追他这么多年，自然看得清楚，放下相机的同时疑惑地看向陆成诗："你哥今天怎么看着这么累呢？"

"不知道，他昨晚好像睡得挺晚的，可能是在背台词吧。"

"现在这部剧不是马上要杀青了吗？"

"公司打算让他加盟徐崇航的那个新剧，明天试镜。"

初宁一愣："那个剧他真的要去啊？你不是说是小道消息吗？"

"所以小道消息也有准的。"陆成诗压低了声音，凑近初宁的耳朵，"而且你不知道，我哥好像挺想得到这个角色的，我很少看见他背台词到那么晚，明明知道今天有活动。"

这倒是比较罕见，以初宁的猜测，她还以为陆成诵不会愿意给徐崇航做配。官宣出来之后，徐崇航的粉丝又可以压他们一头了，初宁用脚指头都能猜到他们会说什么——模特界的前辈怎么了？现在还不是给我们当配角。

初宁真想一个白眼翻到天上去。

因为陆成诵这次的代言是美妆产品，所以现场布置看起来精致而梦幻。初宁最近出门都开始化淡妆，除了眉毛和眼线对于她来说稍显困难，其他的基本已经上手。初宁原觉得，能把单反玩明白，就不会搞不懂化妆，事实证明，还是单反比较简单。

初宁举着相机，对着坐在台上的陆成诵拍了几张。会场里气温不低，大家进来之后基本脱掉了外套，她戴着帽子反而显得招摇。帽子一摘，身边立马有人认出她，初宁报以微笑，悄悄坐回去。

"小初姐，你现在是半个名人了，要是运气好，说不定接下来就会有公司找你，你就能跟我哥当同行了。"陆成诗坐在初宁身边，手挽着她的胳膊，"刚刚邓杨哥看我们了，你结束了怎么回去啊？我让他把咱俩送回去吧。"

初宁不知道陆成诗家住哪里，担心不顺路给邓杨添麻烦，便摇头道："我坐地铁回去就可以，你让他送你自己就行了。"

"结束了就得天黑了，正好是晚高峰，你挤地铁多不舒服啊。"陆成诗皱眉，带了点撒娇意味去拉她的手，"正好我们还能多说会儿话，我不想自己回去，还得跟邓杨哥尬聊。”

邓杨这个人，品性很好，就是实在啰唆。从陆成诵到陆成诗，再到只跟他接触了短短一段时间的初宁，都认证了他的啰唆。对陆成诵和初宁还好，毕竟都是成年人，到了陆成诗这里，他就总是想摆出大人姿态，不是提醒她好好学习，就是念叨她又没事在外面瞎跑。

“邓杨哥送我们的话，你哥怎么办？”陆成诵身边就这么一个经纪人，连个助理都没有，初宁好歹是个“亲妈粉”，关心一下总是正常的。

陆成诗倒是满不在乎，说：“一起走啊，他要是不回家，就让他自己开车走。”

初宁眨眨眼，忽然发现陆成诵身边的人似乎都对他格外放心。

归根结底，还是因为他不红吧。

虽然有点小心酸，但能被送回去总比挤地铁要好。活动结束的时间因为部分记者提问一再拖延，等到真的结束，正好赶在晚高峰时间段。初宁身上背着相机，待记者们都散得差不多了，才被陆成诗拉着往后台溜。

这个时候人们进进出出，场面本来就混乱，所以陆成诗这么拉着她溜过去，也不会有人在意。这种事对于陆成诗来说轻车熟路，陆成诵不许她在媒体面前暴露自己身份，她偶尔找他，不是假装成粉丝，就是这样偷偷摸摸地过来。

后台的化妆师们也已经早早离开，陆成诵站在镜子前看手机，见到陆成诗的第一眼便习惯性皱眉，那句“你怎么又不打招呼就跑过来”还没出口，就看到她背后紧跟着进门的初宁。

本来倚在桌子边的陆成诵仿佛见到了长官的士兵，下意识地站直了身体。

“天不早了，别让小初姐挤地铁了，你捎我们一段吧。”陆成诗说着，挽住初宁的手，“小初姐学校在哪儿呀？”

“不用问了，我知道在哪儿。”陆成诵低头看看手表，在陆成诗惊讶的目光里淡定道，“要不咱们吃个饭再回去吧？忙了一下午，有点饿。”

“吃什么饭！你下周就要试镜了。”邓杨就是在这时候进来的，看到陆成诗和初宁之后先是愣了一下，随后马上把目光放在陆成诗一个人身上，带了点成年人教训小屁孩的威严，“诗诗，你又……”

“就吃火锅吧，咱们经常去的那家。”陆成诵打断邓杨的话，也假装没有看到初宁要推托的神情，像赶羊一样把几个人往门口赶，“走走走，邓哥你现在给老板打电话订个包厢，晚了怕没座位了。”

“陆成诵，你是不是又在无视我？我说你下周就要试镜了。”邓杨对于自己的身份定位一向严谨，这么被无视，只觉得有些不爽。陆成诵倒是不在乎，伸手过去拉住他的胳膊一起往门口带：“快点，趁现在还不晚，吃完饭我还有时间去健身房跑俩小时。”

他们之间的对话和谐有序，陆成诗也跟着欢呼雀跃，几个人里只有初宁犹豫不决。她跟室友们说好了结束时间，让她们等自己回去了一起去食堂的。突然的饭局让她有些焦虑，不是焦虑跟室友失约，而是焦虑跟陆成诵一起吃饭。

毕竟他们之间的身份差距悬殊，不要说是恋人，就连做朋友都感觉八字没一撇。初宁本身也不想跟他走得太近，她向来害怕麻烦，最害怕人际关系里的麻烦，遇到事情第一想法是逃避。不知道怎么说出口的拒绝就这么在嘴边打转，一直到他们在包厢里坐下来，初宁也没能说出口。

由此看来，这顿火锅已成定局。

初宁吃东西倒是不挑，不过不太能吃辣。陆成诵喜欢吃辣，但是因为下周就要试镜，邓杨禁止他吃任何会刺激皮肤或肠胃的东西。点了鸳鸯锅，为了吃起来方便，陆成诵把座位换到了初宁身边，肩并着肩坐下。初宁深吸一口气，觉得自己从 3 月到现在的经历堪称玄幻。

谁会想到，曾经被存在手机相册里的人，现在就坐在她身边低头调着碗里的芝麻酱呢？

玄幻是一回事，既然坐在了这里，初宁总不能忘了自己的使命。前几天苏州小馒头还在群里问她，官博认证的事情怎么样了，初宁只觉得压力山大，毕竟她根本找不到具体时间跟邓杨提。

而提出之后他会不会答应，又是个问题。正好菜还没上，初宁硬着头皮，看向邓杨：“邓杨哥……”

“嗯？”邓杨抬头不解地看她。初宁舔舔唇，不知道怎么组织语言：

“我们其实有一个粉丝站，在微博上……”

“嗯，我知道，怎么了？”邓杨还是用那样不解的眼神看她。

初宁在心里努力组织语言，话还没组织好，身边的陆成诵已经漫不经心地替她开口：“邓哥，给她们那个站子弄个官方认证。”

简单大气，一气呵成，语言简洁，毫不拖泥带水。

邓杨的表情有点微妙，大概是没想到陆成诵会在旁边插一嘴。其实他不是不知道初宁的心思，这事对于他来说虽然不难，但是总归要走点程序。他现在带着陆成诵已经不轻松，不想再多个事情。但是陆成诵这么说，好像不答应也不行。他干笑了两声，看向初宁：“粉丝站建立多久了？”

“他出道两三年就有了。”

“那平时是谁在管理呢？”

“本来是一个姐姐，但是她要结婚了，没时间，所以最近交给了我。”初宁顿了一下，接着补充道，“不过我们站子是有工作组的，分工也很明确，肯定不会出现弃博之类的事。”

这时候菜端了上来，初宁的后半句邓杨没听清。陆成诵把一盘肉端到初宁面前来，一边示意她配合自己，把肉下进锅里，一边皱着眉看邓杨：“这么点小事还问这么多？我本来也没有官方粉丝站，这有个形成系统的，你们管理起来不是也很方便吗？”

初宁低下头，看到手机里显示的新信息。

02

火锅咕嘟咕嘟地冒泡泡，肉片在锅里翻滚，陆成诵脸上表情平和，跟平时没有任何分别。但初宁知道他在为自己说话，或者说，他在为自己的粉丝说话。她放下筷子，低头看向手机，点开新消息。

是班级群里发的作业，孟教授安排大家下节课做课前汇报，她跟小鱼一组，这会儿课代表已经把资料传进了群里。放下手机，初宁忽然觉得压力有点大。下半学期的课程可能会更忙，她还要继续拍真人秀，打理站子的时间可能不会很多。

她叹了口气，眼前的肉片忽然都变得狰狞起来。

这是初宁第一次在镜头外跟陆成诵一起吃饭，他吃得不多，或者说很少。肉片虽然下进去了，但他的筷子也是只挑素的夹，这一点跟他在公众面前表现出来的一样，极度自律。因为陆成诵的自律，白锅里的肉片几乎全被初宁夹走了。吃完后，初宁摸着自己的肚子，这才开始担忧下周拍真人秀，上镜的自己会不会胖一圈。

邓杨开车把初宁送到学校门口，从校门口回寝室的路是初宁自己走的，吃得太多总得消化一下。一路上了六楼，推开寝室门，屋里坐着的三个人整齐抬头看向她。

哉哉：“天哪，你身上好浓的火锅味。”

“刚吃完火锅。看来这件衣服得洗洗了。”初宁说着把外套脱掉，坐到自己的座位上去脱鞋。

阿隋扭过身子看她，眼神满是怀疑：“你那时候发信息跟我们说在吃饭，你跟谁吃饭去了？”

“饭圈的人吧？”小鱼回头，“小初今天不是跑前线去了吗？”

“不对，她今天回来的时候，脸上有异样的潮红。”

阿隋托腮做沉思状，搞得哉哉和小鱼也一起朝初宁看过来：“嗯？”

没想到女人的直觉是如此灵敏，初宁揉揉自己的脸，觉得那不是潮红，那是后来她吃了好几口红锅里的肉，被辣的。不过既然她们问了，她也不想撒谎：“我跟陆成诵吃饭去了。”

“啊？你俩？”三个人异口同声。

“当然不是啦。”初宁把鞋脱下来，顺便扯下了袜子，低头看到陆成诗发来的微信，问她到寝室了没有。她一边拿起手机回复，一边跟几个人解释，“还有他妹妹，我上次说的那个。还有他经纪人。”

“不是吧，你们怎么聚一起吃饭去了？”小鱼皱眉。

初宁也学着她的样子皱眉：“是啊，陆成诵提议的。本来是他妹妹闹着让他经纪人送我回来，没想到最后吃了餐饭。”

阿隋也一起皱眉：“陆成诵最近很奇怪啊，又是开车送你回来，又是带你去吃饭，他不会是在节目里被你的人格魅力征服了，所以想追你吧？”

“为什么不是被我的美貌征服？”初宁很成功地转移了重点。

小鱼：“陆成诵出道都这么多年了，什么样的女孩子没见过，你当是封十里呢？谈个网恋都要死要活的。估计他就是觉得你年纪小，是个小妹妹，想照顾你一下而已，你还是别多想了。”

女孩子大部分的痛苦都来自想太多，这一点体会过的人都能懂。初宁虽然母胎单身到现在，言情小说倒是没少看，理论经验也是一大堆，小鱼的话她深表赞同。她换上睡衣，像是在跟她们说，也像是在劝自己：“还是不要想太多了吧。”

当晚，寝室里熄了灯之后，初宁躺在床上还是失眠了好一会儿。微博上，那位粉丝又给她发消息了。这次问的是今天活动的情况，她没回复，甚至没有点开。对床的阿隋还在举着手机看小说，也不知道看了什么内容，抱着枕头笑得像个智障。初宁翻了个身，突然开口道：“阿隋，你说陆成诵会不会有一点喜欢我？”

“放心吧，不会的。”阿隋的眼睛没从屏幕上移开。

初宁不吭声，两秒后，阿隋抬头看向她：“怎么了？你喜欢他了？”

“怎么可能？我是‘亲妈粉’。”初宁回答得义愤填膺。

阿隋点点头：“那不是正好吗，你还纠结什么呢？”

“不知道。”

“哎呀，你要知道，你们始终是两个世界的人，等到真人秀结束了，你们还是会回归到明星和粉丝的关系，甚至他以后可能见面都不会跟你打招呼，毕竟喜欢他的人那么多，他也不一定都能记住。你现在的想法，就是因为你们最近接触变多了，但其实这都是暂时的。如果你让自己陷进去，以后结束的时候就会很痛苦。”

阿隋说这些的时候带了点苦口婆心的妈妈语气，初宁一边听一边点头：“对，我们只是单纯的明星与粉丝的关系……”

她话音未落，下面坐着的小鱼忽然清晰而洪亮地“哇”了一声。

小鱼很少这么说话，声音实在洪亮，连正在打游戏的哉哉都摘了耳机看向她：“怎么了？大半夜的鬼叫？”

正在聊天的初宁和阿隋也一起看过去。

小鱼的目光从哉哉脸上掠过，又掠过阿隋，最终停留在初宁这里。她从座位上站起来，因为太过震惊，甚至忘了自己的手机还连着数据线插在电脑上，就这么扯着递给初宁看，电脑被拉得差点掉下书桌：“小初，你和陆成诵，出绯闻，上热搜了……”

初宁一惊，险些从床上翻下去。

同样的夜里，陆成诵用小号给初宁发过消息之后见她没读，觉得她或许是睡着了，也没在意。虽然初宁一向睡得晚，但是他没多想，更体会不到女孩子那点小心情。他今晚去健身房跑了挺久，有点累，也打算早点睡觉。就在意识渐渐迷离的时候，门板忽然被大力砸了两下，紧接着就是转动门把手的声音。

陆成诵的睡眠本来就浅，又对睡眠环境要求极高。这几下砸门声直接把他的火气勾起来了，鞋都没穿就下了床，拉开门的瞬间脸色黑得吓人：“干吗？”

从小到大，陆成诗见过无数次陆成诵发火，根本没把他的情绪放在眼里：“出大事了。”

“什么？”陆成诵拿她没有办法，烦躁地揉揉太阳穴，看向陆成诗递过来的手机。

一个纯属网友的人在自己的主页上公布了陆成诵和初宁一起吃火锅的照片。照片里，两个人并肩坐在一起挨得很近，陆成诵低着头，一只手举着盘子，初宁正伸手把生肉片用筷子推到锅里。这张照片的构图不是来自狗仔，但真的是厉害，因为正好只把两个人拍下来，陆成诗和邓杨连一根头发丝都没露。

除了刚刚的照片，一连好几张的照片里，陆成诵和初宁都亲密自然地坐在一起。没有邓杨，也没有陆成诗。因为照片拍摄的位置有些远，人像稍显模糊，但是任谁都能一眼看出来五官立体的陆成诵，而坐在他旁边的初宁就更好认了，估计现在网上已经连她什么时候穿了这件衣服都扒出来了。

出道这么多年，陆成诵还是第一次陷入这样的绯闻，可见最近真的人气上涨厉害，坐在外面吃个火锅都会被偷拍。如果是狗仔工作室倒还好，谈一个说得过去的价钱，这件事也就结束了，可偏偏拍摄者是路人，连讨价还价的余地都没有。

陆成诵再怎么不在乎网络评价，这会儿还是隐隐冒了汗。他皱了皱眉，一边回身拿手机，一边拍了拍陆成诗的肩膀："去联系初宁，先安慰她别着急，晚点我让邓哥联系她。"

这种时候，初宁的手机基本已经是瘫痪的状态。第一个打来电话的是封十里。她这位从小成绩就拔尖，情商却永远吊车尾的奇葩弟弟，这一次也搞错了重点："你居然自己去跟陆成诵谈恋爱，不让我跟他妹妹在一起？"

初宁虚弱地扶着床栏，连骂他一句的力气都没有。不管是微博还是微信，所有能与外界联系的社交软件基本处于爆掉的状态。就连忙着结婚的点点姐也私聊问她怎么回事，更不要提其他人。

躺在床上，初宁摸着自己的良心，告诉自己一切都会过去的。在封十里絮絮叨叨的抱怨中，她把电话挂掉，紧接着下一秒，邓杨的电话就打了进来。

初宁拿着手机下了床，走到洗漱间去接电话。寝室里的三个人面面相觑，默默把网页上的评论关掉。初宁电话接的时间不长，回来之后表情平静地在自己座位上坐下。小鱼有点担心，歪头去看她："小初，你没事吧？"

"没事。"初宁神色有些茫然，好像还没从刚刚的震惊里缓过神来，"陆成诵的经纪人刚刚给我打电话，告诉我真人秀取消了，以后也不用去录制了。"

阿隋松了口气，走过去揽住初宁的肩膀："好啦，都会过去的。"

熄了灯的寝室里，只有微弱的台灯光，初宁眼里的脆弱并未暴露。沉浸在这样的情绪里，她甚至没有看到，私信栏那个熟悉的人。

陆成诵天下第一帅：你没事吧？

03

细细想来，初宁还是不觉得自己这段时间得罪了什么人。但被偷拍是既定事实，只能弥补，不能挽回。针对这次绯闻，邓杨给出的解决办法简单粗暴，一个是取消真人秀的录制，一个是让初宁在微博上转发一下工作室的澄清。

好在那天吃饭时陆成诗拍了照片，四个人的照片一经放出，倒是让一部分人停止了猜忌。为了保护陆成诗的隐私，她的脸部被做了特殊处理，只在文字中解释那是陆成诵的妹妹，并说明初宁与陆成诗的关系很好，吃饭也是因为她，而不是因为陆成诵。但即便如此，初宁的转发下面，评论还是铺天盖地，其中恶评不少，围绕着这几期节目里初宁的表现，截图谩骂也是数不胜数。

初宁好歹只是一个单纯的粉丝，就算这几年在饭圈摸爬滚打良久，哪里想过这样的事会发生在自己身上。她没什么本事，从小家里条件也是中等，并没有给她飞扬跋扈的勇气，遇到这样的事，也就只能窝着，把自己藏起来，藏得越深越安全。

至于追星博，因为别人的攻击，基本已经暂时沦陷。饭圈里玩得好的那几个人还好，其他的粉丝就不那么善解人意了。被内部粉丝围攻更可怕，甚至有人公开叫嚣让初宁退出陆成诵的饭圈。

对此，一向说话不怎么好听的苏州小馒头倒是给予了充分的理解：那些傻子说的话不用理，该干吗就去干吗，说白了都是嫉妒你能跟陆成诵坐在一起吃火锅。

点点姐：是的，小初你不要难过，我们都理解你的。

起承转合陆成诵：嗯嗯，姐姐们说得对。

小初是亲妈：其实那天在饭桌上还跟他经纪人说了咱们后援会认证的事，没想到紧接着就出了这种事，也不知道认证还能不能通过了。

苏州小馒头：都这种时候了，你还惦记那个干什么！以前没有认证，不是也好好的嘛。

起承转合陆成诵：那你们的节目还继续录吗？

小初是亲妈：当然被砍了……

苏州小馒头：砍了好，录节目也耽误时间。

大家都在尽自己所能安慰她。

初宁坐在电脑前叹气，点开另一个群，看到平时喜欢蹦跶的人这会儿也都跟着严肃起来。

陆家小跟班：小初从那件事之后已经一天没出现了，怎么样啊，冒个泡好不好？

一首唐诗：小初大大你快点出现，我们好担心你。

灵魂画手阿标：别喊了，这事落谁身上谁都烦，更别提她那个身份。陆成诵身为明星，难道就不能离粉丝的生活远一点吗？

陆家小跟班：你说得好有道理。

岩诵一生推：这个群是不是要变成初宁全球黑粉鉴定会了？

灵魂画手阿标：主要是认识小初这么多年，她什么人咱们清楚。如果工作室那边的话是真的，那小初太冤了。都是陆成诵那个妹妹的错，一点不知道避嫌。

一首唐诗：好无语！

诵诵最爱的地瓜片：好担心小初啊，要是她因为这件事退了圈，那以后谁做好看的视频，谁去前线拍照片啊？那些骂她的人难道就不想想，没有她，他们靠什么舔屏？

岩诵一生推：就是的！

小初看着这些消息，坐在电脑前越想越委屈，到底抹了几滴眼泪。绯闻爆出来不到两天，已经有点影响她的日常生活了。她现在除了上课，吃饭都是托室友们从食堂给她捎回来，就因为害怕被围观。

初宁深吸一口气，坐直了，手放到键盘上。

小初是亲妈：我没事啦，就是不怎么想上线，消息太多了，炸得我脑袋疼……

灵魂画手阿标：天哪，你终于出现了！

岩诵一生推：那天到底怎么回事啊？

初宁把那天的情景详细地给大家讲述了一遍，大家纷纷觉得这事初宁很是无辜。当然不止她们，连同陆成诵也这么觉得，所以这会儿他坐在办公室里，生无可恋地看着邓杨："你也不跟我商量一下就把我的节目毙了……那可是我这么多年来接的第一个正儿八经的常驻真人秀……"

"你想顶着绯闻上节目吗？你知不知道那样你得掉多少粉丝？"

"可是节目就这么结束了，也很惹人怀疑啊，搞得好像真的有什么事一样。"

邓杨现在手里要是有一把锤子，大概直接就朝陆成诵的脑袋上砸下去了。他这几天为了绯闻的事已经浪费不少口舌，跟发图的博主沟通良久，人家也不愿意把图撤下来。后来邓杨才知道，那人是陆成诵和初宁的CP粉，照片是偶然拍的，虽然也看到了一旁的邓杨和陆成诗，但是人家就想忽略掉两位背景板专心磕糖。

听到这个解释，陆成诵觉得很有趣："你看，我们还有CP粉呢。节目就这么结束，估计这部分粉丝也会掉的。"

"CP粉数量能跟你本来的粉丝数量相比吗？你又不是真的要跟她在一起！"邓杨音调都跟着拔高了。陆成诵在他炸掉之前连忙点头："我知道，我就是这么问几句，你别生气啊。"

"我能不生气吗？要不是你脑子抽了说要一起去吃火锅，能弄出这么大的事吗？"

邓杨这话说得对。陆成诵又想起初宁，想起她不太开心的时候微微下拉的嘴角。她很单纯，单纯到喜怒哀乐都写在脸上，现在出了这种事，她的嘴角肯定是耷拉下来了。他说不明白自己现在是什么情绪，大概带着点歉疚，又不知道该怎么安慰她。发出去的私信她连读都没读，可能也是消息太多，看不到了。

而如今节目结束，他们之间唯一的联结彻底断开，陆成诵忽然发现自己连她的电话都没有。新剧马上就要试镜了，他最近忙得很，可是空下来一想到初宁，就觉得原本填充在生活里的东西被人拿走了似的，空空荡荡。

其实节目里他们之间的互动很甜，是那种慢热的甜，真实的甜。周末不需要录制节目，对于初宁来说算是少了一个心病，坐在寝室里，看着窗外渐渐黑下来的天，她忽然觉得曾经的一切就像做了一场梦，遥远极了。

陆成诵是梦里的主角，而她因为太过幸运成了他的女主角。可是故事总要结束，回到现实世界，她又是那个普普通通的女孩子了。除了第一期陆成诵硬拉她看那次，初宁从来没有看过他们一起录的节目，觉得那里面的自己实在羞耻。天黑下来后，她点开视频，趴在桌子前静静地看。

她看到陆成诵把唇釉认成指甲油，看他穿着立领衬衫信心满满地站在镜头前；她看到自己说好要做他的助理，结果上车之后睡着了，而他把她脸上歪下来的墨镜小心翼翼地给她戴好；她看到他们在小岛的帐篷里聊天，手牵着手睡觉，看他即使害怕还强装镇定；她看他们在学校里拍摄写真，笑得真的开心，就像感受不到镜头那样开心。

叹了口气，初宁看着邮箱里前一段时间收到的写真集文件，当真是恍若隔世。

“你不会在看你自己的节目吧？”这边初宁正在伤春悲秋，背后忽然传来阿隋凉凉的声音。她吓了一跳，坐直了回过头：“我都没看过，看看怎么了？”

“你不是说觉得很羞耻，所以不肯看，还不让我们看吗？”阿隋挑眉。

初宁脸上的表情很平静，就像是黑山老妖看着新来的聂小倩：“那你们看了吗？”

正在竖着耳朵听她们俩对话的哉哉和小鱼心虚地加快了敲击键盘的速度。

阿隋：“我们就是好奇，都是自己看自己的，从来没有聚在一起看，更没有偷偷嘲笑过你。”

初宁觉得自己的头更疼了：“你快闭嘴吧……”

虽然阿隋说话偶尔双商集体下线，但是不得不说，初宁现在的心情比刚刚好了不少。把视频关掉，想起邓杨通知她明天去公司取一下之前留在节目组的东西，她回过头看向几个人：“谁明天陪我去一趟陆成诵的公司？我有点东西在那边，节目不录了，我得拿回来。”

阿隋耸肩："我明天约了一个家教的面试。"

哉哉也摇头："明天游戏里有比赛，我走不开。"

初宁把目光放在小鱼身上，小鱼一愣，随后马上反应过来："公司里有好看的男孩子吗？"

"我觉得陆成诵就是最好看的了。"

小鱼叹息："啊，那这个公司还真的是没人了啊。"

话音未落，初宁的抱枕已经砸了过来。原本积压在心里的那点惆怅，算是被室友们治愈得差不多了，初宁决定第二天拿完东西就彻底整理好心情，她毕竟只是个粉丝。

绯闻会过去，他们也都会回到自己的正轨上。

04

初宁去取东西那天，临出门给自己化了个淡妆，顺便挑了件好看的衣服。既然怎么样都会被大家围观，那还不如让自己看起来精致漂亮一点。见初宁化了妆，小鱼觉得自己不能邋邋遢遢跟着去，于是把抽屉里闲置了半年的化妆品也翻出来好好打扮了一下。

走出寝室的时候，两个人还真的得到了不少的回头率，初宁希望那不是因为自己还站在绯闻的风口浪尖上。

她以为自己到了公司只需要找到邓杨拿东西就可以，却没想到陆成诵也在。绯闻之后的第一次见面，陆成诵正坐在屋子里看剧本，初宁敲敲门便进来了，一时间两个人大眼瞪小眼。半晌，陆成诵才开口："你怎么来了？"

"我来找邓杨哥拿我的东西。"

初宁回答得老老实实，站在她身后的小鱼试图探头向里看，还没来得及踮脚，忽然听到背后一声呵斥："你在别人办公室门口鬼鬼祟祟的干吗呢？"

这声音太威严，颇有高中班主任的风范，小鱼吓了一跳，回过身朝说话的人看了一眼。后者明显一愣，随后语气也跟着放缓："你找谁呀？这是办公室，没有允许不能随便进的。"

小鱼眨眨眼，虽然不太理解面前的男人怎么会突然之间态度大变，但还是如实回答：“我陪初宁来拿东西的。”

“小初来了啊？”邓杨轻笑，走进门里就看到初宁。大概是有些拘谨，初宁没坐下，陆成诵正弯腰把她的东西从柜里拿出来装进袋子。

屋子里很安静，小鱼觉得这场面跟自己没什么关系，她就是个帮忙拎包的，还是退远一点比较好。还没走开，她就听到邓杨在里面朝她招手：“那个小同学，你也进来，坐那儿等着，站着多累呀。”

陆成诵和初宁一起用见鬼般的表情看向邓杨，不明白他今天为什么满脸写着诡异的慈祥。对此，邓杨并不自知。在他的热情呼唤下，小鱼为难地跨进了门，又为难地在沙发上坐了下来。

初宁一脸困惑。

小鱼递给她一个比她还困惑的眼神。

在小鱼的困惑里，陆成诵装好了东西，把袋子递给初宁。今天的邓杨一反常态，不仅态度温和，甚至愿意百忙之中抽出时间亲自开车送初宁和小鱼回学校：“你看你们两个女孩子拿着东西多沉啊，我肯定要开车送的。”

初宁拿着手里还不到三斤的袋子不知所措：“真不用，我们坐地铁就直接回去了。”

邓杨不给她们拒绝的机会，抬腿出门，顺便叫小鱼跟他一起去帮他拿点东西。虽然不知道还有什么东西可拿，小鱼还是乖乖跟去了，留下初宁和陆成诵在原地沉默不语。

初宁摸摸鼻子，表情有点尴尬：“邓杨哥今天好像心情很好的样子。”

“不可能，早上他还因为我昨天健身少了半个小时训了我一顿。”

“那他怎么忽然……这么慈祥？”

陆成诵撇嘴：“鬼知道。”

再没有什么话可说，初宁站在原地，晃晃手里的袋子：“那没什么事了，我走啦。”

“你就这么走了？”陆成诵有点不理解，难道不应该来个告别的拥抱之类的吗？

初宁也很疑惑，不知道他眼里的遗憾是为了什么，站在办公室门口看着他，半晌才茫然地挥了挥手："再见。"

陆成诵忽然觉得心里很委屈。这可是曾经跟他同床共枕的女人啊，居然就这么轻描淡写地跟他说再见？他叹了口气，冲她挥了挥手："好吧，再见。"

小模样很是哀怨。

在他的意识里，觉得这一面或许就是他们这么近距离接触的最后一面了。好像很多遗憾，每一个都来不及弥补。他其实是想抱抱她的，无关任何欲望地抱抱她。可能像网友们说的，初宁真的是一个再普通不过的女孩，普通到放在人群里转眼就会被淹没。但是只有她，站在他身边，把那些虚无缥缈的崇拜具象化。

然而他到底不敢唐突，没有上前。他看着初宁转了身，留给他一个小小的背影。

其实她挺好看的。

绯闻到底是绯闻，随着节目结束，陆成诵和初宁之间的互动消失，新的话题不断涌现，也就没人再对他们感兴趣。姜岩几次想找陆成诵出来吃饭，顺便问问这件事，但是陆成诵近期行程比较忙，都拒绝了。

春天已经完全来了，5 月中旬的天气美好得令人走到哪里都想深呼吸。下班回家的路上，陆成诵买了点水果，刚进家门，就听到陆成诗坐在沙发里一声叹息。

"叹什么气呢？"陆成诵把水果拎到厨房去，转身看她。

"看看当初绯闻时候，你们被拍到的这张照片，要不是我当时也在，我可能都要信了你们是一对。"陆成诗把平板举起来，照片里陆成诵正低头跟初宁说话，不知说了什么，两个人都是眉开眼笑。初宁看起来年纪很小，俨然是稚气未脱的学生模样，而陆成诵相比之下成熟不少，两个人这么坐在一起，反差感让他们看起来像是天造地设的一对。

陆成诵翻了个白眼，在沙发上坐下。距离这件事已经过去了半个月，这半个月的时间里，他忙于工作，没怎么上网，更别提得到关于初宁的消息。以前每周都会见面的人忽然消失在生活里，任谁都会有些不习惯。

陆成诵葛优瘫在沙发上，叹了口气："也不知道小初现在怎么样了。"

"还能怎么样，继续过日子呗。好像她们再有一个月就期末考试了，现在肯定在拼命学统计学，忙得很。"

"你怎么知道？"

"封十里告诉了我一些。"

陆成诵猛地睁开眼看她："你跟那小子联系了？还聊天了？"

"人家兢兢业业给我发了那么久的天气预报，我就算是出于礼貌也该回一句什么吧。"陆成诗瞪圆了眼睛，每到理亏的时候，她都喜欢这样虚张声势。知道陆成诵不好糊弄，她眨眨眼，转移话题，"你干吗那么在意她？关心人家过得怎么样就自己去问啊。你们录节目录了那么久，你都没要她微信吗？"

陆成诵的注意力被成功转移，现在他们是虚张声势兄妹组，就看谁能赢了谁。

陆成诵瞥了她一眼，保持自己摇摇欲坠的高冷人设，语气不屑道："我要她微信干吗？以后又不会有联系，说得就像你有她微信似的。"

谁知道陆成诗马上挑眉，得意地说："我有她的微信啊，我们平时就在微信里聊天。"

陆成诗接着得意道："你要是想要的话，我可以给你哦。不过你得答应我，帮我要我喜欢的那个男团的签名。"

陆成诵冷哼一声："谁想要了？你哥哥我可从来没主动加过别人。"

"不要算了。小初姐每次发的朋友圈都特别有趣，全是微博上看不到的东西呢。前几次录节目她还提到了你，不过我觉得你应该不感兴趣。"陆成诗说着站起身，准备去厨房看看陆成诵都买了什么水果。

半分钟后，陆成诵晃悠着跟了出来，幽灵似的站在她身后："她提到我什么了？"

"忘了，反正你也不在乎嘛。"陆成诗剥了根香蕉塞进嘴里，"你不还一直觉得人家是黑粉吗？"

陆成诵抿抿嘴，压着自己的火气，开口："男团的签名五份。"

"队友一人一张，还要附送专辑。"陆成诗扬起下巴。

“专辑你不会自己买吗？”

“那算了。我想想小初姐还发过什么来着，自拍吧？还是什么？”

“好，附送专辑。”

“去立张字据，要不我不相信你。”

“陆成诗，你不要太过分。”

“随便你，反正我无所谓的，又不是我暗恋人家。”

陆成诵终于奓毛：“你说谁暗恋她了？”

陆成诗懒得理他，推开他直接回房间。两分钟后，房门下面塞进来一张小字条，是陆成诵立好的字据。他觉得自己上辈子大概跟陆成诗是仇人，这辈子才会变成兄妹彼此折磨。半分钟后，房门被打开，陆成诗把自己的手机扔给他：“加吧。”

看着那串微信号，陆成诵半是兴奋半是紧张地给初宁发了好友申请。

他觉得自己第一次上秀台都没有这么紧张过。

初宁正坐在电脑前对着 SPSS 做数据分析，满脑子都是糨糊，眼看着又要考试了，但她好像还是什么都不会，这么一想，就觉得心情差到了极点。低头看到一个陌生的人加自己微信，备注居然写的是陆成诵的名字。她有点哭笑不得，转头看向室友：“你们知道吗，有个人加我微信，还说自己是陆成诵。”

小鱼：“疯了吧，陆成诵加你微信？之前都闹绯闻了，别是哪个黑子来找你碴的。”

哉哉：“他是陆成诵，我还是林志玲呢。”

阿隋：“那我是刘亦菲，哈哈哈哈……”

初宁觉得她们说得很有道理，低头回复道：“你是陆成诵，我还是他的亲妈呢。”然后很霸气地点了拒绝，扔掉手机接着做数据分析。

另一边原本既紧张又兴奋的陆成诵盯着回复，像是被人兜头倒了一桶冷水，脑海里又开始魔音循环：你可以叫我亲妈，你可以叫我亲妈，你可以叫我亲妈……

第九章
暗恋这件小事

01

好友申请被无情驳回之后，陆成诵终于开始思考，为什么自己这么想确定她现在过得怎么样呢？思考了很久，未果。第二天的杀青宴上，只有他一个人因为睡眠不足好几次走神。杀青宴的地点是公开的，他下车的时候早就有一大批粉丝和记者等在外面，原本邓杨打算带着他从后门溜进去，却遭到他的坚决反对。

万一初宁来了，拍不到他岂不是就白跑一趟了？

陆成诵也没想到自己有一天会对一个粉丝上心到这种地步，而那位风雨无阻跑前线的粉丝今晚却没来。他伸着脖子看了半天也没看到初宁的影子，倒是引来了一堆记者。好不容易把记者应付过去，陆成诵被邓杨护着往店里走，走出两步还不甘心地回头，企图看看初宁来了没。

结果让他满怀失望。

要是有哪家记者眼尖，就能发现陆成诵满脸都写着“我在等人”。不过现在绯闻热度已经过了，人们更愿意把关注点放在陆成诵的下一份工作上。

陆成诵参加杀青宴还心心念念的人，此时正坐在寝室里抓耳挠腮地做题。最近统计学课上留的作业越来越多，有时候课堂上写不完，就只能带回来加班加点地做。初宁本来想去杀青宴的，但是实在抽不开身。她最近刚刚接手后援会站子，虽然点点姐事无巨细地跟她交接了一遍，但很多事情还是第一次接触，不太熟练。学业和追星的双重压力让初宁最近心烦得就像提前进入了更年期，正好之前传了绯闻，避嫌也好，逃避也罢，这次前线她坚定地没有去。

写完全部的题已经是夜里10：00，寝室还有一个小时断电，她趁着这个时间登录站子的官方微博，转发了几张新闻图，然后又切回自己的号去看首页的消息。陆成诵今天的状态看起来不太好，遮瑕膏都挡不住黑眼圈。她皱皱眉，又去刷私信。

绯闻爆出之后，她的微博基本就处于瘫痪的状态，即便现在大环境里的绯闻已经过去，私信框里的质问还是不消停。一溜儿的私信看下来，初宁有点泄气，没有回复的欲望，只是机械地刷着留言。

半个小时前，"陆成诵天下第一帅"给她发了一条私信：今天杀青宴怎么没有你拍的图？

不止他一个人这么问，玩得好的几个人刚刚也在群里问她来着。初宁原本不想回的，但是他的留言在一众留言里显得真挚许多，她动动手指，还是回复道：太忙了，抽不开身就没去。

那边的人似乎就在等她的回复，消息出去的第一秒就显示已读。

陆成诵天下第一帅：忙什么呢？

小初是亲妈：学习。

陆成诵天下第一帅：之前的绯闻对你的生活没什么影响吧？看你好久不发微博了呢。

小初是亲妈：还好，绯闻差不多已经过去了。

陆成诵天下第一帅：绯闻是假的吧？

小初是亲妈：当然了，我可是个"亲妈粉"，喜欢陆成诵就像"乱伦"，不可能的。

陆成诵天下第一帅：那万一陆成诵喜欢你呢？

小初是亲妈：那就更不可能啦。

陆成诵天下第一帅：我是说万一，你可以想一下啊。他追你的话，你怎么办？

小初是亲妈：我大概会因为“乱伦”而被饭圈女孩们集体浸猪笼吧。

陆成诵天下第一帅：……

初宁比陆成诵整整小了六岁，却总是以亲妈自居。陆成诵抱着手机坐在保姆车里，不知道该怎么回。看着自己最后发过去的那个省略号显示了已读，却没有再被回复，他于是知道初宁也不想再跟他继续这种没营养的对话。

话虽然那么说，但任何人都保有做梦的权利。初宁坐在电脑前，还真的陷入了沉思。她想不明白的事情一般会去问室友，于是她扭头问道：“你们说要是有一天陆成诵追我，我要不要答应？”

阿隋仰脸把面膜抚平，语气就像在安慰一个智障的孩子：“不会的。”

“为什么觉得我不会答应？万一我脑子一抽就想‘乱伦’了呢？”初宁认真地看着她。

哉哉坐在一边好奇地看着阿隋敷面膜，听到这话之后同情地看向初宁：“她说的不是你不会答应，是陆成诵根本就不会追你的。”

“那万一陆成诵就瞎了呢！”初宁表示不服。

小鱼转头看向她，眨眨眼：“要是有一天陆成诵真的瞎了，那我就给你把淘宝的购物车结了。”

哉哉：“哇，赌这么大？”

初宁简直要暴走，室友们对她真的是很有信心呢——不被陆成诵喜欢的信心。

进入6月，陆成诵的电视剧结束，跟徐崇航的新剧预计9月才开拍。有了一个小假期，绯闻的事情也渐渐平息下来了，他每天都过得很轻松，没事的时候就去健身房锻炼，过得规律又养生。相比之下，初宁过得比较苦逼，期末了，她一边忙着写各门课的期末论文，一边还要准备很难的统计学考试。还好陆成诵没什么行程，她默默在心里祈祷他这段时间不要接新工作，不然她真的要忙死。

比较神奇的是，经过一个月的时间，初宁在微博上跟那个男粉聊得还挺开心，“陆成诵天下第一帅”在很长一段时间陪伴着她的期末。当然，一直到这个时候，初宁依旧不知道那就是陆成诵的小号，而陆成诵倒是不动声色地把她的性格、爱好摸得门清。

对于自家哥哥的行为，陆成诗表示不能理解：“你怎么婆婆妈妈的啊！喜欢就追啊，你不是从来不喜欢暧昧的吗？”

“我好歹是个明星，我有我的骄傲好不好？”陆成诵昂起头，很有压迫感地看着她。下一秒，手机微微一振，是初宁的回复，他脸上的傲娇立马退去，低头欢天喜地地回复私信去了。

他的骄傲大概就是暗恋吧。

陆成诗觉得她哥大概是魔障了。

而身为亲妹妹，她觉得自己有必要去充当一个助攻的角色，不能让这两个人再沉溺在网恋的深渊里了——她哥这得拖到什么时候才能把媳妇拐回家啊！而且不用猜都知道，她这位智障哥哥可能根本就没让人家看出来自己的喜欢，万一初宁只把他当作云备胎，那就悲剧了。

陆成诗越想越觉得，自己责任重大。

只是让陆成诗没想到的是，自己这边还没出手，倒是被邓杨抢了先。

统计学考试安排在了最后一科，考完出来的时候，初宁觉得自己险些要虚脱。估摸着分数应该不会挂，于是便撒了欢地跟着室友出去嗨了。她暑假报了校内的支教团，要去山区里支教半个月，在这之前，还有一周的时间待在北城。想想也是要进山的人了，所以来约她的，她基本不会拒绝。

让她惊讶的是，几乎考试刚一结束，她就接到了邓杨的电话。电话里的男人说是要给她庆祝一下这学期顺利过去，非让她带着自己的室友们出来一起吃饭，他请客。初宁已经很久没跟邓杨联系，他忽然说要请客，到底是显得突兀。而室友们除了小鱼，都没见过他，这个行为不止突兀，甚至还透着点诡异。

在初宁看来，她跟邓杨之间的关系还不如跟陆成诵来得熟悉，怎么想也不觉得自己有理由去赴约。顾及邓杨的面子，初宁在回绝的时候用了比较委婉的说法，大意是自己刚刚考完试，室友们也很累了，何况都不太认识，就不去了。

邓杨好歹是个在娱乐圈混的人，话说到这份上也该明白是什么意思。谁知初宁这句话刚发过去，邓杨那边秒回："我把陆成诵带上，大家不是都认识他吗？"

初宁："大家也只是单方面认识他吧……"

邓杨："那就只带上次陪你来公司那个，她见到了，应该比较熟。"

话说到这里，初宁脑子里的两根筋猛地搭在一起，瞬间开窍——邓杨大概是看上小鱼了。小鱼虽然平日里总是一副工科宅女的样子，但是其实身材高挑，衣品也好，因为懒得剪头发，现在已经长发及腰，只要稍加打扮，走出去就能吸引无数目光。偏偏人家对自己的美貌毫无察觉，宁可在大学期间多破译几个电脑软件，也不愿意跟男人打交道。

倒也没受过什么情伤，只是觉得麻烦，从最开始就杜绝麻烦的产生。

666 寝室作为万年单身寝室，小鱼起到了优秀的模范带头作用。

初宁摸了摸下巴，觉得以邓杨的自身条件，能追到小鱼的可能性不大，犹豫了一下，还是决定把话摊开来说："邓杨哥，我知道你什么意思了，你是不是喜欢我那个室友啊？"

那边很快回复了一个"害羞点头"的表情。

初宁："我这个室友没有恋爱的打算，而且年纪比你小挺多的，各方面你都能找到一个更好的人，所以我们还是不去吃饭了吧。"

邓杨："小初，我这里有一份陆成诵的签名杂志，我本来想吃饭的时候给你的。"

初宁的心猛烈一颤。

邓杨："还有一些当时在香港走秀留下的私图，不是外媒拍的，是我拍的，后台。"

初宁的心开始剧烈动摇。要知道私图这种东西是多么珍贵，不知道还好，现在知道了却不能拥有，对于她这个追求完美的粉丝来说还是太残忍了。初宁双手握拳，在电脑前闭了闭眼，告诉自己追星是要有底线的，不能为了这种事出卖室友。

"去呗，还能赚一顿饭。"

小鱼不知道什么时候出现在初宁背后，吓了她一跳，她回身的同时几乎想抱住小鱼的大腿："你答应了？小鱼我就知道你最好了，呜呜呜呜。"

小鱼无奈地仰头："我有什么办法？还不是为室友两肋插刀。"

初宁："呜呜呜……"

02

对于初宁带着小鱼出去吃饭的行为，哉哉和阿隋给予了十足的鄙视。在初宁询问她们是否要一同前往的时候，两个人又一致地摇头拒绝。初宁知道她们俩肯定是这个德行，催着小鱼化好了妆，也差不多快到跟邓杨约定的时间了。

按照约定，邓杨会把车停在校门口，初宁为了不让人家等，拉着小鱼早早就从寝室出发了。谁知道邓杨比她们还积极，距离约定时间还有二十分钟，初宁便远远看见他的车开了过来。

果然，男人在中意的女人面前，永远表现得比平日里要积极。走近了，初宁笑眯眯地弯腰打招呼，话还没出口，目光便跟车后座上的陆成诵对上。她一愣，原本打算打开副驾驶车门的手也跟着顿住。

"他最近也没什么事，听说我要请你们吃饭，就一起跟着来了。"邓杨脸上笑容洋溢，一边跟初宁说话，一边笑着跟后面的小鱼打招呼。

初宁闭了闭眼，怎么都觉得现在的场面有些尴尬："要是再被拍到照片怎么办？那就真的不好了吧！"

"不会的，这次吃饭的地方是我选的，稳妥得很。"邓杨拍拍胸脯，"快上车吧，别在外面站着了，太阳还没落山，别把你们晒黑了……"

后座的陆成诵靠着椅背露出一个哭笑不得的表情，双手抱臂，闭上眼睛假寐。虽然这次吃饭是他自己死皮赖脸跟着来的，但是在初宁面前，绝对要将高冷人设保持住——毕竟以他多年拍电视的经验来看，越是让女人捉摸不透的男人越有魅力。

他这么眼睛一闭省去了很多麻烦，站在外面的两个女孩子倒是有点不知所措。小鱼坐在副驾驶不合适，毕竟和邓杨不熟；坐后面更不合适，因为她跟陆成诵也不熟。初宁挠挠头，没等说话，就被小鱼拉开后面车门，直接塞到了陆成诵身边。

小鱼："我跟陆成诵是真的不熟，跟他坐一起别扭死了。"

邓杨和陆成诵这两个男人脸上不动声色，心里几乎同时发出了雀跃的欢呼。车子启动，往饭店的方向去，受狭小空间限制，四个本来不怎么熟的人不得不开始尬聊。

比如——

初宁："好久不见了，你最近过得挺好的吧？"

邓杨："就是的，好久没见了，我现在见到小初都觉得有点陌生了，哈哈哈。"

陆成诵："怎么就好久没见了？你昨天晚上不是还转发了我的微博吗？就是我自拍的那条。"

再比如——

邓杨："小鱼是初宁的室友吧？"

小鱼："是啊。"

邓杨："那这么说你也是大学生了？"

初宁、陆成诵在心里发出疑问的声音：这人说什么呢？

小鱼硬着头皮点头："嗯，我是她同学，当然也是大学生了。"

邓杨笑得更开心了："大学生好啊，大学生，有文化！"

保持着两分钟冷场一次的频率，车终于到达饭店。之前跟老板打过了招呼，直接从地下车库上去，所以陆成诵只是象征性地戴了顶帽子，下车之前想了想，他把口罩扔给初宁，嘱咐道："我先走，你们过一会儿再上来。"

一想到接下来吃饭的几个小时里，也要重复这样的尬聊，初宁和小鱼便默契地心生绝望。但好歹是冲着陆成诵的签名和私照来的，不会空手而归，也就不显得那么悲惨。上了电梯，进了包厢，邓杨一直假装对初宁她们专业很感兴趣的样子，不断制造和小鱼之间的话题。就连落了座，他也没有停止自己的好奇："那你们学经济管理的人是不是逻辑思维都很强啊？"

坐在一旁点菜的陆成诵差点笑出来，邓杨估计是憋了半天才憋出了

“逻辑思维”这么个词。小鱼也笑，一边笑一边点头：“我看邓哥对我们的专业挺感兴趣的，好像还知道那么一点，不如我们边吃饭边好好聊聊吧？”

邓杨脑子里瞬间浮现出两个人把酒言欢的画面，连忙附和着点头：“好！聊！我就喜欢这些高端的东西！”

坐在陆成诵身边一起看菜单的初宁默默低下头偷笑。

陆成诵瞥到她的小动作，压低了声音问：“你笑什么？”

“小鱼马上就要开启智商碾压模式了，追她的男生都是这么被她赶走的。不信，一会儿你就看吧。”

陆成诵偏头看了一眼，听到小鱼语速极快地在跟邓杨讲述卡方检验。他淡定地回了头，问初宁：“有男生追你吗？”

没想到他会突然问这种隐私问题，初宁虽然很想炫耀，但无奈真的没有，自她上了节目之后就更没有了，摊手道：“可能是知道我追星，根本没有男人来追我。”

“追星怎么了？”

“大概追星对于女孩，就像游戏对于男孩，都是会让另一半觉得不爽的爱好。”

“那可不一定，女孩子有可能真的嫁给自己追的明星，男人能娶游戏吗？”

初宁一愣，想抬头看他，不巧正好撞在陆成诵下巴上。他吃痛，轻哼了一声，微微眯眼：“你是不是跟我下巴有仇？不是拿相机砸，就是自己往上撞。”

“对不起对不起……”初宁连忙伸手去帮陆成诵揉，被他偏头躲开。眼看着对面的小鱼马上就要开始给邓杨讲下一章了，陆成诵觉得作为朋友，还是帮邓杨一把比较好，便打断他们的对话，把菜单递过去：“我俩点完了，看看你们想吃什么。”

这话对于邓杨来说像是救赎，接过菜单的时候几乎眼含热泪。当然，小鱼亲手为他打造的炼狱并没有结束，在吃饭过程中，他们聊完了统计学，又开始聊小鱼更加擅长的计算机。

坐在对面的初宁和陆成诵很安静地低头吃饭，谁也不打算加入这个根本不属于他们的话题。相比之下，两个人之间的气氛和谐美好许多，在最后一块排骨没有被邓杨夹走之前，陆成诵不动声色地把它夹到初宁碗里。

“谢谢。”初宁低声说这话的时候，抬头看了他一眼。距离太近，陆成诵耳朵一红，脸上依旧高冷如初：“你室友知识面很广啊。”

“对啊，她超级厉害的。”

“你就没有什么业余钻研的东西？”

初宁想说我业余钻研的都是你啊，又觉得这样说出来显得有些轻浮，脑子顿了一秒，回答道：“我暑假要去农村支教。”

陆成诵拿着筷子的手停住，转头看她：“具体什么时候？”

“就一周之后，等其他队员考试结束了就出发。”

“去哪里？”

“云南的一个小山村吧。”

陆成诵不好再问具体地址，估计她自己也说不清楚，便换了个话题问道：“那你站子那边不管了吗？”

“站子那边暂时请假没问题的，反正你现在新粉丝那么多，也不像最开始那么缺人了。”

心里不知怎么的有些失落，陆成诵放下筷子，状似不经意地问：“去多久？”

“半个月。”

半个月的时间倒是不长，但是加上来回的准备和路途上所用的时间，暑假也就过去了。陆成诵没了什么胃口，他这边刚刚觉得自己可以确定心意，转头人家却要走了，有些事一旦搁置下来，再捡起就难了。

再抬头看看正襟危坐仿佛在听讲座的邓杨，陆成诵心里竟然生出一些荒谬的羡慕。

一直到这顿饭吃完，小鱼似乎意犹未尽。回去的路上，初宁和小鱼坐在后座，看到邓杨开车时神情都有些恍惚。陆成诵提议自己来开车，反正今天都没喝酒，邓杨严词拒绝——如果不开车，他是不是还要跟小鱼找话题？

大二结束，暑假开始的时候，小鱼如愿又吓退了一位还没来得及献殷勤的追求者。也是这个时候，对陆成诵的心思一无所知的初宁踏上了支教之路。在跟相关人员交接好饭圈工作事宜后，她发了一条票圈，跟大家暂时告别，封十里作为她身边唯一可以利用的男性劳动力，自然是要来送行的。听说初宁要走，陆成诗也跟着封十里来了车站。

这大概是封十里第一次成功把她约出来。

初宁离开的那个晚上，陆成诗罕见地跟封十里一起吃了一顿饭，席间封十里拉着她的手跟她讲述了自己的深情不渝。回到家之后，陆成诵问她去哪儿了，陆成诗也不瞒着，直说自己跟封十里去送小初姐，顺便吃了个饭。

陆成诵很震惊："你答应封十里跟他吃饭了？"

陆成诗点点头，不以为然："人家天天给我发天气预报，我总要有点表示吧。"

原来女人竟然是这么没原则、这么容易感动的生物。陆成诵对她的行为表示了严重的鄙视，然后默默回了房间。

另一边，刚刚上车的初宁微博收到一条新私信。

发信人：陆成诵天下第一帅。

信息内容：云南明日天气预报。

03

陆成诵不知道的是，那一天封十里和陆成诗的会面，更像一场赤裸裸的交易。面对面坐着的所有时间里，陆成诗都在事无巨细地打听初宁的信息，最终连她小时候养过一条叫肥肥的狗这种事都摸得一清二楚。

"肥肥在我姐出生那年出生的，和她一起长大，直到我姐上了初二，那条狗才老死。"封十里坐得端正，像是随时等待老师提问和表扬的小学生。陆成诗点点头，接着问："那你姐之前有过男朋友吗？"

"据我所知，应该是没有。不过她高中的时候好像暗恋过他们学校的一个学长，但是那个学长有女朋友，所以她的暗恋就不了了之了。"

陆成诗猛烈点头，把这些信息都记在本子上。

看她奋笔疾书连东西都没有吃，封十里把买好的小蛋糕往她面前推了推："不过，你问得这么细干吗啊？"

"帮我哥问的。"陆成诗看他一眼，"你没看出来我哥喜欢你姐吗？"

封十里很诚实地摇头："没看出来。"

看不出来很正常，毕竟不是所有人都像她一样了解陆成诵那个白痴。陆成诗把小本本合上，五指向上朝封十里伸手，试图跟他来一个击掌："今天这些信息多亏了你，下次我请你吃饭！从今天开始，我们就是盟友关系了！"

封十里娇羞地伸手过去，不等她反应便与她十指紧扣："好，都听你的。"

而另一边，坐在火车上的初宁对着那条天气预报呆呆地看了很久，觉得他大概是发错了。聊得久了，她发现这个人并不如自己最开始认为的那样傻，相反，有一些事情他看得很透彻，甚至能给她有用的建议，但是初宁始终想不通，这样的人怎么会蠢到在一开始跑来问她是不是黑粉。

再看看现在他们聊天的内容，初宁甚是欣慰，他果然是被自己的人格魅力感化了。

在私信发出去第四天还是没有被读的情况下，陆成诵坐不住了："你说她会不会是有什么危险啊？山里面信号是不好，这个时代了，谁能做到一周都不看手机啊？"

陆成诗咬了口苹果，看看墙上的日历，帮他纠正："其实小初姐才走了四天，还不到一周。而且他们那是正规支教团，跟那边的学校都有对接，不可能出事的。"

"你有她电话吗？"

"封十里肯定有，你要干吗？给她打电话吗？"

陆成诵傲娇地挺直了背："我不打，你打吧。"

陆成诗就知道他会是这个样子，宁可跟姜岩跑到健身房去举铁，也不愿意坐下来仔细想想自己的心意。她撇撇嘴，神色冷漠："又不是我担心人家，我打什么电话？”

这话说得完全没问题，陆成诵到底是爱面子，不好再说，只能带着闷气去健身房跑步。跑到一半忽然记起了姜岩这个单身人士，于是打电话把他也约了过来。

“所以你感情不顺了才想起我了？你拍真人秀那时候，可是好几次拒绝了跟我喝酒。”姜岩来到健身房的时候，陆成诵刚从跑步机上下来。姜岩扔给他一瓶水，在他身边坐下，“说吧，哥哥来开导开导你。”

“谁说我感情不顺了。”男人这种心事，真的要说出来还挺难为情的，况且他也不是感情特别外露的那一类人。他这德行姜岩自然是清楚的。把矿泉水拧开，仰头喝了一口，姜岩问：“你那小粉丝去哪里了？节目结束了，你俩私下没联系一下？”

“她去支教了。”

“支教？去哪儿啊？她大学不念了啊？”

陆成诵用一种看没文化人的眼神看了他一眼，又像个有文化的人一样叹了口气：“就是暑期支教，走半个月就回来了。”

姜岩原本真挚的眼神黑下来：“那你在这儿娘们唧唧地伤感什么？我还以为她回头就嫁山里不回来了。”

“谁说我是因为她了？”

“请问你身边有别的女人吗？”

陆成诵语塞，被姜岩堵得一句话也说不出来，那瓶水在手里转来转去都快被他捏扁了。姜岩把惨不忍睹的瓶子拿回来，摇头：“陆成诵，你真是让我刮目相看。当初咱们俩一起去巴黎面试的时候，都没见你这么窝囊。你不就是怕人家不喜欢你，你说了她直接不理你吗？你要是觉得你俩差距真的那么大，干脆就从现在开始好好整理心情，别再打扰人家。那样的好姑娘，等以后毕业了不愁没有男人追，怎么都比跟你强。”

陆成诵又想站起来举铁了。

“我那边在接洽一部公益短片，正好是去云南的，你要是想去就给你。”姜岩打断他，满意地看着陆成诵因为再度深呼吸而大了一圈的胸围，“所以，你是要继续举铁，还是现在去找邓杨哥商量这件事？”

他说着，把名片从兜里拿出来，递到陆成诵面前。

两秒的沉默后，陆成诵抓起名片就往外走。

姜岩在后面叹着气摇头："好，又把我丢下了。"

陆成诵决定去云南拍宣传片这件事，让公司措手不及。不过公益项目一向刷好感，送上门的生意没有不做的道理。这次的行程定得仓促，公司没有对外放出消息，粉丝站那边自然不知道。

而作为粉丝站外围人员，陆成诗此刻正抱着手机跟封十里约第二天吃饭的地点。

"你哥明天就要走了，你不跟我说说话还在那里玩手机？你跟谁聊天呢？"陆成诵嘴上这么说，脸上倒是一点离别的忧伤都没有。

陆成诗没抬头，嘴上应付他："你又不是第一次出门，反正不是去几天就回来吗？我说你怎么也正好去云南，不会是奔着小初姐去的吧？"

"怎么可能？我是去工作。不过，我们之间太有缘，要是碰上了我也没办法。"

陆成诗嗤笑："小初姐在大山里，怎么可能跟你碰上？"

"哪个大山？具体地址有吗？"

陆成诗仰头看他："我为什么要告诉你呢？"

陆成诵："一百。"

"云南哪里来着……"

"两百。"

"我看看手机，小初姐给我发过定位吧……"

"五百。"

"好的，你等着吧。明天我跟封十里吃饭的时候，就让他给他姐打电话问问，然后告诉你。"

陆成诵咬咬牙，猛然又觉得不对劲："你跟封十里吃什么饭？"

"还不是为了你们！"陆成诗表示自己最近真的操碎了心。

04

作为一个陷入爱情不具备理性思维能力的直男，封十里还没等菜上齐就已经打电话把初宁那边的情况问了个清清楚楚。放下电话后，他简明扼要地给陆成诗汇报了地址，顺便加了一句："据说他们支教团里七男五女，这种活动很容易滋生感情啊。"

陆成诗单手撑着下巴看他："为什么？"

"支教团去的都是偏远山村，环境又闭塞，甚至有的地方连语言都不通，男男女女在一起天天厮混，不混出点感情来才怪。"

坐在飞往云南的飞机上，陆成诵觉得自己的心都是悬着的。因为陆成诗发过来的地址实在是太偏远，邓杨根本不允许他去。宣传片也不是在山区拍，节目组也不可能陪着他上山下乡地找初宁，陆成诵眼下只能先把宣传片拍完，然后再按照地址自己找过去。

然而这个要求还是被邓杨无情驳回。作为一个艺人的经纪人，邓杨对于艺人的安全是有责任的，万一陆成诵在这一趟路上出点什么意外，他可没办法跟公司交代。陆成诵跟他商量了很久，邓杨都坚定地不肯松口，最后两个人的谈判陷入僵局，一直到下了飞机也没缓和。

"所以，即使不是在工作期间，我的人身自由也得受你控制？"

"我是对你负责，也是对我自己负责。"

这样的话换着方式说了很多遍，他们像是陷入了死循环的两个辩手，谁也不肯先认输。宣传片拍了几天，邓杨也还是不许他私自行动。其实他心里也明白，邓杨禁止的不只是他私自外出，更是暗暗阻挠他去找初宁。事业上升期的人，总不该把心思放在恋爱上。

这么较劲了几天，眼看着工作就要完成，回去的机票都订好了。陆成诵在电话里跟陆成诗抱怨，觉得这一趟云南跑得冤枉，叫苦不迭。电话那头的陆成诗嘿嘿一笑，给他出主意："你跟邓杨哥说，小初姐的那个美女室友也跟她一起去支教了，现在也在云南。"

陆成诵一愣："你怎么知道？小初跟你说的？"

"我不知道啊，我只是在帮你想办法。"

登机的前一天晚上，吃饭时陆成诵一边摆弄手机，一边貌似不经意地叹了一声："现在的女孩子怎么都想去山区支教呢……"

邓杨知道他说的是初宁，这几天听了太多次他这样的叹息，懒得理他："吃你的饭，明天咱们就回去了。"

"嗯，回去就回去吧。"陆成诵接着叹气，"小初那个室友叫小鱼吧？我还以为那种酷酷的女孩对支教这种事不感兴趣，没想到她也去了。哎，哥你也认识吧？就是上次一起吃饭的那个。"

邓杨拿着筷子的手一顿，明显对这句话上了心。陆成诵接着叹气，饭也不吃了："本来打算一起看看的，算了，回去吧，说不定回北城了有空还能一起吃饭，就是不知道人家还赏不赏光，上次吃饭的时候好像聊得也不是特别开心。"

陆成诵这几句话刀刀戳在邓杨心口。邓杨默默放下筷子，手很诚实地去改签机票："你说你怎么就非得去呢！放你一个人去，我怎么可能放心？还是我陪你一起去吧。"

陆成诵挑眉："哦？"

邓杨白他一眼："明天出发。"

与此同时，留校写数据的小鱼躺在寝室床上，在酷热的盛夏天气里狠狠打了一个喷嚏。她揉揉鼻子，觉得自己大概是花露水喷多了。

最近几天，云南的天气很不稳定，初宁所在的山区因为雷电劈坏了变压器，已经断电断水两天了。队友的最后一块充电宝也即将用完，初宁看着自己手机里仅剩的不到百分之二十的电量，有些担忧。虽然不至于被困在这里，但是毕竟离家这么远，又没有亲人在身边。初宁坐在办公室的桌子前，很认真地祈祷，希望明天能看到希望的曙光。

小时候遇见什么事，她也是这么祈祷的，至于最后实现没有，她倒是不太记得了。第二天，终于不再暴雨如注，天空也得以放晴，但是线路没修好，孩子们因为道路被阻的关系不能来上课。初宁把班级里的桌椅摆好，百无聊赖，就一个人跑到学校对面的小山坡上去坐着。人偶尔需要独处，跟队友们在一起固然好，也总是需要点自己的时间。

在小山坡上待了半天，初宁闭上眼，祈祷接下来可以早点恢复通水通电。

睁开眼，她看着突然出现在面前的陆成诵，两个人大眼瞪小眼。

山区条件艰苦，吃得也不习惯，初宁觉得自己大概是出现了幻觉，就像书生在沙漠里撞见妖娆女鬼一样，说白了都是海市蜃楼。她重新把眼睛闭上，再睁开，陆成诵那张刀削似的面孔还在面前。她眨眨眼，这幻觉未免太过真实，要不再闭眼试一下吧？

在她再度闭眼之前，面前的幻觉开口说话了："你没看见我吗？"

初宁捂着自己的小心脏，差点从山坡上栽下去。

对于他突然出现在小山村的理由，陆成诵和邓杨口径一致——为了拍摄宣传片。

毕竟出来了一段时间，山里网络信号不好，而且也挺忙的，初宁很少看手机，觉得自己错过了陆成诵的新消息也正常。但是拍片子连个导演和摄像都没有，初宁还是表示怀疑。陆成诵眨眨眼，接着瞎编："我们就在周边的那个小县城拍，正好听封十里说你在这儿嘛，所以顺道来看看你。"

初宁愣愣地点头："那你们是不是很快就得回去了？"

"不急不急。小初啊，你室友呢？"邓杨一边说着，一边往山坡下面走。

初宁跟着他下山去，被后面的陆成诵扶了一把，她下意识地抓紧陆成诵的胳膊，回答邓杨道："哪个室友？我室友没跟我一起来支教啊。"

身后的陆成诵猛烈咳嗽起来。

伴随着他的咳嗽声，初宁手下抓着的那部分肌肉都在跟着绷紧。她不明所以，看看一脸通红的陆成诵和面色阴沉的邓杨，好奇道："有什么误会吗？"

邓杨微笑着摇头："没有误会，但是今晚我们就得走了。"

初宁也没多想，当下的情况她也想不了太多，她还沉浸在陆成诵忽然出现的惊喜里："噢，这么匆忙啊。不过我这边的确也没什么可以吃的，水电都断了，吃的还是老乡送来的东西呢。你们早点回去吧，最近总是下雨，等晚上天黑了，路就不好走了。"

她这话说完，让陆成诵产生一种她已经在这里嫁作人妇的感觉。不知怎么的，陆成诵心里竟然有些悲凉，他拍拍自己的胸脯，跟她保证："你等着，下午我回来找你。"

"干吗？"

初宁这句问话陆成诵还没来得及回答，邓杨已经拉着他推推搡搡地往外走了。他最终没能回来找她，倒是托县城里的超市给山区送来了食物和水。那箱水的上面放着张字条，乱糟糟地写着签名似的大字。

“回来见。”

第十章 我好像发现了陆成诵的小号

01

从云南回来的时候，因为经费原因，支教团还是选择了坐火车，不过这次不用跟队友挤硬座。初宁躺在卧铺上听着火车驶过轨道的声音，做梦都是自己在修铁轨。

对床的人早就换了，大概是初宁睡着的时候上来的，是一对面容和蔼的夫妻。初宁起床的时候刚好跟他们目光相对，男人看起来五十多岁，冲她和蔼地笑。初宁一愣，没想到对方会主动跟自己打招呼，赶紧点头，回应了一个礼貌的微笑。

从支教地离开之后，初宁做的第一件事就是爬回饭圈，想看看究竟有没有陆成诵所说的宣传片。结果还真的发现，他确实是为了拍摄来的云南。那也就是说，他并不是专门为她来的，心里原本的小雀跃降下去，初宁看着瓶子中剩了一半的水，告诉自己，别再多想。

她跟陆成诵，今后其实再无交集啊。

“所以，你辛辛苦苦跑了一趟云南，在小山坡上跟小初姐说了两句话就回来了？”陆成诗躺在沙发上，举着手机满脸震惊。

陆成诵面无表情地点头：“不然的话，邓杨绝对会手撕了我。都是你出的馊主意。”想了想，他又摇头，“我还给她买了几箱水和吃的。”

“我不给你出馊主意，你都见不到你的小初。”

陆成诵哼哼唧唧两声，到底没有反驳。

这还真不太像他的性格。陆成诗歪头看了看，他正闭眼躺在沙发上。这么多年，陆成诗已经被陆成诵训习惯了，他忽然这么顺着她的话，她倒有些不习惯：“哥？我说的是，你的小初。”

按道理，这时候他应该奓毛才对啊。

没想到陆成诵欣然接受了这个说法：“虽然现在不是我的，但以后迟早要是我的。你可以在心里练习一下‘嫂子’这个词怎么说了。”

陆成诗猛地从沙发上坐起来：“你说什么？”

“我说，”陆成诵睁开眼，语气坚定，“我决定追初宁了。”

雄心壮志总是来得简单，实施起来却是困难重重。在小号上模仿封十里的套路，给初宁发了大半个月的天气预报，却是一条回复也没收到。算算时间，初宁也快从山区回来了，陆成诵本来打算以接风的名义请她吃顿饭，谁知道新剧就在这时候进组，他原本的清闲假期结束，再度投入到繁忙的工作中。

8 月走到了末尾，陆成诵从网络男一号渐渐向现实男二号发展，星路可谓稳扎稳打，顺风顺水。初宁回来的第一件事就是转发电视剧的官宣。虽然是跟徐崇航合作，但是既然陆成诵自己做出了这样的决定，她的状态也很轻松：我回来了！期待新剧！

饭圈的小粉丝们：大大，你终于回来了！

还有一个陆成诵：小初，你终于回来了！

当然，这句话他也就在心里说说。

大三的开始，初宁觉得神清气爽，摆脱了统计学的阴霾，整个寝室都洋溢着一种大团圆的美好氛围。本来以为接下来的一学期，都可以愉快地玩了，谁知道上课第二天，她们就遇见了测量学。

测量学还是孟教授教，眼下看来，在学院里，她们基本摆脱不掉孟教授的课。小鱼做了一个假期的数据，已经把自己的心态调整得很是佛系。哉哉、阿隋和小初每每看着她和颜悦色地面对着电脑上的乱码，就觉得她大概是心死了。

结束了第一节测量课，初宁终于能静下心来，看看自己不在的这段时间，网上都发生了什么。未关注人私信爆满，她点开只能看到最近的，日期太久的，因为系统原因已经看不到了。饭圈玩得好的人有她的微信，一般不会选择发微博私信，剩下的人就更没有几个人记得她。初宁点开的时候还有点好奇，待看到了内容，整个人都是一愣。

全部的私信都来自“陆成诵天下第一帅”。

他的私信内容可以说是包罗万象，除了每天雷打不动的云南天气预报，还包括很多他们聊过的没聊过的八卦或者知识。大概后面觉得她不会回，所以说的内容更是放飞自我。这个语气和平时聊天的语气很不一样，初宁越看越觉得熟悉，她皱皱眉，点进了这个人的主页。

关注人只有两个，一个是陆成诵，一个是她。粉丝十几个，都是广告号。从来没有发过微博，主页很干净，干净得十分诡异。

初宁换电脑去看陆成诵的微博，每个人说话的时候都会有一些小习惯，这种习惯表现在文字上还是挺明显的。一条条地翻下来，初宁心里的疑惑越来越大。要是说粉丝随偶像，那这两个人说话的语气也太像了吧？

初宁舔了舔唇，回头去看床上躺着追剧的小鱼：“小鱼，你帮我查个 IP 好不好？”

小鱼摘下一只耳机看她：“怎么了，哪个黑粉惹你了？”

“不是黑粉，我觉得……我好像发现了陆成诵的小号……”初宁越说声音越小，因为她忽然想到，她之前真的跟他聊过很多不该聊的内容。一开始，她给他发过文章，后来聊得熟了，话题简直百无禁忌。初宁觉得自己有点肝疼，皱着眉一副犯病了的样子，“你帮我查查，看这个是不是陆成诵的小号，我怎么都觉得有点不对劲……”

五分钟后，666 寝室传出一声极其凄厉的哀号。

02

按照小鱼查到的 IP 地址，跟初宁聊了一学期的粉丝大概就是陆成诵本人。坐在电脑前的初宁和小鱼大眼瞪小眼，对视良久，小鱼终于艰难地吞下了自己嘴里的薯片：“你是说，陆成诵用自己的小号给你发了大半个月的云南天气预报？”

初宁难以置信地点头。

“那之前加你微信的那个人，会不会也是真的陆成诵？”躺在床上看书的阿隋，猛地坐直了身子。她这句话唤醒了哉哉某些不怎么清晰的记忆：“对，那时候你正好跟陆成诵传了绯闻，断了联系。”

“也就是说，他看了你发给他的同人文，所以举报了你。”小鱼意味深长地点头，“这样事情就能说清了。我要是看到谁这么在背后意淫我，我也肯定举报他。”

“这事能怪我吗？你们不记得他当时的语气了吗？假装自己是CP粉，还给我发‘嘤嘤嘤’那种词，嘤嘤嘤啊，你们想象一下陆成诵跟你说嘤嘤嘤？”

初宁有些难以控制自己的情绪，试图让小鱼帮她查第五遍地址，被小鱼无情拒绝：“你就接受事实吧，其实也没什么不好的，可能陆成诵就是个关心粉丝的好偶像呗。”

“关心到给她发了大半个月的天气预报吗？这是什么晚期直男？”阿隋把书扔到一边。

眼下的情况，四个人谁也没心思学习。阿隋从床上爬下来，把椅子拉到初宁身边，煞有介事地看着她：“我觉得，陆成诵大概是想要追你。”

初宁托着腮一脸冷漠。

哉哉在一旁赞同地点头：“是啊，这年头大家都这么忙，谁愿意把时间花在自己不喜欢的人身上？”

“还有一种可能。综合他之前的种种表现，可能只是想试探你到底是个什么样的粉丝。或者说，陆成诵想通过你，看看自己的饭圈是什么样子。”小鱼说着，摸了摸自己的下巴，“不过你上次说他用小号应援了五千块钱是吗？那他饭圈明显没什么人啊。”

陆成诵的饭圈，以前是没什么人。自点点姐走了之后，初宁参与支教暂时离开，苏州小馒头一个人应付不来，又没有点点姐八面玲珑的劲，大群里总是争执不断。初宁刚回来的时候，还看到有新粉在群里问陆成诵都演过什么剧，这种随便都能搜到的东西问了几百遍也是真的烦，她刚想科普，就看到苏州小馒头在群里直接甩了网络链接。

随着陆成诵的人气慢慢上升，什么样的粉丝她们都会遇到。在思考陆成诵对自己到底是什么意思之前，初宁觉得还是先帮他把饭圈管理好比较合适。

陆成诵进组的消息已经放出，偶尔微博上也能刷到路透照片，初宁学业繁忙，没时间逛片场，大多数时候就是坐在寝室里一边做数据一边帮他修修图。新粉丝越来越多，以前聊得欢快的老粉反而不怎么说话了，有时候初宁刷着聊天记录，看着那些陌生的昵称，都挂着陆成诵的头像，会忽然有点感慨。

饭圈怎么好像不是原来的地方了呢？

大概是因为进组了太忙，所以就连小号上的问候都变少了。有时候初宁会在睡前满怀希望地打开微博，点开私信，把那些无关紧要的问候都读一遍，也没等到他发来的消息。初宁放下手机，在熄了灯的寝室里闭上眼睛，安慰自己，就当以前是做了一场梦吧。

他们的感情停滞不前，总有人要开了挂似的往前发展。初宁再次接到封十里电话的时候，隔着手机都能感觉到他声音里腻死人的味道："姐，有空出来吃个饭吗？"

"如果你想让我帮你约陆成诗，我拒绝。"初宁一边说着一边在电脑里输入自己新算好的数据，按下回车，还是不对。她懊恼地闭了闭眼，就听到那边封十里的娇笑声："哎呀，不是啦，我就是想跟你吃个饭。"

初宁咬着笔，等他说下去。等了几秒，那边却换了人："小初姐，我是诗诗，明天周六你有空吗？出来吃饭呀！我把我哥的卡拿来啦，我们去吃点贵的！"

望着满屏幕的数据和公式，初宁的脑子顿了几秒才反应过来，她哥就是陆成诵。鼠标滑到粉丝群，看到里面的几个初中生又因为某些鸡毛蒜皮的小事吵起来了。初宁在群里说了一句："不要吵架，有事情你们自行私下解决。"这才又打起精神开口："我可能没时间。最近学院这边有个年度会议，我们忙着帮导师弄数据呢。”

“这么忙呀，那只能有空再约了。”陆成诗语带遗憾，扭头看到封十里笑得春风得意，忍不住伸腿在他身上踢了一脚，“笑什么笑！小初姐不来，我才不跟你吃饭。”

电话那头不知道发生了什么，总之两个人就这么嬉笑打闹了起来。初宁呆滞地举着手机听了半天，确定已经不需要自己再发言，这才面无表情地把电话挂掉。

“怎么办，我哥就明天有空，小初姐还不能出来，那他们俩就快整整两个月没见面啦。”陆成诗伸手比画了一个夸张的“二”。封十里挠挠头，不太能理解她的想法：“你为什么一定要把我姐和你哥凑在一起呢？”

“我这双眼睛看透了。”陆成诗深沉地摇摇头，“他们一看就是天造地设的缘分。最关键的是，我哥现在也走心了，只要能帮他们找到台阶，一切就会迎刃而解。”

“那台阶是啥呢？”封十里跟在陆成诗身后走，抬头发现她不知什么时候已经走出了好远。他赶紧快跑几步跟上，“我觉得真正有缘分的人，就算咱们俩不撮合，也会在一起的。”

陆成诗懒得理他，低头拿出手机，脚步停下来。她眉毛一挑，嘴里发出一声不屑的冷哼。

封十里不明所以：“怎么了？”

“我就知道会有这么一天的。”

陆成诗把手机举起来，屏幕上是热搜第一的新闻。图片里，陆成诵和徐崇航站在一起，看样子应该是在对剧本，而新闻标题就不那么和谐了——同是模特出身，谁的演技更胜一筹？

盯着这样的标题，坐在寝室里的初宁陷入沉思。虽然她预感到这次合作中，两家的粉丝肯定会发生不愉快，但没想到通稿来得这么快。以通稿标题来看，陆成诵的公司应该不会傻到把他的短板拿出来说。再说，哪个无良营销号会闲到自己引战？还不都是拿钱办事。

初宁揉揉太阳穴，在心里感叹，怪不得徐崇航爬得那么快，人家公司是真的舍得下血本给他砸人设啊。

跟徐崇航家的粉丝早就不是第一次掐架，以至于他家那几个粉头，初宁都记住了，哪怕她们换了马甲，她也能从语气推断出来谁是谁。毕竟不是第一次遭遇这样的场面，被拿出来比较、拉踩，对于陆成诵这样的十八线来说，反倒是提高曝光率的好手段。

只是演技这一条，初宁不太认同，毕竟陆成诵的进步，所有人都看在眼里。不是科班出身的人，或许天赋过人，或许后天努力，努力本身就是天赋的一种。初宁本想带着这样佛系的心情去评论里帮陆成诵说几句话，结果往下一刷，愣住了——陆成诵什么时候多了这么多新粉了？

评论里清一色都在夸陆成诵颜值好，演技赞，更有甚者，觉得陆成诵给徐崇航做配简直是委屈。这话平时在心里想想也就算了，说出来未免太过自大。初宁皱了皱眉，刚想反驳，忽然觉得不太对劲。

随便点开一个所谓陆成诵新粉的号，里面连一条关于陆成诵的转发都没有。初宁一连点开了好几个，都是差不多的结果。她眨眨眼，爬上小群。

小初是亲妈：我好像看见了水军，特别水的那种。

诵诵最爱的地瓜片：怎么了？现在不是全民掐架呢？你还有空找水军？

灵魂画手阿标：我也发现了，好多人说自己是陆成诵的粉丝，然后在下面骂徐崇航。

陆家小跟班：这是什么剧情，谍中谍吗？

小初是亲妈：所以我们怎么办？

灵魂画手阿标：小初，你去大群跟真粉说一声不要参战了吧，让他们自己演去吧。

诵诵最爱的地瓜片：为什么不参战？我还没骂够，居然有人说他整容脸。

陆家小跟班：你是第一次听别人骂他整容？早该习惯了好吧。

诵诵最爱的地瓜片：嘿，长得帅气也是罪吗？

小初是亲妈：别骂了，去净化广场顺便做做数据吧。

初宁说了这么几句，又在粉丝群里号召了一下，才想起自己还没吃晚饭。眼看着天就要黑了，周日要交的数据还没做完。想着明天还有一天时间，初宁把手头的工作放下，刚打算换衣服去食堂，手机就响了起来。

03

看着来电显示里陆成诗的名字，初宁的手停留在接听键上方，有些犹豫。

犹豫的结果是，那边一直没等到她接电话，最后只能自己先挂断了。

以初宁的认知，如果是重要的事情，她短时间内肯定还会打回来。但是以她对陆成诗的判断，她们之间根本不存在所谓重要的事。初宁按照原计划，拿好寝室的钥匙，换了件衣服去食堂。

临走之前，她还问了问屋子里的哉哉要不要带饭，哉哉沉迷游戏，表示不用，一会儿自己订外卖。

而另一边，挂掉电话的陆成诗坐在沙发里陷入了思索——究竟如何才能不动声色地将初宁约出来，成功跟陆成诵会面呢？这件事怎么说都难度太大，两个人的生活圈完全不一样，又同时忙得要命，她作为一个助攻，连可以下手的地方都没有。

她的脑子想不了太复杂的问题，想多了就要犯困。于是陆成诗就这么窝在沙发上睡了过去，一只拖鞋还挂在脚上。

午夜时分，陆成诵收工回来，一进家门，就看到沙发上躺着的人。他对于这种场面已经见怪不怪。陆成诗小的时候，他还会充满温情地把她抱回房间，现在她长大了，即便是亲兄妹之间，也总该避嫌。所以进门之后，陆成诵伸腿在陆成诗的小腿上踢了两下："别睡了，把脸洗了，回房间睡去。"

沙发上的人哼唧着翻了个身。

"陆成诗，你不要怪我没有提醒你。"陆成诵在沙发边坐下，悠闲地看着她，"学校那边没完成的东西抓紧时间，不会的课程也多跟老师请教请教，知道吗？”

他对她的学习一向不在意，陆成诗抬头，眨着还没完全睁开的眼睛看他：“为什么？要考试了吗？”

“比考试恐怖多了。”陆成诵伸手指了指她房间的方向，“你自己那屋最好也收拾收拾，下周一爸妈就回来了。”

陆成诗险些从沙发上滚下去。

反正即便真的滚下去了还有地毯接着，陆成诵也懒得扶她，倒是对她的反应很是满意。从小到大，除了进演艺圈这事跟父母有分歧，其余时候，陆成诵都是最省心的那一个，要不然父母也不会放心把诗诗交给他。相反的，陆成诗自幼就顽劣，古灵精怪的，没少让人操心。陆家父母都是搞学术的教授，这时候回来大概是开会，顺便看看两人生活得怎么样。陆成诗手忙脚乱地起身回房间整理，要是被父母知道她把日子过成这样，恐怕要被塞进行李箱里一起带去美国。

陆成诵跟着陆成诗走到房间门口，双手抱臂悠闲地看着她：“不过你也不用太慌张，听说他们开会的地方远，时间也赶，不一定有机会回来住，可能会就近找家酒店之类的。”

陆成诗手下动作不停，一边把袜子从枕头下面抽出来一边对他翻白眼：“我在学校那边的事，你一句都不许说！你要是敢说，我就不帮你追小初姐了！”

陆成诵眉毛一挑：“我什么时候让你帮我追了？”

这语气实在嚣张，陆成诗停下手头的活，有点讶异：“听你这个语气，好像已经有攻略了？”

攻略倒是没有。陆成诵很虚心地跑去跟姜岩请教了一番，最后姜岩告诉他，只要是真心就可以。他最不缺的就是真心，所以想来没什么问题。

陆成诗听他说完，险些笑场：“你俩一年到头可能都见不上一面，你又没有人家的联系方式，请问你怎么把你的这颗真心交给她啊？快递到她寝室吗？”

陆成诵脸色一变，两个人之间的互斗模式又要开启：“我有她微博好吗？”

“你不是说她好久没理你了吗？”陆成诗语气揶揄，把那些皱巴巴的衣服都装到自己的脏衣篓里，“我劝你还是想个办法，先跟她见一面吧。要不然你这拍戏一拍就半年多，估计等真的有机会见面了，小初姐也早就回归‘亲妈粉’心态，在心里又把你当成她‘儿砸’了。”

说起微博，陆成诵仰头，有些绝望。他不能理解为什么最近初宁不理他，他发过去的所有私信，都从最开始的已读不回变成现在的压根不读。要不是看她的主页还有动态更新，他几乎就要怀疑她是被盗号了。

而细细回想，他不过就是在那段时间坚持给她发天气预报。

想到天气预报，那还是学的封十里。陆成诵翻了个白眼，果然那种幼稚的行为只能骗骗陆成诗这种书都读不明白的白痴，对于初宁这样有思想的女孩是没有任何用的。

他一边在心里替自己惋惜，一边又觉得自己眼光不错。

陆成诵和徐崇航演技对比的热搜只在榜上挂了几个小时，就被后来某明星出轨的新闻挤了下去。初宁坐在食堂里，一边刷热搜一边叹息，大数据时代果然厉害，信息更迭这么快，给明星的压力也着实是大。

阿隋坐在她对面，因为刚刚从图书馆回来，书包里还背着电脑。大概是最近初宁过于安静，阿隋双手撑着下巴，用好奇的眼神看她：“小初，你最近还在追星吗？”

“追啊。”初宁没抬头。

“那怎么不见你跑前线拍照了呢？”

“最近也没什么新活动，他拍戏呢。”

“你可以去剧场探班啊。”

初宁把嘴里嚼的那一口食物咽下去，正要说话，身边突然坐了个人。她扭头，看到刚刚从学生会值班回来的小鱼。小鱼只听到了她们的最后一句话，把餐盘放下，好奇地问：“去什么剧场探班啊？我也想去。”

“我们在说陆成诵的新戏。探什么班？连拍摄地点在哪里都不知道。”初宁夹了块肉放到小鱼餐盘里，有点惆怅，“而且之前都传出绯闻了，我再出现不太好，像是故意蹭热度一样。”

“也对，你现在大小算个名人了。”阿隋点点头表示理解。小鱼受红烧肉贿赂，也点头赞同初宁的说法：“对，你现在还是洁身自好比较好。”

初宁：“‘洁身自好’这个词好像不是这么用的？”

虽然做好洁身自好的准备，但树欲静而风不止。初宁的手机再次响起来的时候，她刚好跟着小鱼她们走出食堂往超市去。初宁手拿着一盒酸奶，看着来电显示上的邓杨，手指再次犹豫。

今天陆成诵身边的人怎么一个接一个地来找她？

相比陆成诗，邓杨的身份就正经了许多，没有特殊的事肯定不会给她打电话。初宁拿着酸奶走到角落去，接起电话来：“邓杨哥？”

“小初啊，最近怎么样啊？”

初宁最近渐渐发现，社会上的人似乎特别喜欢在说正事之前，跟你先来一通毫无营养的寒暄。配合着他回答了几句，初宁直截了当地打断他接下来的慰问：“找我有什么事吗，邓杨哥？”

“啊，也没什么事。上次去云南不是也没见到你室友吗，有点遗憾。也挺长时间没见到你了，想请你们出来吃个饭。”

初宁撇嘴，小鱼对他压根不感兴趣，她本能地想要拒绝：“我们刚开学没多久，挺忙的……”

“陆成诵拍戏的地方就在咱们这里，你知道吗？”

初宁一愣：“嗯？”

“你看你还是粉丝站的人呢，这都不知道。想不想带着你室友来探班？哥顺便帮你要几张签名，探班完了我带你俩去吃饭。”

原来是个陷阱。初宁把酸奶放回到冰柜里，正巧小鱼抱着薯片朝她走过来。小鱼今天穿了一条米色长裙，白色衬衫，高高瘦瘦，远远走过来时长发飘飘。初宁舔了舔唇，卖室友换探班的心思蠢蠢欲动，原本到了嘴边的拒绝又被她咽了回去：“那我问问我室友，然后再给你回复吧。”

邓杨忙不迭地说好。挂掉电话，初宁伸手挽住小鱼的胳膊，顺便把她怀里的薯片拿过来抱在自己怀里：“想吃什么随便选，我今天请客。”

“非奸即盗。说吧，什么事求我？”

室友在一起久了，这点默契还是有的。初宁把刚刚接到的电话内容跟她讲了一下，听得一旁的阿隋满脸羡慕："哇，那就是说陆成诵的经纪人想要追小鱼啊！真好，你答应了的话，肯定能见到很多明星的！"

初宁摇头："算了吧，小鱼不喜欢他。"

阿隋表示不能理解："为什么？可以先相处看看，互相了解一下啊。"

小鱼冷哼："算了吧，连卡方分布都不知道的男人，我跟他没什么好相处的。那次就是看在小初的面子上，要不然我才不去。"

阿隋、初宁："卡方分布……"

小鱼："当然了，共同话题是很重要的。"

初宁和阿隋交换了一个"这里有怪物你看见没"的眼神。回了寝室，哉哉正坐在桌前吃外卖，看到她们三个，还有点惊讶："你们怎么一起回来了？"

"正好都在食堂，就一起吃饭了。"小鱼从袋子里拿了一包辣条扔给她，"我要陪初宁去剧组探班，你们去不去？"

哉哉面无表情："听起来很有趣的样子，但我不去。"

阿隋满脸遗憾："虽然很想去，但是最近学生处那边的活儿特别多，抽不开身。"

初宁摆摆手："没关系的，阿隋，你想要陆成诵的签名的话，我们可以帮你带回来。"

听到这句，阿隋眼睛一亮："是不是那种签名照啊？天哪，我还没有明星的亲笔签名照片呢，好激动！"

初宁得意地摇头："不要激动……"

"那我可不可以不要陆成诵的，你帮我要一张徐崇航的行吗？我可喜欢他之前演的那部《校花的保镖》了！"

初宁："以你的脑子，也就会看这些三俗的东西，不行，走开。"

远在片场的徐崇航狠狠打了个喷嚏。

04

赶着这个周末把数据做完，当天晚上初宁就给邓杨打电话约了时间。最近陆成诵进组，消息少，饭圈里除了把他拎出来跟男主角对比，就没什么别的事可做，很不太平。要是这次探班能拿到几张签名照回来，在官博搞个抽奖，也能暂时让大家的注意力转移一下。

要知道，新剧开播还是得应援的。初宁刚刚接手站子，最怕的就是应援不到几个钱，最后都得工作组往里补。

“怕什么，陆成诵不是偷偷给自己应援吗？你忘了那五千块了？”小鱼觉得她的担心很是多余。自从发现了陆成诵的小号，他高冷的人设在寝室人眼里算是彻底崩塌了。初宁手忙脚乱地示意她闭嘴，左右看看，确定课堂上没人听到她们说话，这才气急败坏地压低声音叮嘱她：“这事除了咱们寝室的人知道，谁都不能知道！要是消息泄露出去，我就血洗 666！”

小鱼露出一个“好害怕”的浮夸表情。大概是因为两人坐在前排，动作又太大，讲台上的孟教授清了清嗓子，接着说道：“说件事啊，下周咱们学院有个讲座，关于统计学的。虽然上学期咱们已经学过了，但是有保研考研意向的同学，还是来听一听。上学期期末成绩就差那么点就不及格的同学呢……”说到这里，孟教授的目光在初宁身上轻轻一扫又若无其事地离开，“也最好去听一听。不要觉得考完了就结束了，把别人的理论成果变成自己的经验，这是个漫长的过程。”

初宁坐在下面心虚地点头。

算算时间，下周的讲座，跟这周末去剧组探班大概不冲突。初宁悬起来的心又放下，低头乖巧地看书，只希望这节课剩下的时间里，不要再跟孟教授有那样直击灵魂的对视。

关于探班这件事，初宁只跟群里玩得好的那几个人说了，并且表示，运气好的话，自己说不定能拍几张照片回来。不过事情毕竟不确定，她不好把话说得太绝对，更不敢发动态，临出发之前还一再跟邓杨确认，这才拉着小鱼早早出发。

拍摄地点距离他们学校很远，下了地铁还得坐一个多小时的公交。小鱼前一晚熬夜，早上起得太早，这会儿靠着初宁肩膀环顾四周。周末的清晨，大家一定都在补觉，地铁几乎被她们包场。

看得出来，初宁对陆成诵是真爱，而且是超脱男女之情的亲妈的爱。

“小初，你看你像不像农村那种起了个大早就为了给孩子送几个土鸡蛋的家庭妇女？”

“你才是家庭妇女。”

虽然出发时间早，等她们坐着公交晃晃悠悠到了片场，拍摄也已经开始了。邓杨早就等在门口，看到初宁身后的小鱼，他觉得自己最近起早贪黑的疲惫一扫而空：“来啦？”

初宁扯着大大的笑脸点头。

大概是因为上过节目，初宁即便长着不怎么引人注目的五官，还是引得几个工作人员频频回头。受上次绯闻影响，初宁在公共场合总有点心虚。她把耳后的头发往前拨，抬头看邓杨：“签名照弄好了吗？我拿了就走。”

好不容易把小鱼盼来，邓杨怎么可能让初宁拿了照片就走？他伸手指了指旁边的休息室，目光还停留在小鱼脸上：“小初，你先去那边等着，他拍完自己那块就回来签名了。小鱼还没见过电视剧片场吧？我带你到处逛逛怎么样？古装剧的布景可有意思了。”

小鱼自然不愿意，下意识去看初宁。初宁想替她说话，转而又想到自己毕竟是跟陆成诵传过绯闻的女人，这么大大咧咧地出现在他拍戏的片场，确实不太好。反正已经卖过两次室友了，再卖一次也没关系。想到这里，初宁坚定地后退一步对小鱼摆手：“去吧，再见。”

小鱼露出一个生无可恋的表情。

休息室这种地方初宁不是第一次来，不过每个片场的休息室似乎都不一样。比如这里，每个人的休息室都是单独的。徐崇航和陆成诵的休息室挨在一起，初宁看着两扇门，陷入沉思。

如果进了陆成诵的单独休息室，孤男寡女似乎不太妥当。

如果进徐崇航的休息室，偶像与对家粉丝狭路相逢，更不妥当。

思来想去，她还是伸手推开了陆成诵休息室的门。屋子里不只有桌椅，连沙发也准备了。里面就像没人来过似的，实在干净得不正常。初宁没好意思坐沙发，在桌边坐下，因为早起而引发的困顿在这间温暖的屋子里开始发作。

虽然内心是拒绝的，可是脑袋不知不觉就挨到了桌子上，初宁怀里抱着可乐，就这么用头抵着桌子，昏昏沉沉地闭上了眼睛。

她是被陆成诵拎着帽子揪醒的，抬头的时候差点撞到他的鼻梁。陆成诵还穿着剧里的戏服，本来是想问她为什么不来找自己签名，却躲在这儿睡觉，说话时习惯性地抬手，长长的袖子直接扫翻了初宁怀里没扣瓶盖的可乐。

五分钟后，陆成诵披着初宁的小外套坐在椅子上，满脸幽怨地看着她："我是不是上辈子挖了你家祖坟？每次见到你准没有好事。那件衣服你知道有多贵吗？"

"你自己碰到的还怪我？我这不是帮你处理着吗！"初宁皱着眉看了他一眼，低头接着擦戏服上的污渍。本来以为这件脱了里面还能有个白色的打底，谁知道那打底就是个领子。初宁总不能看着他打着赤膊站在屋里，不然被人拍到不知道又要怎么写。没办法，她只好把自己的牛仔外套递给了他。

可惜现在自己不能偷拍一张，不然陆成诵穿女装绝对会是一个很劲爆的话题。

初宁这么想着还有点小激动，手里的纸巾眼看着就要用完，伸手想去桌子上拿，受距离限制，有点吃力。陆成诵把她的动作看在眼里，实在不能理解一个能管理饭圈的人，怎么会连"不喝的饮料要盖好"这种道理都不明白。这戏服下一场戏还要穿，他忍不住咬牙切齿道："你为什么不把瓶盖盖上呢？你那是在擦衣服还是在画画？你走开，我来。"

他说着站起身，只听"嘶啦"一声，空气忽然安静。

他们之间或许属相犯冲，或许星座不和。站在玄学角度看，这样的两个人如果在一起，势必会引起不小的震动。初宁眨眨眼，确认了眼下情况，张张嘴，小声地说："我的衣服……"

陆成诵："这不能怪我啊，你这个太小了……"

原本就是他不小心，却要怪罪衣服太小。初宁早起时没来得及发作的起床气，算是在这时候宣泄出来了："你不会轻一点吗……非得把我衣服撕坏？"

陆成诵看出她不高兴，明明是不敢跟她吵，怕她真的生气，表面上却非要做出一副不耐烦的样子："行了，行了，一件衣服，回头给你赔一件新的。"

他一边说一边把衣服脱下来还给初宁，起身接过她手里的纸巾。好在被弄脏的地方不大，衣服本身颜色也很暗，潦草地擦了几下，也就能穿了。陆成诵把抽屉里准备好的照片拿出来，抬眼看初宁，语气不自觉比刚刚柔软很多："你要几张？"

初宁抱着自己的衣服，挠挠下巴，想着怎么也得把衣服的本钱要回来，她往凳子上一坐，伸出右手比了个"五"。

初宁比画这个数字的时候心里还有点忐忑，怕陆成诵不答应。但是转念一想，微博抽奖，要五张签名照总不过分，如果他不同意，那自己就去找邓杨。果然，陆成诵如她想象中那样叹了口气，似乎这个要求真的是难为他了："我下场戏马上就要开始了，要不，你在这里等我回来再签吧？"

怎么说也是有求于人，初宁当然好脾气地答应，顺便把坏掉的衣服塞进自己的小书包里。谁知陆成诵这场戏一拍就是好几个小时，邓杨带着小鱼里里外外转了一大圈，回到休息室的时候，初宁已经睡了两觉。

拍戏一向没什么说得准的时间，初宁和小鱼再等下去怕是天都要黑了。最后只好跟邓杨约定，等陆成诵有时间了，再把签名照邮过来。

"你这次跟邓杨哥都聊什么了？没虐人家吧？"回去的路上，初宁打了个哈欠，歪头靠在小鱼肩膀上。

"没有，我们基本没怎么聊天。"

"怎么可能？他没跟你搭话？"

"我光顾着跟那边的助理姐姐聊天了。徐崇航的助理长得真漂亮哎！"小鱼说到这里想起什么似的，"不过那么漂亮的女生跟在徐崇航身边，就不怕两人传点绯闻什么的？"

"那就不知道了。徐崇航对外一直是'奶狗'人设，要是爆出恋情可就刺激了。"

小鱼嗤笑："没准在那之前，陆成诵先被爆出恋情。"

初宁也笑，只觉得这种离谱的事绝对不可能。毕竟陆成诗整天在陆成诵身边，他要是有了女朋友，她肯定第一时间跑来告诉自己。仗着自己认识陆成诵的妹妹，初宁有恃无恐。要是她知道小鱼长了一张开过光的嘴，说什么也要在她说出那话的时候伸手把她的嘴捂上。

因为慢了一步，所以几天后，陆成诵这个十八线，再一次冲到了热搜第一。

第十一章
十八线热搜体质

01

陆成诵的签名照在第二天就邮到了初宁的学校。让初宁疑惑的是，陆成诵好大阵仗，不过是五张照片，还找了个箱子来装。初宁抱着箱子往寝室走，看到不远处有几个班上的同学扛着易拉宝往综合楼去。初宁笑着朝他们点点头："干吗去呀？"

"那个统计学讲座，时间定在明天晚上了，教授让我们去帮忙布置一下会场。"

这么一说，初宁才记起那个讲座。孟教授当时就差在班级里点名让初宁参加了。抱着快递箱子接着往回走时，初宁在心里默默想着，去听讲座之前要记得在手机里下载部电影，免得到时候听不下去还无事可做。这么想着，她又开始期待陆成诵的新剧早点上映，有盼头总是好的。走进宿舍楼，初宁一边跟迎面遇见的同学打招呼一边上楼。

她走在外面不觉得，一上楼就觉得这箱子还有点沉。

五张照片应该轻得跟纸一样，也不知道怎么搞得这么沉。直到进了屋，拆开了箱子，初宁才看见里面摆得整整齐齐的五十张裱框签名照。

所以她那时候伸出手比画的"五"，被陆成诵误会为五十了。而他不仅误会了，还特别贴心地把所有的照片都用高级灰相框裱了起来。最边上的相框跟其他的颜色不一样，初宁伸手拿出来，这才看见不只是颜色，就连照片也放得不一样。

而只有这一张没有签名。

以她对陆成诵的了解，他应该不会出这样的错误。认识陆成诵的所有人都形容他是一个极致的完美主义者。初宁随手把那张不一样的放到桌子上，又去看箱子里其他的签名照。

“哇，追星能追到你这个程度，真的是人生赢家了！签名照都可以批发。”阿隋抱着洗好的衣服回来，一眼就看到桌子上的那张，“还有张不一样的？”

“嗯，可能是送的吧。”

把洗衣盆放下，阿隋伸手拿起那个唯一不一样的相框，带着好奇打开了相框后面的背板。两秒后哉哉凑了过来，然后两个人默契而暧昧地发出了一声拉长的“噢”。

初宁不明所以，抬起头看向她俩：“怎么了？”

阿隋“啧啧”了两声，把相片翻过来。初宁只看到背面龙飞凤舞地写着陆成诵的名字，仔细看旁边还有一行小字。没等初宁凑近了细看，哉哉和阿隋已经激动而荡漾地帮她念了出来：“这一张不要拿去抽奖，是单独送给你的哦——”

初宁脸上的表情一滞，瞬间的呆愣里，她也不知道自己该做什么表情。

“太明显了，陆成诵这是想追你吧？”小鱼从被窝里探出头。她在床上窝了半天，本来不打算加入她们的八卦，无奈今天的料比较劲爆，“还搞这种小姑娘才喜欢的东西，果然陷入爱情的男人就是幼稚。”

“别乱讲了好吧。”初宁伸手把签名照拿回来，“他就是跟我比跟其他的粉丝熟了那么一点，我还是很清楚自己的身份的。对了，你们去不去听明晚的讲座啊？”

说到讲座，小鱼摊手：“孟教授好像没有示意我去。”

哉哉：“也没有示意我。”

阿隋：“还有我。”

初宁深吸了一口气，沉痛地点头：“我明白了，所以你们也不打算陪我去是吧？”

其余三人很一致地点头。

在学校里的时候，谁也没有意识到听讲座这样的机会有多珍贵，会觉得听一场一个小时的讲座是虚度人生，打半天的游戏却不算浪费时间。不过青春好像就是这样用来挥霍的，站在青春里的初宁并没有意识到，她平凡了二十多年的人生，就要在这个晚上被彻底改写。

初宁是在官博发完了抽奖的消息才去睡觉的，睡觉前她还刷了一遍各种软件，看到有几个人似乎在说徐崇航有了绯闻，对方是他的助理。初宁最喜欢看热闹，不过刷了一圈也没看到事情被闹大，估计明天热搜第一就是他了。想着第二天有八卦可看，初宁放下手机，美滋滋地进了被窝。

她没想到的是，第二天一早的这个八卦，是她自己。

照常理来说，整个寝室都没有早起的习惯，除非有课。在水房洗漱的时候，初宁明显感觉到旁边的女生用一种与平时不同的眼神看她。想想自己的节目也播完蛮久了，绯闻也算彻底过去了，初宁觉得自己问心无愧，勇敢地看回去，那女孩反倒把眼神收回去了。

虽然心里有点疑惑，但是初宁也没多想。毕竟她现在好歹算是个名人，身为名人自然应该坦然一些。这种名人效应在前一阵绯闻时期达到最高峰，现在有些许回落趋势。端着脸盆往回走，迎面而来的女生有好几个都朝她看过来，导致初宁回到寝室之后的第一件事就是照镜子——莫非自己脸上的牙膏沫没擦掉？

“你一大早的干吗呢？”阿隋揉着眼睛从床上坐起来。这个时间起床对于上课来说有点晚，她一边踩着梯子下床，一边思考自己要不要放弃早饭，脚还没落地，旁边床的哉哉忽然“嗷”的一嗓子从床上坐起来，吓得阿隋险些从梯子上摔下去。

小鱼默默地捡起掉在地上的口红：“你最好能为自己的尖叫找到一个好理由。”

哉哉忽略掉小鱼阴冷的语气，拿着手机疯狂在空中挥舞：“你们快点上微博啊，我的天哪，现在的热搜！”

虽然猜到今天会有徐崇航的绯闻，但初宁没想到这件事会对一心只追二次元的哉哉影响这么大。她悠闲地把脸盆放好，一边打开柜子拿衣服一边笑了笑："我昨晚睡前就看到了。之前小鱼说徐崇航的助理漂亮，我就觉得……"

"啊啊啊啊……"这一次尖叫的是阿隋，初宁话都没说完，阿隋的手机已经直接放到她眼前。她这才看到屏幕上的字，也突然明白了为什么刚刚在水房里，那些女生纷纷用那样的眼神看她。

热搜第一：陆成诵 草粉。

热搜第二：陆成诵 初宁。

初宁拿着衣架的手微微颤抖，默默点开了热搜第一条。

要是说上一次还算是绯闻，这一次的可以说是从视频到画面的全方位爆料。初宁自认也是专门找教程学过摄影和录影的，但是也不得不承认，学不到狗仔这种水平。他们永远可以找到最暧昧的角度把人的形象重叠在一起，以假乱真。

热搜最上面的是来自狗仔的视频，初宁哆哆嗦嗦地点开，才知道是当时她和陆成诵在休息室说话被人偷偷录影了。这个录影的角度选得很奇妙，正好能拍到陆成诵的侧脸，足以认出是他，而初宁因为和他说话有转头的动作，一张脸可以说是全出镜了。视频里陆成诵上身没有穿衣服，初宁也只穿了件单薄的白色T恤，他低头跟她说话，因为距离太远，声音不是很真切，但是从这个角度来看，颇有几分耳鬓厮磨的味道。

初宁深吸一口气，还以为到这里就结束了，没想到后面的视频里忽然传来她清晰的一句"你不会轻一点吗……非得把我衣服撕坏"，很明显音频被处理过，单单拎出这句用来混淆视听。

"天哪，不是吧，小初你……"阿隋压低了声音，左右看看之后吞了口口水，"你不是为要签名照去剧组的吗？怎么还脱衣服啊？"

"因为当时我的可乐洒了，把他的戏服弄脏了……"初宁心烦意乱，话说到一半自己也不知道该怎么解释，低着头接着往下滑微博，"可是为什么热搜是这样的？什么叫草粉啊？太难听了吧！"

阿隋叹了口气，指了指下面。初宁这才看见另外的图。陆成诵站在街边，虽然戴了帽子和口罩，但是从那挺拔的身材和常穿的私服，一看就能认出来是他。旁边站着的人是陆成诗，也许是在央求他什么事，她挽着他的胳膊仰着头，陆成诵则一副很不耐烦的表情。

看背景，大概是在拍摄上一部戏的时候。那时候剧组管理宽松，陆成诗一向散漫，所以有事没事都跑过去找他。初宁退出图片，看到博主爆料的同时配文：陆成诵与粉丝私下见面已经不是一次两次，更不限于一个粉丝。喜欢这样的人，你觉得幸福吗？是不是期待下一个就轮到自己了呢？

初宁抿了抿唇，点开评论，被赞到热评第一的是陆成诵后援会的抽奖截图。截图的人似乎是发现了天大的秘密，有板有眼，信誓旦旦：如果真的不存在关系，为什么初宁作为站姐，可以一下子搞到这么多签名？

初宁叹了口气，把手机还给阿隋，捡起自己刚刚掉在地上的衣架："行了，先去上课吧，其他的事以后再说。"

这句"以后再说"也不知道是在安慰自己还是在安慰别人。

02

因为视频和照片材料齐全，导致一上午陆成诵都被挂在微博热搜榜第一名。其实原本来说，即便他真的跟初宁在一起，部分CP粉还是会高兴的，事情的复杂之处在于，另一张照片里还有个陆成诗。

这样一来，不管是陆成诵还是初宁，还是仅仅露了半张脸的陆成诗，都瞬间成为众矢之的。没有人在意视频背后的事，人们只相信自己眼睛所看到的。刷了一圈评论，没看到几句好听的话，阿隋趴在课桌上，悄悄看向小鱼："我觉得这次事情好像比上次闹得要大呀。"

"当然了。"小鱼看看趴在桌子上半死不活的初宁，抖了抖腿，"要不我晚上回去，看能不能查到未经过处理的视频？"

初宁闷闷地抬头："有那种技术吗？"

小鱼叹息："别人有没有不知道，反正我现在是没有。但是我可以试一试。"

"算了，太麻烦了。"初宁把手机拿出来放到桌面上，为了避免被铺天盖地的消息淹没，她关掉了网络，还设置了静音。现在手机界面是邓杨发来的短信，语气很官方，甚至带着点冷硬，要初宁下午去公司商量公关问题。

“一般公司不是自己有危机公关的专家吗，找你干吗啊？”哉哉有点担心，“要不我们几个陪你去？免得他们人多欺负你。”

“今天去不了，我一会儿给他回个电话说。孟教授说了下午有讲座的。”初宁重新在桌子上趴下，从这个角度刚好可以看见后座的女生在偷看她。初宁直直地凝视回去，那女生便躲开了目光。

哉哉对于她的淡定很是佩服：“不愧是上过电视的人，现在都这种情况了，还有心思去听讲座。没事的，现在网络新闻更新的速度很快，明天晚上大家就会忘记你这件事，又看新的八卦去了。”

“我倒希望是这样。”初宁当然知道那不可能，至少对于她来说不可能。不管怎么样，她还是撑着上完了课。因为担心她，原本不打算参加讲座的室友们，也在下午整齐地坐在了会场里。

用阿隋的话说，她们很担心初宁自己走在外面，会被陆成诵的其他粉丝丢鸡蛋。

事实证明，在这所学校里，大家对于科研的热情永远高于学习，以至于初宁走进会场的时候，都没有几个人注意到她。这次讲座请到的是常年居住在美国的统计学专家，据孟教授介绍，两位专家是夫妻，因为共同的爱好相互吸引，在他们的圈子里一直被传为佳话。

看着这段佳话上了台，初宁一愣，这不是她从云南回来的时候，在火车上遇见的那对夫妻吗？

而早在十分钟之前，这对夫妻中的女人怒气冲冲地给自己还在片场的儿子打电话：“你给我解释解释，你叔叔的电话都打到我手机上了，说你在国内男女关系混乱，被人家狗仔拍到。我之前怎么跟你说的？娱乐圈那么杂，让你不要进去，你还跟我保证自己不会学坏，我看你是根本没学一点好！”

坐在旁边的邓杨和陆成诗隔着听筒，听得一清二楚。

讲座参加得多了，嗓子自然也比其他人洪亮一些。陆成诵耐着性子想解释几句，谁知那边没给他开口的机会就换了人，浑厚的男声从电话里传来：“我最后警告你一次，你要是处理不好这种事，就带着诗诗快点给我滚到美国。正好这次我们回来，你俩跟我们一起走！”

旁边的陆成诗惊慌摇头，一副快哭了的表情：“哥，不行，我不想去，我英语太差了……”

等到那边挂了电话，陆成诵靠在沙发里疲惫地闭上眼睛：“爸妈之前说去哪所学校演讲？”

“就是小初姐那所学校。”陆成诗低着头给封十里发短信，邓杨坐在一边可以看见她连着发过去了好几个哭泣表情。陆成诵愣了愣，想到什么似的：“那初宁说今天来不了，要听讲座，听的不会就是这个吧？”

眼下这样的情况，似乎不该关心这种不着边际的事。陆成诵觉得从上午到现在，邓杨的头发已经掉了一大把，再这样下去，他的头发可能会不到中年就脱成地中海：“邓哥，诗诗这件事其实好解释，就说明白是我妹妹就可以了。”

“她是好解释，那初宁那边呢？你俩在休息室里干吗了？还能脱衣服，你还能脱得上衣都不剩？”邓杨想起就觉得气愤，这事真是让狗仔抓到了实锤。陆成诵皱眉，只觉得太阳穴都在狂跳：“我都解释好几遍了，真的是因为可乐洒了……”

“可乐洒了，你作为一个女孩子，还能把衣服脱给他穿？”阿隋语气里带着一丝恨铁不成钢，“我知道那是你偶像，你也不至于做到这个份上吧？”

“反正现在事情已经出了。”初宁靠着椅背，伸手指了指台上的人，“都是命。你们看到这对夫妻没？我从云南回来的时候，在火车上碰见过他们。”

“你还有心思想这个？”阿隋表示对初宁的脑回路很不能理解。

整场讲座大概持续了两个小时，最后半个小时的时间，孟教授上台总结发言。那对夫妻下了台，座位就在初宁旁边，跟她隔着一个过道。初宁不知道他们还记不记得自己，眼下这样的情况，她也没什么心思打招呼，低头摸摸口袋里的手机，犹豫再三还是没拿出来。

想也知道，现在自己手机里的消息一定已经爆掉了，索性还是不看。偏过头，初宁望见那对夫妻凑在一起对着手机研究什么，突然中年女人抬了头，刚好跟初宁四目相对。

初宁一愣，随后礼貌地笑了笑。

中年女人似乎是想到了什么，表情有瞬间的明朗，转而又皱了眉，有点苦恼的样子。她把自己的手机递到初宁面前，语气就像刚刚接触钢笔字的三年级小学生：“小姑娘，你帮阿姨看一看，这个微博要怎么注册啊？”

这个年纪的人，通常不怎么会操作新兴社交软件。初宁心里还有点诧异，没想到这样一对夫妻，竟然也喜欢看八卦。她没有多想，帮他们用手机号注册好，还回去的时候顺嘴问了一句：“您这么忙，会有时间看这些软件吗？”

“当然没有了，还不是为了我那个不省心的儿子。”中年女人叹了口气，回到自己的座位上，跟男人再度把头凑到一起。从上午开始，家里人就打来电话说陆成诵被爆出了丑闻，他们忙于准备下午的讲座，也没时间看一看。这会儿事情结束了，按照陆成诗的指示，下载了一个微博，却不知道怎么注册。

等到把账号弄好，不用他们自己刷，陆成诵的消息就迫不及待地从热搜榜上跳到了他们的首页。点开视频，老两口一边看一边吸气，等到短短十几秒的视频播完，两人的胸围都跟着大了一圈。

“这个小兔崽子……”

陆成诵那边不太平，初宁这边也一样。台上的孟教授没有结束讲座的意思，初宁几个人坐在下面不好直接走。想来想去，还是打开手机，看着静音后的界面疯狂闪动着新消息。

工作组那边都是一片质问，更不要提其他地方。初宁点开“陆成诵全球黑粉后援会”，看到最后一条消息停在阿标那里，语气很强硬：都闭嘴，等小初自己说。

她伸手向上滑了滑，倒是没人说难听的话，但是七嘴八舌，到底还是不同于以往的欢快和善。总这么窝着也不是办法，初宁拿起手机，详细讲述了那天的经过，并且在最后加了一句道歉。

“是我自己没有注意跟偶像交往的尺度，明星和粉丝走得太近就是不好的，这事没什么可以洗白的。明天我会去经纪公司，到时候也会给公众一个交代。”

灵魂画手阿标：正常解释就可以，反正我相信你。

陆家小跟班：天哪，小初你总算出现了，我们还以为你出事了。

一首唐诗：小初姐，你没事吧？

岩诵一生推：我们都是站在你这边的啦，都认识好几年了，怎么可能不知道你是什么样的人。

诵诵最爱的地瓜片：我现在就想知道谁家狗仔这么没有职业道德，都不开个价就直接把消息爆出来了。

灵魂画手阿标：还没看出来？绯闻前一晚都是徐崇航和助理的消息，现在一条都看不见了。

小初是亲妈：不会吧？

陆家小跟班：这么说是有点可疑，毕竟片场那边一般的记者也进不去的，他又正好跟徐崇航拍一部戏。

灵魂画手阿标：不过现在说这些也没用，咱们又抓不到证据，陆成诵自己的经纪公司像个摆设。我现在就担心小初会背所有的锅。

这话说得不是没有道理，而实际上，初宁也做好了背锅的准备。不是所有人都能有机会为自己的偶像赴汤蹈火的，她想着还觉得有点荣幸。初宁嘴角微微翘起，放下手机看看周围，却发现坐在一边的中年女人目瞪口呆地看着自己。

“你看那个姑娘，像不像跟咱们儿子传绯闻的那一个？”

“好像就是一个人啊。”

这两句，初宁自然是没听到的。

03

跟邓杨约在了第二天的一早见面，初宁晚上基本没怎么睡，早早从床上爬起来化妆。她从昨晚开始就在思考公司面对这次恶性绯闻，会有什么样的对策。按理来说，最好的办法就是追究发布视频者的法律责任，但是在这之前还要先把她叫去，实在有点难以捉摸。

她早就知道娱乐圈水深，具体是怎么个深法，还没有了解过。

初宁是坐出租车去的，为了掩人耳目，还给自己扣上了个大墨镜和鸭舌帽。想想也是唏嘘得很，她居然会沦落到出门都害怕被拍，连公交都不敢坐的地步。邓杨和陆成诵早就等在办公室里，还有几个初宁并不认识也没有见过的人。陆成诵看见她进来之后，拍了拍自己身边的位置，不管是姿态还是表情，都很自然。她有点蒙，顺从地走过去在他身边坐下，用眼神询问邓杨。

没想到邓杨心虚地把眼神挪开了。

“人都到齐了。这件事我还是希望可以压下去，毕竟他现在是上升期。适当的绯闻可以炒一下热度，但是这种有损名誉的，还是要澄清和辟谣。”坐在办公桌那边的想必是个大领导，说话的时候表情很和蔼，声音却透着浓浓的威严。

初宁觉得他说得没错，只是不知道为什么要把自己叫过来。不过既然没人叫她，她也就安静地低着头。

“视频拍得太清楚，这件事解释起来也是很麻烦。我们目前想到的办法是，初小姐可不可以对外承认自己是私生饭，然后道个歉？当然了，我们会补偿你一些损失，这是最好的权宜之计了。”男人接着开口，语气不像刚刚那么和蔼了，“我跟邓杨也了解过，你不是那种不懂事的粉丝，这件事委屈你了，就当是为了小陆……”

“不好吧。”陆成诵皱了皱眉，他是出了名的低音炮，现在心情不佳，语气就显得很冷，“她来之前是协调了邓杨的，我们当时都知道，但是记者这样报道根本就是造谣，为什么不去起诉记者？”

初宁在心里默默叹了口气。

“起诉记者？你以为你是什么大牌明星？我们是可以在视频恶意处理方面告他们诽谤，但这件事你总归是要解释的。脱衣服这件事有没有？那句话初小姐说没说？如果都有，那不管是不是要走法律程序，在面对你的粉丝这件事上，就是要把话解释明白，把你自己摘出去，还要摘得干干净净！”有威严的男人这么说的时候已经带了点怒气，想必在初宁来之前，陆成诵已经说过一些顶撞他的话了。

虽然被打成私生饭是一件挺难过的事，但是初宁也得承认人家说得对。现在这样，这无疑是最好的办法了，视频里的内容，纵然有几张嘴也说不清。

“我今天回去就发微博道歉。”初宁转头看了看陆成诵，挤出一抹笑。那一瞬间，她很脱线地想到一句话——可怜天下父母心。

“亲妈粉”什么的，真是太不容易了。

受绯闻影响，今天的初宁犹如瘟疫，被严格控制在距离陆成诵十米开外。她知道从办公室出来的时候，他是有话要说的，他每次要说什么又不能说的时候，就急得皱眉。初宁假装没看到，走到电梯那边去，连一个眼神都没留给他。

反正也是以后都不会再见面的人。

晚上 9：00，寝室里的几个人表情严肃地坐在一起。

小鱼：“所以你居然答应了那种不平等条约？你知道私生饭会被骂得多惨吗？”

阿隋一副茫然脸：“多惨？”

初宁叹了口气：“还行，以陆成诵这个知名度，我顶多也就被人肉一下，挂个几天的。不过我之前是上过节目的，该曝光的也都曝光了，他们也只能骂几句，大不了这几天不上网了呗。”

哉哉心疼地看着她：“没想到你们三次元饭圈这么凶险啊，真可怕。”

在发布微博道歉之前，初宁特地爬进群里看了一眼。陆成诗正在群里跟他们义愤填膺地骂着评论里的黑子，初宁拿着手机想打字，犹豫了很久，却不知道说什么。

估计今天这条微博发完，她就得退圈了吧。退圈意味着什么呢？她暂时还不能想象，只是觉得心里空荡荡的。想想自己追星多年，最后为了自家偶像燃烧自己，也是蛮伟大的。抹了把亲妈泪，初宁打开微博，开始按照公司那边规定好的内容来编辑。

“关于昨天的热搜以及视频，我承认那个人是我。但是并不像绯闻里说的那么难听，我只是借由自己跟陆成诵拍过真人秀的机会，得到了剧组的一些相关信息，混了进去想偷拍几张。中间发生了一些争执，陆成诵很和善，送了我几张签名照，但还是给他带来了很大的困扰。我为自己私生饭的行为道歉，并且宣布退圈。”

短短几句话写了半个小时，手指在那个发送的按钮上犹豫良久，初宁还是有点按不下去。她当初踏入饭圈的时候，怎么也想不到会有这么狼狈的一天。她还曾经很自大地觉得，这个圈里的人就算都走了，她也会留下。

犹豫无用，时间拖得越久，对陆成诵名誉的损失就会越大。手指轻轻一按，微博发送成功。

下一秒，初宁迅速关掉自己的手机，拿起书架上的测量学教材。再过一段时间，又要期中考试了，如果期中考试分数不高，平时分拿不到，那期末还是逃不过低空飞过的命运。生活这么艰难，她觉得自己也的确没时间追星，放弃了也挺好。

虽然这么安慰自己，初宁还是在室友们看不到的时候，偷偷抹了几把眼泪。

跟她想象中差不多，这么一条微博足以在饭圈引起轩然大波。陆成诗拿着手机从屋里跑出来的时候差点摔倒，陆成诵伸手扶了一把，下一秒，她的拳头就直愣愣地朝着陆成诵的脸上招呼了过去：“陆成诵，你浑蛋！”

“你疯了啊，陆成诗！”这一拳打得很实在，不过小姑娘手上没什么劲，不至于让他挂彩。陆成诵伸手抓住了陆成诗的手腕，吼道，“你给我冷静点！”

陆成诗冷静不下来，她怎么都没想到，公司最后做出的是这样的决定。初宁微博发布之后，陆成诵的公司紧接着就以官方口吻声明，会追究恶意处理视频者的法律责任，也会严格监管粉丝市场，希望不要再出现初宁这样的粉丝。

“你是不是男人啊？不就是探班被拍了吗，怎么就不能实话实说了？还希望不要再出现初宁这样的粉丝？没有她的话，你就是个一百零八线。没人给你拍照，给你宣传，给你做数据，你就演一辈子的男八号吧！”

陆成诗说着，把手机摔到他怀里，转身就走。

陆成诵不看也知道现在网上都是些什么样的言论，当时初宁上一秒发出微博，他下一秒就看到了。

他身边的女人都是这么不听话的，陆成诗是，初宁也是。叹了口气，陆成诵回到房间，在电脑前坐下，登录自己的微博大号。最近他的微博也不太平，上了热搜之后，评论简直能把人淹没。现在初宁发声了，他这边的评论友好了许多，大多数人开始心疼他有了这样的粉丝，还有人从之前的真人秀里截图来刻意丑化初宁。

看综艺就知道不是什么好人了，呵呵。

心疼我诵诵，强烈建议给私生饭量刑。

当初粉丝回馈活动被抽中也有黑幕吧，剧组那边都能混进去，这个女的背景不小。

她是我初中同学，全学校都排挤的一个人。

鼠标滑过去，都是这样的言论。陆成诵的双唇紧紧抿在一起，好像这样就能把心里的怒气压回去。可是看了很久，还是觉得压不住火气，邓杨这会儿还在疯狂地给他打电话。

他知道邓杨是在催他发声，但是他现在根本不想听他的声音。他伸手把手机关掉，在电脑里找到一张和初宁的合照。说合照其实很牵强，因为人家根本就没注意到镜头。那是他们一起录节目，中间休息的时候，在小岛边缘的沙滩上，初宁低头看自己的影子，陆成诵站在很远的地方，笑着把她和自己拍进一张相片里。

照片里，两个人站得很远，阳光和煦，陆成诵眼底温柔。他本来是想留着这张照片做纪念，等到很久之后的某天拿出来给初宁看，还能得意地说一句“看，我从那时候就喜欢你了”。没想到还没等到那么一天，这张照片倒是提前派上了用场。

上传图片，思索了一会儿敲上附言。

果然男人还是要勇敢一点啊！

毫不犹豫地按下发送，陆成诵估计半个小时之后，邓杨就会飙车过来砍死自己。

果然，不到两分钟，“陆成诵告白初宁”顺利打败“初宁私生饭”的话题，上了热搜。

陆成诵喝了口咖啡，觉得自己简直帅爆了。

04

初宁睡觉之前很严肃地跟其余的三个人表示，今晚不管网上发生了什么都不要告诉她，她会很早就上床睡觉，并且手机也会一直是关机状态。所以当“陆成诵告白初宁”这个话题被推上热搜，阿隋忍不住想爬上初宁的床的时候，硬生生被小鱼和哉哉拖了出去。

三个人站在走廊上，难以置信地又看了一遍陆成诵发的微博，确定他真的是用的自己的大号，粉丝六百多万，还带着黄V的那种。更加确定他是真的在微博上跟初宁表白了，而且还把锅全背到了自己身上。

故事走向真是令人猝不及防。

微博里，陆成诵图文并茂，高考时写作文都没这么走心过。

昨天拍到的照片的确是我，旁边的女孩是我妹妹，我不希望她的生活被波及，所以没有公开过她。而关于视频，所谓的草粉更是无稽之谈。自从参加过真人秀之后，我就对初宁心生好感，签名是我主动送的，剧组探班是我死皮赖脸邀请她过来的，因为中间我失手打翻了可乐，才有了脱衣服的乌龙事件。为了帮助我摆脱恶评，初宁发了那样的微博，但里面的话并不属实。我追求她很久了，所有的事情都是因为我一个人而起，在这种时候，我希望大家可以更多地来关注我的作品，我也会多听取大家的建议，改进自己。她只是一个普通人，不应该承受娱乐圈里的压力，而她也是我喜欢的人，我希望她可以得到这个世界的全部善意。

三个人没敢看评论，头挨着头靠在一起站在寝室走廊上。

小鱼：“你们说，这次这件事小初能火多久？”

哉哉：“感觉她会被一直挂在网上……”

阿隋：“我的天哪，你们的重点还能再偏点吗？我们现在应该关注的，难道不是陆成诵跟她表白了吗？还是公开的！全世界都能看到的那种哎！”

哉哉：“你好夸张，陆成诵又不是好莱坞明星，哪会全世界都知道？”

小鱼：“对啊，他就是一个十八线。”

阿隋：“也对哈，我一共也没看过他几部戏，不过上次那部《霸道总裁爱上我》还挺好的。”

哉哉：“啊哈哈，对，那部剧里面他特别帅！”

小鱼摆出一副冷漠脸：“所以现在到底是谁跑偏了重点？”

五分钟后，陆成诵微博被删除，邓杨坐在电脑前痛心疾首。他手里虽然有陆成诵的微博账号和密码，但是事情已经发生了，该截图的肯定也都截图了，删除这种操作完全没有用处。就算他现在真的砍死陆成诵，也挽回不了局面，而打电话给初宁，那边还一直是关机状态。

邓杨脸上挂着宽面条泪去看微博。

他把各种最坏的可能都想了个遍，做好了足够的心理建设才终于打开了微博。“陆成诵告白初宁”的热搜已经爆掉了，要知道，明星公开向粉丝告白，在全网还是第一次。邓杨点了好几次才点进去。最上面的是八卦周刊发的，内容倒是还好，只是陈述事实，问网友们怎么看。邓杨稍稍安心了一些，接着往下看。

越往下看，邓杨越觉得事情的走向诡异。

按照网络一般走向，现在难道不是应该粉丝骂声一片，路人纷纷转黑吗？那下面这和谐的氛围是怎么回事？

陆家小跟班：天哪，我就知道小初大大不会是什么私生饭！这么长时间了，她一直超级尽心尽力的好吗！陆成诵今晚真男人，无法抑制的激动！

诵诵最爱的地瓜片：认识小初很久了，她发出微博的那一刻，我就知道这一切肯定有内幕，却没想到内幕是一把黄金狗粮……虽然作为女友粉悲伤到变形，但那个人要是小初的话，我觉得我还可以再抢救一下。我喜欢的男人喜欢了我喜欢的女人，谁敢骂他们我就骂你。

灵魂画手阿标：准备熬夜摸鱼画个结婚照，想看的快赞我！

一首唐诗：你们在黑什么？你们想过没有，如果他们在一起了，我们可以多拿到多少福利！私照、签名还不是分分钟的事！小初不是你们的情敌，是友军啊！

岩诵一生推：我可能要换名字了，他俩起个什么夫妇名好？在线等，挺急的。

因为几个人在陆成诵的饭圈都是大大级别，所以一旦发言，就会格外引人关注。大大们集体带节奏，不明真相的吃瓜群众也就十分配合地纷纷给予了祝福。邓杨一路刷下来只看见了几个黑酸，还被骂得很惨，他目瞪口呆——他带出来的艺人，居然还拥有这么神奇的饭圈？

半个小时后，午夜12：00，所有吃瓜群众都在兴致勃勃地等待着事情的后续发展。陆成诵其实也紧张，这件事怎么说都是他太冲动了，搞不好把经纪公司惹急了，他可能连饭碗都得丢。他怀着紧张的心情连吃了两个冰激凌，还没上网，就看见陆成诗急吼吼地从屋子里冲出来。

“哥，就冲今天这件事，我以后再也不跟你吵架了。”陆成诗在他身边坐下，打开微博给他看。起初陆成诵还不太敢看，瞄了一眼只看见一个爱心的表情，这才凑过去看了看。

“嗯？”陆成诵怀疑自己是在梦里，“你不是在逗我吧？我本来都做好被骂的准备了，刚刚邓杨哥打电话把我骂得好惨。”

“因为小初姐在饭圈资历很深，人缘又好，所以大家都在帮她说话。”陆成诗语气欣慰。

陆成诵有点不服：“不是吧？我觉得是因为大家对我是真爱，希望我得到幸福。”

“别给自己加戏，这些大大都是看在小初姐的面子上好不好，你算哪根葱啊。”

“陆成诗！你上一秒还说再也不跟我吵架！”

虽然表情很是不耐烦，但陆成诵还是春心荡漾地看完了大家的留言，这么一刷就到了凌晨，事件女主初宁却一直没有表态。他暗戳戳地让陆成诗联系她，却发现人家关机了。思考了一下，陆成诵低头拿着手机转发了“一首唐诗”的微博：如果事情成功，私照签名都好说。

转发成功，他得意地看向沙发那边的陆成诗：“今晚被我翻牌的女粉丝估计要激动得睡不着觉了。”

陆成诗一副冷漠脸：“你是失忆了吗？我明明跟你说过这个 ID 是我，你是不是傻啊！”

处在风暴中心的陆成诵这时候并没有意识到，在初宁的指导下，家里的二老已经掌握了微博的登录与操作。他在被邓杨痛骂一顿挂掉电话之后的半个小时，手机响起。陆成诵看着上面的名字，觉得太阳穴比刚刚跳得还快。

要不是因为讲座时间紧张，这个晚上陆家父母可能就要直接杀过来了。陆成诵拿着手机跑到阳台上，接起电话的时候还有些惊慌，听到那边的声音很平静，他才跟着静下了心：“现在事情已经这样了，我从小到大都不是做事不考虑后果的人，我心里有分寸。”

“你决定了？”

“决定什么？”

那边陆爸爸的声音忽然严厉起来：“你这么公开发声，全国的人都看到了。你要是什么都没想过，只是想玩玩，那人家女孩子的名声怎么办？从小我是怎么教育你的？你脑子再不清楚，也不能拿人家的一辈子开玩笑！”

虽然说得过于严重，但现如今的网络大背景的确不怎么乐观。陆成诵当然知道初宁会面临什么，可是眼下，他能做的，似乎也就只有这些了。即便他心里再怎么确定，初宁那边的想法他也不知道。他苦笑一声，叹气：“我倒是没想过只是玩玩，就怕人家姑娘不喜欢我。”

“胡闹！都没确定人家心意就来这么一出！”

也许是语气过于严肃，一直站在旁边偷听的陆成诗忍不住插嘴：“现在都什么时代了，您怎么还搞旧社会从一而终那一套啊！那明星里面多少人都是分分合合的，也没见耽误谁再找。”

“那是明星！这姑娘就是个学生，有那个手腕和背景吗？真是胡闹！陆成诵，等我们再回国的时候，把姑娘带出来见个面，吃个饭。要是带不出来，我们俩就豁出老脸给人家姑娘道歉去！”

陆成诵也没想到，一向不怎么关注娱乐圈动态的父母，怎么会突然这么激动。他看着已经挂断的电话，艰难地动了动喉结：“如果我追不到小初怎么办？”

“这事本来是绯闻，要是爸妈真的掺和进来，那就是家丑了。”陆成诗表情有些凝重。

“那你说，小初今晚是不是一夜都睡不着啊？”

“肯定的啊，就算她手机关机了，室友们总会把这么大的消息告诉她的。”

“那我接下来该怎么做呢？”

“先静观其变吧，明天我问问封十里。”

陆成诵忧心忡忡地点头，想到初宁现在可能辗转反侧，他就觉得自己愧疚难安。到底是因为自己，把她带进这样的风波里。回了房间，陆成诵一夜无眠。

而另一边的初宁翻了个身，睡得香甜极了。

第十二章 陆成诵告白词终稿

01

因孟教授出差，停课两周。初宁最近忙得累了，这回真的不用照顾站子，不用跑路透劳心劳力，加上人的逃避糟糕现实的本能作祟，所以一觉睡到了第二天中午。连寝室里一向喜欢睡懒觉的哉哉都醒了，初宁还抱着自己的被子睡得香甜。

阿隋从食堂回来，给初宁带了早饭，眼看着早饭要变成午饭，初宁才哼哼唧唧地翻了个身，爬起来又伸了个懒腰。

初宁这一觉睡得很累，断断续续没少做梦。一会儿梦见自己还在跟陆成诵拍节目，一会儿又梦见两人在休息室里弄洒了可乐。梦里的她几乎是声嘶力竭地告诉陆成诵快跑，暗处有狗仔偷拍，颇有几分英勇就义的气概。等到睁开眼睛，初宁只觉得身心俱疲，还不如不睡。揉揉酸痛的眼皮，一转脸，就看见三个室友仰着头十分整齐地站在她床边。

初宁一惊，那颗千疮百孔的小心脏险些停跳：“喂，你们吓死我了。”

三个人整齐划一地皱着眉欲言又止地看着她：“小初，昨晚微博上……”

“我不想听，不许说。”初宁打断她们，拿起被子捂住自己的头。不用想也知道私生饭会被骂成什么样，没准现在就连她祖上是不是地主成分都被扒出来了。那种话没人愿意听，更何况在某些方面，她还是个玻璃心，不知道也就可以骗自己说不存在。

确定三个人没了声音，初宁才踩着梯子下了床，一边打开阿隋带回来的饭，一边看向三个室友，三人的脸色就像便秘一样憋得十分难受。

初宁扶额，有些无奈："你们其实不用太在意，你们看我自己都不在意。"

"我觉得你有必要去微博上看看。"阿隋说着拿出手机，因为昨晚凌晨转发了一个粉丝的微博，今早的热搜上陆成诵依旧稳居榜首，可见大半夜不睡觉看八卦的人还是很多的。初宁一边咬包子一边疯狂摇头，坚决抗拒。小鱼和哉哉对视了一眼，在她停下来的同时插空开口："陆成诵跟你表白了。"

嘴里的包子掉到了地上，初宁摸着自己沾了油的衣服，愣了半晌后伸手就在阿隋大腿上掐了一把，听到阿隋的惨叫，她才知道这不是梦。她终究是不敢信，疑惑地探身去看阿隋举着的手机。

映入眼帘的第一个微博来自 ID 灵魂画手阿标，发布内容是一张图片，画的是初宁和陆成诵的 Q 版结婚照。

初宁眨眨眼，有些迷茫：这是什么谜之走向？

小鱼贴心地把自己的电脑举到小初面前："我昨晚闲着没事就帮你做了一下统计，基本上现在全网都是你们的 CP 粉了。黑酸也有，但是目前来看，不多。别那么瞪着我，因为你昨晚睡得早所以不知道，陆成诵跟你告白了。对，还是在他的微博上。"

初宁一脸问号。

接下来的时间里，三个室友一边翻着微博，一边给她详细讲述了昨晚的事情经过。初宁从开始听到结尾，她在梦里疯狂掩护陆成诵让他快走，却不知道他在现实中结结实实地替她挡了刀。眼下的情况，她更不敢开手机了。过了几分钟的工夫，哉哉兴奋尖叫："姜岩转发了，还说希望陆成诵这次能摆脱多年的单身狗身份获得幸福。"

事情似乎在朝着很奇怪的方向发展。

因为初宁手机没有开机，不管是封十里还是陆成诗都没办法联系上她。她在桌子边呆呆地坐了一会儿，站起身，抬脚往床上爬。正激动着的三个人一起看她，却见她面色不佳，像是极其倦怠的样子。

“小初，你不讲点什么表个态吗？陆成诵都那样说了。”

初宁重新钻进自己的被窝，沉默了一会儿才开口道：“陆成诵这个人就是太善良了。他觉得他们公司的危机公关害了我，所以用这种方式替我背锅。但是他可能没考虑后果，我现在能做的就是什么也不做，等事情过去就好了。”

“背锅？”哉哉诧异，“这么深情的表白，你觉得只是替你背锅？”

阿隋也不能理解这时候初宁的脑回路：“他的事业刚刚起步，要是不喜欢你，这时候替你背这个锅？你开什么玩笑啊，你还不领情了？”

初宁不说话，整个人怏怏的，也不知是因为什么突然不开心。

阿隋和哉哉依旧表示不能理解，你一言我一语地在那边讨论。一会儿说这样公开的表白已经说明了一切，一会儿又说姜岩都转发了，总不会是闹着玩的。等到两人都说够了，一直沉默的小鱼才开口：“小初，你怎么不开心呢？”

阿隋撇嘴：“矫情。要是我，现在马上打车去找他结婚，免得他之后反悔。”

躺在床上的初宁还是没说话，像是睡着了。就在大家都以为她真的睡着了的时候，她才闷闷地说道：“这种事，为什么我是最后一个知道的？”

作为被告白的主角，却最后一个知道告白的事，似乎有点说不通。坐在下面的哉哉听不下去，摘了耳机看她：“那是因为你一直在逃避啊大姐，是你自己说要早睡，现在又不肯开手机，这时候倒是埋怨自己是最后一个知道的了？你的脑子都放在追星上了？”

这话说得没问题，初宁摸了摸自己的手机，犹豫再三还是不敢打开。倒是坐在一旁的小鱼笑了：“行了，你们别说她了。小初八成是喜欢上陆成诵了，人家表了白，她反倒开始怕人家不是真心。”

被一句话点中了心事，初宁瞬间奓毛，从床上蹦起来：“我没有！”

小鱼一脸“你有没有随便，反正我是信了”的表情。

两秒后，初宁破功：“哎呀，但是我们根本就不是一个世界的人，就算在一起也不会有好结果的。”

其实细细想来，初宁的话并没有错。我们开始一段爱情，总希望它能长久美满，甚至地老天荒。可是随着年龄的增长，我们也知道，爱情这样复杂，不是互相喜欢就可以。如果早在一开始就能预感到后面的悲剧，那究竟要不要开始，就令人犹豫不决了。

初宁这话让寝室里的姑娘们集体陷入了沉默。

一直到下午 2：00，初宁的手机还是处于关机状态。虽然我们说以不变应万变，但是眼下陆成诵再怎么心如止水，也是坐不住了。因为之前出现的偷拍事件，陆成诵公司这一次铁了心要追究到底，休息间和走廊的监控都被调走，跟徐崇航的新剧拍摄工作随之暂停。陆成诵在房间里从上午躺到了下午，一口饭没吃，只喝了几口水续命，从陆成诗那里要来的电话号码还是关机状态，他觉得他不能再这么等下去。

他知道初宁的学校，也知道初宁的宿舍楼。拉上陆成诗，装备好，陆成诵开车前往初宁的学校。

半个多小时之后，陆成诗鬼鬼祟祟地出现在初宁宿舍楼下。

“这么多房间，怎么找啊？”陆成诵问，他明显低估了这所师范学校的女生数量。陆成诗站在车门外，望着高高的宿舍楼，轻描淡写道：“小初姐的寝室门牌号我知道，特别好记，三个六。”

陆成诵突然紧张起来：“那你上去了，打算怎么跟她说啊？”

“我说什么啊？我就把她带下来见你，重要的话你跟她说。”真是愁人，这么大岁数了，连表白都得别人教。陆成诵忙不迭地点头，催促她：“那你快上去。”

“等我的好消息。”

陆成诗走得雄赳赳气昂昂，好像几分钟之后她就能给自己带回个嫂子。陆成诵坐在车里，把车窗关好，等待的时间里，他打开微博，再一次刷新了自己的首页。

微博上的热搜依旧没有掉下去的趋势，因为不断有人带话题发微博。因为女主角一直不肯发声，渐渐也开始出现了不和谐的声音，谴责女主拿乔，不过仗着陆成诵喜欢自己。他皱了皱眉，再度刷新首页，想把刚刚那条冲下去，眼神一顿，他的手指停住。

是初宁的更新。

“我是‘亲妈粉’啊，我们在一起是‘乱伦’！大家快散了吧。”

不知怎么的，原本揣在怀里的热乎乎的一颗心，忽然就像被冷风吹了一样凉下来。陆成诵觉得喉咙发干，嗓子有点微微疼痛，抬头，看到陆成诗从楼里走出来。

陆成诗打开车门，坐进车里，两个人都不说话。她没看到那条微博，却也是表情不佳。陆成诵叹了口气，手握上方向盘：“没找到人？”

这是他能想到的最好理由。

“找到了。”陆成诗低着头，“她不肯下来见你。”

陆成诵点点头，做出一副很能够理解的样子：“明白，回家吧。”

心里那些微小的失望，没来得及发酵，只是被拉扯得很长很长。

02

发完婉拒的微博，初宁知道接下来大部分的网友会气势汹汹地跑来骂她不知好歹。这一次她没有关掉手机，因为她想到了一个新办法。

她把微博直接卸载了。

微信的空间更私人化，不熟的同学就算再怎么八卦，也不好意思像网友那样发私信来问。站在舆论的风口浪尖，初宁告诉自己，不管事情结局如何，陆成诵这个人，她是追不起了。

人们在放弃某件事的时候，害怕的无非是难以戒掉养成的习惯。就像现在，初宁看着自己的手机，屏保是他，锁屏是他，聊天背景是他，票圈背景也是他。要是再细化，输入法背景图，保存过的表情包，备忘录里的信息，也都与他有关。这还只是一小部分，初宁想起自己所有社交网站的密码都是跟陆成诵的生日和名字有关，一瞬间她意识到，脱饭是一件浩大的工程。

翻了个身，初宁决定再睡一觉，毕竟除了睡觉，她也想不到什么逃避现实的有效方法了。

这一觉睡得有些久，等到醒来，天已经黑了。寝室里很安静，初宁探头出来看了看，门口的灯开了一盏，屋子里没人。她们几个应该是出去吃饭了，初宁缩回被窝里，闭上眼睛长长地叹了一口气。

心情好差。

她从昨晚到现在只啃了一口包子，还连馅都没吃到。饥饿的感觉驱使她从床上爬了起来，一直爬到下面，却发现早上的包子已经凉得没法吃了。她惨兮兮地在桌边坐下。她这个时候是无论如何都不会出门的，师范学校里女孩子太多，爱八卦的女孩就更多，她出去一趟无异于当众游街。

初宁掏出手机，在寝室群里发了自己想吃的东西，嘱咐大家谁有空的话帮自己带回来。

半天也没人回应，不知道这三个人干吗去了。

她不知道的是，三个人确实是出去吃饭了，但饭桌上还多了陆成诗和封十里。五个人聚在一起表情凝重。

桌上放着的手机振了振，小鱼拿起来看一眼又放回去："小初说要吃黑椒牛柳炒饭，让我们给她带回去。"

"她还有心思吃呢？"封十里表示对自家姐姐的脑回路不能理解，"我估计诗诗她哥现在都得以泪洗面，我姐到底有没有心啊！"

陆成诗："没有那么夸张啦！我哥因为绯闻闹得太严重，电视剧被换角色了，这时候应该在家里睡觉吧。"

虽然知道绯闻闹得太大，小鱼她们也没想到会严重到电视剧都拍不下去的程度："是不是损失很大啊？"

"还好吧。反正我哥本来就不怎么想跟徐崇航合作。"陆成诗不想多说，这里面牵扯的利益关系很多，偷拍陆成诵和初宁的人极有可能就是徐崇航公司的。娱乐圈水深，陆成诗也是一知半解，自然不敢乱讲。她今天把大家约到一起也不是为了八卦来的，临走之前陆成诵可是对她委以了重任。

"微博号我已经开好了。"陆成诗拿出手机给对面的三个人看，名为"陆成诵恋爱智囊团"的微博号大大咧咧地出现在屏幕上，粉丝数，2。

阿隋一愣："就俩粉丝啊？"

"很快就会变成五个了。"哉哉默默拿出手机搜索。

"革命的开始都是艰难的，虽然现在只有两个粉丝，不代表以后也没人关注啊。"封十里现在俨然已经是陆成诗完完全全的拥护者，"这个智囊团的副团长就是我了，你们要不要考虑入团？”

小鱼表情凝重：“要交团费吗？”

“当然不用了，本团长从来不会干这种乱收费的事。”陆成诗右手一拍桌子，气势十足，转而又想到什么似的，瘫回到椅子上，“我们忙活这么多有什么用啊，小初姐可能根本就不把我哥当男人，只把他当儿子。”

“这个你放心，小初是喜欢你哥的。”小鱼想起初宁在寝室半死不活的样子，“她都开始思考两人在一起会不会有好结果了。”

女孩子向来喜欢口是心非，无非就是为了保护心意确定前那点微不足道的自尊心。小鱼这句话给陆成诗吃了定心丸。既然如此，智囊团的存在就很有必要了。几个人将陆成诵和初宁之间前前后后的故事拼凑了一下，觉得怎么说也算得上娱乐圈十八线暗恋粉头的八卦剧情，很有看点，智囊团绝对不愁没人关注。

因为担心初宁一个人在寝室里东想西想，小鱼她们三个早早就跟陆成诗和封十里告别，买了黑椒牛柳炒饭回去。一进屋，就看到初宁披头散发地躺在床上，一条腿在床边耷拉着，仿佛被饿死在街边的小寡妇。

“炒饭回来了，快下来把饭吃了。”

初宁一整天活得如同行尸走肉，听到声音之后脑袋动了动，等到炒饭的香气飘进鼻腔，她才带着哭腔开口：“你们去哪儿了……怎么才回来呀……”

“食堂人多，排队排好久。”阿隋心虚地回答道，好在初宁没再问。

把饭塞进嘴里，初宁才觉得自己终于活过来了一点。她一边吃饭一边拿手机，想到微博已经卸载，原本放着那个软件的位置空空的，她的手指顿了一下，点开微信。

群里的消息早就已经刷爆了。

灵魂画手阿标：小初怎么一直不说话？

陆家小跟班：还活着吗？

岩诵一生推：不会是被黑粉谋杀了吧！

初宁嚼着饭，打字回复：刚刚开手机，没事。

诵诵最爱的地瓜片：天哪，大大你终于出现了！你已经在热搜上挂一天了，你知道吗！

她当然知道，不管是明星跟粉丝表白，还是粉丝公开拒绝，都足够让这件事在热搜上挂很久了。初宁现在的心情是经历过大风大浪后的平静，刚想回几个字，就看到有人发在群里的截图。

截图内容是一个名叫“陆成诵恋爱智囊团”的微博号。

初宁一愣，点开大图，微博头像就是当时陆成诵在微博表白的配图。她原本已经平静下去的心又一次起伏不平。打开电脑，用小号登录网页版微博。幸运的是，她的小号并没有被网友们扒出来。不过现在热搜已经又换一轮了，看着热搜第一位置上的“不伦夫妇”，初宁觉得自己的头皮都在微微发麻。

她在微博所表达出来的婉拒，就这么成了她和陆成诵的夫妇名由来。

初宁接着往下翻，看到了一个新兴微博号——初宁今天答应了吗？

她的脑子里再次狠狠滑过一大片弹幕。随着鼠标不断下滑，初宁渐渐明白了现在的趋势，全网不知道被哪位无聊又有钱的人买了水军，大家都在网上七嘴八舌地帮陆成诵追她。要知道，这样的事自开天辟地以来还从未出现过，初宁觉得事情再这样下去，就快干扰到她的正常生活了。她退出了微博，决定这段时间从网络上彻底消失。

没有女主角的戏，再多人吆喝也是唱不下去的。

“小初，托你的福，最近微博上好多撩妹技能分享啊。”哉哉觉得眼下的情况很是让她兴奋。虽然作为初宁的室友，她应该站在初宁这一边，但是人类的八卦本能，让她还是忍不住想把自己看到的分享出来，“而且其中有一条，还被陆成诵点了赞。”

小鱼和阿隋一起发出“啧啧啧啧”的声音。

“陆成诵以前连微博都不太会用，现在居然会给自己买水军了。”初宁几乎要挠墙，“他有这个脑子为什么要拿来追我，怎么不去经营一下他自己的事业啊！”

“亲妈粉”果然在这种时候都忘不掉自己的母性本能。

另外一边，陆成诵从钱包里拿出一张卡甚是满意地递给陆成诗：“水军你都会买，小丫头懂得挺多啊。”

陆成诗笑嘻嘻地接过信用卡：“一切都是为了我未来的嫂子。”

她未来的嫂子并不知道自己现在已经被一张大网层层叠叠地包裹了起来。陆成诵虽然没什么丰富的恋爱经验，但是人一旦下定决心要做什么事，那就有更大的成功概率。这个理论放到感情上也许不完全有用，但好在陆成诵现在确定了一点——初宁其实也是蛮喜欢他的。

电视剧告吹看似是因为绯闻，但其实公司这边也有自己的考虑。那本被翻牌的书不久之后就爆出抄袭的丑闻，陆成诵在这时候退出，也避免了一场不必要的口水战。成名固然重要，人还是得爱惜羽毛。陆成诵站在洗衣机前，觉得现在这样也挺好，至少有了很多时间去追初宁。

按照之前的计划，这几天他都是要按兵不动的。可是在床上翻来覆去好几个小时，陆成诵第二天最终还是起身出了门。

男人，还是得有个男人的样子。

03

陆成诵鬼鬼祟祟地出现在初宁宿舍楼下的时候，初宁刚好裹着她的桃红色艳丽款睡袍出来取外卖。所谓缘分，大抵都是这么让人猝不及防的。根据多年的前线经验，初宁一眼就认出了门口穿着黑色夹克的陆成诵，她本来打算很窝囊地躲开，偏偏这个时候外卖小哥大着嗓门喊了一句她的手机尾号。

陆成诵虽然不记得她的号码，但是本能地把目光落在了声音来源上。一时间初宁进退两难，正犹豫着，外卖小哥却不耐烦了：“小初？有没有叫小初的？”

听到声音，陆成诵大步朝着她走了过来。

本以为找她会是一件难事，陆成诵甚至做好了在楼下蹲守一天的准备，却没想到刚走到这边就能碰见她。这么朝着她走过去，陆成诵脚下的步子毫不犹豫，心里却已经慌得不行。相比之下，初宁也没有好到哪里去。她眼里的惊讶已经升华，几乎可以称之为惊恐。

处在绯闻的风口浪尖上，还这样高调地找到她学校来，她看陆成诵是不打算在娱乐圈混下去了。

初宁僵硬地站在原地，眼睁睁地看着陆成诵接过了外卖小哥手里的麻辣烫，又眼睁睁地看着他朝自己一步步靠近。身边已经有路过的同学在频频回头，在被认出来之前，初宁一把扯过陆成诵的胳膊，把他带进了宿舍楼旁边的小花园。

进去了之后，她发觉更尴尬了——这个小花园每天到了这个时间便到处都是小情侣，他们现在并肩坐在椅子上，怎么看都不是很纯洁的样子。初宁想着就叹了口气，这么一动，她的睡袍微微敞开，露出了里面翠绿翠绿的娇艳欲滴的那件睡裙。

陆成诵不动声色地把目光从她的睡裙上移开，心思荡漾：真可爱。

初宁："你来找我啊？"

陆成诵点点头："我觉得有些话还是跟你当面说比较好。"

"那我能边吃边听吗？"今天上午突然接到孟教授的通知，让学生们帮忙做一份数据。整个寝室的人都因为数据的事忙得焦头烂额。这会儿刚做完，她早就饿得头晕眼花了。陆成诵自然不会阻拦，帮她把方便筷子掰开，贴心地递到她手里："你吃，你吃完我再说。"

"那你就这么看着？"

陆成诵一愣："我也吃的话，你不就不够了吗？"

初宁想，她果然不应该对直男抱有任何的期待。

在陆成诵的注视下，一天没吃饭的初宁默默地吃完了整碗麻辣烫，其间陆成诵什么话都没说，就在一边安静地等着。这顿饭吃完天也快黑了，初宁坐在椅子上有点不自在："我知道你发那条微博的意思，是觉得让我背黑锅有点过意不去，其实没关系的。现在事情闹大了，我也不知道怎么办才好。你是来跟我商量的吗？"

"不是。"陆成诵双手撑着椅子，仰头看天，耳朵红成一片，好在声音还算镇定，"初宁，我是来跟你'乱伦'的。"

现在的网络环境真是太可怕了，居然能让一个钢铁直男说出这种话来。要知道，陆成诵可是会因为一部同人文而举报她的那种刚正不阿的人。

初宁顺着这句话小小发散了一下思维，又深感罪过，低下头去。

意识到自己的话里有歧义，陆成诵迅速补救：“我的意思是，我知道你是‘亲妈粉’，但我还是觉得你可以考虑一下喜欢我，我……”他顿了一下，努力在脑海里搜刮着女孩子会喜欢听的话，“我保证会对你好的，而且我……我还挺有钱的……”

初宁忽然很想当智囊团团长，不然以陆成诵现在的水平，估计追谁都追不到。在来之前，陆成诵的确是做了充足的准备，但是因为等待的时间太长，那些本来就记得不太清楚的话现在越发模糊，他就像个裸考的考生一样手足无措。

见初宁不说话，陆成诵心里更加慌张，手心里渗出了一层薄薄的汗：“还有啊，我还是个明星，你要是跟我在一起的话，我觉得你能挺有面子的……我爸妈都在国外，以后不会有那种婆媳矛盾……”他说到这里猛然打住。陆成诗警告过他不要强行撩妹，更不要像个傻瓜一样一个人脑补两个人的未来。他紧张地抿了抿唇，目光凝视着旁边树杈上一朵快要凋谢的小花，手却伸到了初宁面前，“我……我没有经验……但是我希望你能给我一个照顾你的机会……”

他不敢看她，所以全神贯注地盯着那朵花。初宁本来想惆怅地叹口气的，但是可能刚刚麻辣烫吃多了，她一张嘴，气没叹出来，倒是打了个响亮的嗝。

陆成诵激动得声音都在发抖，但还是死盯着那朵花不好意思回头：“你这个声音是答应了吗？”

初宁想摇头，但是他看不到，只好勉强张嘴说了一句：“我是……”后半句的“在打嗝”没说出口，因为第二个嗝打断了她的话。

陆成诵猛地从座位上站起来，有点手足无措地左右看了看，似乎是想找个人来分享他的喜悦，又觉得不合适。他在初宁身边绕了一圈，重新坐回椅子上，努力地压抑着嘴角的笑意，但幸福感还是从眼神里满满地溢了出来：“你……啊……我……先这样吧，我得回公司呢……明天晚上来找你……”

从来没有人看见过这样的陆成诵，初宁那句“你误会了”堵在喉咙口，硬是没舍得说出来。她也不知道心里是什么感觉，要说喜欢他，但不是作为男女朋友的那种喜欢，要说她讨厌现在的感觉，但好像，也不讨厌。

她眼看着陆成诵站起来，还因为走路不稳，差点撞到树。没走几步，他忽然折了回来，急急地走到初宁面前，却又拘谨了。他本来想抱她一下的，又怕她排斥，最后只是小心翼翼地伸手在她头上摸了摸："那个，我回去加你微信，你记得同意我。"

初宁傻乎乎地点头："不过，你只是说照顾我，没说要在一起啊……我们现在还不是那种关系的……"

陆成诵原本傻笑的表情出现瞬间的呆滞，转而又觉得也不算毫无进展，又笑着点头："当然啦，我还没有开始追你呢。"

他说这些话的时候，眼神太真诚，初宁抿唇，随着他一起起身："那我回寝室了。"

"我送你到门口。"

他其实还想说很多话，问问她这两天心情怎么样，问问她有没有因为自己的告白而觉得苦恼烦闷。但是那些话在这短短的几步路里都来不及问，陆成诵的心里又开始惆怅，这惆怅让他离开时的背影显得有些落寞，也让初宁觉得有点心疼。

"所以，你们俩连告白都搞得这么乌龙吗？"阿隋原本只是想问为什么她取个外卖要这么久，却没想到换来一个这么劲爆的消息，"那你们俩现在算什么关系？"

"就是，还是很纯洁的关系。"

哉哉摇头："就是你早晚都会跟他在一起，只是不知道是什么时候的那种关系。"

这么说其实没有错，初宁没办法辩解，低头就看到陆成诵发来的好友请求。他的微信头像是一只柴犬，初宁看来看去都觉得眼熟，这不就是之前给自己发好友请求，说自己是陆成诵的那个吗！

原来那时候真的是陆成诵！初宁的小心脏最近真是承受了太多这个年纪不该承受的压力，她哆哆嗦嗦地同意了请求，就看到陆成诵那边发来一个笑嘻嘻的表情。

还好，初宁以为他会给自己发中老年表情包什么的。

自此，初宁跟陆成诵开始了网恋般的关系。因为接下来的时间里，初宁忙着做数据，两个人根本没时间见面，绯闻时期，更不方便出去吃饭。受各种条件限制，陆成诵想约她一次也是很艰难，只能通过陆成诗打听她最近缺什么，缺什么就给她寄什么，明明是同城，硬是搞出了异地恋的感觉。

在陆续收到陆成诵寄来的加湿器、小零食，甚至是拖鞋、帽子、暖宝宝等各种东西之后，初宁终于将怀疑的目光落在了室友们身上："我上次念叨寝室太干，没几天他就给我邮了加湿器，是不是你们跟他串通好了？说，他给你们什么好处了？"

其余三人齐刷刷地双手摊开："不是我们。"

初宁依旧怀疑："不是你们，难道是封十里？这话我也跟他说过，本来是暗示他给我买的，这家伙就这么小气嘛。"

有了这句话，三个人成功甩锅："那肯定就是封十里了。他最近是不是跟陆成诵妹妹在一起了？为了讨好那个小姑娘，出卖你不是很正常的事吗？"

这么说来确实很有道理。初宁之前也没想到，封十里那个德行，居然真的可以把陆成诗追到手。想想人家都能在一起甜甜蜜蜜地谈恋爱，自己还跟陆成诵这么耗着，心里居然有些不舒服。

感情一旦有了进展，就会越来越贪心。当晚，初宁在微信上问陆成诵："你明天有时间吗？"

陆成诵："明天有个新剧试镜，怎么啦？"

初宁："没怎么，你忙吧。"

陆成诵："我不忙呀。你要是不忙的话，我结束了去找你吧。"

初宁："你来找我干吗？"

陆成诵："跟你见面。"

在下面打游戏的哉哉只听见床上传来一声娇笑，果然，陷入爱情的女人就是比平时聒噪。虽然很想说她一句，但是看看自己桌上还摆着陆成诵买来的零食，蠢蠢欲动的心又落回去。算了，吃人嘴软，她选择沉默。

04

按照约定，第二天晚上，陆成诵来到了初宁宿舍楼下。初宁这次倒没穿着桃红色睡袍配翠绿色睡裙，而是简单地穿了件白衬衫搭牛仔裤。10月的北城已经有了点凉意，她本来想搭配一件大衣的，但是衣柜里的大衣怎么看都不是她喜欢的款式。为了好看，初宁咬咬牙就这么出了门。

陆成诵是开着自己的车来的，这台车在媒体面前没有曝光过，所以还算比较安全。初宁坐到副驾驶座，还没来得及系安全带，陆成诵就殷勤地探身过来，帮她把安全带扣了上去。

距离瞬间被拉近，初宁一时间竟觉得紧张，好像之前在网上聊得那么欢快的两个人忽然都变得拘谨起来。为了缓解气氛，她红着脸做作地咳嗽了几声："咳咳……"

"勒着你了吗？"陆成诵也是脸一红。这种帮别人系安全带的事，他这样的死傲娇还没有做过。他红着脸帮她把安全带调整好，又规规矩矩地坐回了自己的位置，然后两个人姿势一致地正襟危坐着。

半晌，初宁迟疑着开口："不开车吗？"

陆成诵回过神来，点点头："哦哦，我有个地方特别想带你去。他们说那个地方很适合情侣去的！"

所谓"很适合情侣去的地方"，其实就是初宁学校附近的某座小公园。还是陆成诵从智囊团微博上看来的。公园里有个湖，春夏的季节，花红柳绿的，确实浪漫怡人，但是他忽略了现在是10月底，深秋。

站在萧瑟的湖边，初宁顶着被风吹得乱糟糟的头发，一脸无语。

这一定是报应，是她之前在节目里屡次让陆成诵出糗的报应。更可怕的是，陆成诵并没有意识到现在的场景有多么糟糕。他觉得这种晚风凉凉的夜晚最适合谈情说爱了，今天的目标是可以抱到她，按照现在的情形来看，他居然很乐观地觉得自己是可以做到的。

两人在长椅上坐下，陆成诵酝酿了一下情感，开口道："怎么样，这地方不错吧？"

初宁看着他那张轮廓分明的脸，舔了舔干燥的嘴唇，艰难地点了下头："嗯。不错！"

“我也觉得挺不错的。”陆成诵羞涩地低着头笑起来。

然后就冷场了。

谁也找不到合适的话题，萧瑟的湖边，他们俩就像是尴尬症患者。陆成诵心里连着想了好几个话题都觉得不够好，偏头忽然看见初宁双手抱臂，他一愣，一边解自己外套的扣子，一边凑过去看她：“是不是冷？”

初宁转头，还没回答，带着他气息的外套就搭在了她的身上。陆成诵里面只穿了一件单薄的黑色衬衫，给她披衣服的时候手指不小心碰到了她的脸，初宁能感受到他的手也是冷的。

所以他们为什么要像两个智障一样，来这个地方吹冷风呢？她今天的目的是要跟陆成诵把话说清楚，暧昧这种事，时间一旦拖得久了，就会消磨掉人们心里最初的那点悸动。

叹了口气，初宁看着水面轻轻开口道：“你真的喜欢我啊？”

“嗯。”陆成诵坚定地点头，又不敢看她了。

“可是我觉得我们相处的时候并没什么特别的地方啊，你喜欢我什么？”初宁歪着头，觉得还是问清楚比较好，如果陆成诵对她有错误的迷恋，那得及时刹车。

陆成诵没想到初宁会忽然这么问，略微皱眉思考了一下，抬头看向她：“我不知道。我只知道我很想见你，每天都很想你，可是真的见到你了，又紧张得说不出话。你做什么我都觉得很可爱，觉得这个世界上大概没有比你更好的人了。然后又觉得很难过，因为你这么可爱，却不是我的。”

陆成诵抿了抿唇，又坦然道：“最近几天，跟你说一句话也觉得开心。你要是不回我，我就觉得你是不是不喜欢我了。我出道很早，一直在忙着工作，所以从来没把心思放在喜欢谁上面，要是这些都不算喜欢，那算什么呢？”

初宁没有说话。陆成诵无奈地笑了笑，伸手把自己的外套紧了紧。初宁整个人被包裹在外套里，手伸不出来，他长臂一伸，她就像个襁褓里的娃娃一样被他抱了个满怀。陆成诵下巴抵着她的头顶，声音带笑：“初宁，谢谢你喜欢我那么久，虽然是以粉丝的身份。以后我们在一起，我会以男朋友的身份，把那些喜欢加倍地还给你。”

如果说前面的话还只是让她略微唏嘘，后面这句倒真的让初宁有流泪的冲动。她追星的时候，从来没想过要得到什么回报，只不过是因为喜欢他，想把世界上最好的都给他。可是当那个人抱着她说“谢谢你的喜欢”，她的付出不白费，得到的一切就都是惊喜了。

初宁毛茸茸的脑袋在他怀里蹭了蹭，闷闷地点点头：“那我也……我也努力把自己转变成女友粉。”

“嗯……”陆成诵皱了皱眉，手臂收紧，犹豫了一下，还是纠正她，“不是女友粉，是女友。”

初宁脸红地点点头：“那就女友吧。”

面前的人身子明显一僵，然后心跳声控制不住地变大，就连初宁也听到了。她整个人都在他怀里，看不到他的表情，耳朵尖红红的。陆成诵不太确定，要知道，女孩子吊着别人半年、一年也是有的，他的初宁怎么这么傻，才这么几天就被他追到手了？带着点感动，陆成诵轻轻在她头顶蹭了蹭：“那我们现在是在一起了吗？”

“嗯。”

“你也是有男朋友的人了？”

“嗯。”

“那我可以发微博让大家都知道这件事吗？”

“不可以。”

他不问为什么，好脾气地抱着她：“好，那就等等再说。”

“不过，你今天怎么说话这么厉害？就像突然开窍了一样。”初宁疑惑地问。

陆成诵心虚地咳了一声：“有感而发。”

陆成诗放学之后发现家里没人，自己煮了包泡面，等待的时间里想开电脑玩会儿游戏，发现桌面上有一个新建文件夹。她好奇地点开，看到里面的文档名之后差点翻到地上去。

1. 陆成诵告白词一稿。

2. 陆成诵告白词二稿。

3. 陆成诵告白词三稿。

4. 姜岩修改意见总结。

5. 陆成诵告白词四稿。

6. 陆成诵告白词定稿。

7. 陆成诵告白词终稿。

陆成诗叹了口气，觉得她哥大概是把初宁当作一个课题来攻略了。

666寝室里的人，除了阿隋在大一有过一段短暂的异地恋，其他人都是母胎单身到现在。面对爱情这件事，因为太久没有遇见，自然也就比别人佛系很多。初宁觉得自己恋爱了却瞒着寝室里的人，怎么都说不过去。当晚吹完冷风回来，她便一边流着鼻涕一边把这个消息告诉了她们。

小鱼打字的手停下，转过头镇静地看着她："请问是谁在前几天要死要活，说你们不是一个世界的人？"

阿隋敷着面膜接口道："请问是谁说你们是'母子'关系，如果在一起无异于'乱伦'？"

哉哉吃着面，含糊说道："啧啧，女人。"

初宁很淡定地看着大家，用卫生纸把鼻涕用力地擤掉，慢悠悠反问："你们桌子上放着的是谁送的零食？寝室里开着的是谁买的加湿器？你们脚上穿着的又是谁送的棉拖鞋？"

其余三人心虚地对视一眼，阿隋最先倒戈："我同意这门亲事并祝你们百年好合。"

小鱼："臣附议。"

哉哉继续吃面："啧啧，女人。"

第十三章
谁先脱单谁是狗

01

成为陆成诵女朋友的第二天，初宁接到小馒头的私信，高冷的馒头姐第一次放下身段诚邀她回归饭圈。初宁自然不会把自己跟陆成诵在一起的事告诉她，只说自己要考虑考虑，这一考虑，就迎来了期中考试。

期中考试依旧是主考孟教授的课，更可怕的是，这次考场安排把她们寝室的几个人都分在了不同教室。要知道初宁有些笔记都是临开考之前才在室友那里看到，这么一分开，总不能楼上楼下跑着借笔记吧？

带着绝望的心情，初宁决定自己复习。而复习的第一步，就是先把落下的笔记都补回来。

不是她学习不上进，只是最近一段时间事情太多，她实在不敢出现在教室，一口气跟孟教授请了一周的病假。时间巧得很，病假结束就是期中考，初宁坐在寝室窗前，望着外面 10 月份肃杀的天空，只觉得内心一片凄凉。

她的数据依旧学得很差，测量的考试跟统计也有关系，她还得把上学期学过的内容一点点捡回来。不知道是不是因为气温降低，记忆力也跟着减退，初宁翻上学期笔记的时候，竟有种恍若隔世的陌生感。

陆成诵：“没学明白就说没学明白，忘了就说忘了，别给自己找那些非主流的理由。”

这段时间，陆成诵新剧试镜刚过，因为是历史剧题材，前期筹备工作很复杂，暂时还不能开拍。得了空，陆成诵没事就往初宁学校跑，为了避免被认出来，每次都跟她约在图书馆后面的小书店。这个书店老板是初宁的高中同学，多少算个朋友，反正平时也没人来买书，也就乐得给他们提供约会场所了。

“不是的，我学的时候其实都已经理解透了。我还记得上次考试的时候，我这种题型做过好多遍，现在一拿出来都不认识，肯定是我自己的问题。”初宁一边嘴硬一边把笔记打开，对照着公式一个字一个字地检查。

陆成诵坐在她身边，看着她第三次把错误的公式代入到错误的题目里，无奈道：“要不我教你吧？”

陆成诵从小受父母遗传基因影响，数学在三大主科里一直占有优势地位。而父母专攻统计学，他从小到大没少跟着耳濡目染，这么点大学本科的题目，还是难不倒他的。初宁对他的话半信半疑，上次上节目让他出了一次风头，这回没有摄像机，自然要拿相对难一些的题目来考他：“你要能做出来这些题，才能教我。”

“那我要是做出来了，没有什么奖励吗？”

初宁眼珠转了转：“你想要什么奖励？”

陆成诵等的就是这句话，他毫不含糊地表达了自己的诉求：“做出来一道题亲一口。”

“做不出来呢？”

“做不出来我脱一件衣服。”

初宁脑海里瞬间浮现出陆成诵赤裸着上身的香艳画面。她最近大概真的在从“亲妈粉”向“女友粉”转变，现在听到这种话居然会觉得激动，甚至还有点小期待：“这是你说的，要是输到只剩内裤，不要耍赖。”

陆成诵像条开心的大狗一样呼哧呼哧地点头。

这点题目对他来说，真的是小菜一碟，脱衣服什么的只是噱头，哄初宁亲他才是目的。两个人直到现在，还没有真正意义上接过吻。陆成诵倒是有想法，但受时间、环境等等的影响，屡屡失败。今天这么好的机会，既能展现自己的智慧，又能得到初宁的吻，他想想就觉得美滋滋。

撸起袖子，陆成诵接过初宁手里的笔刚打算做题，放在桌边的手机就疯狂振动起来。

是初宁的手机，来电显示陆成诗。

他的妹妹可真会坏他好事。

陆成诵和初宁在一起这件事，无论如何是瞒不过陆成诗的，也同样瞒不过封十里。现在兄妹俩齐齐陷入恋爱，智商直接掉成负数，本来就不怎么相容的两人一旦同时在家，基本难以正常沟通。所以对于陆成诗联系初宁却不联系自己这件事，陆成诵表示理解。

接起电话，初宁还没把听筒拿近，就听到陆成诗带着哭腔的喊声：“小初姐，我和封十里分手了！”

初宁淡定地吸了吸鼻子，看看周围没别人，便打开免提，把手机放在桌面上。

陆成诗现在也是一名大学生了。自从她和封十里在一起后，这样的场景，平均每两周都会出现一次，有时没准一周就能有一次。陆成诵对此更是见怪不怪，手撑着下巴，两人百无聊赖地听陆成诗细数封十里的几大罪状。

说的还是原来那些话，只不过分手原因从“他居然不给我把面条里的香菜挑出来”变成了“我给他打了三个电话，他因为打游戏挂掉了，那么他一定是不爱我了”。

陆成诵叹了口气，只觉得现在的社会真可怕。有些人年纪轻轻，脑子都没长全呢，就学别人谈恋爱，还谈得热火朝天，津津有味。

等到陆成诗抱怨够了，初宁安慰了几句，也就挂掉了电话。这段时间里，陆成诵成功解出了第一题，眼巴巴等她挂了电话，他伸手把她揽过来讨要奖励：“我做出来了。”

初宁拿过习题册对着答案一看，的确是做出来了，还一点错也没有。说出去的话就得履行，总不能赖账。她半推半就地蹭进他怀里，仰着头刚要在他脸上亲亲，桌上的手机再次疯狂振动起来。

这一次是陆成诵的手机，来电显示封十里。

陆成诵绝望地闭了闭眼，手机振动起来像是没有尽头，他没法坐视不理，心不甘情不愿地放开了初宁，接起电话。

“哥！诗诗她又要跟我分手！哥，你可得给我做主啊！”

颇有几分蒙冤草民跪求青天大老爷的姿态。

虽然事情的原委已经从陆成诗那边听了个大概，陆成诵还是明知故问：“她为什么要跟你分手啊？”

封十里的声音很委屈：“我不知道啊！我打着打着游戏她突然就生气了，说我不爱她，让我跟游戏过一辈子去！”

男女思维模式在这里显示出有趣的分歧。陆成诵虽然也是个钢铁直男，但是这么多年在娱乐圈跟着姜岩那条浪里小白龙混，也大概摸出点门道。陆成诗说分手肯定不是真的分手，但封十里不知道分手原因，那就是真的不知道。

为了拯救一段岌岌可危的爱情，陆成诵在封十里的极力要求下，跟他约了见面。放下电话后，时间也不宽裕，初宁把书本收好，背着书包一边往外走，一边给陆成诗发了吃饭的地点，只说是自己约她，打算请她吃点好吃的。

等到四个人聚在一起，天也快黑了。陆成诗和封十里就跟所有影视剧里出现的狗血情侣一样，见面吵架后抱头痛哭并发誓再也不轻易说分手。

陆成诵戴着口罩和帽子在一旁叹息：“你说下次我们接到他们的电话会是什么时候？”

“也许永远不会，也许就是明天。”

帮这两人解决了感情问题，四个人坐在一起和和美美地吃了饭。吃完饭，陆成诗非得让封十里陪她去湖边散心，初宁觉得这个季节去湖边可能会冻死，所以拉着陆成诵严词拒绝他们的邀约。最后的结果是两队人马分道扬镳。陆成诵开车送她回学校的路上突然一声叹息，初宁问他怎么了，他也不说话。

这个季节的这个时间，宿舍楼下人很少，有夜幕掩映，陆成诵下车的时候摘掉了口罩墨镜，拉着初宁的手往寝室门口走。门口长着一棵老树，常常有情侣在树下卿卿我我，今天大概是因为冷，树下一个人也没有。初宁被陆成诵一直拉到那里，背靠着树，她的眼睛亮晶晶的：“怎么啦？”

“不开心。”

初宁仰头看他，因为他的这句话轻轻皱眉："怎么了呢？"

"你说话不算话。"

"什么话？"

"你说我做出题了就亲我一口的，到现在都没亲到。"

初宁从来不知道陆成诵还会这样撒娇，只觉得心也跟着软了："我忘了，你低头，我亲亲你呀。"

他默不作声地低下头来，初宁踮脚在他脸颊上轻吻了一下，红着脸看他："开心了吗？"

男人贪得无厌地摇头："都惦记一天了，结果连一点利息也没有。"

初宁想问利息是什么，话还没出口，面前的陆成诵忽然向前走了一步。她本能后退，后背撞在树上，还不忘天真仰头："什么呀？"

腰身被束缚，下一秒，陆成诵的唇落下来，贴合在她有点凉的唇瓣上。初宁一愣，在意识到这是自己的初吻之后，只觉得身体都紧绷起来，眼睛睁得大大地看他。这眼神太震惊，陆成诵不得不暂时离开她的唇，半是好笑半是诱哄地轻声提醒她："闭眼睛哪……"

眼睛闭上的瞬间，世界忽然变得安全了。手环住他的脖子，他们在夜色里唇舌相触，轻轻试探对方的秘密。

这个场景里，初宁还不忘在心里暗暗感叹。

陆成诵这个吻技，想必是拍了不少吻戏练出来的。哎呀，真是占了个大便宜。

02

等到初宁这边期中考试结束，陆成诵的新剧也开始进组了。这次的电视剧在人物设定上比较复杂，陆成诵虽然不是剧组中咖位最大的，但他饰演的小皇帝一步一步成长为独当一面的男人，算是贯穿全剧的人物，多少算个隐形男主角。剧组里一大票老戏骨，相比之下，陆成诵作为偶像派确实有点格格不入，所以官宣一出，陆成诵就成了靶子，被骂得体无完肤。

好在新剧女主角也是个新人，可以说是比陆成诵还新的新人。人们的谩骂雨露均沾，两人谁也没得逃。初宁刷着网上的评论，只觉得按捺不住自己的双手，很想为陆成诵提枪上战场。

之前退圈说得轰轰烈烈，这会儿再回去，怎么说都有点不好意思。在群里跟饭圈几个玩得好的抱怨了几天，最后初宁决定，偷偷回归工作组。虽然之前攒了那么多粉丝的追星号很可惜，但现在换号是最明智也最低调的选择。重新注册了一个小号后，初宁欢快地奔赴战场，去帮陆成诵骂回去。

都说骂得越狠，红得越快，陆成诵这段时间的粉丝量的确上升不少，眼看着就要突破八百万大关。公司也终于舍得在他身上砸钱了，买了几份通稿后，渐渐也有营销号带节奏夸这位崛起的十八线了。之前跟初宁表白的事情，因为过了热度也就没人提及了，只有“今天初宁答应了吗”那个博主还在每天绝望地更新。

12 月初，陆成诵新剧拍摄正是最紧张的时候。初宁也刚好要准备期末考试，两个人见面的频率从原本的一周两次，缩减为两周一次，还都得选在学校后面的小书店。书店最近生意不景气，眼看着就要倒闭，要是这家书店没有了，还不知道去哪里找约会的地点。

每当初宁担心这些的时候，陆成诵就会托着下巴一脸憧憬地说：“去我家呀。”

初宁每次都严肃正经地拒绝。

她现在渐渐明白为什么娱乐圈的爱情总是很脆弱，聚少离多应该是最主要因素。

距离上次她跟陆成诵见面已经过去了两周，而上次见面还是他从片场偷溜过来，两人在车里坐着说了几句话，邓杨就来电话催他回去了。电视剧拍摄期间工作强度很大，陆成诵常常在片场熬到很晚，好不容易收工了，看看时间，又不忍心打扰初宁睡觉。这样一来，两个人交流的时间少得可怜。不过初宁也在忙着期末考试，常常早上一边坐在教室里喝着豆浆，一边点开陆成诵昨晚给她留的那句“晚安”，回一个早安。

为了不让初宁在人生第一次恋爱经历中感受到失落，陆成诵在片场一有闲下来的时间，就上网买东西往她那边邮。

一开始邮的东西是他觉得女孩子都会喜欢的，比如口红。但是后来直男陆成诵发觉买口红是一件很麻烦的事，不仅要区分多达几十种的色号，还要区分是不是哑光，显色度好不好，味道怎么样，以及适不适合初宁的肤色。初宁连着收到两个荧光粉色的口红后，陆成诵似乎也意识到这条路不适合自己，改邮零食。

起初他每样买一份，隔几天就邮一大包过去。后来某天初宁跟他打电话的时候，无意间说起了室友也很喜欢吃，那之后陆成诵每样零食就都买四份了。期末考试结束的时候，隔壁寝室的人看着666寝室的四个人，甚是诧异：“大家期末做数据都掉层皮，怎么你们寝室的人却胖了一圈？”

初宁也不知自己是喜是忧。

因为新剧题材严谨，热度极高，即便是在拍摄中，也总有记者探班采访。跟陆成诵搭戏的女主角周清清，也是刚刚出道不久的小花，热度流量都不低，记者们采访的重点也大多围着两个人转，转来转去，就总得往感情方向走。

对于陆成诵微博表白这件事，公司警告他必须三缄其口。所以但凡记者问到这件事相关的问题，陆成诵一律笑笑不说话。长此以往，记者们大概觉得陆成诵和初宁真的是没戏了，况且这件事本身也没什么热度，自然就不再提及。相比之下，眼前的男女似乎更加登对一些，于是记者的问题很自然就来了：“这次的搭档是你的理想型吗？”

周清清掩面娇羞微笑，刚要说话，就听见一旁的陆成诵像是个耳背的大爷一样反问：“你说什么？”

记者好脾气地重复：“理想型。”

陆成诵直男大旗屹立不倒：“哎呀，不能瞎说，不能瞎说！回头传绯闻，经纪人又得骂我。”

记者微笑：“你觉得你们已经是可以传绯闻的关系了是吗？”

旁边的周清清像是被这个问题吓到了，伸手极熟稔地在陆成诵肩膀上不轻不重地捶了一把：“哎呀，你看你瞎说什么呀。”

陆成诵礼貌地躲开她的手，回以一个莫名其妙的微笑。

后来记者还问了几个问题，每个问题都围绕着男女主角的感情生活。

听到后面，陆成诵大概也明白了记者的意图。炒CP这种事他不是没经历过，只是没想到这次这么宏大的制作，还是躲不开这些无聊的手段。后面的问题他回答得有些心不在焉，他忽然有点想念初宁了。那一瞬间，想念像是快从心里溢出来了，他觉得他一秒都不想在摄影棚里多待，他得去找她。

因为这种感觉，后面记者的问题陆成诵没怎么仔细听，都是周清清一人在说话。反正她喜欢说话，她想红的心可比他坚定多了。陆成诵也乐意让她说，她说到激动的地方，他还附和着笑一笑。

好不容易挨到采访结束，晚上的戏要等天黑之后拍，也就是说，他现在有两个小时的自由时间。跟邓杨打了个招呼，陆成诵换下戏服，拿着车钥匙往外走，正好跟周清清面对面撞上。

“你去哪儿啊？”周清清手里拿着保温杯，就这么堵在门口。陆成诵晃晃手里的车钥匙，示意自己要过去：“有点事出去一趟。”

“那你帮我买袋红糖行吗？外面超市就有。”周清清换了恳求表情。陆成诵没想到她会跟自己提要求，一时间有点蒙：“你助理呢？”

“车坏了，这阵没事，他去修车了。”

陆成诵想问她为什么不自己去，但是作为一个比人家大了好几岁的成熟男人，这么说话似乎不太绅士。周清清脸色有点苍白，嘴唇没什么血色，他虽然是个直男，但家里好歹有个正值青春期的妹妹，女人的事多少能猜到一点。反正买个红糖浪费不了多久时间，陆成诵点点头：“我可能得过俩小时才能回来，你着急吗？”

“不急。”周清清笑得很甜。

怕自己回来的时候忘记，陆成诵出了片场就直接去超市把红糖买了，又顺便给初宁买了点零食，然后随手扔在了车后座上。开车往初宁学校去的路上，他给初宁打电话，电话响了几声才被接起来，那边的声音很小，是刻意压低的：“喂？”

即使压低了，还是能听到一丝雀跃和惊喜。

“在图书馆呢？”听到初宁的声音，陆成诵心情大好，“我现在过去找你，你方便出来一下吗？咱们吃个饭。”顿了一下，他补充道，“我都想你了。”

这种话一说，初宁基本没有抵抗力。她合上笔记本电脑，一边装书包一边看向旁边的室友们：“我走了啊。”

阿隋一脸迷茫：“这么突然，你要去哪儿？”

“他来找我了。”初宁最近提起陆成诵的名字就觉得害羞，每次提到都用“他”来代替。反正她生活里也就这么一个男人，室友们根本不担心混淆。小鱼从书本里抬头，脸上挂着八卦的笑：“哇哦，怎么说来就来啊。”

“谁知道呢，烦死了。”初宁嘴上这么说着，手下收拾东西倒是飞快，不到两分钟就背着书包要往楼下跑。跑到电梯旁边似乎想起什么，她又折回来冲小鱼伸手，“你那个口红借我一下！”

哉哉把数据敲在电脑上，感慨：“啧啧，女人。也不知道谁早上出门的时候还说，去图书馆学习带口红是不务正业。”

初宁最近打脸的事太多，脸皮厚了也就习惯了。她补好了口红，走到电梯边的时候还不忘照照镜子，确定自己今天看起来气色不错，这才心满意足地走进电梯。

“你们说，小初今晚还会回图书馆吗？”阿隋看着自己身边的空座，“这个座位咱们用不用帮她占着？”

“谁知道她约会回来都几点了。”哉哉的眼睛还留在屏幕上，“我以前没觉得，最近通过小初，发现一件事。”

“嗯？”小鱼和阿隋好奇地看着她。

“谈恋爱真耽误事！有约会的时间，都能做好几组数据了。估计真到考试的时候，小初又得哭天喊地熬夜复习。”

小鱼默默点头，不过有些地方不能苟同：“请问你不谈恋爱，就没有熬夜复习吗？”

“但是哉哉说得对，谈恋爱确实浪费时间。你看小初打个电话能打两个小时，都够我看两集韩剧了。”阿隋坚决不承认自己说这些话是因为羡慕。

三个人你看看我，我看看你，作为单身狗，最重要的就是团结。小鱼默默伸出一只手，看向其他两个人："不要因为男人而浪费自己的时间，咱们发个誓吧。"

下一秒，三只手紧紧相握："朋友一生一起走，谁先脱单谁是狗。"

03

陆成诵开车过来需要时间，初宁下来得早，在寒风里走了几分钟去停车场，脸冻得通红。她也不知道陆成诵为什么忽然来找她，但是这种惊喜总是令人开心的。这么想着，走路都想蹦跶，一转头，就看到陆成诵的车停在自己身边。

车窗摇下来，驾驶座上的男人冲她笑："小姑娘，大晚上的一个人在外面呀，哥哥带你出去兜风啊！"

不知道是不是光线暗的缘故，今天的陆成诵看起来比往常都要帅气迷人。初宁笑嘻嘻地点头说"好呀好呀"，然后打开车门坐进去。

"唉，"陆成诵叹气，"太好拐了。"

"就是，连根棒棒糖都没有就拐回来了。"初宁点着脑袋表示赞同。

陆成诵笑，从后座拿了给她买的零食。他也没在意放在旁边的那袋红糖，更没注意到初宁的眼神从那袋红糖上轻飘飘地滑了过去。抱着这么一袋零食，初宁皱眉道："不是说带我去吃饭吗？就拿这些糊弄我呀？"

"吃饭啊，这些是给你拿回去吃的。"

"那我们去吃什么呀？"初宁的语气又开心起来。

也不知道是不是谈恋爱使人失智，初宁最近说话不自觉就会带着撒娇语气，跟室友都这样，更不要提在陆成诵面前。想当年她也是一个扛着大炮独自跑前线的奇女子，现在偶尔反思，只觉得自己像个娘炮。

"你上次不是说想吃寿司吗，我之前去过一家店还不错。那家店老板我也认识，咱们可以从后门进去，然后就有包厢。"

能待在一起的任何时间都是好的，管他是吃寿司还是吃麻辣烫呢。初宁坐在副驾驶座上，透过后视镜就能看到后座上放着的那袋红糖。陆成诵没拿给她，显然不是给她的。她心里有点疑惑，属于女人的直觉在这时候被放大，刚要往不好的地方发散思维，忽然记起他家里还有个陆成诗。

陆成诵是有妹妹的人，这红糖很有可能是给陆成诗买的。

这么一想，初宁的心放下来，也就不打算再问他。她不想做疑神疑鬼的女人，每天追着他盘问身边的每一点细节。一袋红糖而已，不值得的。初宁低头看看手里的零食，都是她爱吃的。这段时间以来，陆成诵大概也了解了她的口味，买东西都挑她喜欢的买。她拿出一盒果冻，刚打算拆开，就听陆成诵说："到了，准备下车。"

初宁像个小孩一样看他："可是我想吃果冻。"

"拿着到里面吃。"

因为提前跟寿司店老板打过招呼，陆成诵带着初宁走的后门，直接进了包厢，全程不会有人打扰。在桌边坐下，初宁刚要把包放在旁边的椅子上，陆成诵却在那边坐了下来。

初宁一愣："你要跟我坐在一边吗？"

"又不耽误吃饭。"陆成诵表情很自然。

带着这样自然的表情，他的手轻轻揽住了初宁的肩膀。

恋爱是什么呢？是每时每刻都想跟你待在一起，待在一起之后就想抱着你，抱住你了就想亲亲你，亲亲你却还觉得不够，想把现在的时刻无限延长，宇宙就在这一刻爆掉才好。初宁轻轻靠在他的肩膀上，陆成诵的心就跟着满满的。

虽然在一起了，但总还保留着最初暧昧的小心动。陆成诵为了拍戏，不敢在外面乱吃东西，坐在初宁身边看她吃，偶尔跟着混一口，也觉得心满意足了。他只有两个小时的时间，等吃完饭再把初宁送回学校，也停不了多久，索性就没下车。目送着她进了校园，陆成诵心里有点惆怅——真希望每天下班回家能看到她啊。

怪不得人们情到深处便会选择结婚，他从前最瞧不起结婚这种事，觉得是经济捆绑、利益交换。现在有了喜欢的人，甚至连抢婚都能理解了——毕竟爱一个人就是时时刻刻想跟她在一起腻着。

但按照现在的形势和初宁的性格来看，不论是同居还是结婚，都是一个极其遥远的梦想。再加上家里还有个陆成诗，真算得上是他们爱情路上最亮的电灯泡了。

思绪回笼，陆成诵到达片场。时间刚刚好，晚上的第一场戏不是他的，他可以休息一会儿，再好好化个妆。下车的时候，他顺手把那袋红糖也带下来了。周清清就在休息室，看到他回来，笑得很甜美："回来啦？"

陆成诵没注意到她语气里的熟稔，把买好的红糖递给她，转头忽然看到她的助理端着一杯热水进来。他记得她说自己的助理出去修车了，最近拍戏时间很赶，陆成诵不知道是自己听错了还是记错了，也不好多问。才到自己的位置上去换戏服，就听周清清在后面笑着跟他说话："谢谢你啦，诵哥。"

听到这个新的称呼，他一愣，随后略显尴尬地点点头："没事。"

"下午那个记者明天好像还要来，说是这次的拍摄出了什么问题，素材没有弄好。"周清清说着，就走过来。陆成诵把戏服穿好，对于这种事并不惊讶。那记者看着就是个刚毕业的大学生，搞砸了采访任务，肯定要挨骂，所以配合采访这种事，只要时间允许，他都会同意的："那到时候看时间吧。"

周清清笑着点头："我也说呢，大家都不容易。"她这么说话的时候，眼神顿了一下，抬手很自然地帮陆成诵把外翻的领子整理好："你这里有个地方没穿好。"

这个动作太自然，自然到陆成诵也不好说什么："哦，谢谢。"

周清清还是笑得很甜。

就像他们真的是剧里面的皇帝和平民皇后，甜蜜而温馨。

04

这次的片场探班采访视频，是在一个月之后被传到网上的。初宁作为一个合格的追星人士，历来都有第一眼发现新信息的能力，所以当她看到标题为"皇后驾到：高冷皇帝线下暖男一面"的采访视频时，着实愣了一下。

作为官方粉丝站，向来不站 CP，这种新闻标题转还是不转，她陷入两难，一时间连吃醋都忘了。她爬到工作群里，呼叫小馒头："馒头姐，那个新采访你看见了吗？官博需要转发吗？"

苏州小馒头：我看看啊……这什么标题？

起承转合陆成诵：好像是在炒作呢。我刚看完，说陆成诵私下里特别暖，还在她身体不舒服的时候给她买红糖。

苏州小馒头：红糖这个东西有点暧昧吧？

起承转合陆成诵：就是说呀。

初宁心里一沉，想起上次出去吃饭，在陆成诵车后座上看见的红糖。当时她以为是买给陆成诗的，所以没问，却没想到是买给新剧女搭档的。伴随着这种认知，极其不舒服的感觉在心里扩散，回复工作组消息的时候也不自觉带了情绪：我不想转那条。

初宁好歹也是跟陆成诵传过绯闻的女人，苏州小馒头思考了一下表示同意：是有点不客观，咱们作为官博，还是不要助长这种气焰了。

起承转合陆成诵：小初姐生气了？

小初是亲妈：我生什么气？

起承转合陆成诵：很可能是炒作，不用放在心上的。

小初是亲妈：猪一样的公司，靠什么炒作不好，非得靠绯闻。

初宁这句骂得真情实感，连坐在一旁研究新买的眼影盘的阿隋都觉出背后一股阴风："你说什么？"

"我说陆成诵是个大猪蹄子。"初宁这句话话音刚落，手机便很应景地响了起来。为了避免被其他同学无意间发现，初宁把陆成诵的备注改成了一个红色的爱心。这会儿屏幕上爱心疯狂闪动，振动声不绝于耳，她像是聋了一样继续盯着电脑屏幕，不理不睬。

坐在上铺看书的小鱼把一切尽收眼底："哎哟，小两口这是吵架了？"

阿隋淡定地给自己化妆："即便吵架了还这么有默契，说猪蹄子猪蹄子就到。"

哉哉打字的手一顿，一声长叹："明天下了晚课去吃烤猪蹄吧？你们都把我说饿了。”

对于初宁和陆成诵的事，寝室里的人在经历了最初的好奇和兴奋之后，渐渐也没了兴趣。谈恋爱这种事，古今中外都是差不多的套路，尤其陆成诵这个人处处妥帖，她们挑不出来什么毛病，自然也就默认两人感情稳定。现在虽然貌似吵架，但是看初宁的态度，估计撑不过俩小时。

寝室姐妹之间分享一下情感困惑也是常态，只不过这几个人母胎单身到现在，很少有为情所困的时候，初宁开口之前着实扭捏了一阵子：“哎，你们知道周清清吗？”

其余三个人先是愣了愣，似乎努力想了想，然后很诚实地摇头：“不知道。”

初宁泄气地把视频打开给大家看：“就是陆成诵新剧里跟他合作的那个女演员啊。”

视频里记录最多的，是两个人肩并着肩坐在一起接受采访的画面。陆成诵私下一向不走高冷人设，所以记者问到什么他都会耐心解答。一旁坐着的周清清看起来小巧可爱，遇到不知道怎么说的问题，还会求助似的看一眼陆成诵，更显得自己无辜甜美。视频里还穿插着两个人在片场对台词或者说话的内容，画面滤镜粉红，气氛真是不错。整个视频看下来，就算是傻子，也能看出两人之间有那么点微妙的化学反应。

“不是吧，初宁，这么明显的炒作，你混饭圈这么久了还看不出来？等剧拍完了，两人就什么联系都没有了，标签撕得比擦屁股都快，你担心什么？”小鱼觉得真是小题大做，见初宁还是一副愁眉苦脸的样子，只好接着说道，“难道有什么别的事？”

“他给那个女的买红糖了。”初宁低下头，极度难过，“他肯定跟别的女人暧昧了！”

“那你就去问他啊！你在这里跟我们号有什么用？”阿隋表示不理解，“我们又不能帮你问。”

“谈恋爱啊，最重要的就是沟通。男女思维模式毕竟不一样，你不肯接他电话，又不肯问他是怎么回事，你们之间的误会就会越来越大，最后留下遗憾。”小鱼虽然没谈过恋爱，但是言情小说怎么说也看了有几百本，自认为还是有一定发言权的，“所以，明白我的意思没，小初？”

意思是明白了，但初宁过不了自己心里那道坎，硬是一晚上没接陆成诵电话。微信里只说自己身体不太舒服，想早点睡觉。

陆成诵毕竟是个笔直笔直的男人，觉得不舒服的时候不想接电话也情有可原，说好了第二天收工来看她，然后就美滋滋地说了晚安睡觉了。

初宁看着屏幕上毫无感情可言的“晚安”两个字，只觉得一口气堵在胸口，咳不出来，咽不下去，就这么睁着眼睛挨到了天微微亮。等到坐在图书馆里，属于前一晚的困意终于姗姗来迟。

临近期末，来图书馆复习的人很多，谁也不想浪费宝贵时间跑到这里来占座睡觉。初宁所在的专业在全校的挂科率排名前三，每到期末，这一层坐着的都是同院系的同学。跟大家坐在一起，初宁觉得打瞌睡的自己实在罪过，在被哉哉第四次敲醒之后，她终于愤而起身：“我出去走走，马上就回来。”

“那你快点啊，这个座位占太久不好的。”

初宁疲倦地点头，也没穿外套，就在这一层逛了逛，手里的手机振了好几下，都是陆成诵发来的问候。

“好点了吗？”

“我今天中午就能结束，我去找你吧。”

“想吃什么吗？”

“你怎么不说话呀？”

初宁站在走廊里，外面的风一吹，让她脑子也跟着清醒了不少。想想小鱼说的话，也对，自己在这边别扭了一晚上，陆成诵可能还什么都不知道。这样的自我消耗毫无意义，她低着头回复：“想吃火锅，你来接我吧。”

陆成诵那边大概是在忙，没有马上回她。初宁伸了个懒腰，回到阅览室里拿出本子，开始学习。

“这回清醒了？”哉哉看她一眼。

“再不清醒就来不及了。中午陆成诵来找我，我得在他来之前把这些数据弄完。”

其余三人交换了一个“看吧，谈恋爱果然很耽误时间”的眼神。

陆成诵再次拿起手机的时候，已经收工。随着剧本进展，他的戏份越来越重，工作量也越来越大，回到休息室的时候，不免觉得有点累。他坐下来时，抬眼就看到自己面前放着的杯子，里面的水还冒着热气。周清清坐在他对面朝他笑，眼神往那杯水上面一飘：“喝点吧，今天冷，驱驱寒气。”

“这是什么？”陆成诵看了看。

“姜茶。”像是怕陆成诵不信，她晃了晃自己的杯子，“我的是红糖姜茶。”

“哦，谢谢。”陆成诵拿起杯子喝了一口算作礼貌，“我有急事，先走啦。”

“你怎么总这么急？赶着回家见老婆呢？”周清清开玩笑似的说着，观察他的脸色。陆成诵面上毫无波澜，笑得自然，语气也自然，像是在配合她的玩笑：“谁说不是呢。”

陆成诵从片场出来的时候已经接近一点，估计初宁该饿了，也没有给她买零食，打算直接带她去吃饭。事实上，初宁也的确饿了，饿到两人坐在一起吃完了两盘涮羊肉，她才记起来自己正因为一袋红糖跟他生气。

放下筷子，初宁的目光严肃起来：“陆成诵。”

“嗯？”第一次被叫全名，陆成诵抬头诧异地看着她，“怎……怎么了？”

初宁原本在心里计划了无数个兴师问罪的开场白，但是到了现在，就只剩下最俗气的一种。她双手抱胸，面无表情地看着他：“那袋红糖怎么回事？”

“什么红糖？”

“别装，就是之前放在你车后座的红糖。”

“那个是给剧组的同事带的，她让我帮忙。”

陆成诵眼神太无辜，勾得初宁心里冒出一股邪火：“她让你帮忙你就帮忙了？红糖这么暧昧的东西你也买？你，你……”她顿了一下，十足委屈，“你都没有给我买过红糖！”

这时，陆成诵才恍然大悟，初宁应该是生气了。

他最近在片场忙得很，有点时间都用来联系初宁了，基本没什么工夫看网上的消息，所以对于之前那个视频，他一点都不知情。初宁坐在对面又是视频又是照片地给他指证一大堆，他听得云里雾里，最后还很是赞同地点头：“太过分了。”

初宁皱眉：“谁过分？”

“周清清过分。”陆成诵胆战心惊地抓了个重点。

好在重点抓对了，初宁的表情松懈下来：“你们男的根本就分不清谁是好女孩，谁是心机婊，智囊团就该给你出一份鉴婊教程。”

是的，那个智囊团，它还存在着。

第十四章
恋爱就是两个人在一起吃很多饭

01

作为智囊团的团长与副团长，眼下正忙着恋爱，忙着学习，实在无暇兼顾自己刚刚开始创立的事业。不过，学习再忙也要多多关注时事，陆成诗在做题的空隙，刷到了陆成诵的采访视频。她觉得很不高兴，并推己及人，认定小初姐肯定也是十分不高兴的。

视频虽然拍得暧昧，但是后期宣传力度不够，过了两天也就被人们遗忘。不过还是有好事者把视频转到了超话广场上，陆成诗怎么说现在也是个小主持人，看着这种赤裸裸炒作的行为，自然是忍无可忍的，撸起袖子刚打算开骂，就听见身边传来一道凉凉的声音：“‘五三’做完了？”

陆成诗默默放下手机。

不知从什么时候开始，封十里以其优秀的头脑和丰富的做题经验，渐渐反压陆成诗，成为了她的精神领袖。陆成诗一边不服气，一边不得不服气。只能说每个人都有自己擅长的领域，比如现在，她觉得自己就擅长去微博上帮陆成诵骂人，而不是在这儿绞尽脑汁地做题。

做完了一道推理证明，趁着封十里给她批改的空当，陆成诗拿出手机给初宁发信息：“小初姐，你看到那个视频没有，真是气死我了！”

两分钟后，初宁回复：“正在跟你哥说这件事。”

陆成诗：“你生气啦？”

初宁：“我觉得你们智囊团需要给他出一份鉴婊教程。”

陆成诗觉得热血直往脑门涌，正要登录那个微博号，就听到封十里在旁边叹气：“这块又错了，每次这个定理你都不会。你过来，我给你再讲一遍。”

那股热血瞬间冷却下去。陆成诗放下手机，认认真真地跟着封十里把错题重新做了一遍，做到后面天都黑了，她也该回家了。趁着在公交上的时间，陆成诗把那个在超话里炒作的人禁了言，然后一脸严肃地给陆成诵打电话：“哥，从小初姐那边早点回来，我有话跟你说。”

男人身边女人多了，总是能搞得自己焦头烂额。一整个晚上的时间，陆成诵被初宁和陆成诗轮番教育，第二天在剧组遇见周清清，都想绕道走。

初宁心里的那份猜忌，却是一直等到周清清饰演的皇后中途领了便当，才慢慢放下。这部剧说到底不是感情剧，女人戏份少，大多讲述权谋，周清清饰演的皇后暴毙后，陆成诵饰演的皇帝才真正开始张开自己丰满的羽翼。接下来的一段时间，陆成诵拍戏强度大，跟初宁见面的频率一再压缩，到后来初宁已经没脾气了，他能抽空回她一句消息都已经是万幸，更别提什么甜言蜜语。

期末考试结束之后，寒假临近，陆成诵的拍摄目测还有一个月才能截止，初宁的室友们纷纷准备回家过年，她留在这边也没什么意思，自然也打算回家。

期末考试的最后一科结束，哉哉上午考完试，下午就收拾行李直奔机场。阿隋买的是第二天一早的票，等到她一走，寝室里瞬间安静下来。初宁嗑着瓜子刷微博，顺便看看有没有陆成诵的路透照。说来真是好笑，她要知道自己男朋友的行踪，居然还得通过路透。昨晚陆成诵给她打电话的时候还在美滋滋地幻想，幻想等自己的这部戏杀青之后带初宁出去玩。初宁仰头望天，表示在他的戏杀青前的这段日子，自己得先回家。

对于他们这种明明在一座城市，还生生谈出了异地恋的行为，小鱼表示鄙夷。她最近在追韩剧，剧里大学校园男男女女在一起真是美好极了。一向对感情没什么憧憬的小鱼最近也开始憧憬爱情了，顺便就想问问初宁，恋爱是什么感觉。

初宁：“恋爱就是，两个人在一起吃很多饭。”

小鱼觉得不错，这个形容很得她这种吃货的心。再扒拉了一下身边的男人，脑海里忽然蹦出邓杨的那张大脸。小鱼觉得还是算了吧，她暂时决定继续单着。

初宁："都是普通人，恋爱本来就是平平淡淡的，不要太期待比较好。"

小鱼点点头，一副懵懵懂懂的样子。初宁叹了口气，欲语还休。

今年寒假放得晚，初宁暑假的时候出去支教，基本没怎么在家里待着，所以一放寒假，父母就催促她快些回家。人家父母催得紧，陆成诵也不好说什么。百忙之中，他还是执意抽出了时间，送她回家。

帮她把行李箱搬上车，陆成诵语气里多少带着点委屈："这个戏杀青之后，我就没什么事了。"

"我放假了也没什么事了。"初宁知道他那点小心思，抬头看着他，"等我先回家陪我爸妈几天，然后再找你。"

陆成诵听到了想听的话，喜滋滋地上车。天空飘了点小雪，初宁扒着车窗看着外面的街道，忽然觉得有些不真实。她身边坐的人居然是陆成诵，而且他们现在居然是正儿八经的恋爱关系。虽然一直到现在，相处模式还是不咸不淡的。

车开得很慢，其间，陆成诵为了能跟她多说几句话，一直扯一些乱七八糟的话题。初宁觉得就这么听着他念叨也挺好的，不过听得久了，只觉得犯困。手里还拿着手机，群里的人正热火朝天地聊着，她一行字还没敲完，就脑袋一歪，睡了过去。

中午街上的车很多，堵得厉害。陆成诵的车也堵在了路上，看看前面的车流还长，他小心翼翼地伸手过去，把初宁的脑袋拨到自己肩膀上，好让她睡得舒服点。她前段时间一直熬夜复习，他没有时间陪她，仔细想想还是挺心疼的。随着身子靠过来，初宁的手一松，手机掉了下去。

陆成诵把手机捡起来。其实，他只是想看看自己在初宁手机里的备注是什么，一打眼，倒是看到了不少自己的名字。他疑惑地皱眉，看了看群名——陆成诵全球黑粉鉴定会。

原来还有这种群？

初宁睡得沉了，脑袋往他怀里蹭过来。陆成诵伸手揽住她，另一只手点开了群。在进行这个动作的时候，他心里还稍稍迟疑了一下，要知道这是别人的隐私，这么大张旗鼓地看人家隐私，似乎也有点不好。陆成诵在心里告诉自己，只是点开看看关于自己的部分，毕竟他们在一起以来，他还从来不知道初宁是怎么跟别人谈论自己的。因着好奇心作祟，陆成诵低头看过去。开始他没看懂她们在聊什么，手指下滑往前翻记录。

岩诵一生推：最近又没有热度了啊，小初也不怎么出来，微博好无聊啊。

灵魂画手阿标：新戏还没拍完，没消息很正常的，淡定。

诵诵最爱的地瓜片：不如我们搞事情把他推上热搜吧。什么好呢？

岩诵一生推：陆成诵演技？陆成诵恋情？陆成诵色号？陆成诵姜岩宣布结婚？

诵诵最爱的地瓜片：陆成诵脱单没？

灵魂画手阿标：你污污的，虽然我也很好奇。

陆家小跟班：我赌没有。

岩诵一生推：你看最近的动态就知道了，这么平静！

诵诵最爱的地瓜片：以后问问小初吧，如果他们能在一起的话，哈哈哈哈……

陆成诵只觉得脑子里嗡的一声，耳朵瞬间通红。原来所谓的粉丝群，每天就在聊这种东西？一群年纪轻轻的小女孩，成何体统！

深吸一口气，他觉得自己作为明星，作为一个公众人物，有责任也有必要纠正一下这些人的想法。他当然不会用自己的口吻，而是假装成小初。

假装小女孩这种事，他最擅长了。想当年他就是用这种语气，成功从初宁那里套到了自己的同人文，并顺手把她举报了。

深吸一口气，陆成诵开始打字。

小初是亲妈：别讲这些啦，好害羞的，嘤嘤嘤。

陆家小跟班：楼上怎么回事？

岩诵一生推：好像不太对。

灵魂画手阿标：老司机你装什么？

小初是亲妈：陆成诵那么帅，这样讲不太好的。

诵诵最爱的地瓜片：你居然夸他帅了，你以前不总说他是你不省心的“败家儿砸”吗？

灵魂画手阿标：被盗号了？

一首唐诗：这个语气有点像我的智障哥哥哎……

陆家小跟班：一看就是被盗号了，把她踢了。

一秒后，陆成诵收到通知——您已被移出群聊。

陆成诵：完蛋，闯祸了。

初宁睡醒的时候，整个人都躺在了陆成诵腿上，车子行驶得很慢，明显是怕吵醒了她。她揉了揉眼睛，坐起来，迷迷糊糊地看向窗外：“还没到？”

“路上堵车耽误了点时间。”陆成诵因为心虚，表情很严肃。

就在之前，为了加回群里，他跟陆成诗坦白了自己假装初宁去群里说话的事。而现在，陆成诗为了把初宁拉回去，不得不暴露陆成诵。初宁打开微信就看到“99+”的消息，还有好几条艾特。她有点奇怪，聊什么聊得这么欢，刚要点开，忽然被陆成诵抓住了手腕。

“怎么了？”她茫然地看着他。

陆成诵动了动嘴，像个不小心害班级被扣分了的小学生：“我……我好像做错了一件事。”

初宁眼神闪了闪，意识到了什么，甩开他的手低头看手机。果然，群里铺天盖地的都是质问她的声音。她扶额，无奈地看向陆成诵：“你是不是故意的？”

“不是，是她们聊的话题特别过分，我就忍不住说了一句话。”陆成诵觉得自己很委屈。

初宁不解：“她们说什么过分的了？她们都是你的真爱粉。”

“她们……”陆成诵顿了一下，耳朵再度烧了起来，“就是……说我……那什么……”

“什么啊？”

“有没有脱单什么的。”陆成诵捂着嘴，含糊地说了一句，就匆忙看向窗外。

初宁没想到会是这个，脸一红。车子在她家附近停下，两个人都尴尬得不知道说什么才好。初宁清了清嗓子，想帮饭圈的小伙伴辩解一句：“那……那不也是夸你嘛……夸你……夸你洁身自好……”

说完这句，她忽然发现气氛变得更尴尬了。

陆成诵整个脸都烧了起来，却还是强装镇定地握着方向盘，目视前方：“这么私密的事，拿出来讨论多不好。再说她们懂什么啊，我有没有脱单这件事是最重要的吗……”

初宁一愣，也忘了尴尬，转头看他，眼神单纯：“那什么是最重要的？”

“当然是爱你啦……”陆成诵脱口而出，刚好对上初宁的目光。

两个人沉默着对视了一会儿，初宁觉得自己的心脏，承受不了这种程度的挑战：“好了好了，不要说了，我到家了。”

她说着，去推车门，却被陆成诵抢先一步锁了车。初宁的动作一顿，回头红着脸看他：“你干吗？”

人在某种时候，会生出一种破罐破摔的勇气，就像此时的陆成诵。反正也不会更尴尬了，他索性趁着这个机会把想说的话说了：“你不想吗？”

初宁目瞪口呆：“你这么开放啊，这可是在车里！而且，你这个又不是 SUV，肯定施展不开的！”

陆成诵暗想：她到底看了多少不该看的东西，这个时候担心的不是自己而是施展不开？

他往前探了探身子，把她禁锢在自己的包围里：“我说的不是那个，你想什么呢？”

“那是什么？”初宁双手护胸。

陆成诵被她那副不屈的烈女样子逗笑了，蹭着她的鼻尖，声音温和：“别怕，我就亲亲你。”

窗外的雪有越下越大的趋势，初宁和他的距离近得只要她微微抬高下巴就能吻上。她有点紧张地舔唇，虽说跟他接吻不是第一次了，但这次气氛怎么说都有点莫名的旖旎。红着脸，两个人的唇浅浅一碰又轻轻分开，陆成诵叹息：“我都好久没接吻了。”

说完这句，陆成诵靠近一些，一只手揽住她的后颈。见初宁红着脸，他便在她嘴角轻轻吻了吻。

下一秒，初宁的手狠狠捂住他的整张脸，把他往远了推：“算了吧，陆成诵！前天路透还说你跟周清清有吻戏！陆成诵你个骗子！”

“那都是工作，能一样吗？现实是真没有啊，你还是我粉丝呢！”

“我不是你粉丝，我就快要脱饭了！”

陆成诵眼睛一瞪，气势汹汹地把初宁一把揽进怀里，对着她的脑门极其响亮地“啵”了一下，挑着眉毛坏笑道：“不是粉丝更好，省得你天天把‘儿砸’挂在嘴边。”

“你你你！谁让你亲我了？”初宁捂住自己的脑门，脸红脖子粗地看着他，“你放开我，我要下车！”

陆成诵低头，飞快地在她鼻尖上又吻了一口，那颗榆木脑子大概是今天开窍了，竟然还敢对她挑衅地微笑：“就不放，就亲了，我亲我自己女朋友还不行？”

初宁脸红得快要烧起来，双手撑在他胸前玩命地扑腾了几下：“我要当你的黑粉！”

陆成诵危险地眯起眼睛：“你说什么？”

初宁撇了撇嘴，非常有骨气地准备把刚刚的话重复了一遍：“我要当你的……”

后半句话被陆成诵欺近的脸压了回去。这次就不是刚刚那样蜻蜓点水的试探了，初宁在大脑断片的前一刻还在思考，也不知道周清清吻技怎么样，如果她吻得更舒服，那自己岂不是就输了？虽然经验少，但是不能退缩，初宁决心要好好展现一下自己并不怎么精湛的吻技，争取让陆成诵一生难忘。

缠绵的吻渐渐深入，陆成诵伸手把初宁拥紧在怀里，殊不知怀里的人满脑子都是嫉妒的小火苗。

居民区楼下，路过的老大爷正在遛狗，忽然听见一旁的车里传出一男子的惊呼声：“啊！你怎么咬我！”

大爷老脸一红，脑子里飞速掠过一些不和谐的景象，尴尬地拖着自家的小土狗匆匆远离是非之地：“咳咳，现在的年轻人……哎呀，真是世风日下……”

初宁回到家之后，脸上的热度还没退去，爹妈以为她是发烧了，就这么把她养在家里好吃好喝地伺候了几天。回家的日子自然是极其舒坦的，不断网不断电，还不用做让人心累的数据，初宁每天捧着笔记本看综艺看得好开心，基本忽略陆成诵这号人的存在。

反正他拍戏忙，那就让他去忙。初宁闲着的时候，还给他做了好几个视频，她想想自己荒废了的账号，视频不知该往哪里发，还有点惆怅。

她以前是真的把追星当作事业，现在事业一下不做了，总觉得心里空落落的。这种视频自己看总归是寂寞，初宁把剪好的视频往工作组里一扔，看到大家的赞美，这才觉得心里好受了不少。

工作组的人在念叨了一个多月之后，终于迎来了盼望好久的新年假期，而陆成诵的电视剧因为拍摄顺利也提前杀青。休假在家的陆成诵每天都抱着手机，如同怨妇般等待着微信短信甚至是微博私信。这段时间，饭圈人员表示陆成诵发自拍的频率提高，而且时常配上一些诡异的文字，让人一度怀疑他被盗号了。

微博号“初宁今天答应了吗”依旧在绝望地每天更新着“没有”两个字。一切看上去都和谐有序地发展着。

过了 1 月，转眼就是除夕。陆成诵差不多有半个月没见到初宁了，整个人仿佛深闺怨妇。倒不是没时间见面，只是约来约去，时间总是凑不到一起。想想自己忙的时候，初宁也是这么等自己的，陆成诵一边替她心疼，一边又觉得委屈。等来等去，就听说初宁除夕要去南城看望亲戚，计划留在那边过年。

这个消息让陆成诵觉得崩溃，举着手机一脸哀怨：“那你什么时候回来啊？”

“大概得初八之后吧。”初宁站在火车站候车室，看到大屏幕上正好播放着陆成诵的广告，“你知道吗，现在火车站这边正在播放你代言的那个腕表的广告呢。”

陆成诵靠着门框笑了笑：“帅吗？”

他语气里带着不易察觉的小小失落，初宁自然是听得出来的。为了稍稍弥补一点他的失落，初宁元气满满地回答道：“特别帅！真不愧是我的男朋友！”

“小初你看，真是不公平。”陆成诵叹了口气，“我这么想你，可是哪哪都看不到你；你又不想我，却那么容易就能看到我。”

这句话的重点究竟是“我这么想你”还是“你又不想我”，初宁有点分不清，但她还是觉得应该给自己辩解几句：“谁说我不想你了？”

“呵，有多想？”

“就是恨不得想马上见到你的那种想。”初宁有点不好意思，不过这话是真的。

“不是见到我了吗，在广告里？”

陆成诵弯起嘴角，快步走到电脑前，一边移动着鼠标，一边听到那边的初宁说：“那不一样啊，我想见到的是活生生的你，会喘气的那种。”

“你就哄我吧。”陆成诵笑得眼睛都眯了起来，“你之前说你去哪里过年来着？”

初宁毫无防备地报上了亲戚家的大致地址，反应过来又问：“问这个干吗？”

“怕你丢了，我好去找你啊。”陆成诵语气很自然。两个人又聊了一会儿，初宁说自己该上车了，也就挂了电话。陆成诵伸手在键盘上敲了几下，回头朝着客厅里的陆成诗喊了一嗓子：“诗诗，今年过年去爸妈那儿知道吧。”

陆成诗看着电视点点头：“爸妈前几天打电话就一直念叨着，让咱们早点去。好不容易你现在没什么工作，正好能陪陪他们。爸爸前几天又犯病了，咱们这次住久一点吧。”

因为父母常年定居国外，而兄妹俩对国外生活并不喜欢，所以每年也就过年的时候能见一次面。今年他们好不容易回国一次，还赶上儿子闹绯闻，操了一回心。陆成诵眉眼暗了暗，还是回了一句：“知道了，你东西收拾好了吧？”

“嗯。”

02

初宁来的是舅舅家，其实说起来也两三年没来了，因为她实在是懒得走动。到了这边之后，就开始了每天见亲戚，吃饭，被问及有没有男朋友，然后要给她介绍男朋友的无限循环。陆成诵的事，她没打算跟家里人说。一方面是他的工作实在特殊，家里人不一定会接受；另一方面是她对于这段感情还不是很确定，总觉得不太稳定。

“宁宁有没有男朋友呀？”这已经是第五个这样问她的了。

初宁依稀记得上一次自己来这边的时候，大家的话题还围绕着“宁宁考了所重点大学”发散，一会儿说要给她安排个好工作，一会儿又说希望她毕业读研。这大学还没念完，全家又开始操心她嫁不出去，急吼吼要给她安排相亲了。

初妈妈把这一切看在眼里，坐在一边笑眯眯的，并不插话。晚上睡觉的时候，初宁抱着被子跑到妈妈房间，像是小时候那样往她怀里蹭：“妈妈，妈妈，我今晚想跟你一起睡。”

初爸爸识趣地拐去初宁房间睡觉。

小时候初宁是个黏人的孩子，离开妈妈一会儿都会哭，觉得妈妈不要她了。在这一点上，的确是家里没有给她足够的安全感。初宁爸妈那时候工作忙，家里又没有老人可以带着她，小小年纪的孩子，自己睡醒了找不到大人，自然是要害怕惊慌的。后来渐渐长大，自己睡一个房间，慢慢也就不那么黏人了。虽然如此，一有什么事，初宁还是习惯抱着被子往妈妈房间跑，好像只要躲进妈妈怀里，就什么事都没有了。

“怎么非得跟我睡啊？这么大的姑娘了。”初妈妈点点初宁的脑门，就像小时候那样，再捏捏她的小鼻尖。初宁抿抿唇，整个人缩在被子里：“好久没跟你睡，想你了嘛。”

“今天阿姨问你，把你问烦了吧？”初宁那点小心思，根本逃不过初妈妈的眼睛。初宁撇撇嘴，点头：“就是的，干吗一直问，烦死了。”

“人家问你，也是关心你。好几年没看见你了，再见面你都是大姑娘了，关心一下你的感情，也是很正常的事。”

“你都不像她们那么问。我自己妈妈都不问，她们问什么啊？”

“我是懒得问，你自己想说了自然就会说。”

初妈妈也钻进被窝，初宁顺势倚靠进她怀里：“你就不怕我在外面跟不好的人交朋友吗？”

“我自己生的孩子，自己肯定了解。”初妈妈闭上眼，摩挲着初宁的头发，“不过我倒是想问问你，你跟那个明星参加完节目之后，还有没有联系？前一阵十里还说你们传了绯闻，闹得沸沸扬扬，现在没事了？”

初宁在心里狠狠鄙视了封十里一把。封十里原本也要来这边过年的，但是他硬要留在那边把陆成诗送上飞机再来，等他到了，年夜饭估计都吃完了。初宁从小就是个不会撒谎的孩子，扯到这个话题，她七拐八拐想绕开，却还是把自己带进了沟里：“妈妈，要是我真的跟陆成诵在一起了，你觉得怎么样？”

“陆成诵？”初妈妈皱眉，似乎是仔细回想了一下他的样子，下一秒，她笑着摇头，“哎呀，不行不行，人家可看不上你。”

虽然面上不显露，初宁心里却还是一边气鼓鼓的，一边带了点小女孩的虚荣心——谁说人家看不上我？人家现在缠我缠得可紧呢。她心里正想着，又听妈妈说道：“你之前追星，怎么追我都没管你，觉得你心里有分寸，什么事都知道该怎么做。后来你说你要跟他参加真人秀，我和你爸爸虽然不怎么赞同，但还是没拦着你。宁宁，你是特别单纯的那种孩子，而他在娱乐圈里摸爬滚打了这么多年，好多东西人家看过了，就不在乎了。我不知道你们现在是什么情况，我也不问，但是你心里要有数。不管人家是明星还是普通人，你都得知道自己到底想要什么。”

初宁不作声，初妈妈摸摸她的脸，有点犯愁的样子：“你之前跟我说要读研，最近怎么也不见你复习呢？”

“我不想读研了，我想工作。”

“什么工作？”

“学校大四的时候会组织去高中实习，要是可以的话，我想留在实习单位，当老师。”初宁这个想法不是没经过深思熟虑。寝室里也不止一次谈论过大家各自的打算。小鱼的目标很明确，从大一开始她就坚定了信念要考研的。阿隋和哉哉都在摇摆，不过大致也是想读研。初宁原本打算随波逐流。能跟大家一起混下去自然好，可是某一天深夜，她做完数据，忽然觉得这样的人生一点意思也没有。

她厌烦做数据，等到毕业的时候，她那时已经在自己不喜欢的专业上坚持了四年，不能再继续浪费时间。

初妈妈向来不干涉她的决定，就连当初大学报考，她也一点建议都没提。她摸摸初宁的头，声音很温柔：“只要你不后悔，就去做吧。”

被几个阿姨舅妈问过一圈又一圈之后，除夕之夜终于到来。

家里的一个姐姐今年结婚，跟新姐夫腻在一起浓情蜜意的，初宁坐在一旁看着，忽然觉得自己很想念陆成诵。

要是陆成诵在的话，他们也可以一起包饺子，她嘲笑他的饺子包得丑，他狡辩说自己更擅长擀皮；他们也可以坐在一起看春晚，为无聊的小品捧腹大笑；他们也可以看着窗外的烟花说，明年还能跟你一起过年，真好真好。

除夕夜难得下起了雪，电视里在播春晚，初宁跟着长辈一起看，只觉得春晚一年比一年烧钱，却一年比一年无聊。同学们都在群里抢红包，寝室群里一边抢还一边聊春晚，哉哉手气好，一个晚上几乎都是运气王。

小鱼：哇，二十块钱的红包我分成了三个，哉哉一个人居然能抢到十八块钱？

初宁：哭泣，我才抢到一块五。

阿隋：闭嘴！抢到五毛钱的我说话了吗？

哉哉：承让承让，我来发一个大家抢吧。

半分钟后。

小鱼：哉哉自己发了四个红包，自己抢回去十块钱。我只抢到两块。嘻嘻。

阿隋：我也两块。嘻嘻。

初宁：我一块。我要退群了。

哉哉：哈哈哈哈……

初宁离开寝室群聊，看看饭圈，大家沉浸在美好的气氛中，正在欢快地互相用陆成诵的表情包送祝福。今年饭圈来了很多新面孔，热热闹闹的，初宁作为粉丝站老人，自然象征性地给大家发了个红包，数量不多，喜庆就好。

翻翻列表，拜年的信息几乎刷屏，陆成诵却一直很安静。初宁往下翻了好几下才找到他的对话框。上次聊天还是昨天，他说自己在美国爸妈那里，两个人时差不一样，聊得很少。为了防止他的对话框被挤下去，初宁把他的聊天设置成了置顶。

叹了口气，初宁把手机扔到了一边。

恋爱什么的，真是劳心伤神。

时间缓慢地滑过零点，伴随着欢呼声和烟花，新的一年到来。所有人都在喜气洋洋地说着吉祥话，家里的老人纷纷拿出压岁钱。初宁跟着大家一起笑得乐呵，只是时不时地去瞟一眼手机，被置顶的某人依旧安静如初。

初宁有点不开心：这种时候就算有时差，白天也该问候一句啊！也不知道他在忙什么，这种重要的时刻也能缺席。

春晚结束的时候，岁数大的人都纷纷回房间睡觉了，几个年轻的小辈还坐在一起，打算通宵打麻将。初宁不会玩麻将，但是也不困，所以就坐在一边看他们玩，正看得开心，一旁的手机忽然振动起来。

姐姐坐得近，听到声音低头看了一眼，上面来电显示写的是“智障”。

姐姐：“这大过年的，还有智障给你打电话？”

初宁尴尬地笑了笑，起身躲进洗手间接电话。

她是带着情绪的，接起来的时候，虽然努力压制，但还是语气不善：

"怎么这个点打过来？我都要睡觉了。"

陆成诵也不知道在哪里，话筒里有很大的风声，他的声音像是被吹散了，但依旧带着股欢喜雀跃："小初，我特别想跟你一起放烟花！"

"什么烟花！市里不让放烟花。"初宁叹了口气，听到他的声音，她的气似乎也消了一半，"今天是除夕呢，你在美国那边有饺子吃吗？"

那边的声音顿了一下，陆成诵吸了吸鼻子，半晌有点忐忑又带着点委屈地说道："我没吃饺子，小初，你能不能偷点饺子出来给我吃？"

初宁一愣，下一秒她就听见陆成诵轻轻地说："我在南城，我要是没找错地方的话，现在应该就在你家楼下。"

03

初宁打完电话出来，明显有点心神不宁。她先是鬼鬼祟祟地到厨房转了一圈，然后又披上羽绒服打算出门。这个时间了，姐姐们自然不放心。她说自己吃多了，要下去转几圈，没等人家问话就跑出了家门。

要说冤家路窄，初宁刚打开家里的大门，就迎面看到了拎着行李箱刚回来的封十里。他赶夜车回来过年，本来时间计划得刚刚好，结果车子晚点，他挤在火车里，跟一车民工欢快地度过了人生中最为难忘的除夕夜。

看得出来，封十里心情很好，就差挥舞着行李箱跳舞了。看到初宁的瞬间，他还开心地冲她吹了声口哨，等到看清了，他一愣："姐？你这么晚了出去干吗？"

合着他没看清她是谁就乱吹口哨，这事要是告诉陆成诗，足够封十里挨一顿揍。

"我吃多了，出去透透气。"初宁不想跟封十里这个大嘴巴说陆成诵来了的事，匆匆就要下楼。她手指还没摸到电梯按钮，就被封十里扯了回去："不是吧，这么冷的天，你自己出去透气？现在外面都没几个人，多不安全啊。要不我陪你吧？"

开玩笑，封十里要是去了，明天陆成诵就得被全家人知道。

看看手表，从陆成诵打完电话到现在差不多过去五分钟了。初宁一脸焦急，饶是封十里一向迟钝，也看出点不同来："你不会是去见谁吧？

陆成诵都去美国了，你见谁啊？”

“闭嘴，再问把你脑袋打爆。”初宁这个人，每次急了就试图使用暴力，其实她那小胳膊小腿，谁也打不过。封十里眼睛一眯，跟陆成诗在一起这么久，多少也学机灵了：“好吧，我不问了，封口费你看着给。”

初宁：“跟谁学得这么鸡贼？”

封十里一脸得意：“我家诗诗。”

最后，初宁气急败坏地给了他二百红包，这才急匆匆下了楼。

下楼的时候，初宁很担心以陆成诵的智商，真的会找错地方，那她就得跑遍南城去找他了。没想到走出楼门口没几步，就在小花园那里看见了陆成诵。他穿着一件黑色长款羽绒服，也许是站得久了，头上、肩上落了雪，正一边跺脚一边等她。

初宁那一刻的心情很不好形容。心疼是真的，但是这种心疼似乎介于亲妈和女友之间，而不再是纯粹的母性了。事实上，从很久之前，她心里就俨然发生了改变，“亲妈粉”之类的想法都不知道被丢到哪里去了。

她朝着他走过去，每走一步心里就像开出了一朵小花，嘴角笑意也跟着加深。初宁想，第一句话要说什么呢？也许应该来一个浪漫的拥吻？今晚的雪这么美，她想跟他在雪地里漫步，这样是不是就应验了传说中的“一起走到白头”……还没等她走近，就看见陆成诵急吼吼地朝着她过来了。看到她的瞬间，他急切地凝视着她的眼睛：“饺子带来了吗？”

两个人暂时没什么可以去的地方，绕了很久，最后在一家二十四小时营业的德克士坐下了。初宁撑着下巴看陆成诵吃饺子，伸手在他乱糟糟的头发上摸了摸：“你怎么突然来了呀？”

陆成诵两口咽下去一个饺子，眨着眼睛看她：“因为你说想看活生生的，会喘气的我，所以我就来了。”

初宁面带羞涩：“傻不傻啊，哪个你不是活生生会喘气的？”

陆成诵认真地蹙眉：“那能一样吗？你摸摸，我是热的呢。来，我喘口气给你看看。”他一边说一边伸着脖子呼出一口气，空气里瞬间弥漫了浓浓的酸菜肉的味道。

她也许更喜欢不会喘气的他。

虽然初宁早已经过了被言情小说荼毒的年纪，也不会幻想大雪天两个人脱下羽绒服撑在头顶如同智障般飞奔的画面，但是，她好歹还是个女孩子，还是有一点点幻想浪漫的心思的。此刻，坐在陆成诵对面，看着这个平时为了保持身材，恨不得喝露水的男明星两口一个饺子，初宁觉得，自己的人生，可能会因为看到了太多平常人看不到的画面，而过早结束。

想想也是很可怕。

“你这次来待多久啊？要不明天带你到处逛逛？”初宁撑着下巴看他吃饺子，想了想，又觉得过年期间好像没什么可逛的，而且她对南城也不熟，不由得有点犯愁。

“明天一早的飞机就走了，机票我都买好了。”陆成诵把最后一个饺子递到初宁嘴边，初宁下意识地咬了一口，忽然想起这个时间了吃了会胖，就摇摇头不肯再吃。他于是把她咬剩的半个饺子塞进嘴里，含混不清地解释道，“我爸身体不太好，希望我能多陪陪他。等年过完了我再回去，反正咱们时间多的是。”

初宁有点微愣，大概是因为他说“时间多的是”的时候，带着一种很自然的，觉得他们会在一起一辈子的确定。随后她又觉得过意不去：“叔叔要是病了，你就不用跑这一趟了啊。你这时差都倒不过来，多累啊。”

“小没良心的，”陆成诵伸手在初宁脑门上弹了一下，“我这不是怕你想我吗？”

不说我想你，却说怕你想我。

初宁捂着脑门，本来想瞪他的，可是对上他的眼睛，又不自觉地想笑：“所以现在我们怎么办？就这么在这里坐到天亮，然后送你去机场吗？”

“我是来陪你放烟花的啊。”陆成诵拍了拍自己一直抱着的小黑包。

初宁眼睛一亮：“可以吗？可是市里都不让放呢。”

“这个时间了，哪有人管？咱们放完之后再收拾干净应该没问题。”陆成诵说着站起身，拉住她的手带她站起来。南城这个地方，他其实挺熟的，因为之前在这里拍过几个月的戏。那段时间，他跟姜岩两人几乎吃遍了这边的小吃，要不也不能那么准确地找到初宁的地址。两人七拐八拐地走到了一个偏僻小巷，上了一栋楼的顶楼，陆成诵把包里的烟花筒拿出来，摆到地上。

这个画面很熟悉，初宁忽然记起自己刚刚追星的第一年。那一年跨年，陆成诵作为受邀嘉宾，在广场上陪伴粉丝们一起跨年。说是粉丝们，其实那时候他连个正经的后援会都没有，一起来的大多数明星也没什么名气，下面稀稀拉拉聚集着的人里，只有初宁和点点姐是真爱粉。两个人冻得打哆嗦，点点姐拿着自己并不高级的智能手机，一边拍照一边跟初宁说："小初啊，记住姐姐的话，等到以后陆成诵火了，这张照片可值大钱啦！"

现在陆成诵也算小小火了一些，可初宁没想到如今站在他身边的人会是自己。而之前陪伴她的点点姐，已经从她们原本的圈子里销声匿迹了。

世事都如此吧，饭圈是最无情的地方。

初宁原本想蹲在陆成诵身边跟他一起点燃烟花，被他哄到了远处——他怕伤着她。引线点燃，他快跑到初宁身边，像个小孩一样开心地仰起头。

烟花升起，在夜幕中绽开。陆成诵站到初宁身后，解开羽绒服，把她整个人包裹进自己怀里，道："快许愿！"

初宁一愣，一时间竟然不知道自己有什么愿望。愣怔的工夫，陆成诵歪头撞了撞她的脑袋："愣着干吗呢，一会儿放完了。"

"我想不到有什么愿望。"

"先想小家，再想大家。祈祷恋爱圆满，家人健康；祈祷亲戚朋友万事如意；祈祷自己前途光明，未来顺畅……实在不知道祈祷什么，还可以祈祷祖国早日统一，人民早日奔小康。"

初宁被陆成诵逗笑了："你这什么乱七八糟一套一套的？"

陆成诵也笑，低头在她侧脸亲了亲："帮你想愿望嘛。"

初宁双手合十，闭上眼睛，很虔诚地在心里许愿。她的愿望很小，小到陆成诵听了可能都要嘲笑她。许完愿，初宁放下手，靠在陆成诵怀里，不说话。

温情脉脉的时刻，陆成诵握着她的手："小初，这个时候是不是特别适合接吻？"

"不适合。"

某人不满："这么浪漫，为什么不适合？"

初宁淡定回复："因为你刚吃了酸菜肉的饺子，你敢亲我，我就揍你。"

陆成诵觉得自己受到了伤害，把头埋在初宁颈窝委屈地蹭了蹭。他最近不知道什么时候解锁了撒娇技能，每每搞得初宁不知怎么办。初宁心一软，摸摸他的头，潜意识里的话未经思考便脱口而出："哎呀，反正还有一辈子呢。"

在她看不见的角度，陆成诵耳朵慢慢红了起来，他咧着嘴，笑得很甜很甜："小初，不如我们公开吧。"

当然，他的这个建议被无情驳回。

倒不是初宁真的不想让别人知道，而是陆成诵的事业正处于上升期，这时候公开恋情，对他一点好处都没有。女友粉才是粉丝群体的核心，试问你的偶像忽然公布了恋情，你还怎么在下面理直气壮地喊着嫁给他？

因为这层顾虑，初宁硬是没答应陆成诵的要求。

04

在异地恋的催化下，初宁的整个寒假都像是生活在梦里，随着陆成诵一样时差颠倒。偶尔走在外面的时候，会收到陆成诵的晚安，她觉得哭笑不得，瞬间又觉得煞是想他。

寒假结束之后，初宁正式进入大三的下半学期。因为大一、大二不务正业，算算学分，初宁和室友们不约而同地差了几分。为了保证自己能够顺利毕业，几个人在选课开始的第一天就起了个大早，跑到图书馆的电子阅览室去抢座位，占据学校网速最好的地段。

初宁学校选课的规矩很简单，年级越高，越容易抢到课。眼看着大三就要结束，初宁她们选课时自然什么课好就选什么，专挑热门的抢，丝毫不顾及学弟、学妹们。等到把好一点的选修课抢完，几个人才悠闲地点开专业课，仔细看看之后，都是一阵沉默。

哉哉："我没看错吧？我这学期课表里没有孟教授的课。"

阿隋："我也没有。"

小鱼："我也是。"

初宁只觉得老泪纵横："太好了！这学期终于不用熬夜做数据了！呜

呜呜呜。”

事实证明，她还是高兴得太早。学院的夏老师向来与孟教授交好，初宁她们这学期有一节夏老师的课，不出意外的话，还是要做数据的。不过再怎么难熬，也不会比大二那时候可怕。初宁对现在的生活已经很满足了，至少课表上不再是满满当当的一整天课，每天上上课，追追星，生活美滋滋。

生活如此安逸，以至后来初宁回忆起自己的大三生活，只觉得印象模糊不清。要说真的有什么事值得拿出来说一说，倒是也有。

徐崇航被爆出了丑闻。

这件事说大不大，毕竟徐崇航是别人家的偶像，跟初宁一点关系也没有。可是说小也不小，因为它整整霸屏了好几天的微博热搜，把陆成诵新代言的广告都挤下去了。

所谓丑闻，说白了也就是男女之间的那点事。之前初宁就隐约觉得徐崇航和自己的助理有点事，但是男未婚，女未嫁，说出来也不算什么天理不容的大事。可是这次的爆料，偏偏就是助理爆出来的，女孩用一篇长达三千字的长微博，声泪俱下地控诉徐崇航始乱终弃，拈花惹草，严重不负责任。

这么大的瓜，初宁哪有不吃的道理？

于是陆成诵的广告代言活动结束之后，她跟陆成诗两人肩并着肩，头挨着头，在地铁站里津津有味地看完了那位女助理发的长文。

长文内容条理清晰，没一个字是多余的，明显看得出来是找人润色过。初宁叹着气摇头：“你看，把女人惹急了，真是可怕。”

陆成诗赞同：“我什么时候能修炼到这位姐姐的境界，封十里就不敢逼着我做题了。”

两人十分感慨，觉得在御夫术上都还有待提高。这篇长文除却文字之外，还提供了丰富的图片证据，不管是医院的堕胎证明，还是跟徐崇航的聊天记录，都有板有眼，整理得清晰又丰富。女孩在文末放话，只要徐崇航跟她公开道歉，这件事就算结束，不然她手里掌握的那些东西，她都会抖出来。

这结尾明显是威胁，徐崇航方面没发声，粉丝却是老大不高兴。谁也见不得自己家的偶像被当头泼这么一盆脏水，虽然这脏水冤有头，债有主，但是架不住粉丝人多，年龄小，评论区早已经骂开了。

跟陆成诗分别后，初宁回去的一路上都在跟室友聊徐崇航这件事。还没到学校，忽然看到粉丝群里有人发了链接，说这一次徐崇航的料里，还有陆成诵的份。

初宁心里一惊，只觉得这么一摊浑水，陆成诵还是不要蹚比较好。

娱乐圈向来诡谲，徐崇航之前势头猛烈，这次竟然说灭就灭了。在粉丝们接连叫嚣了一整天，且徐崇航本人丝毫没有表示之后，女助理恼羞成怒，爆了新料。

“当年帮你偷拍陆成诵，做扭曲事实的视频，搞得他最终退了剧组，他的站姐也跟着退圈，这事你也忘了？”

此料一出，陆成诵的饭圈震动了。

要知道，当初这件事闹得沸沸扬扬，直接引发了“初宁退圈”和“陆成诵表白”两件大事。直到现在，还有粉丝觉得初宁是个私生饭，时不时就去她微博大号上骂几句。这回女助理的一番话，不仅狠狠打击了徐崇航，还顺便捞了一把初宁，连同原始视频也一起放了出来。

寝室本来已经快要熄灯了，几个人洗漱完毕都爬上了自己的床，准备看看手机就睡觉。这新料一出，初宁“嗷”的一嗓子从床上弹了起来，吓得下面正在敷面膜的阿隋一激灵，面膜险些掉下去：“你又鬼叫什么？我这颗小心脏迟早哪天得被你吓停了！”

“你们快去看热搜，徐崇航的助理又发猛料了，这回还提到了我！”

“嗯？”小鱼一把扯掉耳机。

就在几个人激动地打开微博时，寝室陷入一片漆黑——熄灯断网了。

“用流量看！”哉哉将手机一举，几个脑袋齐刷刷地凑过去。女助理一再强调，视频来源并不是自己，她只是恰好知道这件事，当时留了心眼，存了一份视频在自己这里。视频里，初宁的可乐是如何洒的，陆成诵又为什么脱衣服，都明明白白。一时间，寝室里的几个人激动不已——这么久了，小初终于恢复清白了。

这么重大的事，初宁自然是要打电话告诉陆成诵一声的。电话打过去，才忽然想到这个时间他可能已经睡了，然而没响两声，就被接起来。

“怎么啦？”陆成诵的声音带着倦意，大概是睡到一半被吵醒的缘故。

“你看到微博没有？咱们之前的那次绯闻澄清了。”初宁放轻了声音，好像刚刚在寝室里嗷嗷乱叫的是另外一个人。三个室友整齐地鄙视了她一眼，接着刷自己的微博。

“什么绯闻？”

“就是最严重的那次啊。”

陆成诵愣了一下：“怎么澄清的？”

“你不知道吗？徐崇航的助理在微博发了好多东西，都是猛料。我看这回徐崇航是起不来了，他做那些坏事的时候，就应该知道会有这样的后果！”初宁有点义愤填膺。

对面的陆成诵似乎叹了口气。大概是同为模特出身，又都在一个圈子里，让他动了点恻隐之心：“现在就是墙倒众人推，也不都是他的事。咱们俩那次的绯闻是他公司的主意，本来也是为了给他压绯闻的。不过你说得对，他这次倒了，想要再起来估计就难了。”

“还好，那个女助理手里有证据。”

“事事都留证据的女人也挺可怕。”

男人和女人在这样的问题上，都很默契地选择站在自己的角度想问题。初宁觉得陆成诵说得也有道理，圈里什么样，圈外人怕是永远不会完全知道，即便是陆成诵，也肯定有事不告诉她。互道晚安，放下电话，初宁再打开微博的时候，竟然收到了很多道歉。

她近来微博大号上什么东西都不发，私信更是不看，所以偶然打开，又有了当初被消息淹没的感觉。只是这次的消息跟之前的截然不同，很多人在私信里表示对她的歉疚，直说当初误会了她，人云亦云，给她造成了伤害，不知该怎么弥补才好。也有人乞求她能重回饭圈，继续当陆成诵的“亲妈粉”，毕竟没有了她，饭圈也少了很多资源。

初宁叹了口气，旁边的小鱼看她：“这么好的事，叹什么气？”

“觉得感慨吧。好多人来我微博道歉，说当初不应该相信无良媒体，不该人云亦云。”

“道歉还不好吗？说明你得到了大家的肯定。”

“可是现在，大家还是在人云亦云啊。”初宁歪头。其余三个人没说话，似乎是陷入了沉思。网络环境太过复杂，公众人物让我们看到的，只是他们想让我们看到的一面。初宁觉得有点心累，拿起手机，在大号上发布了绯闻之后的第一条微博——沉冤昭雪。今日回归。后面配上了祈祷的表情。

半分钟后，小群里新消息爆炸。

诵诵最爱的地瓜片：大大！你终于要回归你的大号了吗！不再用官博当幌子了吗！

陆家小跟班：激动！以后又能看到新视频和图片了！

灵魂画手阿标：喂，你回归之前搞点动静出来好不好，每次都吓人。

岩诵一生推：开心，小初大大回来之后，饭圈肯定会有很多福利。

一首唐诗：所以你们打算什么时候公开？

小初是亲妈：不要激动。公开是不可能公开的，我先把之前做的没来得及发的图片和视频发一下。

第二天上完课回来，初宁就像是回归了事业的女强人，把这段时间落下的消息都在大号上补了一番。陆成诵的饭圈一时间沉浸在过年般的喜悦中，为了把这种喜悦表达得再明显一些，初宁拿出之前没来得及送出去的陆成诵签名照，搞了一个小型的抽奖。

刷到初宁微博的陆成诵撇嘴：“这个女人，又拿自己的男人出去给自己赚粉丝。”

刚刚回国的姜岩也撇嘴：“你这个男人，好不容易跟你见一面，你还满嘴都是你自己的女人。我还没女人呢，我说什么了？”

“哎呀，”陆成诵满面春风，“姜岩，我觉得你真的应该谈恋爱，谈恋爱真是太美好了。”

由于他幸福的表情过于刺眼，姜岩选择偏开自己的头颅：“在一起多久了？”

“快五个月了。”

姜岩眼睛一眯：“进展到哪一步了？”

陆成诵娇羞不语。看他这个德行，姜岩就知道，八成只停留在接吻，可能连最基本的身体接触都没有。姜岩替自己的木头兄弟叹了口气，拿起手边的啤酒：“你跟她说了你要解约的事没？”

“没有呢。”

“不打算跟她说？”

“她现在正是开心的时候，我要是跟她说了，她肯定得多想。”

关于陆成诵要和现公司解约的事，目前只有陆成诵和邓杨知道，姜岩也是刚刚得知这个消息，不免多问了几句。现在的公司太小，各种地方发展不完善，连最基本的危机公关都做不好。陆成诵自上次绯闻之后，就暗暗下定决心，要么换公司，要么自己单独开工作室。

以他现在的能力，单独开工作室也不是不可能。邓杨已经决定跟他一起走，有邓杨手里的资源，陆成诵不愁之后的发展。只是他目前还没想好怎么跟初宁说这件事，女孩子想问题总是偏严重一些，他也是不想让她担心。

看着陆成诵沉思的表情，姜岩觉得有点好笑。这种智障居然会比自己先找到女朋友，难不成微博上的智囊团真的有用？陆成诵晚上约了初宁吃饭，跟姜岩聊得差不多了便起身要走：“我提前点走，要不然初宁下课了该等我了。”

“你真知道怎么当个男朋友吗？”姜岩好奇。

“当然了，我有智囊团。”

姜岩笑起来，存心要考他：“要是女朋友说想要什么东西，怎么办？”

“直接买给她。”

“要是她没跟你说，但是转发了抽奖的微博呢？”

陆成诵表示小菜一碟：“当然是在开奖之前就把东西买给她。”

“那要是她说她肚子疼呢？”

陆成诵微微皱眉，这个问题在智囊团微博里没看见。犹豫了一下，他十分谨慎地回答道：“我觉得她应该多喝热水……”

姜岩哈哈大笑。

陆成诵果然还是那个钢铁直男陆成诵。

怀揣着一颗炽热的约会的心，陆成诵开车前往初宁的学校。她前一阵子抱怨他的车子太高调，虽然初宁本人对车没什么认知，但不代表其他同学也没有。在好几次被问到“小初，那辆玛莎拉蒂是来接你的吗”之后，初宁一边回答对方“那是我不小心叫来的滴滴”，一边咬牙切齿地要求陆成诵换车。

小鱼觉得她脑子坏掉了：“谁能滴来玛莎拉蒂？你滴一个给我看看啊。”

第十五章
未来在不远处

01

之前闹得很大的徐崇航与女助理事件，慢慢没了热度，被人们遗忘。被遗忘的不只是这件事，还有徐崇航这个人，原本属于他的代言慢慢都换了人，走在街上，也再看不见公交站牌上，他举着饮料的微笑的脸。

初宁偶尔对这些事非常感慨，一感慨，她就联想自己和陆成诵，总觉得两个人身份悬殊，可能走不远。她如此抱怨了几次之后，封十里听得都不耐烦了："你们身份怎么悬殊了，又不是罗密欧和朱丽叶。我和诗诗智商这么悬殊，我不还是坚定地爱着她吗？"

初宁抿唇，同情地点头。因为她看到了封十里背后突然出现的陆成诗。

在两个人打起来之前，初宁气定神闲地离开。她今天是来买正装的，打算找工作、跑校招的时候穿。再开学就是大四了，为了方便学生们准备考研、实习和写毕业论文，学院里把所有的课都排在了前三年，最后一年一节课都没有。而上学期，初宁她们已经修满了学分，如果不需要找工作，这一年想必会过得非常滋润。

提到找工作，她又觉得头疼。

文学作品里，那么多人描写爱情的痛，亲情的痛，友情的痛，怎么就没人描写找工作的痛呢？现在初宁只要一想到未来，就觉得一片迷茫，既不知道自己想干什么，也不知道自己能干什么。她匆忙跟着其他同学一起报名了实习，运气还不错，被安排在市里的重点高中。

寝室里的其他三个人已经坚定了考研的决心，这次实习没参加，每天抱着书本跑到图书馆占座学习，也是累得昼夜不分。初宁第一天实习，算算自己寝室到实习学校的距离，竟是要早上5：00就起床。

每天早上还没来电，666寝室几个人就互相鼓励着从床上爬起来，一起吃个早饭，之后三个人去图书馆，初宁独自一人往地铁站跑，这样才能赶在7：00之前到校。

实习初期，初宁被安排干一些杂活，其实也学不到什么东西。她的专业跟数学关系最大，所以选择科目的时候自然选择了数学。学校安排给她的导师是个四十多岁的女人，姓常。在一线已经有二十多年的工作经验，初宁算了算，自己出生那年，这位导师刚好参加工作。

常老师性格严谨，有大多数四十多岁女人应有的严肃可怕的一面，对待初宁虽然不像对学生那样劈头盖脸就批评，但也并不和蔼。

她是刚刚走进社会的小小雏鸟，什么事都不知道该怎么做，甚至不知道在面对不公平待遇的时候，自己可不可以生气。都说这代人有傲气，初宁觉得那是没被逼到分上，真的需要一份工作的时候，傲气就不算什么了。

因为实习学校和自己的学校离得太远，这么跑了一个星期，好不容易熬到周六，初宁只想在寝室里歇着哪都不想去。陆成诵打了几个电话没人接，有点担心，加上当天没有通告，就直接开车来了学校。

初宁从宿舍楼里出来的时候，一眼就看见站在车边等她的陆成诵。她连忙加快脚步走过去，把他拉进车里，又跟着坐进了车后座。

可能是见到了他的缘故，初宁最近的委屈都有了宣泄的出口，很是委屈地环着他的脖子哼唧了一阵，说："其实也还好，就是天天起早赶地铁太累了，一天有两个小时都在路上。你知道吗，我每天早上坐地铁的时候，偶尔还能包车，上面一个人也没有。"初宁靠着他的肩膀，情绪稳定下来，声音也平静多了。

陆成诵皱了皱眉，询问了实习学校的地址，发现跟自己家离得还挺近，便开口道："要不，你搬到我家去住？从我家出发的话，都不用坐地铁、公交，走路十分钟。"他以前以为陆成诗会去那所学校，买房子的时候考虑到了这点，只可惜陆成诗那个不成器的，根本没考上。

“去你家住不方便吧。”初宁心里有点别扭，自己还在上学，早早出去跟人同居，似乎怎么都说不过去。陆成诵知道她肯定想多了，摸摸她的头：“我给你单独准备一个房间。”

初宁依旧摇头。

他大概也猜到，以她的性格，自己这么直接跟她说，她绝对不会答应。陆成诵也没再勉强，斟酌了一会儿，开口道：“一会儿回去多睡会儿，把缺的觉补回来。”

“嗯。”初宁闷闷地点头，叹了口气，“当大人真难啊！别人都考研，我却要找工作，想到要进社会，还觉得挺害怕的。”

陆成诵笑了笑，神色是少见的沉稳认真：“谁都得长大啊。好的坏的都经历一遍，回头看看还是很有意思的。再说了，就算再不济，你还可以依靠我呢！找工作什么的就放手一搏呗，记住，你是个有靠山的人。”

虽然劝初宁搬过来这件事没有成功，但陆成诵依旧有自己的算盘，他想做的事，不尽到最后一份力是不会放弃的。

这周的通告结束，陆成诵回家的时候，正好看到陆成诗坐在沙发上抠脚。他挑眉，忽然记起她最喜欢的男团似乎要回归了。

“诗诗。”

每次他这样和颜悦色地叫她，陆成诗就知道准没好事，自然是要防备着点的：“干吗？”

“你喜欢的那个男团要出新专辑了吧？”

陆成诗没好气地回道：“你不是说上次考试成绩太差了，不帮我要专辑了吗？”

“我不帮你要，你还不能自己买？”

陆成诗瞪他：“买什么买，我哪来的钱买？”

这个月，封十里过生日，陆成诗为了哄他开心，给他买了双球鞋，花掉自己攒了好几个月的零花钱。谈恋爱果然浪费钱，现在陆成诗只能坐在沙发上忧郁地抠脚。

“帮哥哥个忙，新专辑和签名我帮你要。”陆成诵在沙发上坐下。每到这种时候，他就觉得自己特别酷，毕竟陆成诗这种趋炎附势的小人，很少会乖乖听他话的。

果然，这话一出，陆成诗蹭过来看他："什么忙？"

"你小初姐最近实习，单位离学校太远，你想办法说服她，让她住到咱们家里来。"陆成诵说着，拿出手机给她发了个红包，"表示一下诚意，先给你点定金，事成之后，你想要的我都帮你弄来。"

看得出来，陆成诵对小初姐是真心喜欢，连斥巨资这种事都做了。陆成诗一向见钱眼开，让初宁搬过来住，她自己也觉得十分可行。毕竟住在一个屋檐下之后，近水楼台，擦枪走火的，说不定就生米煮成熟饭了。陆成诗开开心心收下所谓的定金，敬了个不怎么标准的礼："首长放心，保证完成任务！"

攻略男人她没输过，攻略女人，估计也差不多吧？

02

陆成诗还没来得及攻略初宁，陆成诵的新剧就要在北城举办记者会了。作为史剧题材，记者会自然十分正式，初宁还是从陆成诵本人那儿得知的消息，算算时间，刚好是下周六，她不用上班。作为回归的站姐，初宁有义务跑前线。

然而难题在于，这次的史剧题材过于正式，现场除了有邀请函的媒体记者，根本不允许粉丝进入。据说导演在娱乐圈待了这么多年，脾气很是古怪。几年前还好，现在最讨厌的就是粉丝效应，更极端点，甚至觉得粉丝多的人都是流量，没什么实力。他这话一竿子打翻一船人，初宁虽然不赞同，但也大致理解了为什么这部剧，导演会找陆成诵来演。

年轻人里，也就数他粉丝少、没流量了。

初宁坐在椅子里咬指甲，周六记者会她想去，但是从现在的情况来看，自己似乎进不去。

纠结了一晚上，临睡之前，陆成诵给她发消息，初宁用很委婉的方式告诉他，自己很想去记者会。坐在沙发上的陆成诵沉吟半晌，回复："我跟邓哥说一声，你假装成我的助理，跟我一起进场吧？"

"那拍的照片还能发出去吗？"初宁很不甘心。

她作为粉丝站的管理人员，时时刻刻都心系粉丝，有点什么消息，都恨不得拿出来跟大家分享。陆成诵觉得这样的她可爱是可爱，但有点过于负责任了："你这回拍的就自己留着吧，反正到时候会场也会有新闻图。"

初宁不高兴了，说："我拍的图都是爱的视角，跟冷冰冰的新闻图能一样吗？"

陆成诵笑："行行行，反正你到时候先过来吧，剩下的事之后再说。"

因为有了这种期待，初宁觉得这一周过得格外快，甚至连常老师让她帮忙抄学习笔记，她也笑呵呵地答应了下来。笔记白天在学校是没时间抄的，晚上带回了寝室，初宁才看到工作量是何等巨大。怪不得常老师要把这个活交给她，反正现在她就是个打杂的，不知道的，还以为常老师给自己配了个秘书。

到底不敢有怨言，初宁熬了几个晚上，才帮常老师把学习笔记抄完了。交回去的时候，常老师笑容满面地说谢谢，还说过一段时间请初宁吃饭。不过这话也就是随口一说，再没了下文。

熬过了这一周，眼看着就要到周六。周五晚上，初宁还特地去理发店把发尾的部分修了修，想想好像两周没见到陆成诵了，只希望能把自己打扮得漂漂亮亮，最好让他看见了便觉得惊艳。

修完发尾又觉得有点单调，初宁扭头看旁边的阿隋："你说我要不要染个发？"

阿隋满头卷得跟包租婆似的，艰难回应她的目光："你在学校实习，可以染头发的吗？"

"只要不夸张就没事。"初宁心里打定主意了，跟理发师说自己想染个偏棕的颜色，这么一套下来，又花了好几百。晚上睡觉前，初宁都觉得美滋滋，想想第二天陆成诵见到她之后的样子，就觉得梦都是甜的。

第二天，初宁按照之前约定好的先去跟邓杨会合，换好助理的衣服之后再去公司接陆成诵。助理这工作她不陌生，之前拍真人秀的时候也干过，只觉得一回生二回熟，初宁对一切都有着谜一样的自信。见了面，邓杨看都没看她一眼，直接递给她一顶帽子："戴上。"

初宁新做的头发就这样被遮挡了。

等到按邓杨的要求换好了衣服，初宁走到镜子前，看着口罩、帽子、连帽衫齐备的自己，有点泄气。这哪里是个精致女朋友的样子？分明邋遢得连性别也看不出来。跟着邓杨上了车，两人驱车前往公司接陆成诵。大明星很明显一副没睡醒的样子，顶着素颜就这么坐进后座。

车子没开，陆成诵声音也懒洋洋的："小初，坐后面来。"

坐在副驾驶座上的初宁老脸一红，看看身边的邓杨，觉得这样子在单身老男人面前撒狗粮实在是不好。

邓杨一脸冷漠："他的意思是你去后排坐，好让他能靠着你。今天他的抱枕忘在办公室了。"

助理果然还是要认清自己的位置。打开车门，初宁去了后排，坐好的同时，陆成诵脑袋一歪，直接靠在她肩膀上。

他昨晚一夜没怎么睡，都在忙着准备今天记者会的发言稿。以往吊儿郎当惯了，这次轮到正剧，不能再不上心。为了应对记者的各种提问，他还上网搜了搜可能出现的问题和应对措施，等到一切都准备得差不多了，天也快亮了。

初宁体谅他的辛苦，伸手揽住他的肩膀，轻轻拍了拍。

陆成诵很是安心地闭上眼睛。

记者会开始时间是下午 1：00，作为主创人员，12：00 不到大家基本已经就位。初宁本来就是大众脸，属于放在人群里没人能找到的类型，这么跟着陆成诵走进大厅，也没人在意。她虽然好几次为了拍照来这样的地方，但这次还是第一次亲眼见到这么富丽堂皇的大堂。大制作和小成本电视剧就是不一样，初宁一边感慨一边跟着陆成诵往前走，走到拐角的时候险些撞在柱子上，被陆成诵抓住胳膊扯了一把："看着点。"

初宁连忙点头，倒真有几分小助理诚惶诚恐的样子。

穿过金碧辉煌的大堂，往里走，是明星休息室和化妆间。陆成诵来之前是素颜，自然要先化妆才能上场，邓杨出入这种场面显得游刃有余，自然而然跟进去，初宁在后面，也乖乖跟着走了进去。

下一眼，她看到了活生生的周清清。

就像所有路人偶遇明星之后的感慨一样，周清清真人比镜头里更好看，最主要是脸小，皮肤好，坐在那里好像只有她在发光。娱乐圈向来强调实力，但颜值本身就是实力的一部分，就连周清清这样的十八线都把自己保养得这么好，其他女人更不必说。初宁摸摸自己的脸，虽然每天也跟着室友们一样做基础护肤，但真的就只是基础护肤，站在周清清面前，同是女人，她有点自惭形秽。

她甚至比周清清小了几岁，但是年龄优势在这里完全没有显现出来。

鉴于初宁实在是不起眼，周清清自然没注意到她。她扭过头，温柔地看向陆成诵，自这部戏杀青之后，两个人可是有一段时间没见了："好久不见了，诵哥。"

陆成诵一脸倦容："嗯，好久不见了。"

"怎么看起来这么累呢？昨晚没睡好？"

"可能是吧，头疼。"

周清清漂亮的眉毛皱起来，伸手就往陆成诵脑门探过去："你是不是发烧了？"

这场景远远看去，真是才子佳人，赏心悦目，但是以初宁的角度来看，简直忍无可忍。本来她就因为上次的红糖事件不爽，眼下周清清当着她的面公然关心陆成诵，再没脾气也得宣誓一下主权。在那只手还没搭到陆成诵额头上之前，初宁一个箭步上前，抢先按住了陆成诵的额头："不烧，没事。"

周清清愣了愣，收回手的同时尴尬地笑了笑，这回她注意到初宁了："诵哥，你招助理了？"

初宁偷偷撇嘴，诵哥诵哥，叫得倒是亲密。你们诵哥何止是招了个助理，算一算，你还得叫我一声诵嫂呢。

03

陆成诗跟封十里最近感情进展飞快，甚至可能比她哥还要快一个等级。作为不需要遮遮掩掩就能出街的素人，两人可以肆无忌惮地手牵手过马路，这让初宁很是羡慕。周日的晚上，陆成诗约了初宁吃饭，说是只有她们两个，要跟初宁说一些女生之间的小话题。正巧这周陆成诵很忙，初宁闲着也是闲着，便欣然答应，化好妆，换了衣服，准时赴约。

初宁好奇陆成诵平时在家的状态，陆成诗好奇封十里小时候的那些糗事。两人出来之后虽然没带那两个男人，但是话题就没离开过那两个男人。走累了，两个人在一家甜品店坐下，陆成诗拿出手机才看到自家哥哥发来的无数条信息。

中心只有一个：一定要说服小初住进他们家，千万不要把事情办砸了。

咬着奶茶吸管，陆成诗看看不远处低头选蛋糕的初宁，觉得自己今天胜算很大。

等初宁端着托盘回来坐下，陆成诗摸了摸她的手，很是亲昵的样子："小初姐，最近你好像都瘦了。"

"实习太累了。"说到实习，初宁一肚子苦水，但是鉴于陆成诗还没实习，估计不能理解她的苦楚，所以初宁没打算多说，"每天早上寝室还没供电就起床了，现在天气冷了，早上天还没亮就得去赶地铁。"

"这么辛苦？你那所实习学校离你们寝室多远啊？你现在这么跑还行，等到冬天了可怎么办？又冷又黑的，不是更辛苦吗？"陆成诗年纪虽然小，但是说话一点不比大人差，初宁跟她聊天，并不会觉得两人之间有多大代沟。

初宁趴在桌子上，叹了口气："可是也没有别的办法，租房子实在是太贵了。我实习根本没工资可拿，再租个房子更没钱了。我又不想问家里要钱，还是自己折腾一点吧。"

"租房子干吗？又贵又不安全。现成的房子就有，来我家啊。"陆成诗扬扬下巴，得意地看着她，"我家正好有个空房间，你搬过来不就行了！"

初宁微微一愣，没想到她能这么说，毕竟之前陆成诵提出这个建议的时候，她是拒绝的："可是你家……不太好吧？"

"有什么不好的？我爸我妈都在国外，根本不回来，平时家里也就我哥和我。我哥你又不是不熟，是吧？再说，你不是总好奇我哥在家干什么，你要是搬过来，我就不用给你当眼线了，你的男人，你自己看着。"陆成诗暧昧一笑。

“就是因为你哥，我才觉得不方便啊。”初宁扶额，“我们还没有进展到可以同居的那一步……我总觉得这样的话，一切都太快了……”

“那不是还有我吗？你要是怕你俩擦枪走火，我就是最好的电灯泡啊。”陆成诗摊手，“而且不要房租，离你工作的地方近，还天天能看见你男朋友，你还纠结什么？”

初宁还想再说什么，陆成诗眉毛一挑：“小初姐，你不会是怕你自己把持不住吧？”

还真被她说中了。

初宁光是想象一下，就觉得同居生活香艳无比。陆成诵那样的人，每天洗完澡围着条浴巾，从洗手间走到客厅，从客厅走到厨房，再从厨房回房间，她作为一个已经成年的女人，得有多大定力才能把持住呢？为了避免自己脑子一抽，做出禽兽不如的事，初宁觉得她坚决不能搬进陆成诵家里：“反正就是不行！”

眼看着计划泡汤，陆成诗想想自己刚刚开始追的男团，有那么多张落下的专辑没有买，这次回归的新专辑更是买不起，不由得悲从中来。但是初宁看起来态度坚决，她不好再接着劝，垂头丧气地回家之后，撒泼耍赖，硬是没把定金还给陆成诵。

“陆成诗，我就安排给你这么一点小事你都弄不好，你不是说保证完成任务吗？什么女人的心思你最懂，你把定金还给我！”陆成诵有点咬牙切齿。

陆成诗表示不服：“就失败这么一次，你就对我又吼又叫的！你怎么不想想，之前你俩能在一起，我给你当了多少次助攻？要不是为了帮你接近小初姐，我会跟封十里搞到一起吗？我都为了你舍生取义了！”

说完这句话，陆成诗有点佩服自己了。她现在的文学素养果然提高了，已经可以不经思考就说出“舍生取义”这样的高级词汇了。

“谁要你助攻啊！”陆成诵显然没有找到她话里的重点，把手边的抱枕扔过去，没好气地补了一句，“什么叫助攻？”

04

陆成诵的同居计划失败，初宁依旧每天天不亮就爬起床去赶地铁。陆成诵的新剧播出后反响很好，观众都是有眼睛的，只要制作用心，大家就不会不买账。不过即便是这样，陆成诵作为其中演技较为生涩的新人，还是遭到了不少批评。

他的演技不能说好，但其实也不算差。只是这次戏里大牌云集，每当跟老戏骨站在一起对戏，陆成诵永远是被吊打的那一个。从台词到神态，无一不被人拿出来说。总会有人闲到，把演员的每一个表情都单独截出来给大家品鉴。

随着电视剧热度上涨，热搜上了一次又一次，而陆成诵作为主演，因为演技问题，也是一次次被推到风口浪尖上。

来来回回几次之后，粉丝不高兴了。任何的喜欢都带有几分盲目，即便是再理智的人，心里也有护短的那一面。网友说一次可以，但是每当提到陆成诵，就拿他的演技说事，未免有点欺负人，毕竟他的路还长，这几年来，进步也不小。

初宁在官博上向来是兢兢业业安利新剧，顺手把能挖到的花絮、预告之类的丢到上面来跟大家分享。但是在小号上，她也没有那么佛系，偶尔忍不住，还是想为陆成诵做点什么。

初宁跟其他的小伙伴一起，熬了几个晚上，汇总了陆成诵这几年演过的电视剧片段，展示出他从一个懵懂少年一步步成长起来的轨迹。从一开始演少年，在海边冲浪，到后来年岁渐长，演男人，演他想挑战的角色。把这些片段放在一起的时候，不难看出，陆成诵最近几年在经历飞速的成长，不管是演技，还是态度，都跟以前大不一样。

初宁把小伙伴们汇总来的片段都剪辑在一起，配上背景音乐，做成了一条长视频。这一次的视频不是为了安利，也不是为了恶搞，只是为了表达众多粉丝对他的心疼和爱护。

在视频的末尾，初宁犹豫良久，还是写下一行字：莫欺少年穷。

在演戏这条路上，陆成诵依旧是个少年，但是他愿意沉淀下来。即便是最小的角色，他也愿意接，也演得认认真真。他有他自己的骄傲，初宁不管是作为粉丝，还是作为女朋友，都想保护他的那份骄傲。

视频一出，圈内粉丝纷纷转发，表示不管怎么样，自己都会陪在陆成诵身边，等待他成为更强大的人。初宁做完视频时，已经是凌晨1：00了，她第二天还要早起上班，算一算，只有四个多小时可以睡。这段时间劳动强度有点大，她时常觉得白天犯困，偶尔还头疼。站子里的事也不少，新剧上星之后，好多新消息都需要她及时更新，有时候在单位忙到一半，她就借口去洗手间，躲进厕所，把扒下来的新消息整理好发到官博上去。

这些她也没跟陆成诵说。最近陆成诵似乎要参加新的综艺，正在跟节目组协调。初宁一想到他参加了综艺，工作组就会更忙，只觉得眼前直冒金星。

实习这边，大概是看准了初宁年纪小，没城府，说什么是什么，又好欺负，常老师变本加厉地差使她，但凡有一点活，都交给初宁去做。学生校服尺码错了，初宁拿着校服跑到后勤找老师去问；教案排版不对，初宁坐在电脑前，一个字一个字帮她改；学校要检查笔记，初宁抄完常老师的这份，还要给主任再抄一份。有时候工作做不完，就只能背回寝室继续做。后来初宁嫌背着这些东西挤地铁太累，干脆在学校加班直到干完活再走。

于是她每天天不亮就起床，天黑了才回去，有时候累得狠了，室友们从图书馆回来的时候，她已经躺在床上早早睡了过去。

这么折腾了一周，直到周末，初宁才有了点喘息的机会。这个周末，她原本是想宅在寝室里好好补一补落下的剧，可是周六陆成诵约她，周日室友们约她，都是好久没在一起聚过的人，初宁一个都不忍心拒绝。

阿隋对此有个非常好的提议："不如我们跟陆成诵一起吃个饭，这样你只需要折腾一天，就可以陪好我们两拨人。"

初宁一边夸奖她真是个小机灵鬼，一边拒绝了她的提议。

"我看别的同学实习没那么累啊，怎么你每天能累成这样呢？"小鱼已经熬夜复习了一周，现在整个人看起来面黄肌瘦，气色很不好。虽然是这样，她还是觉得相比之下，初宁更惨一些，"还是离得太远了。上次陆成诵说让你住过去时，你就应该答应，自己男朋友家，不住白不住，矫情。”

“我想留在那所学校，好歹是个市重点，管理方面都很好。就是没碰上好导师，天天折腾我。”初宁觉得自己自从实习以来，头发都掉得更多了。

“能留下的话，以后咱们的孩子就不愁了。”哉哉写完最后一笔，把笔记合上，抬头看向初宁，“你最近累也跟追星有关系。那天晚上我们从图书馆回来，你还在做视频。什么事不要太拼，况且还是不赚钱的活，那么努力干吗？”

追星从来是不赚钱的活，但是初宁人生中百分之八十的热情，都投入到这个不赚钱的活上了。

当晚，初宁看到陆成诵用自己的微博大号，转发了她发在官博上的视频，那条展现他成长轨迹的视频终于被他看到了。陆成诵转发的同时，带上了几个红色爱心，附言：感谢陪伴。

也不知这话是说给所有粉丝听的，还是说给初宁一个人听的。

周日那天，初宁跟室友们一起逛街，顺便给自己买了件大衣。天气说冷就冷，昨天还觉得穿着衬衫热，今天套上毛衣出门就有点凉。外面风大，初宁回来的时候觉得头疼，不过最近常常头疼，她也没在意。因为第二天还要早起，初宁匆匆洗漱完，就上床睡觉了。

没想到这么睡了一夜，丝毫没觉得轻松，第二天闹钟响的时候，初宁爬起来时，觉得浑身都疼。她想着大概是昨天逛街累到了，毕竟阿隋可以不歇气地连走六个小时。

这个早晨似乎特别冷，初宁觉得奇怪，昨晚天气预报并没说会降温。

那时候初宁还没意识到，自己浑身疼痛，还觉得寒冷，其实都是发烧前的征兆。

第十六章 这是什么玛丽苏剧情

01

初宁家就她一个孩子，属于从小到大被妈妈宝贝着长大的温室花朵。为了照顾好这朵小花，初妈妈几乎事无巨细地打理她的生活，所以初宁长到现在也没生过几场病，就连小感冒都很少，可以说是身体倍棒，吃嘛嘛香。

所以，生病这件事对于初宁来说，是太过遥远的记忆。上次发烧大概还是在高中，烧了一天也就退了。早上到了学校，初宁照常打开门窗通风，打扫办公室和教室，做这些活的时候，只觉得头重脚轻。好不容易拖完地，初宁看看其他人都还没到，便趴在桌子上闭眼睛休息一会儿。

没想到这么一休息，居然就睡了过去。

她再醒过来的时候，整个办公室都很嘈杂。学生陆续到校，跟学生一起到校的还有节目组。虽然之前已经有小道消息传出，说会有明星们过来录节目，但老师们还是很激动，毕竟不是谁都能天天见到明星的。

跟其他嘉宾相比，陆成诵年轻，多少算个偶像派，女老师们对他最好奇，加上之前初宁跟他传过绯闻，大家自然觉得陆成诵来这里录节目这件事不那么单纯。初宁懒得理会那些话，不过到底也还是跟大家一样有点好奇，便站在窗口，撑着下巴往下看。陆成诵像是感应到了她的存在，突然抬头朝着这边看过来，还挑了挑眉，微微一笑。

陆成诵今天打扮得比平时私下里要帅气很多。他私下里就是个典型的直男，很多时候就穿着大裆裤和卫衣晃来晃去，而到了镜头前，有了专业造型师的打理，举手投足都很贵气。他穿了件白色大衣，抬手去摘自己脸上墨镜的时候，办公室里几个趴在窗边围观的年轻女老师都很激动：“哎呀，看见活的了！真人比电视里还帅！”

“你们看没看他最近那个剧？他演的小皇帝太好看了！”

“对对对！”

饶是看久了他平时不拘小节的样子，这会儿也真的把初宁帅得五迷三道的。

同事们有的也关注八卦新闻，看到他看过来的那个眼神之后，有些讶异地看向初宁。初宁尴尬地笑了笑，赶紧溜回自己的座位上接着干活。不过仔细想想，这样帅气的男人是她的男朋友，要是哪一天真的公开了，初宁这点小小的虚荣心，一定会得到极大的满足。

虽然之前陆成诵很想把初宁弄过来，当个节目里的NPC，但是因为节目组有自己的安排，他那点小九九最终还是没派上用场。而相比之下，失望得更明显的是邓杨。他以为小鱼作为初宁的同学，也会跟着一起来实习，所以才力挺陆成诵的建议，把拍摄地点定在了这里。结果放眼望去，哪里有小鱼的身影！微信里问了初宁才知道，小鱼为了准备考研，根本就没来实习。

老男人靠着椅子叹息，有缘无分啊，有缘无分。

节目组录制内容紧张，为了不耽误学校里的正常教学，借用班级定在课业相对较少的高一年级。初宁在高二实习，楼上楼下虽然离得不远，但也根本见不到陆成诵的影子。加上她今天身体不舒服，病恹恹的，所以吃完午饭就回了办公室，打算睡一觉，下午再接着干活。

好不容易熬完了一整天，初宁觉得自己的身体太难受，摸摸额头，感觉滚烫滚烫的，才知道大概是发烧了。她向来不怎么生病，更是没有打针的习惯，回学校的路上自己买了退烧药，吃过晚饭后又吃了药，盖上被子便睡了过去。

她在心里默默祈祷明天退烧，学校那边还有一堆事，她可不能在这时候倒下。

初宁没跟陆成诵说自己生病的事，怕耽误他工作。第二天早上起来时，初宁觉得好了不少，虽然头还是疼，但可以坚持，大不了下午请假，晚上再吃一遍药。她的身体这么好，肯定可以扛过去的。就这么到了单位，常老师说她要去给自家孩子开家长会，班级暂时交给初宁，让她帮忙带着。

初宁原本还想下午请假回去休息，这么一来又走不开了。虽然她很想问问常老师，她家孩子在哪所学校，家长会竟然一开就是一整天。但是作为实习生的她，明显没有这个胆子，只能硬着头皮接受了安排。

常老师走后，初宁摸了摸自己的额头，觉得仍没有退烧，似乎一直在低烧。

高中生已经有了自己的想法，班级并不好管理。尤其是男孩子到了青春期总是打架，初宁怕出事，一下课就往班级跑。看她年轻，学生们也不怕她，有时候也跟她开点善意的玩笑，最近的玩笑是围绕着她跟陆成诵的绯闻，追问他们后来怎么样了。

初宁头昏脑涨，只觉得连眼皮都在疼。她正觉得烦心，就看到不远处摄制组的人过来，说是要带着大家参观一下教室，希望老师组织学生配合一下。

初宁扶额，自己这副病恹恹的样子，到底还是要被陆成诵知道了。

眼看着摄制组浩浩荡荡地上了楼，摄影师扛着设备，导演拿着对讲机，好几个场务跟着跑前跑后，乍一看，还以为是什么外星势力渗入地球。初宁让班里的同学们坐好，自己靠在门口，对摄制组的人礼貌微笑。

节目组还是有人认出她了，但是也没敢叫她。初宁保持着嘴角的笑容，偏头就看到后面走上来的陆成诵。他上来的时候，目光准确无误地落在她身上，初宁将眼神避开，这么细微的动作，都被学生们看在眼里，她听见班里学生起哄的声音。

她想起饭圈里的人跟她说过的话，喜欢是藏不住的，都在你的眼睛里。

这句话在脑海中绕了一圈，初宁不敢再往外看，回到班级坐下。发烧带来的感觉渐趋强烈，这么坐在桌边，眩晕感一阵接一阵。初宁不敢抬头看外面，手扶着额头，轻轻闭上眼睛。

就这么熬到了中午，吃过了午饭，初宁收到陆成诵的信息。他一眼就看出她不舒服，问她怎么了。

看着手机，初宁回复："就是有点感冒，很快就能好。"

陆成诵："不舒服就请假回去吧。"

初宁："班主任不在，我走了就没人看着班级了。"

初入社会的人，总是带着异于常人的责任感。陆成诵其实想问，那你来实习之前，班级又是怎么管理的？他估摸着这话会惹得初宁生气，虽然承认自己是钢铁直男，但他还是知道有些话不该说的。放下手机之后，下午是满场的拍摄，他的手机放在邓杨那边，一直到下班时间都没碰一下。

这一下午在初宁看来，漫长得仿佛一个世纪，她在头晕头痛中坚持着送走了学生，远远看见摄制组的人三三两两走出来，初宁知道他们的拍摄也结束了。其实再往后看看，就能看到快步走过来的陆成诵，但是初宁的目光看不了那么远，她转了身，想往门口走，身体却像是不受控制一般，瞬间脱力。

倒下之前，初宁觉得，这次丢人又得丢到网上去。希望陆成诵能记得自己的偶像包袱，可别朝她飞奔过来。想到这些，初宁还有点惊讶，自己这是要晕倒了吗？二十多年的人生里，她还从来没有晕倒过。

胳膊触地，疼痛却不是那么清晰。初宁觉得自己最近确实是太累了，也该休息了。额头抵在操场的跑道上时，她闭上眼睛，竟不知道自己现在是真的晕倒，还是假装晕倒了。

看见远处小小的身影慢悠悠地往地上倒去，陆成诵一愣，脚步顿了一下，随后便意识到倒在地上的人是谁。这种场景他拍戏经常演，生活中还是第一次遇到。一瞬间，演过的霸道总裁们都回魂上了他的身，陆成诵眉眼严肃，脚下生风，还没等邓杨拦他，就已经跑了过去。

邓杨满面愁容："不会又要传绯闻吧……"

跑得近了，陆成诵便看到倒在地上人事不省的初宁。他弯腰把她扶起来，让她的头靠在自己肩膀上。按照偶像剧套路，他现在应该跪在地上悲痛欲绝或仰天长啸。随后他意识到自己拿错了剧本，初宁只是晕倒，不是死掉。摸摸初宁的额头，烫得不行，根本就不是她自己说的所谓小感冒。

陆成诵把初宁从地上打横抱起来，朝着追过来的邓杨开口："打电话叫救护车，她发烧了。"

邓杨不能理解："发烧叫什么救护车？附近有诊所，你赶紧让同事送她去诊所打一针就好了。"

"都晕倒了还不叫救护车？"陆成诵原本就长着一副凌厉的五官，这么瞪大了眼睛，倒还真让人有几分害怕。邓杨向来拗不过他，好在现在操场上基本是摄制组的人，不用担心人多眼杂。邓杨拿出手机，准备叫救护车："陆成诵，我以前觉得我就是上辈子欠你的，现在我才发现，原来我上辈子欠了你俩。"

"等一下。"邓杨这句吐槽，陆成诵明显一个标点符号都没听进去，"先不用打。"

邓杨不耐烦地放下手机："到底打不打？"

"不打。"陆成诵轻笑，低头看着怀里的初宁，从她鼻息间，可以依稀听到嘹亮的鼾声。

02

要不是因为操场上当时都是摄制组这边的人，邓杨估计今晚陆成诵又能携手初宁上一次热搜。

陆成诗还没放学，家里空无一人。陆成诵原本的想法是，如果初宁肯搬过来，那自己就把那间客房收拾出来给她住。可今天事发紧急，收拾客房根本来不及，他更不舍得让初宁就这么躺在沙发上。他推开房门，把初宁放在自己的床上，然后拉过被子给她盖好。

初宁额头还是很烫，现在她睡着了，没办法吃退烧药，陆成诵找了张退热贴给她贴在额头上，然后在床边坐了下来。

这么观察，初宁的五官虽然算不上惊艳，但其实都长得小巧可人。陆成诵摸摸她的鼻尖，鼻头稍圆，不像网上那些五官精致的女孩子，有刀削一样的线条。他笑了笑，在她鼻子上轻轻捏捏，又伸手去摸她的眉毛。

初宁的眉毛只是自己粗略修过，最近太忙，没时间打理，周边已经有些杂毛。他的手刚刚落到她眉毛上，初宁便皱了皱眉，大概是睡梦中也不喜欢被人触碰。陆成诵收回手，过了一会儿还是忍不住，又去摸她的下巴。

她不是特别瘦的人，去年期末的时候，被他喂得一度惊现双下巴。现在这么摸着，肉少了很多，双下巴的痕迹也没有了。陆成诵叹了口气，有点心疼，低下头在初宁脸颊上轻轻亲了亲。

陆成诵亲完了，抬起头在安静的房间里坐直了，摸摸自己的唇，自言自语："没亲够。"

他又低头，嘴唇落在初宁的唇上。

不敢深吻，怕惊动了她的睡眠，陆成诵依依不舍地在她唇上碰了碰便放开，还想再摸摸她的脸，刚要伸手，初宁放在口袋里的手机忽然振动起来。

屋子里原本异常安静，突然的噪音吓了陆成诵一跳。他拿出手机，看着上面闪烁的"阿隋"两个字，有些犹豫。

这个人是初宁的室友，他知道的。但是现在的情况，他接起电话会不会不太合适呢？外面天快黑了，室友估计是担心初宁，想问问她怎么这么晚还没回去。纠结了一会儿，陆成诵还是按下了接听键："你好？"

阿隋正在寝室里敷面膜，反正她十天里有七天都是在敷面膜。眼看着天都要黑了，初宁还没回来，几个人有点担心，就想给她打电话问问。为了方便其他两个人听，阿隋开了免提，陆成诵一发声，三个人都是一愣。

阿隋："男的？"

小鱼："手机丢了，被人捡走了？"

她们倒不是没听过陆成诵的声音，只是隔着听筒和隔着电视屏幕，还是有点差别的。几个人这辈子也没和明星正儿八经对过话，在反应过来对面是陆成诵的同时，几个人原本散漫的身体瞬间坐直，齐齐看向话筒。

没听到回应，陆成诵有点疑惑地又问了声："你好？"

阿隋终于反应过来，连忙开口："你好，我是初宁的室友。"

陆成诵语气和善，或者说是十分温柔："初宁的室友你好，我是陆成诵。"

三个人不约而同地交换了一个眼神，制止了彼此的癫狂。阿隋维持着少女的矜持，开口道："小初现在还没回来，我们有点担心，就给她打了电话，没想到是你接的。我能问一下小初现在在哪里吗？"

陆成诵看着床上睡得香甜的某人，言简意赅道："她在我家。"

言外之意，你们不用担心，也不要再问了。

可是阿隋明显没有领会陆成诵话语里的意思，更不懂得他维持表面和平的良苦用心，接着问："她不方便接电话吗？"

对面的陆成诵沉吟半晌，道："她正在睡觉。"

小鱼不由得看了看自己的手表，才晚上7：00。以大家对初宁的了解，她还从没在这个时间睡过觉，除非是午觉睡过头了。睡觉的时间点太过反常，熟读《金瓶梅》的三人互相交换了一个难以置信的眼神，不约而同想到了很多不和谐画面。阿隋怎么也算个小司机，这会儿也是老脸一红："啊……她都没跟我们说呢，那她今晚不回来了？"

陆成诵压根不知道这几个人在想什么，只是觉得初宁就算今晚退了烧，也不该再往寝室折腾了，便老实回答："嗯，她今晚应该不太方便回去。"

小鱼压低了声音："他说不方便……"

哉哉也低声问："是不方便说话的不方便吗？"

阿隋对着话筒快速说了句："好的，麻烦了。"然后就立马按下了挂断。电话挂断的下一秒，三个人面面相觑，蜷缩着手指一起发出一声吼叫："啊！"

她们怎么也想不到，初宁这样老古董一样的性格，居然在这方面会这么开放。

果然，真爱使人疯狂。

初宁真的是太累了，这一觉睡得有些久，到后来便隐隐约约开始做梦。一会儿梦见班里的孩子打架了，她没法跟班主任交代；一会儿又梦见陆成诵跟周清清因为绯闻上了热搜。原本就觉得难受，梦里还不消停。初宁翻了个身，把被子扯高一点，盖住脑袋，接着睡。

梦境断断续续，又梦到和陆成诵接吻，梦到他像只哈巴狗一样在她嘴角舔来舔去。最后初宁实在是受不了，挣扎着睁开了眼睛。屋里黑漆漆一片，哪里有陆成诵的影子？倒是她自己，口水流了一枕头。

吧唧吧唧嘴，初宁对这个梦还蛮回味的。再次翻身，不管是身下的床，还是身上的被子，都柔软又温暖。初宁闭上眼睛还想睡，心里却有了点说不清道不明的疑惑，两秒后她睁开眼，呆呆抬头。

寝室里是上床下桌的设计，她每次睁眼都能看到近在咫尺的天花板，可这会儿仰着头，只能看见头顶有一盏精致的水晶吊灯，即便屋子里没开灯，依旧能隐隐约约看到大概轮廓。初宁一惊，从床上爬起来，又记起自己白天一直在发烧，下意识摸向自己的额头。

退热贴已经不再冰凉，她把它揭下来，放在手心看了看，又看向门口。

房间门关着，从下面门缝隐隐可以看见外面的亮光，要是仔细听，还能听到人走动的声音。初宁刚刚睡醒，之前又生了病，现在整个人懵懵懂懂，愣是没弄清楚眼下的状况。初宁下了床，就这么光着脚，踩在光滑的地板上，走到门边打开房门。

客厅里开着灯，沙发上扔着一件男士大衣，那件大衣白天的时候陆成诵穿过，初宁有印象。她接着往前走，一直走到厨房门口，看到里面背对着她正在做饭的陆成诵。

初宁站在门口没进去，她现在有些分不清这是梦里还是现实。

如果是梦里，倒是还说得过去，如果是现实，那接下来陆成诵要是转了身，她得说什么？初宁一向不敢面对这种暧昧而尴尬的场面，往后退了一步正想溜，就看到陆成诵缓缓转过了身。

她其实很想像个失忆症患者一样问一句：这是哪儿，我是谁？

“你醒了？”陆成诵手里还拿着一个鸡蛋，见到初宁出来，他把鸡蛋放下，走过来摸了摸她的额头。手心感受到的温度是正常的，应该是不烧了。再低头，看到她光着脚踩在地板上，他眉头一皱：“啧，怎么不穿鞋呢？”

初宁“啊”了一声，脑子转得很慢：“鞋在哪儿呀？”

按照言情小说的套路，这时候男主角应该抱起女主角，霸气地将她扔在沙发上，再俯身压过去。然而陆成诵现在没有那个心情，锅里的粥应该是要溢出来了。他把脚上的鞋一脱，甩到初宁脚边，一边让她穿上，一边抬脚往厨房里跑。

居家男人在一定程度上少了很多浪漫分。

初宁慢悠悠穿上陆成诵的拖鞋，两只脚如同钻进小船里。她环顾四周，这才反应过来，这是陆成诵的家。大概因为家里没有老人，装修风格很是现代化。初宁抬脚想随便参观参观，刚迈出一步，就听见门口传来钥匙转动的声音。

大门打开的瞬间，初宁和门口的陆成诗四目相对。后者明显愣住了，退后一步看看门牌号，确定自己没走错楼层，这才走进门："小初姐？"

初宁尴尬微笑："嗨。"

陆成诗："哇，你居然穿着我哥的拖鞋？"

03

让陆成诗觉得诡异的，不仅是初宁穿了陆成诵的拖鞋，因为下一秒，初宁便抬手揉了揉头发，往陆成诵的房间里走："我想起来床边有一双拖鞋，我这就去换上。"

陆成诗更震惊了："哇，你进了我哥的房间？"

初宁心中有些凌乱，陆成诵的房间莫不是有什么神魔镇压，外人都不能随便出入的？

见初宁一脸懵懂，热心的陆成诗拉着她在沙发上坐下。反正将来都可能是一家人了，她哥这点事初宁迟早要知道的，陆成诗认真道："小初姐，我跟你讲哦，你来这里住可以，但是我哥的房间绝对不可以进。"

初宁想说自己刚刚就是从那里出来的，手刚指过去，陆成诗如临大敌，按住她的手："不要问我为什么。我哥这个人什么都好，就是不让别人进他的房间，碰他的东西，那样做的人都会死得很惨。"

原来陆成诵还有个这样变态的习惯，这种习惯一般不都是存在于电视剧和小说中的吗？作家们为了塑造一个与众不同的男主角，总琢磨着给他写点一般人不会得的病，比如洁癖。

陆成诵明显不是那一挂的，初宁对这件事深表怀疑："但是我下午一直在他的床上睡觉来着……"

陆成诗再度震惊："我哥知道吗？"

“你哥现在就在厨房啊。”初宁声音慢慢变小，因为她发现了一件不得了的事。按照陆成诗的描述，陆成诵是一个变态的洁癖，谁敢碰他的东西，都将受到他的惩罚。此时此刻，她看着陆成诗屁股下面的那件大衣，不知当讲不当讲，“诗诗啊……”

“我知道了，因为你是我哥心爱的女人，所以我哥允许你睡他的床，穿他的鞋。”陆成诗这个年纪，正是痴迷言情小说的时候，加上她最近也在谈恋爱，封十里明显不是霸道总裁款，她只能看书给自己找安慰，“这是什么玛丽苏剧情，我真是看不下去了。我哥晚上做什么吃的了？”

趁着陆成诗去厨房的空当，初宁赶紧跑到房间里把拖鞋穿上，又拎着陆成诵的拖鞋给他送回去。

并不宽敞的厨房里，陆成诗正在为初宁睡了陆成诵的床一事质问自己的亲哥哥：“因为小初姐是你喜欢的女人，所以才可以睡你的床？那我是你妹妹，怎么就不行了？”

陆成诵懒得理她，把煮好的蔬菜粥端上桌，回头冲初宁招手：“过来，吃饭了。”

为了顺应初宁这个病号的口味，一切饭菜从简，怎么清淡怎么来。陆成诗一向重口味，坐在桌边深感自己被忽视：“陆成诵，你自从谈了恋爱，就好像换了一个人。”

陆成诵揽住初宁的肩膀，微笑：“对，从一个人，变成了两个人。”

刚刚退烧，又睡了那么久，初宁其实没有什么胃口，被陆成诵哄着喝了半碗粥，就觉得饱了。从下午睡到现在，初宁还一直没看手机，打开微信就看到寝室群里的新消息已经刷到了“99+”，她一愣，以为是学校有什么事，赶紧点进去。

从上滑到下，没一句正经话。

初宁眼神凉凉地看向陆成诵。

碍于陆成诗在场，很多话不方便说，初宁也没问。吃完了晚饭，按照家里的规矩，一向是陆成诗刷碗，初宁想帮忙，被陆成诵以她身体不适为由，强行拐回了房间。

“我下午晕倒了？”初宁打听事情的来龙去脉，第一个信息就把她惊住了，“我长这么大还从来没有晕倒过！”

“凡事都有第一次嘛。”陆成诵将手从她额头上拿下来，又看看刚刚量好的温度计，确定她真的不再烧了，说，“明天请假吧，要是再接着那样劳累，你的病不容易好。”

初宁虽然也觉得累，但是想到请假要先经过导师，再经过校长，就觉得事情麻烦得很。她现在唯一的目标，就是以后能留在实习学校，自然觉得苦点累点都没什么。等到合同签了，工作确定了，再说自由也不迟。

陆成诵自然知道她的想法，毕竟是大学还没毕业的女孩子，想问题跟他有出入也很正常。他摸摸初宁的头，把她抱进被窝里：“你就安心请假，没有哪所学校那么不人性化，会因为你请假，就把你之前的好也一起抹消。人家看中的是你的能力，又不是看你多傻，干的活是多还是少。”

他这话说得很在理，但是从他把初宁塞进被窝并且自己也进来之后，初宁的注意力就已经不在请假这件事上了：“你要干吗？”

“睡觉啊。”

“那我呢？”

陆成诵觉得好笑：“你也睡啊。”

初宁有些惊慌：“不行的，诗诗还在外面，我一直不出去，她肯定会多想。我还是跟她睡一张床比较好。”她说着要下床，被陆成诵揽住腰带回去，这么一来，他就半个身子压着她了：“陆成诗的房间特别乱，下不了脚的那种。你听我的，就在这里睡，我不动你。”

要是男人的每一句“我不动你”都可以相信，世界上就不会有那么多未婚先孕、奉子成婚的了。初宁承认自己想得有点远，但是这四个字放在现在的语境下，她觉得陆成诵本质上跟其他男人没有任何分别，嘟囔道：“我才不信呢。你跟我室友说什么了？她们怎么都在群里让我注意安全？还问我腰酸背痛没有？”

自上次随便动初宁手机导致她被踢出粉丝群之后，陆成诵再也没有私自动过她的手机。准确说来，是不敢再动。可是今晚的情况明显不同。在初宁身边躺好后，陆成诵沉吟片刻才道：“你那么晚都没回去，她们担心你，给你打了电话。我要是不接的话，她们不是更担心吗？所以我就接了。”

初宁：“然后呢？”

“然后阿隋问你在哪里，我说你在我家。她说你是不是不方便接电话啊，我说你在睡觉。”陆成诵觉得自己一句不曾乱讲，也不知道那边的女孩子们是怎么想的，连腰酸背痛这种想法都有。现在的女孩子真的可怕，上次邓杨想讲段子来调戏一下小鱼，结果被小鱼狠狠鄙视，说这个段子自己上次看到的时候还是高一。

那时候初宁内心冷笑，小鱼没给邓杨讲个更夸张的就不错了。

睡觉这种话怎么说都还是太暧昧了。初宁叹了口气，一时间也忘了自己在陆成诵的床上，就这么大大咧咧地翻了个身。陆成诵长臂一揽，她就正正好好贴在了他的胸口。男人身体热乎乎的，不像她手脚冰凉，初宁像是抱了个大暖炉，想要去跟陆成诗一起睡的决心就这么动摇了：“我睡觉习惯不太好的，你确定要跟我一起睡吗？”

“怎么个不好法？”陆成诵想起白天她打呼噜的样子，忍俊不禁，“打呼噜？”

“我睡觉从来不打呼噜。”初宁说得信誓旦旦。陆成诵紧了紧手臂，让她贴自己更近一些，顺着她的话点头：“对，从来不打呼噜。”

“就是有点踢人。”

“我抱着你，你就踢不动了。”

“还有点流口水。”

“那不是很正常吗？”

没想到陆成诵会是这样的反应，在陆成诗的描述中，他可是一个变态洁癖。想到这一茬，初宁好奇地抬头看他：“诗诗说你的房间谁都不能进，说你有很严重的洁癖。”

陆成诵沉默了一会儿，才道：“其实没有。但是陆成诗小时候总喜欢随便进我房间，动我的东西，我后来就说自己有这个习惯，她要是敢再动我的东西，我就会生气。我是演员嘛，这种事演一演就好了。陆成诗那个人的智商你也知道，骗久了就信了，所以她一直以为我有洁癖。其实并没有，我只是比普通男人爱干净一点点。”

初宁忽然觉得陆成诗有点可怜，亲哥哥为了不让她动自己的东西，居然在家里给她划了一块禁地。

摸摸初宁的头，陆成诵声音温柔："好了，睡觉吧，明早请假。"

他说着，低头在她唇上碰了碰，打算当作晚安吻，谁知道这么一碰，却觉得触感异常甜软，忍不住凑近了加深这个吻。床上这种地方，擦枪走火很是危险，陆成诵吻着吻着手便不老实了，仗着初宁睡衣下摆宽大，就想把手探进去。初宁一边躲闪一边想起刚刚陆成诵说的"我不动你"，只觉得男人的话真是不能信啊不能信。

04

第二天，初宁还是听陆成诵的话请了假，不过生物钟已经形成，天还没亮，初宁就从被窝里坐了起来。旁边的陆成诵还没醒，察觉到身边的动静，翻了个身，在初宁的位置摸了摸，没摸到人，这才睁开眼睛。

接下来的时间，两个人就初宁要不要搬到他家来住展开了并不激烈的讨论。

两个人像是讨论什么学术问题一样严肃认真地讨论了很久，最后连出来喝水的陆成诗都听得不耐烦了："你们俩能不能赶紧决定？在哪里不是住啊！小初姐，你有时候就是想太多，我早跟你说过了，我就是最大的电灯泡，有我在，我哥想干吗都没门。"

陆成诗说完，背着书包出门上学去了。看看时间，陆成诵也差不多该走了，邓杨已经开车在来接他的路上了。陆成诵拍拍初宁的肩膀，低头在她脸颊上亲了一口："你再想想吧，我先走了。"

自然得就像每天清晨上班时候，跟老婆道别的老公。

吃过了陆成诵做好的早饭，初宁换下自己的衣服，还是回了学校。倒不是陆成诵兄妹俩没能说服她，而是就算要在这里住，也得先收拾收拾自己的行李。初宁只有这学期实习，下学期开始要忙毕业论文和答辩，也就没有多余的时间了。回去的路上，她觉得自己只要拿一些冬天需要的衣服和日用品就可以，并不打算跟搬家似的打包太多。

对于自己要搬去陆成诵家住这件事，初宁以为她的室友们一定会舍不得，没想到三个人没一个有良心。

阿隋："没想到你是我们寝室第一个进入同居时代的人，啧啧啧。"

哉哉："我们都把你送出去了，陆成诵怎么还不请我们吃饭？"

小鱼："注意安全措施，纵欲伤身，年轻人，身体要紧。"

说到安全措施，阿隋又记起了昨晚的电话。她们昨晚在群里说了一堆，初宁只回复了一句"不是"，就再也没了动静。扭过身子，阿隋一瞬间对自己面前的事情失去了兴趣，只想八卦初宁："说，昨晚你跟陆成诵到底干吗了？那个时间点睡觉，一点都不正常。"

坐在一旁的小鱼做作地清了清嗓子，示意阿隋不要再问。初宁不说自然有不说的道理，谁还没点小秘密呢。初宁瞥了两人一眼，一边把自己的衣服塞进行李箱，一边淡淡说道："昨天我在学校里晕倒了，陆成诵就把我带回家了，你们打电话那时候我还没醒。"

哉哉一惊："晕倒了还不去医院？还晕那么久？"

初宁有些脸红："其实也不是晕倒，是太累，直接睡过去了。所以他说我在睡觉这个事，其实没啥问题，我当时真的在睡觉。"

初宁请了两天假，在寝室里好好睡了两天觉，第三天刚好是周末，她决定就选在这一天搬家。在她来之前，陆成诵拉着陆成诗把家里里里外外打扫了一遍，尤其是初宁要住的客房，连一根头发丝都没放过。客房久不住人，陆成诗担心有异味，放学时带了束花，插在房间的花瓶里。

陆成诵觉得蛮新奇的，要知道她从来没这份心，开口问："在哪里买的花？"

"你要给我报销吗？"

"可以啊，毕竟是放在初宁屋子里的。你说，多少钱？"

陆成诗哪里知道多少钱，这花是今天封十里送来的。虽然事实如此，但还是估摸着报了个数，陆成诵掏钱掏得心甘情愿，还欣慰地说："感觉你终于长大了。"

陆成诗笑着点头，的确是长大了，骗钱的手段也是越来越丰富了。

随着新剧的热度不断攀升，一起攀升的还有陆成诵和周清清的 CP 粉数量。大多数人都不长情，看到新剧里的皇帝与皇后演技上佳，样貌般配，很快就把初宁忘记了，开始喊着要陆成诵和周清清在一起。

最近随着剧组花絮的不断播出，微博上关于他们的话题越来越多，“澄清”CP 的粉丝可谓来势汹汹。也不知道是不是网友们给了周清清自信，接下来的路演通告，周清清每一次都站在陆成诵身边，一副跟他很是亲昵的样子。

对于这种事，邓杨见得多了，懒得说，反正热度过去了，什么都会跟着过去。陆成诵也见得多了，但不是发生在自己身上。这次好不容易被人倒贴一回，他只觉得惶恐，怕初宁看见，回家了万一质问他，他就是有一百张嘴，也说不明白。

为此，他一直默默躲避周清清的示好。这样的情况持续了一段时间，他第一次对女孩产生了厌烦心理，实在不理解她是怎么想的——自己已经这样明显地表达了意思，她还是看不出来吗？

事情的高潮发生在南城站路演的时候。天气已经有点凉了，大家都换上了较为厚重的衣服，周清清大概是爱美，上台的时候只穿了件单薄衬衫，冻得说话都打哆嗦。陆成诵在这方面向来很会照顾自己，不仅穿得厚，椅子上还搭了一件邓杨给他备用的衣服。那衣服是他的私服，今天赞助商在场，自然要穿赞助商的牌子。眼看着周清清冻得嘴唇发紫、眼眶发青，陆成诵就算再怎么不待见她，众目睽睽之下，也还是只能把自己的衣服借给她。

披着陆成诵的衣服，周清清笑容都比之前明媚很多。这下照片全网疯传，周清清的笑和陆成诵的侧脸成了他们爱的定格。

初宁坐在电脑前骂人。

有人的地方就有江湖，现代人做不到打打杀杀，所以就有了无数的键盘侠。自穿衣服这件事出现之后，原本闷不吭声的“不伦夫妇”CP 粉，终于站起来了：怎么说初宁都是陆成诵亲口表白过要追求的女人，你都知道人家有喜欢的人，这么努力倒贴是干什么呢？

不得不说群众眼睛雪亮，那衣服分明是陆成诵自己递过去的，但是人人都能看出来周清清在倒贴。

可是这事换了一拨人，眼光就完全不同了。在“澄清夫妇”的话题里，大家热热闹闹，跟过年似的。CP 粉们的脑洞是无穷的，发布会坐在一起是暧昧，对台词的时候对视一眼也是暧昧，就连他们微博上偶尔的互动都是暧昧。现在陆成诵已经不在微博跟周清清互动了，不过隔几天刷一下，还是能看到周清清公然在自己主页上艾特他。

用一些可以澄清却又带点暧昧的语气。

不得不说，这样的女人很厉害。谎言怎么说最容易让人相信？说得模棱两可，说得半真半假。周清清将这个理论践行得彻彻底底，每次转发剧组花絮都得艾特陆成诵，最有趣的是，剧组那么多人，她就只艾特陆成诵。

初宁实习期并不轻松，常常一整天都不去群里逛一次，消息早被她设置成了免打扰模式，偶尔在清闲的晚上点开，就看到历史消息里的不善言论。

某个粉丝很认真地在群里询问：“追星根本就是个人行为，我喜欢他，为此做出的任何事都只对我自己负责，我为什么要受后援会的管制？”

这句话发出之后，竟然没有一个人回复。苏州小馒头脾气不好，大概是怕自己说出的话太难听，在工作组里呼唤初宁，示意她闲下来之后去群里说一说。

初宁扶额，有点头疼。

小初是亲妈：为什么这么问？

某粉：只是觉得后援会规矩太多了，不能理解。

小初是亲妈：我觉得你说得对，追星确实是一种个人行为。既然是个人行为，就代表所有的情感是你自己发自内心的，相应的，所有的资源也该是你自己找到的。站子里的前线图大多数是我拍的，大家拿了存了，那时候你怎么不说追星是你的个人行为？陆成诵有新剧了要应援，大家一起凑钱给他买礼物，你也没说过这是你的个人行为，更没有给他单独送过东西吧？既然你坚持要贯彻你的个人行为，那你就贯彻得彻底一点，不管是剧的资源，还是图片资源，不是你个人拿到的，就删掉吧。

某粉：你们这些大大都是这么说话的？

最近周清清的事闹得这么大，初宁哪里有心思好声好气说话。她不再理会群里的消息，关掉电脑，接着看向手边的自己的书。过几天就是汇报课了，到时候校长也要来听，成败在此一举。

背后不知什么时候伸过来一只手，把她拦腰圈在了自己怀里。

知道是陆成诵，初宁自己寻了个舒服的姿势，任凭他把下巴搭在自己肩膀上，接着看书。

“我来了你还看书？”陆成诵不满地在她腰上戳了戳。

初宁怕痒，在他怀里扭了几下，抓住他的手皱眉道：“别闹，我准备汇报课呢。”

“嗯？心情不好？”陆成诵看出她是真的在皱眉，回想这段时间网上的言论，猜测初宁准是在为周清清的事烦心。虽然和周清清之间根本就没有什么，但他觉得自己还是有必要解释一下，“我跟周清清真的什么都没有……”

“不过我都跟周清清这样了，你不生气啊？”陆成诵觉得自己真的奇怪，人家生气了自己不开心，人家不生气自己还是不开心。

初宁眉毛一挑：“你跟她哪样了？”

“就是，网上那些嘛。”知道自己说错了话，陆成诵赶紧转移话题，“要不咱们公开吧？咱们公开了，就不会有那些乱七八糟的 CP 粉了。”

“公开了对你没好处的。”

“怎么就没好处了呢？你都不知道我的粉丝多喜欢‘不伦夫妇’！”

“是你自己喜欢吧？我就是你粉丝的头头，我怎么不知道呢？”

陆成诵撇嘴，很是不开心地哼了一声。

第十七章 今天陆成诵初宁分手了吗

01

从很多方面来讲，陆成诵的直男属性是十分明显的，尤其是从小在父母潜移默化的影响下，陆成诵在理科方面天赋极高，想问题大多数时候并不带太多感情色彩。

上面这段话用正常人的语言来讲，就是陆成诵虽然牌亮条顺有名有利，但是他情商低。换作别的男人，也许早就该看出女朋友不开心并赶紧想办法哄了，但他是真的没看出来。一方面跑路演太累，忙得焦头烂额。一方面初宁没有明确表达对周清清的排斥，他心里也不觉得自己跟周清清之间有什么，越是坦荡，越是不在乎，就越是没有关注到初宁的情绪。

因为最近工作繁忙，陆成诵并不能保证每天回家。他不在家的日子里，初宁试着给陆成诗做饭，在经历了险些炸掉厨房的危险后，她总算能够做点简单小菜了，至少喂饱陆成诗是没问题。

每每做完了饭，初宁站在厨房里，望着油烟机上面的油垢都会有些恍惚，觉得自己就像是古代的贤惠妇女，丈夫上前线打仗杀敌，自己在家照顾并不省心的小姑子。偶尔还会听到前线传来消息，说丈夫最近似乎跟军营里卖唱的小妞有一腿，好多人说他们般配，要丈夫收了那小妞做小妾呢。

每每想到这个问题，初宁都觉得自己操心得睡不着觉。最近让她操心的事可是太多了。

好在她跟陆成诵之间，还有个陆成诗。眼看着小初姐最近在家里时而亢奋时而悲观，时而上蹿下跳，时而坐立不安，陆成诗担心之余偷偷问封十里："你们家没什么家族遗传性精神病史吧？"

封十里很笃定地摇头："没有。怎么，我姐疯了？"

陆成诗很惊讶，莫非这就是传说中的姐弟连心："你怎么知道？"

"她压力大的时候情绪总是很不稳定，高考前后也这样。可能现在实习压力大，追星也累。不用在意，过了这段时间就好了。"封十里跟初宁从小一起长大，虽说是姐弟，但其实年龄相当，他这个姐姐会有什么异常行为，是因为什么，他大致能猜到一二，"再说了，最近你哥那么忙，我姐肯定也觉得寂寞了，想他，又不好意思说。"

"这有啥不好意思说的？我天天在家说我想你，刚分开就想你。"陆成诗说着，在封十里脸上吧唧亲了一口。封十里摸摸脸上的口水，像个大人似的教育她："你也别老在我姐面前秀咱俩的恩爱，你说我姐现在独守空房的，听你说这些，不是更难受吗？"

陆成诗觉得他说得很有道理。封十里这个人，虽然一开始接触时觉得像个智障，但是认识的时间长了，倒是个蛮贴心的小伙子。回了家，趁着初宁还没回来，陆成诗给自家哥哥发消息。

"有时间赶紧回来吧，小初姐可想你啦，我昨晚看见她偷偷哭呢！"

陆成诵是在机场看到这一条的。他正准备登上回家的飞机，看到陆成诗这一句，恨不得现在就飞回去落在初宁身边。归心似箭地回了家，看到初宁在做饭，他跟个没事人似的上去抱她，殊不知自己身上还留着周清清的香水味。

初宁对味道并不敏感，但是对周清清敏感。这味道明显刺激了她的鼻腔，在连着打了三个大喷嚏之后，初宁隐忍了半个月的怒气终于忍不住了，扔下锅铲，一句话没说就回了客房。

人都说小情侣哪有不吵架的，吵架后一定要有一个人先缓和情绪，找到原因，不再吵架才好。问题是陆成诵不知道原因，他风尘仆仆回来，怎么迎接他的却是一张生气的脸呢？

初宁觉得自己陷入了一场虐恋。

在冷战了两个小时之后，陆成诵把做好的饭菜端上了桌，顺便看向门口站着的陆成诗："热闹看够没？看够了就去把你小初姐叫出来，吃饭了。"

"小初姐不会来吃的。"

"为什么？"

"你闻闻你自己身上那个味道。"陆成诗嗑着瓜子看他，"这要是封十里，我才不冷战，我得把他打到医院里去。"

怨不得初宁生气，自家男朋友回来，身上带着别的女人香水味。

"你身上有她的香水味，一闻还比我的贵。"放在谁身上谁会不生气呢？陆成诵这才终于意识到自己一直以来忽视了一件事，问道："小初是不是特别讨厌周清清啊？"

"不知道。"陆成诗接着嗑瓜子，"反正要是我的话，我就利用自己混圈这么久的人脉，披小号当个黑粉，扒黑料，做黑图，怎么缺德怎么来。"

"她应该没有恶意的，就是有时候做一些事不过脑子……"

陆成诗不耐烦地打断他："是不太聪明。心思都用在怎么勾搭别的男人上面了，当演员真是不适合她，放宫斗戏里，没准现在都把自己送上龙床了。还好娱乐圈这种女人是少数，要不进圈逛一逛，还以为自己逛窑子呢。"

陆成诵皱眉："跟谁学的，说话这么难听？"

"想听好听的可以啊，周清清说话好听，'诵哥'一叫，你都找不着北了。"

他们俩从小吵到大，但是从没有说话这么难听的时候。陆成诗也生气，都是眼里容不得沙子的性格。陆成诵第二天一大早还要跑通告，初宁一直没出来，他给她发消息报备了自己的行程，还是一夜都没睡好。

第二天，陆成诵走了之后，初宁收拾了几件常穿的衣服，搬回了学校寝室。

小鱼表示很惊喜："嗯？这是新媳妇出嫁之后三天回门吗？我们的大女婿呢？"

初宁："跑通告去了。"

阿隋："看起来像是吵架了。"

哉哉："吵架了好，你们看起来终于像是正常的情侣了。"

陆成诗昨晚说的话和初宁的表现，让陆成诵第一次觉得谈恋爱的确是像姜岩说的，喜忧参半。喜的时候恨不得整天都黏在一起什么都不做，忧的时候又觉得异常怀念单身的自由。陆成诵坐在飞机上，戴上眼罩，想要补一补昨晚缺失的睡眠。坐在一边的周清清靠过来，凑近他耳边："诵哥，咱们几点到啊？"

陆成诵一愣，摘下眼罩看她，有点惊讶："你怎么坐这里来了？邓杨呢？"

"我跟他换座了，想跟你说说话。"周清清笑着，伸手在陆成诵胳膊上很自然地摩挲了一下，"前几天微博上说你最近健身效果好，说我站在你身边看着特别瘦呢。你在哪里健身的？回头我也去办张卡。"

"我昨晚没睡好，想睡觉。"陆成诵没搭她的话，打算重新把眼罩戴上。周清清却还是顺着这个话题接了下去："怎么没睡好呢？"

他忽然觉得陆成诗说的话也许有几分道理。

陆成诵抬抬眼皮看着她，有点无奈的样子："女朋友搬到我家住了，昨晚回去就睡得晚了一些。"

周清清脸上的笑容一僵："女朋友？"

"嗯，你应该知道吧？我俩传过两次绯闻，后来我干脆直接表白了。"陆成诵皱眉，"我追她可是费了不少力气，我可不想我们俩之间有什么矛盾。"

这话已经说得很直白，只差再加一句"请你离我远一些"。周清清没说话，脑海中是上次见面时，穿着宽大衣服的初宁坐在休息室椅子上的样子。她自认样样好过初宁，却没想到两个人已经在一起，甚至到了同居的程度。这个新闻一旦爆出去，对于新剧期间的炒作没有任何好处，所以即便知道了，周清清也只能默默在心里憋屈，并不能爆料。

眼睁睁看着即将到手的肥肉飞了，周清清还得保持微笑："那你们可得好好相处，圈里圈外的人谈恋爱不容易，有的时候沟通不到一起去，或因为工作忙的原因，都容易产生矛盾。”

说到这里，她像是想起什么似的，表情愧疚：“对了，我们现在在网上有这么多乱七八糟消息，你女朋友看了不会不高兴吧？用不用我去跟她解释一下？”

陆成诵戴着眼罩慢悠悠地摇了摇头，心说，大姐你就别再给我添乱了。

02

初宁坐在电脑前，兢兢业业做了一下午的数据。她们这门课已经结课一年了，要是孟教授现在看到初宁这么认真努力，一定会欣慰得老泪纵横，初宁自己也不至于在当年低空飞过，险些挂科。

在问明白了两个人因为什么闹别扭之后，阿隋觉得深有同感：“要是我的话，我也会生气的。就算他没有什么意思，也应该跟那个女孩保持距离，因为很明显，那个女孩对他有意思。”

“不是的，女孩子在恋爱时就是会觉得其他女人都觊觎自己的男人，其实根本没有。周清清那个坏女人现在怎么可能把注意力放在谈恋爱上？她拉着陆成诵只是为了炒作，等剧播完了，热度过了，你看他们俩还会不会有联系，肯定不会。”哉哉虽然没谈过恋爱，又迷恋游戏多一些，但谈起这种事也是头头是道，“所以你就不用因为这种事生气了，陆成诵就算以后当不了你老公，还可以变回你儿子啊。”

这波不亏。

“但如果我是周清清，又能炒作又能赚回来一个男人，我干吗不？”小鱼坐在椅子上抠脚。最近冬天快到了，皮肤干得很，这么说的时候，她抬头看向初宁，“你看看你，这么点小事就往回跑，跟婚后两人吵架回娘家似的。你是不是还要等陆成诵八抬大轿把你接回去？”

大家真可谓是动之以情，晓之以理，初宁倒是不生气了，不过就这么回去，似乎也有点没面子。今晚陆成诵回家看到她不在肯定会问，到时候她又该怎么说呢？正犹豫着，手机振了振，她看到陆成诵发来的消息：

“我跟周清清说了我有女朋友，以后也会注意交流分寸。我错了，你别生气啦。晚上想吃什么？我给你做。”

初宁仰头等了一会儿，确定自己没有秒回，这才慢悠悠打字：“好吧。想吃糖醋肉。”

她以为情侣之间吵架，势必要大吵大闹一番，然后刻骨铭心地冷战，搬离爱巢，各自疗伤，咒骂对方，心痛不已，却依旧深爱对方，最后有一方实在忍受不住，先开口道歉求和好，然后再拥抱接吻，哭泣着说“这辈子我永远爱你”。这是初宁从小到大对爱情的幻想，带着这种幻想，她对爱情憧憬好奇之余，总还有一丝畏惧。然而现在看来，是她把事情想复杂了。

爱你的人，还是会在冷战后问你，晚上吃什么，我给你做。

“你说的那个不叫吵架，那个叫作。”小鱼如是说。

经历过一场莫名其妙的冷战，两个人的感情，从最开始的相敬如宾，慢慢向如胶似漆转变。感情中，一旦出现第三个人，从某种角度来说，都会刺激这段感情的发展。周清清的事情貌似得到了解决，初宁眼看着要讲实习结束的汇报课，而陆成诵在学校的综艺也渐渐接近尾声，进入后期制作阶段。

上午录完节目，趁着午休，陆成诵和初宁约好在楼梯拐角那儿见面。

拐角的位置正对着厕所，初宁来的时候，就看见陆成诵站在厕所门口，眼角眉梢都是陶醉的笑。初宁无语了一下，快步溜到他身边：“有什么事啊，非得叫我过来？”

“好不容易跟你在一个地方工作，眼看着工作要结束了，当然得见你一面了。”陆成诵说着，伸手把初宁扯过来，揽住她的肩膀。两个人一起站在栏杆边，他圈着她，就这么沉默了一会儿，陆成诵心满意足地叹了口气，“跟偷情似的，真刺激。”

初宁：“大哥，你这是什么话？”

“用不用我等你下班？你坐我的保姆车一起走。今天就邓杨跟着。”陆成诵低头凑近初宁，像只大狗一样在她鬓角处蹭蹭。初宁犹豫了一下，还是摇了摇头："算了吧，万一被拍到就不好了。反正也近，走几步就到了。"

现在网上的势力，"澄清夫妇"大有超越"不伦夫妇"的架势，要是在这时候曝光恋情，陆成诵可能会被骂死。不过这是娱乐圈普遍情况，放到陆成诵的饭圈会是什么样子，还不一定。

"真想知道跟你一起下班回家是什么感觉。"陆成诵歪着头，在初宁脸上亲了亲，"以后你在这里上班的话，我不忙了就来接你。"

"你来接我，那谁给我做饭？"

"我们出去吃大餐。"

"那陆成诗怎么办？"

"不管她。"

陆成诵说着，凑过来吻她，两个人在拐角处腻歪了一会儿，午休的时间也差不多要结束了。初宁推了他一把，转身准备走："我先回去，你在这里等一会儿再出去。"

"哦。"陆成诵有点不舍地点点头，"晚上想吃什么？我可能到家早。"

初宁顿住脚步，想了想："上次你做的面条就挺好吃。要不你回去的时候买点排骨吧，我想吃排骨面。"

陆成诵爽快地点了点头，转而又想到什么，坏笑了一下："好，今晚煮面给你吃。有什么奖励给我吗？"

初宁伸手一拳头过去，没打着，反被他抓住手腕带到面前来，狠狠亲了一口。

初宁瞪他："流氓！"

陆成诵舔着嘴唇坏笑："还可以更流氓一点，你要试试吗？"

回去的路上，初宁脸红得要死，陆成诵这个人，大多数时候像块木头，但是偶尔开窍的时候，也是撩得人要死要活。果然长得帅就是有好处，连开黄腔都不显得猥琐。

初宁走了五分钟左右，陆成诵才慢悠悠地回了片场，两个人都没注意到厕所里闪身出来的女生，举着手机满脸的不可置信。

陆成诵发现自己有一个神奇的体质，就是但凡录综艺，肯定会闹绯闻。

上次跟初宁录综艺中间被腰斩是因为绯闻，这次不是绯闻了，他人生里第一次被曝光了真的恋情。

陆成诵这辈子的热搜点击量加在一起，都不如一个“陆成诵恋爱”来得势头猛烈。

“不伦夫妇”再一次冲上热搜，是因为一位网友曝光的小视频。视频录得不是很清晰，前面部分只能看到陆成诵站在拐角那里，怀里似乎圈了个人，声音就更不清晰，两个人说话都是压低了的，听不真切。

然而等到初宁从他的怀里走出来，就大致能看清两个人的脸了。陆成诵倚着栏杆似乎说了句什么，初宁听了之后直接挥拳头过去，陆成诵眼疾手快地一把抓住她的手腕，顺势把她带进自己怀里吻了下去。

完全就是情侣之间再正常不过的打情骂俏。

可是视频一曝光，情况就不一样了。吃瓜群众纷纷表示很震惊。前段时间两人一直没消息，还以为是不了了之了，没想到是在一起了！

初宁刷着微博觉得自己肾疼。情况跟她想的差不多，“澄清夫妇”的粉丝都在骂，“不伦夫妇”的粉丝普天同庆。想想她作为一个普通老百姓，还能让几千号人普天同庆、扬眉吐气一次，初宁莫名有点小骄傲。也是前一段时间被压抑了太久，这次初宁和陆成诵的CP粉逮到了机会，恨不得向全世界宣扬，他们喜欢的两个人终于在一起了。

与此同时，群里的大大纷纷发来红包表示祝贺，祝贺他们终于公开。

这算什么公开，这完全是被公开啊。

初宁打开微博，看看私信，粗略估算了一下，祝福的人和咒骂的人数量大致可以抵消。祝福的话语都差不多，祝他们长长久久；咒骂的人就不一样了，以周清清粉丝为首的大队伍，把初宁从头到脚骂了个全面，顺带跟她家周清清对比，怎么比好像都是初宁完败。

与此同时，陆成诵公司高层召开紧急会议商讨公关办法，全公司唯一一个不着急的人就是陆成诵自己。他坐在沙发上满脸的不在乎：“那就直接公开了吧。反正我之前微博也说过这件事了，大家都知道的。”

邓杨扶额，道：“祖宗，你是要走偶像路线的，你见过哪个走偶像路线的明星在事业上升期公开恋情？你脑子里除了恋爱，能不能想想你的事业啊？”

原本拿着手机看网友评论的陆成诵闻言，眼皮掀了掀，似乎压抑着什么情绪，只是淡淡地说：“我事业挺好的，我已经很满意了。”

“你的人设是高冷禁欲型的，你这样人设崩塌了的话，很难再圈粉啊。”邓杨恨铁不成钢。

“那是你们给我的人设，又不是我本来的自己。”陆成诵说完，把手机拿开，仰头看他，“唉，真怀念跟姜岩一起当模特的时候。邓哥你听我的，就听这一次，直接公开吧。”

陆成诵大多数时候不正经，但大事上，多是揣着明白装糊涂。他想要什么，自己心里一直都有数，模特转演员是这样，现在跟初宁在一起也是这样。邓杨跟着他从以前的公司到现在的公司，看得多了，也就摸清了他的性格。他现在这是铁了心，别人说什么都没有用。

“你知道公开之后是什么后果吧？”邓杨皱着眉看他。

陆成诵点点头，似笑非笑：“知道啊，对我们家小初也算公平了，免得粉丝再把我往别人身边推，她嘴上不说，心里介意着呢。”

“如果公司以后不捧你，很可能你的资源会差很多。”邓杨还是不放心，像个老妈子一样叨叨。

陆成诵却满不在乎地笑起来：“邓哥，咱们跟公司的合约就剩不到半年了。”

言下之意是不再续约。邓杨愣了愣，虽然早就跟他聊过这方面的事情，但是真要开工作室的话，向来是说的人多，做到的人少。邓杨张张嘴，还想说什么，陆成诵这边却来了电话，屏幕上闪烁的备注是“黑粉”。

陆成诵挥挥手机：“不用操心了邓哥，我得先回去了，我们家黑粉等着我给她做饭呢。”

是谁说陆成诵傻来着？邓杨想了想，貌似是自己。但是这么一看，其实他也不傻。他比谁都知道自己想要的是什么，并且不在意外界的眼光。

这大概就是传说中的大智若愚。

03

虽然陆成诵觉得没什么，但是在初宁看来，事情还是很严重的。不同于之前的任何一次绯闻，好歹澄清了就结束了，这次却是实打实的恋爱。娱乐圈这种地方，恩爱夫妻不少，利益捆绑的也不少，越是被大众关注，感情就越有风险，初宁可不希望自己的感情早早夭折。

当晚，陆成诵发布微博直接艾特了初宁的大号，自此，“不伦夫妇”恋情坐实。初宁准备好了接受一切暴风雨的洗礼，却没想到第一场风暴是从自己家刮来的。

初妈妈和初爸爸很是震惊：“你实习这么长时间一次家都没回，其实都在忙着谈恋爱？”

初宁心虚地回道：“当然不是啦。”恋爱是实习之前就开始谈了的。

其实初宁父母也不是什么封建古板的人，只是初宁觉得即便说了，父母也不会相信，而且还没想好要怎么说。这么一拖就拖到了现在，如果不是被爆出来，初宁可能还是不打算告诉爸妈。

好在爆料的是学校的场景，并没有追踪到家里，要是父母知道她已经住进了陆成诵家，那初爸爸恐怕真的要犯心脏病了。事实跟初宁预想的差不多，初妈妈用很是怀疑的语气问初宁：“你确定你男朋友，就是你房间墙上挂着的那幅画里的人？”

初宁无奈道：“是啊，他就是我那个低俗的兴趣。”

初宁早期时候作为粉丝时，曾经把陆成诵的照片打印出来，贴在床头日夜瞻仰。初妈妈每次给她收拾房间，都会觉得她兴趣低俗，有这个时间还不如学习一下琴棋书画，培养个人气质。现在看来，多亏了初宁兴趣低俗，要不然还真不一定能找到男朋友。

不过初宁爸妈一向是远离娱乐生活的，问他们现在上映的新电影他们都不知道，现在绯闻刚爆出来就给自己打电话，未免让人觉得蹊跷。初宁问了好几遍，初妈妈才支支吾吾供出了封十里。绯闻爆出来的时候封十里刚好在初宁家里蹭饭，那张大嘴巴自然是没把秘密藏住。

初宁用脚指头也能想到身边出了间谍，她微微一笑，对着电话貌似不经意地说道：“十里也交女朋友了，好像比他小挺多，还是玩音乐的。舅舅他们还不知道吧？妈你可别说出去啊。”

那边传来初妈妈震惊的声音：“什么？玩音乐的女孩？那能是过日子的人吗？”

初宁声音很无辜：“那就不知道了。”

“你这个也不像个过日子的人，娱乐圈那么乱，早就不知道玩过什么花样了，你给我注意点。”初妈妈说到这里，就想起了很多无知少女被渣男骗财骗色的事例，絮絮叨叨又是一堆教导。初宁一字不差地听着，刚好陆成诵推门进来，手里端着刚切好的水果。

初宁做了个“噤声”的手势，示意他不要说话，继续听妈妈念叨。

“女孩子最重要的是什么你知不知道？从你小的时候我就跟你说过，你这些年都让大米饭吃掉了你，是矜持！谈个恋爱八字还没一撇就搞得全世界都知道了，以后要是有点什么变动，你都不好收场！你现在就是年轻，你什么都不懂，世界上的男人，哪有一个好东西……”

初爸爸在旁边皱眉：“哎哎，差不多得了啊，孩子忙着呢！”

初宁赶紧顺着爸爸的话往下说：“对，我马上得讲汇报课了，最近都准备着呢，先不说了啊，妈妈。”

挂掉电话，初宁呼出一口气，看向坐在一旁听了半天的陆成诵：“你怎么还没出去？”

“听听阿姨说什么，好方便以后制订对策。”

初宁疑惑：“什么对策？”

“从你爸妈手里把你抢过来的对策。”

知道他是在哄自己开心，初宁叹了口气，想到什么似的：“我妈其实很心软的，从小到大我说喜欢的东西，她就算再不同意，最后还是会顺着我。相比之下，你爸妈才是我担心的。你不是说他们是统计学方面的教授吗，我统计学学得那样差，可能都过不了你们家第一道门槛。”

“我家哪里有什么门槛？我爸妈你又不是没见过。”陆成诵满不在乎地说。

初宁一脸震惊："我什么时候见过他们了？"

自从上次陆成诵全网表白之后，陆家爸妈每次打电话来，必定会询问儿子的感情进度，还把之前在火车上和学校里两次遇见初宁的事也告诉了他。陆成诵感慨缘分奇妙的同时，试探地问了问爸妈对初宁的看法，一向古板严肃的两个人口径很一致——看起来是个蛮稳当的小姑娘，要好好相处，比人家大那么多，自然要对人家好一些。

陆成诵父母的开明，是受过高等教育之后的开明。初宁一颗悬着的心虽然稍稍掉回来一些，可是一想到以后见了面，问到她的专业，大家难免要在学术上讨论一番，而自己学完就忘，现在应该已经连统计学入门的课程都不记得了。

恋爱难免涉及未来，想到未来，麻烦事何其多。不过对于陆成诵来讲，眼下麻烦的事还有一件，那就是自从他公布恋情之后，周清清对外的形象突然变得十分哀怨，仿佛他做了什么对不起她的事。周清清一向走的是傻白甜路线，现在动态突然忧伤起来，也是让不明真相的吃瓜群众操碎了心。

初宁虽然没关注她，但偶尔还是忍不住好奇，想去看一看。点进去的第一张图片，就是周清清站在海边的自拍，侧脸弧度优美，表情伤感，配文：我不是一定要你回来，只是当又一个人看海。

自从陆成诵公开承认恋情之后，初宁上班时，便不时会收到同事们羡慕的目光。明星跟粉丝在一起这种事，虽然不是第一例，但是像他们这样经历了一次又一次绯闻，最后终于在一起的，还是头一例。而学校里学生更是活跃，围着初宁问她要陆成诵的签名，她倒不知道陆成诵现在都有这么多高中生粉丝了。

生活的表象是幸福，但内里总带着点不尽人意。初宁自这件事之后，关闭了微博评论，也不允许不认识的人给她发私信，因为连着好几天，都有人在私信里诅咒一般告诉她，你们迟早要分手。

这世界上有形形色色的人，初宁可以理解他们把她当成自己泄愤的工具，但是不能接受他们说出的每一个字。这些人可能是周清清的粉丝，可能是“澄清夫妇”的粉丝，也可能是陆成诵的粉丝，还可能只是无关紧要的路人。大家看到别人爱情失败，心中感慨的同时总想再加一句——我早就觉得他们不能长久。

更可气的是，初宁在讲完汇报课的那天晚上，为了放松心情，难得刷了刷微博，结果发现微博上又有了一个新兴账号——今天陆成诵初宁分手了吗？

可见外人对他们是多么不看好。

从陆成诵公开恋情到现在，初宁还没表过态。也许是这个账号刺激到了她，当晚，初宁转发陆成诵的微博，并附带了一个粉红的爱心。

以陆成诵现在的人气，半个小时后，初宁带着陆成诵又上了一次热搜。就这么在热搜上挂了一阵子，初宁还没觉得怎么样，有些人已经按捺不住了。

来自666寝室的某三只非常不满地在群里咆哮：“都公开这么久了，居然还不请我们吃饭？当初是谁说公开了就请吃饭的！”

作为初宁室友，三个人最近在学校也是蛮有名的。阿隋吃个饭的工夫，就能被好几个同系的同学追问，初宁是不是跟陆成诵同居了。哉哉出门取快递的时候，发现了一个很像狗仔的人在宿舍楼下鬼鬼祟祟地蹲点。小鱼还好，小鱼直接把一个信口雌黄的狗仔网站黑了。

后来三个人觉得外面的世界太凶险，一致决定在寝室里订外卖不出门，专心准备考研。再后来外卖吃烦了，就开始咆哮。

“小初，你再不请我们吃饭，我们就把你的裸照发给陆成诵。”

初宁嘴角一抽，盘腿坐在沙发上，刚想回复点什么，突然听到头顶陆成诵那耐人寻味的语气：“裸——照——”

冲着裸照这种让人完全不能拒绝的理由，陆成诵迫不及待地想请初宁室友们吃饭。因为综艺行程比较赶，吃饭的时间定在了晚上9：00之后，还能躲着点狗仔。初宁回学校带室友们去饭店，而陆成诵一收工直接就往饭店赶。

初宁原本以为，跟大明星见面，那几个人肯定是要盛装打扮一下的，没想到她们不仅穿得随便，而且重点并不在陆成诵身上：“所以那家饭店的烤肉真像你说的那么好吃吗？”

初宁想起昨晚在家挑衣服挑了俩小时的陆成诵，有点心疼他。

几个人到得早，先进了陆成诵预定好的包厢。陆成诵来得也不晚，下了节目还不忘把自己昨晚搭配好的行头换上。虽然不是见家长，但他还是有些紧张，站在包厢门口深吸一口气，才推门走了进来。

当然，陆成诵多虑了。她们自从上菜之后就完全不在意他了。吃饱喝足之后，时间不早了，他开车把她们送回学校，再带着初宁回家。几个人这辈子还没坐过玛莎拉蒂，上车之后就保持着穷人的乖巧，初宁从副驾驶座回头，看到几个人对她挤眉弄眼。

那表情很是放心的样子，恨不得今晚就打包把她嫁过去。

当晚，微博 ID“666 寝室官博”发布聚餐合照，陆成诵在最前面举着自拍杆，后面的几个女孩笑得都很开心。附言：“烤肉真的很好吃，开心！”

初宁嗤笑：“一群吃货。”

陆成诵用自己的大号点了个赞，随后又觉得有趣。她们四个人的寝室，居然还有个官博。初宁托腮，觉得他很没见过世面，说：“我们不只有官博，我们几个人还分别有职位。”

陆成诵好奇地问：“什么职位？”

“我是北城总部秘书长，小鱼是东北分会会长，哉哉是华南分会会长，阿隋是西北分会会长。”

陆成诵低头在初宁嘴上啄了一口：“那从今天开始，我是北城总部副秘书长。”

不过自今晚开始，官博被陆成诵认证，估计真的成了官方微博了。这条微博短短几个小时的时间点赞数破万，评论里全是观光团，寝室里三个人一晚上都在研究评论，大部分评论是关于小鱼的。

求这位高冷小姐姐的联系方式，呜呜呜。

整个寝室里热闹得仿佛过年，初宁坐在电脑前，刷着寝室群的消息，笑得前仰后合。陆成诵就坐在她旁边看书，在她最后一次往后仰的时候，他突然一伸手，把她带进了自己怀里。

他亲亲她：“公开好不好？”

初宁：“好！”

不过很快，初宁发现公开其实还是有那么一点不好的，比如，狗仔。

在那之前，她是一个可以穿着桃红色睡衣下楼取外卖的自由的女子，在那之后，她连上班都得把口罩和墨镜戴上。因为新闻的热度还没过，好多人觉得他们身份差得太多，迟早要分手，所以媒体一直紧紧盯着，就等他们闹出点问题来。

就在这个当口，陆成诵的新综艺开播了。初宁讲完了汇报课，开始忙着写毕业论文，做开题之前的准备工作，所以大多数时间她就窝在家里写论文、查资料。陆成诵暂时没有什么新工作，每天也在家里窝着，变着花样地研究菜式，两人一瞬间好像迈入了退休生活。

新综艺的效果不错，给陆成诵又圈了一批新粉。新粉进入站子，初宁就要忙碌起来了。在某个晚上，陆成诵粉丝站官博再一次贴出海报。

工作组开始招人啦。

不过在那之前，还有件让陆成诵和初宁糟心的事。

诗诗和封十里又分手了。

04

陆成诵和初宁顺利在一起后，微博上的智囊团也就失去了它存在的价值。虽然封十里和陆成诗两人每天更新得津津有味，但是粉丝数量不多，渐渐也就没有了更新的动力。陆成诗这学期考得很好，陆家爸妈知道这件事之后很高兴，这次放假打算回来住久一点。

陆成诵作为哥哥再怎么贴心，也是比不上父母的。而这次回来，还可以顺便看看陆成诵的小女朋友，陆爸爸管这个叫双喜临门。

只不过这其中一喜，出了点岔子。

虽然知道陆成诗的爸妈要回来，但封十里觉得这事跟自己没什么关系。反正他们在一起时间短，又不像初宁他们俩，搞得全世界都知道，自然没有见家长的必要。他觉得自己大学还没毕业，谈婚论嫁还是很遥远的事，而陆成诗就更小了，照她的性格，也断然不会往这方面考虑，所以根本没把这件事放在心上。没想到几天之后，陆成诗打电话问他，有没有想好见家长的时候怎么表现。封十里一愣，直接把心里话说出来了："现在就见家长？太早了吧？"

这句话本身没什么问题，可对象是陆成诗，由这句话简单发散一下，就能知道封十里没有跟她天长地久的决心。陆成诗觉得自己这么长时间的感情都喂了狗，发了一顿脾气，挂断电话之前非常决绝地宣布："封十里，咱们俩这次真的彻底分手了。"

没有吼，没有喊，很是平静的一句。在阳台上一边浇花一边找论文灵感的初宁回过头，就见陆成诗把电话放下，失魂落魄地回了自己房间。

正在厨房里做饭的陆成诵听到声音也走了出来，却只见到她关上的房门。陆成诵一愣，看向初宁："怎么了？"

初宁愣愣地回道："好像是分手了。"

封十里和陆成诗分手，那是比一日三餐还平常的事，陆成诵神经粗，根本没放在心上："我还以为什么事呢，估计明天就得和好。"

"这次好像没那么简单，我第一次看见诗诗露出那种表情。"初宁有点担心，想敲门去问问，手还没落在门板上，就听见里面传来陆成诗崩溃的哭声。

陆成诵和初宁面面相觑，这下谁都不敢敲门了。

封十里和陆成诗在一起时间很久，中间分分合合闹了无数次，身边的人都有点疲劳了。所以不管是谁听见他们分手的消息，第一反应都出奇一致：哦，没事，明天没准就复合了。

就连一向不怎么关心感情八卦的哉哉，在听到这个消息之后都淡然地表示："安啦，迟早会复合的，就是不一定哪天而已。"

这个哪天，在朋友们的期待中被无限延长，一直过了半个月，陆成诗和封十里也没有复合的迹象。对于封十里这个人，陆家爸妈知道一些，但是了解不多，陆成诗只在一开始跟他们抱怨过有男生追自己，很烦，后来在一起反而不肯多说了。分手之后的陆成诗跟之前没什么两样，整个人倒是勤快不少，不是在半夜的时候帮初宁和陆成诵擦鞋，就是一大早站在厨房里给他们做早饭。

陆成诵最近睡眠严重失衡，每天都得早起两小时，就怕陆成诗一个不小心把厨房烧了。

初宁也会在每晚睡前再三确定，黑灯瞎火中，陆成诗手里拿的真的是鞋油，不是牙膏。

后来，家里再也没有碗可以供她打碎，也没有皮鞋可以给她擦，失眠的陆成诗又给自己买了一堆书，每天窝在房间里看书。陆成诵觉得这样下去不是办法，也怕她每天这么憋着把自己憋出病来，正好最近姜岩休假，要带自己的妹妹出去旅行，那个小姑娘跟陆成诗也认识，陆成诵便拜托姜岩把诗诗也带过去。

姜岩："你家那个小姑奶奶……"

先不说姜岩是否同意，单是陆成诗自己就不愿意。初宁陪她聊了好几次，私下里也去找过封十里，告诉他男人得主动一点。可是这件事上，也许是封十里真的不觉得自己有错，也许是他哄久了哄烦了，就是死活不肯主动来找陆成诗和好。

最后初宁也累了，那两个人再怎么折腾，日子还是要过的。眼看着陆成诵的爸妈就要回来了，她连一份正式点的礼物都没买，着实说不过去。

选一个陆成诵也没什么事的日子，两个人决定出门去给陆家爸妈挑一挑礼物。搞学术的人应该不喜欢花里胡哨的东西，所以初宁决定买一些实用又有格调的东西。陆成诵现在跟往日不同，出门也是要乔装打扮的，只不过暖意融融的商场里，只有他们俩戴着口罩和墨镜，好像更为扎眼。

他们走进商场不到一小时，照片就出现在了网上。粉丝们已经通过图片辨析出了他们买的东西，并且打赌他们是要见家长了。

关于陆成诵的家庭，他从来没有在媒体面前提到过，所以即便初宁跟饭圈的人玩得再好，也是不能说的。这会儿被拍到，群里自然有人八卦这件事，初宁看着满屏问她陆成诵爸妈是做什么的这种问题，又一次觉得头疼。

被公众关注的恋爱，谈起来也真的是太累了。

陆成诵爸妈归来在即，初宁爸妈也渐渐从新闻里看出一点苗头。以往他们是连电视都少看的人，每天晚上看完新闻联播，初爸爸练书法，初妈妈看书，活得跟古时候归隐的人没有什么区别。现在初宁半只脚踏进了娱乐圈，初家爸妈也不得不开始紧跟潮流，不仅注册了微博账号，还在封十里的帮助下，稀里糊涂混进了粉丝群。

要说卖队友，封十里排第一，没人敢排第二。

初宁跟陆成诵逛街的新闻图倒是没有上热搜，不过粉丝群里早就传了一大圈。就在大家热火朝天地讨论着他俩是不是要结婚的时候，群里一位名为“建国大业”的人忽然说话：什么？结婚？

另一位粉丝紧接着回复：这么惊讶干吗，新粉吧？

建国大业：小朋友，你的话我听不懂。

粉丝：看头像，您好像岁数不小了，还是男粉耶！是看那部史剧才喜欢陆成诵的吗？

建国大业：我不喜欢陆成诵，我女儿喜欢他。

粉丝：哇，原来是爸爸粉。

这句话说完，系统显示，“建国大业”被管理员移出群聊。

脱鞋进屋，初宁举着手机声音很无奈：“爸爸，您干吗加粉丝群还在里面乱说话啊？差一点就要暴露您是谁了，吓死我了。”

“反正我不同意！你商不商量我都不同意！一个娱乐圈的，你大学还没毕业就想把你骗到手。他是什么样的人你了解吗？他以前的事你都知道吗？”

他这么连吼了一串，初宁也有点不高兴：“我妈反正是同意了。”

“我不同意，你妈同意也没用！”大概是初宁最后这句话不仅顶撞了他，还间接揭示了他的家庭地位，初爸爸恼羞成怒，直接把电话挂了。

跟陆成诵在一起之后，初宁不是没有担心过见家长这个环节，只是她觉得自己的家人向来开明，不会在这方面让她为难。相比之下，她更挺担心陆成诵的父母不接受自己。没想到现在情况正好反了过来。她把手机扔到沙发上，愁眉苦脸地坐下来：“完蛋了。”

刚刚她打电话，陆成诵就在旁边，也算听了个大概。他靠过去，把初宁拥进怀里：“要不，在我爸妈回来之前，我先跟你回家见见你爸妈吧？”

“啊？”初宁一愣。

“要是不知道就算了，现在新闻都在说，我还藏着，不去见你父母，确实不太好，显得我不重视你似的。你爸爸的心情其实可以理解，我的工作性质特殊，他担心也是应该的。”

“现在不是你见不见我父母的事，你没听到吗，他说就算你去了他也不同意。”

“你爸爸性格这么顽固吗？”

“超级顽固。小时候我不好好吃饭，他就真的罚我一天不许吃饭。后来我连挑食的毛病都顺便改了。”

陆成诵皱眉，忽然觉得事情有点严重。

第十八章 你俩打算啥时候把生米煮成熟饭

01

既然认识到了事情的严重性，总该早点做打算。第二天，陆成诵下班回来的路上买了一些比较贵的补品，又买了点吃的，接初宁下班之后，直接把车开去了初宁家。

这么想来，都在一座城市住着，却没有拜访，确实不太好。

初宁回家之前跟爸妈说了陆成诵要来，初妈妈中午就出去买菜，在厨房忙活了一下午。初爸爸背着手在屋子里走来走去，看着满桌的菜嗤之以鼻："还不知道是个什么样的人就这么招待，回头把你女儿拐跑了，你还帮着数钱。"

"你啊，又臭又硬。女儿是你养大的，她从小到大什么时候让你操心过？现在交个男朋友，看把你酸的。"别人不知道，初妈妈可早就把老男人那点心思看得清清楚楚。初宁刚刚跟陆成诵在一起的时候，初爸爸把陆成诵的照片看了个遍。看到一些走秀时期的旧照，甚至还有泳装图，他直撇嘴，觉得陆成诵真不是什么正经男人，配不上他们家单纯可爱的初宁。

两分钟后，单纯可爱的初宁带着邪门歪道的陆成诵回来了。

世界上最爱初宁的男人，这会儿都在这个小小的客厅里了。见家长这种事，初宁和陆成诵都没有经验。进了门，陆成诵先是紧张地鞠了一躬，然后赶紧把自己买的东西递了上去："第一次见面，叔叔阿姨好。"

初爸爸一眼就扫到补品包装，冷哼一声：“就知道买这种华而不实的东西。”

初宁咳嗽两声，看了爸爸一眼，初爸爸闭嘴，转身往客厅走。初宁回身推推陆成诵，示意他换鞋进屋。桌子上早就摆满了初妈妈准备好的饭菜，两人都是刚刚结束工作，正是觉得饿的时候。只是碍于刚刚进门，陆成诵是万万不敢往桌边坐的，他乖巧地坐在沙发上，看着身边的初爸爸。

初宁觉得这一刻真该拍下来传到网上去。陆成诵向来长着一张高冷脸，不笑的时候气场极强极冷，一般人不敢接近。可是现在坐在初爸爸身边，同样是面无表情，莫名就显得无辜了许多。

无辜到初宁真想在他头顶揉一揉。

初妈妈招呼大家吃饭。都坐好后，她给陆成诵夹了一筷子菜，看起来慈眉善目：“小陆啊，我们家宁宁从小就让我们宠坏了，在一起挺累的吧？哎呀，我一开始都不相信你能看上她。”

陆成诵赶快摇头：“初宁真是我见过的特别真实的女孩，我追她也追了挺久的，我还担心她看不上我呢。我工作性质特殊，初宁能包容我，我真的特别感动。以后叔叔阿姨就放心把初宁交给我，我保证我对她像你们对她那样好。”

初妈妈微笑，刚要说话，就听陆成诵接着说道：“之前我就在想，初宁怎么这么可爱呢？今天见到叔叔阿姨才知道，可爱也是家族遗传，阿姨年轻的时候肯定又漂亮又温柔。”

这话真是说到了初妈妈的心坎里，她捂着嘴如同少女般娇笑了两声：“哎呀，好多人说我们母女俩长得像，但是都说这孩子没我年轻时候好看呢，哈哈哈哈。”

陆成诵：“哈哈哈哈。”

初宁：“呵呵呵呵。”

初爸爸内心：马屁精，先是拐走了我闺女，现在还来套路我老婆。

心机如陆成诵，在进门之后，就慢慢摸清了这个家里真正的一家之主是谁，几乎是使出了浑身解数来讨初妈妈欢心。而初妈妈因为岁数大了，对年轻人的套路并不熟悉，偶尔陆成诵说出一句网上已经传了好几年的话，她都觉得这孩子怎么嘴这么甜，脑子这么机灵。

初妈妈一高兴，饭后便拉着陆成诵不让走，非得给他看初宁小时候的照片。在厨房洗碗的初爸爸嗤之以鼻——我女儿小时候那么可爱也是随我，要是随了你的脑子，现在恐怕也考不上重点大学。

厨房醋味弥漫，屋内春意盎然。陆成诵捧着相册一张张翻，从初宁出生一直翻到她高中毕业。中途初妈妈出去收拾厨房，屋里只剩下初宁和陆成诵两个人，初宁低头靠在陆成诵怀里，指着自己高中的毕业照给他看："你找找，哪个是我？"

"这还不好找！"陆成诵嘴上这么说着，眼睛在穿着校服的四十几号人里来回瞟了好几次，半晌才犹豫着指向一个短发女孩，"这个？"

"那时候我是不是很丑？"

"不丑。没遇见我之前那么漂亮干吗，要是被人拐走了怎么办？你这么好拐。"

初宁挑眉："你这是在拐弯抹角说我以前不好看。"

这种送命题陆成诵向来答不明白，自然不再往枪口上撞，赶紧转移话题："我感觉你爸爸特别不喜欢我，以后我们结婚他会不会反对啊？"

"不会的，我妈喜欢你就行了，他都听我妈的。"初宁对此信心满满。

为了讨好未来的岳父，几天后陆成诵趁着没有通告，特地又登门一次，说是上次的礼物买得太匆忙，觉得有失礼貌，这次出去工作刚好给叔叔阿姨带了礼物回来。之前他就问过初宁，知道初爸爸退休之后喜欢在家练书法，正好姜岩有个朋友就是这一行的，他托了几层关系才买回来一套上好的文房四宝。

这份礼物可以说是心意与价值都有，初爸爸终于也算是松了口，不再挑陆成诵的毛病。然而这一天，陆成诵开车回家的路上还是被狗仔尾随了。因为陆成诵最近合约到期，正在跟公司办解约手续，所以公司自然不会在这件事上为他公关。第二天，初宁写论文的时候就看到新闻，说陆成诵独自一人出入某小区，手里拎着名贵礼盒，疑似出轨。

初宁看着图片上自己家小区门口的建筑，只觉得十分无语。群里的消息叮叮咚咚响了半天，她也懒得理，直接把电话打到陆成诵那边："喂，澄清一下啊。”

陆成诵也很苦恼：“什么时候被跟的都不知道，还得澄清，这恋爱谈得跟现场直播似的。”

初宁和陆成诵的现场直播，观众是大家。在初宁把自己的行李基本搬到陆成诵家去之后，寝室里的几个人终于按捺不住，在某个夜深人静的晚上，群里语音通话的时候，阿隋问初宁：“你俩在一个屋檐下住了这么久，到底到哪步了？”

类似的问题，饭圈里玩得好的也问过，还顺便问过陆成诵睡觉有什么怪毛病。初宁对此不做回应，本来打算这次也糊弄过去，却听到小鱼说：“我猜两人也就停留在接吻那一步了，初宁多没用你们还不知道吗？”

初宁无语：“你们关心这些干吗？真让人无语。”

“你们都见家长了，还不赶紧生米煮成熟饭啊？反正早晚都要结婚。”小鱼这么说的时候，陆成诵正好进门给她送吃的，初宁没戴耳机，这句话刚好落进他耳里。

初宁老脸一红，只觉得今晚的月色都朦胧了很多。

02

今夜月色朦胧，可惜陆成诵无心欣赏。他最近因为解约的事有点烦心，虽然之前已经做好了自己开工作室的打算，但是事情真的做起来还是有些棘手。他低头在初宁脸上吻了吻，叮嘱她早点睡，便转身离开了。

听到了全程的哉哉：“他走了？”

小鱼：“没对你说点睡前小情话？”

阿隋：“话说，你们在一起住了这么久，他都跟柳下惠似的，你们说会有什么可能？”

哉哉：“弯的。”

小鱼：“有问题。”

初宁：“你们给我闭嘴！”

虽然室友们说这种话是开玩笑，但是住在一个屋檐下，陆成诵迟迟没有进一步动作，倒也是很奇怪。按说，男人在这种事上总是比女人主动和急切一些的，况且他比初宁大了六岁。初宁可以理解他最近工作压力大，心情不好，但是之前他似乎也没有任何表示。

想来想去，初宁在“弯的”和“有问题”之间游移了一下，后者她可以证明并不存在，而前者，想想姜岩，还真有那么几分可能。

瞬间，初宁想起自己给他剪的那些基情满满的视频，算是真真切切明白了什么叫作搬起石头砸自己的脚。陆成诵要是真因为看那些东西，发现了自己潜在的某些特性，那她婚后岂不是要守活寡了。

跟陆成诵在一起这么久，初宁从没想过自己有一天还会吃姜岩的醋。前几天，姜岩还在旅游的地方给陆成诵发来视频通话，两个人虽说聊了几分钟就挂断，也并没有背着她，但现在这么一想，总觉得哪里奇怪。

初宁脑子没有那么机灵，并不能思考这样复杂的事。她的脑细胞最近都用在了论文数据上，为了让数据结果能支撑自己的论点，初宁一边分析数据一边偷偷改动数据里的小数点，力求让数据结果跟自己的理论挂钩。最近几天，陆成诵下班就看到初宁坐在阳台上抓耳挠腮，他想着不打扰她比较好，也就没怎么亲近。

因为国外忽然召开会议，陆成诵的爸妈今年怕是回不来了。听到这个消息的时候，初宁还暗自松了口气，转而就看到陆成诗捂着眼睛往屋里走。爸妈要回来这件事是她和封十里分手的导火索，现在爸妈突然说不回来了，他们的分手就显得可笑而没有意义了。

偏偏陆成诵还是个不会看眼色的：“你相信我，诗诗，你们之间就算没有这件事，也会在某一天分手的。”

初宁把手里啃了一半的苹果往他嘴里塞：“你快闭嘴吧。”

明里暗里，初宁还是希望这两个人能和好，所以也找过封十里好几次。女孩在分手之后一蹶不振，相比之下，男孩似乎显得更加冷血无情一点。封十里最近的精力都放在了实验室，初宁想约他吃个饭，都被他推三阻四拖了好久才约成。

见了面，初宁才发觉封十里瘦了一大圈。面对面坐下，初宁把话题绕来绕去，最后还是绕到陆成诗身上：“你是不知道，自从你们分手之后，诗诗差不多整天以泪洗面。”

“你说得就像我过得好似的。”封十里面无表情。

初宁叹了口气，苦口婆心道：“那你们干吗要这么折磨自己呢？你就服个软，道个歉，撒个娇，说一句和好不就行了？”

封十里皱眉，有点不耐烦的样子：“姐，你不明白，如果我每次都是这样莫名其妙道个歉就把问题绕过去，那下次我们还是会吵架的。陆成诗没有成长起来，我越对她好，她越是不珍惜，觉得理所当然。她年龄小，我可以理解，但是不能每一次吵架都拿分手来威胁啊。”

其实他说得没错，可这话初宁不知道要怎么跟陆成诗说，甚至不知道怎么跟陆成诵说。人都护短，陆成诵嘴上嫌弃，心里不一定怎么宝贝自己的妹妹。这两人的事太复杂，她暂时不想再管，低头喝饮料的空当，就听对面的封十里问：“你是不是跟陆成诵同居了？”

初宁一口饮料呛到气管：“咳咳……”

封十里双手抱臂：“果然是。”

“不是同居，只是住在一个屋檐下面，我睡客房。”

初宁说完这话，他一脸不可置信的样子：“你跟你男朋友在一起住这么久，一直这么分开睡的？”

初宁：“那怎么了？”

“不怎么，挺有意思的。”封十里笑起来，“陆成诵该不会对你的身体没什么兴趣吧？”

说者无意，听者有心。也许封十里只是开了个玩笑，但是初宁回去的一路上都在思考这件事。按说，陆成诵应该不弯，更不可能有问题。那唯一的可能，就是他在看到自己的时候，并没有属于男人的原始冲动。初宁坐在地铁里猛拍自己的额头，觉得自己作为女人可真是失败。

晚上洗澡的时候，初宁站在镜子前，特意好好观察了一下自己。她虽然没有网红似的丰乳肥臀大长腿，但是好歹身材匀称，该有的都有。她撇撇嘴，决定测试一下陆成诵。

这个时间，陆成诵应该已经在房间里看书或听音乐了。初宁裹了一条浴巾，看看镜子里自己红扑扑的脸蛋和若隐若现的锁骨，觉得这样出现在陆成诵面前没什么问题。看看洗手间里面，沐浴露刚好用完了，她弯腰把空瓶子拿起来，就这么去敲了敲陆成诵的房门。

“陆成诗的话，有事就在门口说；小初的话，直接进来，门没锁。”陆成诵的回应很是双标。

初宁心里美滋滋的，还有点小紧张。她把门推开站在门口，却没有往里走的勇气了：“沐浴露没有了。”

陆成诵正在整理工作室需要用到的一些材料和文件，桌子上乱七八糟地堆着一大堆东西，听到她的话之后，他点点头，并没看她：“行，我知道了，明天回来的时候我买瓶新的。”

初宁目的没达到，自然不可能就这么离开，接着道：“但我今晚洗澡怎么办？”其实她刚刚已经洗完了。

分明带着满身馨香过来，却问了这么个蠢问题。陆成诵倒是没怀疑，只是觉得有点困惑，一抬头，看到初宁围着一条浴巾站在门口。他目光一滞，就这么隔空对望了两秒，陆成诵起身：“柜子里好像还有一瓶，我给你找找。”

他说着，就拉住了初宁的手腕往洗手间走。

进了洗手间，初宁看着盥洗池下面的柜子，满脸单纯：“你说的是这个柜子吗？我刚刚翻过了，没有呀。”

陆成诵弯腰把柜门打开，煞有介事地往里面看了看，摇头：“不是这个柜子，应该是门后面那个，你把门关上，我打开看看。”

初宁自然照做，殊不知满浴室的香气都昭示着她刚刚的谎言。门刚刚合上，陆成诵忽然伸手上了锁，就这么把初宁顶在了门板上。

门板被撞到，发出一声响动，初宁一惊。

“嘘，别让诗诗听见。”陆成诵揽住她的腰，低低说完这句话之后，将她带进自己怀里，呼吸就喷洒在她耳边，“这么香，肯定都洗完了，为什么骗我？”

初宁这才知道自己被带进了敌人的包围圈，耳朵红起来，连带着肩颈也一起泛红：“我……”

后半句她没说出来，因为陆成诵的吻已经从耳边慢慢落了下去。洗手间里灯光昏黄，初宁被吻得腿软，整个人趴在他身上像是一只树袋熊。

到最后陆成诵呼吸不稳，这才放开她，把蹭乱了的浴巾给她围好，像是对待襁褓中的婴儿那样珍惜：“好了，回去睡觉。”

由此，初宁确定，自己对陆成诵来说，绝对不是一点吸引力都没有。晚上照例寝室夜聊，初宁趴在被窝里，一边打字一边脸红：“哎呀，他今天把我按在墙上亲！”

小鱼：“我去看剧。”

哉哉：“我去打游戏。”

阿隋：“我去看哉哉打游戏。”

女生的友情，在出现男人以后，就是会变得如此脆弱。放下手机，初宁满心甜蜜地去睡觉，却不知道另一个屋子里的陆成诵，躺在床上辗转反侧很多次还是没睡着。

不是因为开工作室的压力，也不是因为解约的事情太麻烦，而是洗手间的一幕幕现在还在他脑子里转来转去，男人这时候想睡着，也实在是不容易。他觉得初宁也许在暗示他什么，但是又不确定。自己年龄比她大了这么多，在这件事上，本来就不想让她觉得自己太过急切。

毕竟陆成诵从小接受的教育就是，能控制住自己欲望的人，才能控制自己的人生。

翻了个身，陆成诵觉得自己今晚注定要失眠了。

03

陆成诵解约的事，在办完所有手续之后终于算是尘埃落定了。工作室那边也渐渐步入正轨，邓杨原本那么吊儿郎当的人，这回有了股份，也显现出了一些管理天赋来。一切都在渐入佳境，陆成诵最近难得空闲，晚上吃完饭常常拉着初宁出去散散步，吹吹晚风，调个情什么的。只不过这小区早就已经暴露了，狗仔如影随形，两人前脚出门，后脚就有人跟着。

于是每天都有他们饭后牵手散步的照片流出，无形狗粮最为致命。群里的人时常哀号：秀恩爱都不用自己动手，你们未免太过分了吧！

小初是亲妈：真不是我们想秀，狗仔躲不开啊。我也不愿意被拍，谈个恋爱好像现场直播。

灵魂画手阿标：不要解释了，我要去给你们画个恩爱小漫画了。

陆家小跟班：小初！快告诉我陆成诵说梦话不！

一首唐诗：呵，恐怕到现在为止都没上三垒吧。

初宁脸一红，斜眼瞟了一眼坐在沙发上的陆成诗："别乱说，小姑娘家家的。"

陆成诵搂着初宁，瞥了一眼聊天记录，瞪了陆成诗一眼："别乱说，小姑娘家家的。"

陆成诗："啧啧啧，陆成诵，我都替你觉得丢人。"

她最近心情渐渐好转，似乎终于接受了自己跟封十里已经结束的事实。毕竟已经上了大学，还有那么多男人等着，何必在一棵树上苦苦吊着，折磨自己呢？心情好了之后，陆成诗又恢复了以往的生龙活虎，现在她最热衷的事，就是询问陆成诵和初宁的进展。

你俩打算啥时候把生米煮成熟饭？

这种不可描述的话题虽然私下里也被问过好几次，可每一次听到，陆成诵还是觉得羞涩难当。初宁大学还没毕业，这么神圣的事情，是不是应该找个天时地利人和的日子，才算对得起自己保持了这么多年的处男之身？

姜岩觉得他作为一个混过娱乐圈的人，非常不可理喻，思想顽固得就仿佛刚出土的何首乌。

陆成诵摇头："你根本不懂这种事情的神圣。"

他不提，初宁自然也不会提，于是两个人就这么相敬如宾地在一个屋檐下生活到了现在，急得陆成诗每次都想把他俩锁屋里，让她哥霸王硬上弓。

当然，陆成诗并不知道，这两个人背着她已经暗度陈仓好几次了，虽然都没到最后一步，但是以初宁的接受程度来说，也算是挑战底线了。

后来时间长了，陆成诗作为一个局外人，也就对他们俩不再抱什么想法了。某个周末的晚上，她追完了剧，打着哈欠往浴室走，突然发现里面灯亮着，还有说话声。

还不是一个人的说话声，而是一男一女。

陆成诗一愣，脚步停下。一男一女？还是在浴室？难道她这个古板固执的哥哥终于开窍了吗！她蹑手蹑脚地走到门边，竖起耳朵贴向门板。

是初宁有点急切的声音。

“陆成诵！你把那个戴上！”

陆成诗觉得她也许撞见什么不该撞见的了。她虽然年纪不大，但是在朋友和同学的教导下，该知道的不该知道的，也都知道得蛮全面。客厅里没开灯，整个大厅只有浴室里的磨砂玻璃透出了微弱的光。窗帘拉着，月光也渗透不进来，整个空间都是寂静的，就显得那微弱的声音极其清晰。

陆成诗悄悄在门边蹲了下来。里面窸窸窣窣了一阵，陆成诵有点无奈的样子：“好吧，你帮我戴上，我手湿了。”

陆成诗闭了闭眼，双手握拳，险些尖叫。心里觉得女孩子在这时候似乎应该回避一下，毕竟古人教导我们非礼勿听。可是她的脚不听使唤，心里为陆成诵呐喊了几声，接着把耳朵贴在门板上。

初宁：“要不你把上衣脱了吧。”

陆成诵：“不用，不耽误。”

“哎哎哎，你别碰那里啊……”

“你不懂……”

“好了吗？”

“哪有那么快！”

“陆成诵，你到底行不行啊？太慢了吧。”

陆成诗瞪着眼睛，脑子飞速运转——浴室play？戴上那个？脱掉上衣？别碰那里？她哥可能还不行？这信息量实在太大，她光是脑补一下都觉得自己鼻血要流出来了。正自己想象着，浴室的门猛地被人拉开，陆成诗躲避不及，直接扑倒在洗手间瓷砖地上。

陆成诵戴着塑胶手套低头看她，诧异地问：“你怎么在这儿？”

陆成诗灰头土脸地爬起来，还不忘关心他：“你怎么这么快就出来了？”该不是真不行吧？

“马桶修好了，我就出来了啊，刚刚堵了。”陆成诵说着，低头看她，“你要用吗？等小初出来了，你再进去吧。”

初宁也跟着点头，把两人推出去，关上了洗手间的门。看得出来初宁很着急，要不然刚刚也不会一直问陆成诵怎么这么慢。陆成诗觉得自己白白摔了一跤，拍拍脑门，她看着陆成诵，语气堪称气急败坏：“嘿，合着你俩刚才在修马桶？”

陆成诵被她的反应弄得有点摸不着头脑：“不然呢？”

“我的天哪，小初姐住进来都快半年了好吗！你们俩就不打算把你们的关系进展一下？你到底行不行啊？你都对不起你演过的那么多霸道总裁！”陆成诗觉得自己现在就是典型的“皇帝不急，急死太监”。可能是自己爱情失败了，总想把希望放在别人的爱情上，看着别人没进展，就觉得着急，觉得心焦。

陆成诵被她说得愣愣的，最近他也是时常考虑这件事。陆成诗这个人虽然有时候傻了一点，但说出来的话，倒都还有点道理。

接下来的几天都过得相安无事。陆成诵最近神秘兮兮的，每天把自己关在书房，说是要看新戏的剧本，初宁一天都见不到他几面。现在不像以前，在一起的时间久了，一天看不到他在自己眼前晃悠，居然还有点不习惯。

推开书房的门，初宁看向窝在椅子里的陆成诵：“熬了点绿豆汤，你要喝吗？给你端一碗过来？”

陆成诵摇摇头，眼皮都没抬：“不喝。”

这么冷淡？初宁有点奇怪，走过去想看看他看的是什么书。谁知道她刚过来，他就飞速把书藏在了自己背后：“好好，我去厨房跟你一起喝，走走走。”

虽然动作够快，但初宁还是看见了书名——霸道总裁小娇妻。

陆成诵的品位最近……有点一言难尽啊。可能是知道自己没藏好，陆成诵一本正经地解释：“别多想了，我新接的戏是小说改编，所以看看书，了解一下人物性格。”

初宁更惆怅了，怎么邓杨又给你接这种剧啊？好不容易拍了个古装，高大上了一次，转眼又回来演霸道总裁了。陆成诵有点心虚地握住她的肩膀，带着她往外走："走吧，喝绿豆汤去。"

她并没有看到，桌子下面其实还有好几本，分别是《总裁前夫别碰我》《总裁的私有前妻》《恶狼总裁轻一点》《狼心总裁要够了没》。

哄着初宁回去了，陆成诵才又回到书房，找出自己刚刚标注过的那本书，接着认真地看。虽然他演过霸道总裁，但是书里写得更夸张，他看着看着经常不自觉地感慨，啊，这世界上原来还有比陆成诗更智障的人。

几本书里都夹着书签，重点标注的地方一般是一些亲密的情节。

废寝忘食地看了好几本之后，陆成诵顶着两个黑眼圈出去忙工作室的事去了。初宁的论文一稿刚刚发给老师，等待回复的时间里闲着也是闲着，就找了几件他的衬衫出来帮他拿熨斗熨一下。

熨斗刚放上去，那边就接到了老师的电话，初宁一着急，熨斗忘了拿起来，衣服上直接烧了个洞。

看着那件衬衫，她觉得自己好像闯了祸。

04

陆成诵在工作室里待了半天，一直不在状态，满心都是回家之后怎么实践自己的霸道总裁计划，让一切顺理成章地发生。他虽然没什么经验，但好在虚心好学，笨鸟先飞，理论知识掌握得多了，实践起来总归是有底气的。

看他一直在走神，忙着挑剧本的邓杨看他："你想什么呢？"

陆成诵恍恍惚惚："争取就在今晚，让我们的感情升华到一个新的境界……"

好不容易把该处理的事都处理好，陆成诵迫不及待地开车回家。初宁正在家里改论文，看到他的时候还有点惊讶："你怎么回来得这么早？"

"是吗？"陆成诵挠挠头发，想到今晚自己计划的事，莫名有点扭捏，好像是要做什么不得了的坏事，"你想吃什么？我去做饭。"

"诗诗说她们乐队今天有活动，晚上她在外面住，不回来。你就做咱们俩的份就可以，多了吃不了。”初宁朝着厨房喊了一声。

陆成诵的第一反应就是陆成诗到底去哪里野了，嘴里嘟囔道：“小姑娘家家的，怎么这么小就开始夜不归宿了？”

他说着，就要拿手机给陆成诗打电话让她回家，转念又想到自己今晚的计划，本来已经拿起来的手机又默默放下。

如果今晚那个小丫头不回来，小说里怎么写的？两个人从书房到卧室，从客厅到厨房……心里剧烈地挣扎了一下，最后陆成诵选择给陆成诗发了条消息：“今晚确定不回来？”

聪明如陆成诗，怎么会不明白自家哥哥话里的意思：“确定啊。”

陆成诵：“别玩一半又跑回来啊！找个靠谱的地方睡觉，保护好自己。”

陆成诗：“我才要嘱咐你吧，千万别失败了。”

熬过了晚饭，照常在外面散步回来，陆成诵满心都是“天哪，今晚就要本垒打了，怎么办，好激动”，而初宁满心都是“那件衬衫烫坏了，他会不会发现呢，反正那么多衬衫，我不说是不是也没事啊，好纠结”。

各怀心事的两个人就这么回了家。转眼天就黑了，陆成诵洗好了澡，破天荒地看向沙发上的初宁：“你洗完澡来我屋里。”

他觉得自己应该对这种事抱有一定的严肃态度，毕竟不是儿戏，而小说里大多数男人决不会在这种时候嬉皮笑脸。他本来就是冷峻的长相，不笑的时候更是脸色微寒，他觉得这样的自己很帅，很有型，很完美。

所以初宁一进屋，就看到他微微敛眉坐在床边仰头看她的样子。

这不是一个温柔男朋友该有的样子，以往陆成诵也从来没对她这个样子过。初宁的心悬起来，虽然知道衬衫的事会暴露，但是没想到会这么快。她战战兢兢进了屋，也不敢说话，只觉得现在的陆成诵拿出了审问罪犯的架势。

初宁在床边坐下，眨巴着眼睛看他。

陆成诵今天洗澡之后头发都没吹，水珠从发梢落下来还挺性感。初宁笑眯眯地看着他：“怎么了，有什么事吗？”

陆成诵很严肃地拍拍自己的大腿，示意她坐上来。

他觉得自己现在整个人一定都透着一种禁断之美，却不知道在初宁眼里，他跟审问罪犯的监狱长没什么区别。她心虚地走过去，被他拉着手腕坐下。他常年健身，腿上的肌肉结实有力，陆成诵觉得自己这样一定非常性感，而初宁觉得自己仿佛坐上了老虎凳，也许下一步，男人就要开始对她严刑拷打了。

陆成诵轻轻摸着她的头发，声音低沉："我有话跟你说。"

这样的场景着实考验初宁的心理承受能力。她不过是烫坏了一件衬衫，总没必要受这样的气。初宁低下头，心一横："不用你说，我说！"

陆成诵蒙了。

初宁忽然觉得委屈："我今天把你衬衫烫坏了是我的错，但那就是一件衬衫，你也不用这么审问我吧？我再给你买一件还不行吗？"

陆成诵瞬间迷茫："啥啥啥？你把我哪件衬衫烫坏了？"

初宁点点头："对，就是那件 YSL 的限量版。"

陆成诵但凡心理承受能力差一点，现在可能都已经因为心绞痛而倒在了地上。并不是因为那件限量版衬衫，而是自己苦心经营了那么久的计划，居然这么仓促就被打乱，哪里还有心情进行下去？他安慰了初宁几句，只说自己不是那个意思。看得出初宁情绪不高，他把她送回客房，自己也郁闷地爬上了床。

本垒打之路，任重而道远。

时间过了 12：00，初宁觉得今晚的事怎么想都透着蹊跷，睡也睡不着，大半夜抱着笔记本电脑跑到书房去，准备把论文里的数据再详细地分析一下，该修改的地方也修改修改，毕竟到了晚上，人的灵感总是比较多的。

初宁盘腿坐在椅子上，戴着眼镜差不多做了两个小时的数据，直到最后腰酸背痛起来。她伸了个懒腰坐直了，偏头不经意地看到了书架上摆着的一排花花绿绿的小说。她走过去随手抽出一本，是《恶狼总裁轻一点》。

初宁笑了笑——陆成诵为了琢磨角色还挺努力，什么乱七八糟的书都看。虽然她觉得这种书即便拍了电视剧也会被吐槽，不过陆成诵做事向来有分寸，她也不太担心。正好写论文写得枯燥了，初宁翻开书打算看几页解解闷，忽然发现书里夹了几张书签，打开夹着书签的地方，书页上很认真地写着备注。

她微微一愣，伸手把书架上其他的书也拿了下来。

凌晨3：00，初宁面红耳赤地从书房走出来，然后又面红耳赤地回了自己的房间。

接下来的几天，陆成诵的工作室业务繁忙，好几个晚上没有回家。工作室刚刚成立，有些事邓杨可以决定，但有些事必须陆成诵亲力亲为。解约后的第一部剧，怎么说都关系着陆成诵未来的路线，在选择剧本时，他不想糊弄，看了那么多的霸道总裁剧情，这次他想演点有深度的。

这些话，陆成诵跟初宁也聊过，偶尔初宁也会在自己微博的小号上分享两个人的恋爱日常。小号上的好友比较私密，除了现实中的朋友，还有几个饭圈玩得比较好的人。为了避免小号被粉丝或者狗仔扒出来，初宁从昵称到头像，从简介到内容都尽力低调，甚至连秀恩爱的话也说得模棱两可，含糊其词，所以这么久以来，始终没人发现这个微博号。

这个晚上，初宁睡前在微博小号上写道："不管你做什么，我都支持你。看着你一路从少年长成男人，是我这辈子做过的最骄傲、最有成就感的事。

陆成诵的工作室在初宁毕业之前正式挂牌。

陆成诵觉得从某种程度上来讲，自己现在不仅是一个演员，还是一个真真正正的霸道总裁。初宁论文答辩结束的那天，他开着自己的车去接她。大概是工作室落实了，心情好，也没想过这辆玛莎拉蒂开进学校里面该有多威风。现在全校都知道有位校友跟明星在一起了，初宁答辩的那天，学院门口也是难得来了不少人，大多是无知少女想来看一看能攻略自家偶像的粉丝长什么样子。

托大家的福，初宁答辩准备充分，一点不敢怠慢，唯恐给陆成诵丢脸。答辩结束的时候，就连一向不苟言笑的夏老师也在下面频频点头。答辩完，初宁才打开手机，看到陆成诵说自己把车停在了学院门口，就等她出来了。

初宁是小跑出来的，笑得十分开心，上了车还把脑袋蹭在他肩膀上笑。看得出来她心情也不错，为了庆祝两个人各自的好心情，他们在外面吃了顿大餐。吃完的时候，窗外华灯初上，陆成诵牵着初宁的手走出饭店，嘴角还挂着笑意。

"今天晚上天气真好啊。"初宁仰着头感叹了一句。

陆成诵微笑着附和："是啊，又是一年春天了。"

顿了一下，初宁转头看他，问道："那个，今天诗诗在家吗？"

陆成诵点点头，有些不解："她快考试了，最近都不怎么出去玩，放学了就回家看书。怎么忽然这么问？"

初宁抿了抿唇，没说话，任由他牵着自己的手上了车。陆成诵开车的时候，她就在一旁低着头玩手机，看样子是在跟谁聊天。他偏头看了一眼，她还戒备地把手机拿起来不给他看。

"怎么，又在群里说我坏话呢？"陆成诵笑了笑，倒不是很在意。

"才没有呢。"初宁瞥了他一眼，低头继续看手机。

尾声

01

陆成诵的工作室起步之初，接了几部比较冷门的网络剧，虽然没赢得收视，但好在赢得了口碑，拥有了自己的代表作，也拿了不少奖。陆成诵开始慢慢转型，虽然一直不是当红炸子鸡的火爆程度，但足够让人在提起他的时候说，哦，那个人啊，是个好演员。

从模特到演员，这几年的路不好走，初宁每每看到首页上关于他的安利，都会默默点个赞。以往只有模特时期的成就拿得出手，现在大多数人听到陆成诵之前的经历后，反而会问一句："他原来还当过模特啊？"

他的这种发展模式也对饭圈有一定影响，一些年纪偏小的粉丝等不来热度，渐渐离开，留下的要么是跟随多年的老粉，要么是理智追星的新粉。初宁工作了之后，生活重心渐渐转移，工作上的忙碌让她很少再一整天一整天地泡在网上，工作组里也有了新人，很多事不需要她再亲力亲为。而对于大多数陆成诵的粉丝来说，初宁依旧是无人不知无人不晓的存在，毕竟这么多粉丝里，只有她得到了陆成诵的公开告白。

这两个人的关系，自从那一次公开承认之后，再也没有什么新动向。初宁工作单位毕竟在体制内，太高调了不好。而陆成诵忙于拍戏和经营工作室，连一点花边新闻都没有。由于他们一起出现的机会聊胜于无，网上时不时就有传言爆料说他们疑似分手。

经过初宁的总结，她发现，自己没戴手链会被传分手，说是扔掉了定情信物；陆成诵没刮胡子被拍到也会传分手，说是因为分手而憔悴不堪；现在就连她约室友们一起吃个火锅，都会有狗仔拍下来传上网，问大家他们是不是分手了，不然初宁怎么会这样凄惨地坐在这里吃火锅。

阿隋叹气："看你这身材也不像分手啊，让陆成诵养得白白胖胖的。"

一开始，初宁还会逐条澄清，后来次数多了，她只觉得好笑，也懒得理了。陆成诵接受采访时每次被问到感情，他都会笑着说挺好的，脸上洋溢着幸福的神情。渐渐地，人们明白了，没有动向就是最好的动向，他们的偶像和他们的大大依旧很幸福地生活在一起。

他们的幸福，初宁倒是一点不差地记在了小号上，一开始还走抒情风格，后来画风也渐渐垮掉。

一年前画风：生病咳嗽很严重，陆先生问要不要去医院，我说不要。陆先生就下楼去帮我买药了，好感动。遇见你是不是要花光我这辈子的运气啊？

一年后画风：又到了咳嗽感冒的季节，晚上下班回家难受得不行，陆先生下楼去帮我买药。临走，我说你在我身边给我画个圈，就像孙悟空给唐僧画圈那样。陆先生惊讶地看着我说，二师弟，你为什么要冒充师父。（微笑）我看这日子是没法过了，凑合吧。

一年前画风：陆先生趁我睡着偷偷吻了我，以为我不知道，其实我都醒着。

一年后画风：男票总跟自己抢被子，可以直接踢下床吗？在线等，挺急的。

不过网络这种地方，混久了自然会有破绽。他们在一起三年之后的一个夏天，初宁的小号被扒了出来。起因是她手滑，用自己的大号给小号点了个赞。等到早上起来，她发现自己小号暴涨了好几十万的粉丝，评论、私信都爆掉了。陆成诵在一边看手机，听到她的惊呼，凑过来看了眼评论，果然都是女人们的惊叫。

初宁一路刷下来，基本是祝福，只偶尔有人酸溜溜地说几句不中听的，她一边看一边顺手拉黑。

陆成诵："啧啧，拉黑操作很熟练嘛。"

初宁："嗯，以前知道你小号的时候，也很想拉黑你来着。"

陆成诵："你居然知道我的小号？"

初宁懒得理他："知道好几年了好吧，也就我宽宏大量，不会记仇，要不然你举报我的事，我肯定要报复的。"

陆成诵："女人真可怕，知道那么多却什么都没跟我说。"

女人的可怕，陆成诵从初宁这里见识到的并不多，但是在陆成诗那里倒是见识到了不少。自从上了大学，陆成诗像是野马终于找到了自己的草原，混了好多社团，认识了一堆师兄师弟，身边男人多得像苍蝇，小姑娘拒绝得倒也干脆，一点都不拖泥带水，差不多是全校最酷小师妹。直到某天，工大计算机学院的毕业晚会邀请函被邮寄到她手里，初宁和陆成诵才在她脸上看到一点类似难过的表情。

封十里要毕业了，这邀请函是初宁费了好大劲要过来的，不敢直接给陆成诗，只好邮到了家里。虽然陆成诵觉得封十里那小子配不上自家妹妹，但是初宁总觉得两人还有遗憾。人生苦短，要是封十里毕业真的走了，他们就再没有相见的机会了。

时间过去太久，陆成诗甚至有点不记得分手时撕心裂肺的难过了。既然这样，这毕业晚会她去了也没有意义。陆成诗把邀请函扔进垃圾桶，表情很无所谓。初宁坐在沙发上削苹果，眼见着邀请函落进去，手一抖，苹果皮断了。

"有的人就是没缘分。"陆成诵摸摸初宁的脑袋，伸手把邀请函拿出来，"我那天晚上没事，要不咱俩去看看吧？他毕业一回，家里没人去，还挺凄惨的。"

陆成诵自从开了工作室之后忙得不可开交，难得这么清闲，初宁哪有不答应的道理？当晚他接了初宁下班，两人回家吃了饭，一直到他们要离开时，陆成诗也没回来。这种情况之前也常有，陆成诗有时候住校，也不回家。两个人并不担心，锁了门往工大去。

时间有点紧，怕是赶不上开场。

封十里说他在开场时有表演的。

虽然姐弟两个总是拌嘴，但人生中这么重要的时刻，初宁还是想帮封十里记录下来，好久不跑前线的她连单反都带上了。等到了地方，就看见封十里正站在舞台上声情并茂地朗诵。

初宁觉得，诗朗诵这种节目能放在开场，节目编导的脑回路也是蛮清奇的。帮封十里照了几张相，初宁拉着陆成诵找地方坐，却意外在观众席看到了陆成诗。

初宁："诗诗？你不是说你不来吗？"

场面一度十分尴尬。

更尴尬的是，晚会结束之后，初宁和陆成诵才知道，封十里跟陆成诗这俩货居然在前一天偷偷和好了。初宁觉得自己这么长一段时间的担心毫无用处，昨晚还跟陆成诵抱怨半宿，怕弟弟娶不着媳妇。现在，站在盛夏的星空下，初宁嫌弃地看着封十里，以及他身边的陆成诗。

冤家这辈子是不可能分开的。

回去的路上，初宁有点感慨："你说，他们分分合合那么多次，再和好还能像以前一样吗？"

"分人吧。诗诗心大，不记仇，应该没什么事。"

"封十里也是。他俩真是般配。"说到这儿，初宁忽然转头看他，"但是我特别记仇，如果我们分开了就是永远分开了，我不会回来找你的。"

陆成诵莫名其妙："说什么呢，谁要跟你分开了？"

"这不是正好说到这儿了吗！"

"那也不能说这么不吉利的话。"

不吉利的话不能说，吉利的事总是可以说的。比如姜岩，在万花丛中走了很多年，最后没留神，栽在了一朵小花手里。小花年纪轻轻，驾驭男人倒是很有一套，陆成诵亲眼看着姜岩从不醉不归的浪子，变成9：00前必回家，出来玩还录小视频给女朋友报备的"妻管严"。

而就在今天，这位"妻管严"跟陆成诵宣布——他要结婚了。

02

姜岩和这位小花认识没多久，结婚却果断快速，让陆成诵很是惊讶。请柬送到家里，邀请他跟初宁一起去。原本陆成诵觉得这种婚礼媒体太多，不想去，可是初宁一想到能见到那么多明星，还是铁了心要去。

不去的话，她怕站子又得把跑前线的活分给她，她单反最近坏了，正扔在封十里那边等着修。

后来证明，明星多的地方记者也多，初宁没想到自己有朝一日还能正儿八经地站在镜头前接受记者采访，而且陆成诵就在一边似笑非笑地看着她。他眼神里满满都是“你看，我说不用来了，你偏要来，活该被记者拉住”的幸灾乐祸，初宁觉得他幸灾乐祸的样子竟然意外地好看，再回神时就有点尴尬：“不好意思，您刚刚说什么？”

“姜岩今日大婚，你们在这方面有没有什么想法呢？”

初宁一愣，她还真在这方面没什么想法。而且这种问题女孩子来回答多不好，于是转头去看陆成诵。陆成诵伸手揽住她的肩膀，笑吟吟地看着记者：“隐私问题，我们自己心里有数。”

“听说你们已经同居很久了，会不会像很多明星那样奉子成婚呢？”

初宁老脸一红，现在的记者怎么什么都问啊！

陆成诵在演艺圈混久了，脸皮也跟着变厚了，面对这样的问题面不改色，微笑着继续回答：“这个是我们的私人问题，就不方便透露了。”

记者一脸的“哦，那就是有戏”，初宁歪歪脑袋，总觉得这话哪里听着不对。

果然，那天的头条虽然是姜岩大婚，但是小篇幅的报道就是有关于他们的：“陆成诵与女友疑奉子成婚，好事将近？”

初宁刷着手机只想骂人，学校最近准备举行期末考试，这一次轮到她出题，忙得不可开交，自然不想理会这些无稽之谈。偏又赶上陆成诵参加活动，说是活动，其实就是号召粉丝投票，谁的票数高谁就能赢。这一次的投票机制没有数量限制，一个账号只要想投就可以不断投。初宁这时候恨不得自己分身出好几双手，一双手负责出题，一双手负责刷票。

相比之下，陆成诵就太闲了，坐在她身边敷着她的面膜还不忘碎碎念："你看我就说不去，去了就得有人拿咱俩的事乱写。姜岩那个人我又不是不知道，就算咱们不去，他也不会记仇的……"

初宁被他念得烦了，回头冷冷看他："陆成诵，你能不能负点责任？"

陆成诵被她说得一愣："我怎么不负责任了？"

"你已经是个成年人了，你就不能自己给自己刷票吗？"

每次初宁忙不过来的时候，都会求助陆成诵。但那些大多是学校那边的事，他帮她打印过教案，也写过教学反思，现在忽然让他涉足自己的饭圈，陆成诵内心有些惶恐："可是我给我自己投票会被发现的，好丢脸的。"

"用我的号啊。"初宁伸手一指，电脑屏幕上挂着"小初是亲妈"五个大字。陆成诵忽然记起几年前站子应援，陆成诗硬是从他这里要走了一大笔钱。他从前是花着自己的钱给自己应援，现在岁数大了，还得自己亲手帮粉丝给自己刷票。

一声长叹，陆成诵打开自己的电脑登录初宁的账户。

男人敷着面膜，睡衣松松垮垮。初宁忙着出题没看他，不一会儿就看见群里的消息。

陆家小跟班：小初，你手速这么快，一个人投了两千多票？

灵魂画手阿标：我累了，我明天再刷吧。

诵诵最爱的地瓜片：我也累了，小初你好厉害哦！

小初是亲妈：其实，我在弄工作的事，这个票，是陆成诵自己刷的。

一首唐诗：陆成诵长大了，是个成熟的偶像了，学会自己给自己刷票了。

岩诵一生推：试问谁的饭圈还能有这么奇葩的事？哈哈哈哈。

初宁看了一眼此刻敷着面膜一脸严肃的陆成诵，也觉得哭笑不得。出完了题，她走过去帮他把面膜取下来，在他乱糟糟的发顶吻了吻："投票累不累呀？"

"累死了。我是不是明天就第一了？"

"嗯，明天你就是第一了。"

"第一有什么奖励吗？"

初宁想了想："你想要什么奖励？"

陆成诵不假思索："嫁给我。"

初宁："没有人会在卧室这种地方求婚的。"

陆成诵眨眨眼："那我们去客厅？"

初宁觉得自己暂时并不想嫁给他。

当晚，陆成诵要去书房看剧本，嘱咐初宁自己先睡。初宁辗转反侧却是怎么也睡不着，思虑良久，她发了一张陆成诵和她坐在海边一起晒太阳的自拍。这是她第一次在主号上秀恩爱，发之前还有点忐忑，附言是"不要乱想啦，我们来日方长"。

等于是间接回应了谣传。

没多久，在书房看剧本的陆成诵评论：方长是谁？

陆家小跟班：好大一口狗粮。

灵魂画手阿标：方长是谁你自己不知道吗？

一首唐诗：没眼看，污。

不伦夫妇一生推：激动得我都改名了。

初宁一条条地看过去，嘴角的笑意慢慢加深。她放下手机，柔和的灯光里，陆成诵走进门，从后面轻轻拥住她。

第二天，大家看到初宁重新编辑过的微博——

因为明早还会是这样的好天气，因为下雨的时候你还是会在我身边帮我撑伞，因为门口种的西红柿今年又要结果了，因为跟你在一起之后我还是我你也还是你。因为余生还有很久，我想跟你去的地方还很多，想说的情话还没说完。

总有一天，初小姐会变成初婆婆，陆先生要改叫陆老头。可是我知道，到那一天，我们还是在彼此身边。所以我们，来日方长。